2. Band

Valentina May
Porzellanhimmel

Valentina May

Porzellanhimmel

Das Geheimnis der Güldensteins

PIPER

Mehr über unsere Autoren und Bücher:
www.piper.de

ISBN 978-3-492-50182-8

Litho: Lorenz & Zeller, Inning am Ammersee
Redaktion: Ulla Mothes
Covergestaltung: Favoritbüro München
Covermotiv: Shutterstock.com
Printed in Germany

1.

Wieder verlor sich eine Spur im Dunkel der Zeit. Es war wie verhext. Sophie zerknüllte den Brief vom Amt und pfefferte ihn auf den Boden.

»Manchmal ist es besser, die Vergangenheit ruhen zu lassen, um keine Dämonen zu wecken«, hatte ihre Pflegemutter Dorit erst neulich zu ihr am Telefon gesagt, als sie ihr von den erfolglosen Recherchen berichtet hatte. Vielleicht hatte Dorit Recht.

Seufzend sank Sophie auf den Stuhl und stützte den Kopf in die Hände. Trübsinnig starrte sie auf den Boden. *Es war ein Scheißgefühl, nichts über sich zu wissen!* Seit einigen Jahren forschte sie vergeblich nach ihren Wurzeln. Es schien, als wäre sie nie geboren worden, hätte nie Eltern oder Familie besessen. Freundin Frida hatte sie als Einzige stets in ihren Bemühungen motiviert und unterstützt. Jetzt war sie tot, und Sophie fehlte der Antrieb, weiterzuforschen.

Es klingelte an der Wohnungstür. Hastig wischte Sophie sich die Tränen aus dem Gesicht, bevor sie sich erhob und hinauslief. Sie überlegte, nicht zu öffnen, aber es war Günter, Fridas Mann, der ihr ein paar Dinge der verstorbenen Freundin vorbeibringen wollte.

Er sah heruntergekommen aus. Seit Fridas Tod hatte Günter sich weder rasiert noch sein Haar schneiden lassen. Sophie öffnete ihm die Tür und umarmte ihn schweigend. Mit hängenden Schultern lief er durch den Flur in ihr winziges Wohnzimmer, in seinen Händen eine Holzkiste, in denen üblicherweise Dahlienknollen überwinterten. »Es war ihr wichtig.« Mit diesen Worten stellte er die Kiste mitten auf den Tisch. Abgenommen hatte er, und in seinen Augen war der Glanz erloschen.

Sophie nickte.

Die Kiste barg Erinnerungen und Schätze. Traurig und zugleich voller Dankbarkeit schlug sie das Vlies zurück, das sonst die Blumenknollen vor Licht schützte. Als Erstes sah sie einen Stapel vergilbte Fotos und Fridas stoffbezogenes Geheimbuch über Züchtungen. Darunter lag noch etwas in Zeitungspapier gewickelt, das ihre Neugier weckte.

»Frida hat immer gewollt, dass du das hier bekommst«, sagte Günter sichtlich bewegt. Sophies Kehle war wie zugeschnürt. Es war erst ein paar Wochen her, dass Frida völlig unerwartet gestorben war. Der Schmerz drohte Sophie erneut zu überwältigen. Und Günter litt wie ein Hund. Er und Frida hatten sich über alles geliebt. Sophie konnte sich an kein böses Wort zwischen ihnen erinnern, im Gegenteil, sie hatten immer glücklich gewirkt und waren das für die heutige Zeit selten gewordene Vorzeigepaar, das es über die Silberhochzeit hinausgeschafft hatte.

Frida war eine charismatische Persönlichkeit gewesen, und trotz ihrer sechzig Jahre noch voller Tatendrang und stetig neuen kreativen Ideen. Die Inhaberin und Seele der Landschaftsgärtnerei Heuermann am Stadtrand von Paderborn. Ihr verdankten sie sämtliche Aufträge, die Günter und seine Projektteams mit Akribie ausführten.

»Danke. Es bedeutet mir sehr viel, dass du mir Fridas Schätze anvertraust. Ich werde sie in Ehren halten. Versprochen.« Sie griff nach der Hand des Freundes und drückte sie.

Ein scheues und zugleich wehmütiges Lächeln huschte über sein wettergegerbtes Gesicht.

»Wir hatten noch so viel Pläne! Ich hatte bereits unsere Reise zum dreißigsten Hochzeitstag in die Toskana gebucht …« Er stöhnte gequält auf und fuhr sich mit der Hand durchs graue Haar. Sophie fühlte mit ihm. Tröstende Worte konnten seinen Seelenschmerz nicht lindern, das wusste sie aus eigener Erfahrung. Auch sie vermisste Frida schrecklich. Nichts war mehr so wie vorher, weder im Gartenbaubetrieb noch in ihrem Leben. Frida war mehr als nur ihre mütterliche Freundin, sondern ihre Vertraute gewesen, mit der sie über alles hatte reden können und die ihre Leidenschaft zur Gartengestaltung teilte. Sie schluckte gegen den Kloß in ihrem Hals.

»Ich weiß … Sie fehlt mir mehr, als ich beschreiben kann.« Vielleicht tröstete es ihn, dass sie den Schmerz teilten.

Günter nickte schweigend und sah beiseite.

»Wenn ich irgendwas für dich tun kann, lass es mich bitte wissen.« Sophie beugte sich zu ihm vor.

Er holte tief Luft.

»Wir sehen uns dann Morgen, Sophie. Mach's gut«, sagte er mit belegter Stimme. Über Gefühle zu reden, fiel ihm schwer. Sie hielt ihn nicht zurück, als er sich umdrehte und ihre Wohnung eilig verließ.

Sie schaute in die geöffnete Kiste. Ihre Finger berührten den Inhalt und zuckten zurück, als hätte sie sich daran verbrannt. Es fühlte sich seltsam an, dass alles nun ihr gehören sollte. Mit zitternden Händen nahm Sophie das Büchlein mit den handschriftlichen Aufzeichnungen Fridas über deren eigene Zuchtversuche heraus, dann die Fotos. Das in Zeitungspapier Gewickelte darunter weckte ihre Neugier. Zum Vorschein kam ein Bildband über die schönsten Gärten Europas. Frida hatte oft von ihrem Lieblingsbuch gesprochen. Das Elfen-Lesezeichen, das Sophie ihr zu einem Geburtstag geschenkt hatte, klemmte noch zwischen den Seiten. Sie schlug das Buch an dieser Stelle auf und las die Überschrift. *Romantik pur – Eine Traumreise durch Schloss Sophiengarten bei Hameln.* Eine Haftnotiz klebte auf der Seite mit Stichwörtern Fridas zu den Höhepunkten dieses Gartens.

Sophie betrachtete die Fotos und Zeichnungen. Jetzt konnte sie Fridas Vorliebe dafür besser verstehen. Schade, dass sie der Freundin immer nur mit halbem Ohr zugehört hatte, wenn sie davon geschwärmt hatte. Sie würde vielleicht nie diesen Garten betreten. Ihr Blick überflog die Zeilen, die von der Renovierung des Schlosses und Gartens berichteten. Sie erfuhr, dass der Garten vor einem guten Jahr von der Malerin Eva Allenheim, der Verlobten des jetzigen Schlossbesitzers, neugestaltet worden war. Allenheim war auch die Restaurierung der jahrhundertealten Wasserkaskaden und Marmorstatuen zu verdanken. Immer tiefer tauchte Sophie in den Bericht über das Anwesen ein und war fasziniert. Sophiengarten galt als einer der schönsten Gärten Europas.

Seufzend legte sie den Bildband neben die Kiste, bevor sie das nächste Stück herauszog. Dieses war mit mehrfachen Zeitungslagen und Schaumstoff gepolstert, in deren Mitte sich ein quadratisches Lederkästchen mit einem Klappverschluss befand. Nachdem sie es geöffnet hatte, hielt sie vor Bewunderung den Atem an. Auf Schaumstoff gebettet war ein handbemalter Wandteller. Das Bild, ein idyllischer Teich, war von solcher Lebendigkeit und Detailtreue, wie es nur wenige Künstler malen konnten. Auf der Tellerrückseite stand *E. A.* Sophie nahm sich vor, nach Eva Allenheim im Internet zu suchen. Vorsichtig legte sie den Wandteller auf die Schaumstoffunterlage zurück. In der Kiste befanden sich noch ein Ordner mit Bepflanzungsvorschlägen Fridas, alte Pläne von umgestalteten Gärten und Notizen über gesammelte Erfahrungen beim Okulieren historischer Rosensorten. Zusammen mit dem Zuchtbuch bedeutete ihr dieser Wissensschatz viel.

Ganz unten in der Kiste entdeckte sie mehrere Alben mit Fridas Reisefotos. Die Freundin hatte als passionierte Gärtnerin hauptsächlich bekannte Gärten und Parkanlagen besucht. Zu jedem Ziel hatte sie einen handschriftlichen Kurzbericht geschrieben und manchmal Fotos der Eigentümer oder Gärtner beigefügt. Frida in Monets Garten auf der japanischen Brücke, vor der Fontäne im Park von Versailles, vor einer Palmengruppe auf der Insel Mainau, im Staudenbeet von Sissinghurst Castle und unter der mit blauen Glyzinien berankten Terrassenpergola von Schloss Sophiengarten. Das Foto hatte die Freundin mit *Mein Lieblingsgarten* überschrieben. Sophie zog sich einen Stuhl heran und blätterte weiter. Auf einem der Fotos vom letzten Jahr saß sie mit zwei überaus gutaussehenden, jungen Männern und einer schwarzhaarigen Frau am gedeckten Tisch auf der Terrasse. *Mein Treffen mit den Brüdern von Güldenstein, Carl-Christian und Emanuel sowie der bekannten Künstlerin Eva Allenheim.*

Wie glücklich Emanuel von Güldenstein und die Malerin wirkten, die händchenhaltend nebeneinandersaßen. Eva Allenheim war eine wunderschöne Frau mit klassischen Gesichtszügen, umrahmt von einem schwarzen Bob. Sophies Neugier war jetzt so groß, dass sie aufsprang und zum Computer rannte.

Sie tippte die Namen ein, und wenige Sekunden später erschienen zahlreiche Fotos und Berichte. Allenheim hatte nicht nur Preise und Auszeichnungen für ihre Gemälde und Dekorentwürfe erhalten, sondern auch für die Gestaltung des Sophiengartens. Einige Fotos zeigten, dass sie selbst Hand bei der Gartenarbeit angelegt hatte. An ihrer Seite war stets Emanuel von Güldenstein zu sehen, der auf den Aufnahmen von seinen Zügen her sensibler wirkte als sein älterer Bruder. Ein Mann, bei dem sie schwach werden könnte, der aber unerreichbar bliebe.

Bei der weiteren Suche nach Details über Eva Allenheim stieß Sophie auf deren Traueranzeige. *Emanuel von Güldenstein – ein gebrochener Mann* lautete die Überschrift eines Zeitungsartikels. Die Malerin war vor einem guten Jahr im Alter von Ende zwanzig plötzlich verstorben.

Eine Gänsehaut überlief Sophie. Seufzend fuhr sie den Computer herunter und lief zur Kiste zurück. Fridas Schätzen gebührte ein besonderer Platz. Sie trug die Kiste ins Schlafzimmer und verstaute sie in der Abseite neben ihrem Bett.

Draußen dämmerte es bereits. Sophie setzte sich mit einem Glas Rotwein in ihren uralten Ohrensessel vor den Ofen und ließ ihre Gedanken schweifen. Die Bilder vom Sophiengarten und die Schicksale der Bewohner wollten ihr nicht aus dem Kopf. Was wohl nach Eva Allenheims Tod geschehen war? Die Homepage des Schlossgartens war geschlossen.

Das Leben der Künstlerin bewegte Sophie so sehr, dass sie in der Nacht von Blumen träumte, die das Gesicht Eva Allenheims trugen. Im Traum wandelte sie über bunte, bizarr geformte Brücken und an einem riesigen Teich entlang, bis sie auf einer Holzbank Platz nahm.

2.

Unter den Flügeln des steinernen Engels fühlte er sich ihr besonders nah. Wie jeden Tag legte Emanuel eine gelbe Lilie, Evas Lieblingsblume, vor das Podest der Marmorstatue. Eva hatte ihn für immer verlassen. Seit Tagen trug er dieselbe Kleidung. Sein fleckiges Hemd hing aus der Hose. Seine Schwester meinte, er sei dünn wie eine Bohnenstange. Lag wohl daran, dass er seit Wochen selten aß, weil er keinen Hunger verspürte. Es war ihm gleichgültig, was er trug und ob er abgenommen hatte, wie ihm alles egal geworden war. Er ließ den Blick über die hellen Mauern des Schlosses schweifen. Hier fühlte er sich zu Hause und geborgen. Es lag fünfzig Kilometer vom Hauptsitz der von Güldensteins entfernt, einem prunkvollen Renaissancepalais.

Vieles war nach Evas Wünschen fertiggestellt worden, bis auf den Nordturm und die Grotte neben den Wasserkaskaden. Die Presse schrieb voller Begeisterung über das prachtvolle Schloss mit dem bezaubernden Garten und überschüttete sie mit Lobeshymnen für die erste Porzellanserie mit dem bedeutungsvollen Namen Evas Paradies. Jedes einzelne Geschirrteil war Handarbeit. Eva hatte es geschafft, die traditionelle Manufaktur der von Güldensteins wieder ins Gespräch zu bringen.

Doch jetzt war Eva tot!

Er schloss die Augen und dachte an die letzten gemeinsamen Minuten. Fast glaubte er ihre eiskalte Hand noch in seiner zu fühlen. Sie hatte ihre Finger nicht mehr bewegen können. Unter Morphium hatte sie fantasiert, und das Sprechen war ihr schwergefallen. Doch in der Stunde vor ihrem Tod war ihr Verstand unglaublich klar gewesen und die Worte über ihre Lippen geflossen.

»Emanuel … bitte hör mir zu. Die Schatten des Bösen, die über dir und … deiner Familie schweben … sie verlangten ein Opfer. Die Schachfiguren … in meinen Träumen … sie haben mir mein … Ende prophezeit. Ihr müsst den … Elfenbeinschnitzer finden, bevor … der Fluch das nächste … Opfer wählt. Du wirst jemanden … treffen, der euer Schicksal beeinflusst. Versprich mir, dass du … dass ihr … den Fluch brechen werdet. Nur dann … dann kann das Glück … wieder einkehren.«

In diesem Moment hätte er Eva alles versprochen. Verzweifelt in der Gewissheit, dass ihr endgültiger Abschied bevorstand, hatte er genickt.

»Das … ist gut, das ist … gut«, hatte sie gewispert und ihn liebevoll und zugleich schmerzerfüllt angesehen. Als er ihr Gesicht gestreichelt hatte, war ihr Blick plötzlich starr geworden und ihre Hand in seiner schwer.

Er hatte ihren leblosen Körper an sich gerissen und seinen Schmerz hinausgebrüllt. Eva hatte recht behalten, der Fluch hatte auch ihn ereilt.

Während Chris, Amelie und Tilda weiter nach dem Fluch forschten, fehlte ihm jedoch die Energie dafür, auch wenn er es Eva versprochen hatte. Die Tage wurden zur Qual.

Morgens stand er nicht auf, nachdem er in den Nächten ruhelos das Schloss durchstreift hatte. Er konnte nicht essen und ertränkte seinen Kummer im Rotwein. Der Gedanke machte ihn zornig, für die Sünden seiner Ahnen büßen zu sollen, und er plagte sich mit Selbstvorwürfen, die Schuld an Evas Tod zu tragen. Hätte er sie doch nur nicht dazu überredet, mit ihm auf diesem Schloss zu leben.

Sein Handy vibrierte in der Hosentasche. Er ließ es klingeln, bis der Anrufer schließlich aufgab.

Als sich ein Sonnenstrahl durchs Geäst mogelte, erhob er sich und lief zum Schloss zurück.

Er hasste es, sich stetig schlecht zu fühlen. Aber ihm fehlte die Kraft, die Motivation, um sich abzulenken. Im Arbeitszimmer angekommen, setzte er sich an den Schreibtisch, auf dem sich seit

Tagen unbeantwortete Kauf- und Pachtanfragen zu Evas Werken und zur Porzellanmanufaktur türmten. *Das Leben geht weiter.*

Bald war sein letzter Rest Vermögen aus dem Erbe des Vaters verbraucht. Zwei von Evas Gemälden hatte er deshalb bereits schweren Herzens verkauft, die übrigen Christian zur sicheren Verwahrung gegeben. Im Atelier befanden sich noch ein paar unvollendete Werke der Verstorbenen, die er auf einer Auktion anbieten wollte.

Er schaltete den Computer ein und schrieb an das Hannoversche Auktionshaus. Mit jedem Werk verband ihn eine Erinnerung. Evas Werke waren ihm ans Herz gewachsen. Doch es half nichts, er musste sich davon trennen und Eva Stück für Stück gehen lassen, auch wenn es ihm noch so schwerfiel. Und er musste Sophiengarten instandhalten. Das hätte sie so gewollt, und das war er seiner Familie schuldig. Dafür brauchte er das Geld.

3.

Wieder stand Sophie vor einem Wendepunkt in ihrem Leben. Der Abschied von Vertrautem und Liebgewonnenem fiel ihr schwer. Soeben hatte sie von einer Kollegin erfahren, dass die Landschaftsgärtnerei Heuermann vor dem Aus stand. Für die passionierten Gärtner Frida und Günter waren Finanzen stets nur unangenehme Nebensächlichkeiten gewesen. Aber Frida hatte zumindest das Notwendigste halbwegs fristgerecht erledigt. Nun war es Sophie, als risse ihr jemand den Boden unter den Füßen weg. Sie hatte sich bei Frida und Günter geborgen gefühlt, wie ein Familienmitglied. Auch hatten beide ihre Leistungen immer anerkannt.

Sie musste jetzt mit jemandem reden, der sie verstand, und wählte Dorits Nummer im Kinderdorf.

Es dauerte nicht lange, bis ihre Pflegemutter sich am anderen Ende meldete.

»Hallo, Ma Dorit«, begrüßte Sophie sie. Alle Pflegekinder im Dorf nannten Dorit so. Eine magere, drahtige Frau mit Silberfäden im aschblonden Haar. Dorit, die immer einen humorvollen Spruch auf den Lippen hatte, musste man einfach gernhaben. Unermüdlich sorgte sie für alle Pflegekinder, hatte stets ein offenes Ohr für Kümmernisse und Probleme und immer einen Rat.

»Sophie, mein Liebes, das ist aber schön, dass du dich meldest. Wie geht es dir denn?«

In wenigen Sätzen schilderte sie der Pflegemutter ihre Befürchtungen, den Job zu verlieren aufgrund der desolaten finanziellen Lage der Gärtnerei.

»Was hast du vor?«, fragte Dorit.

»Bewerbungen schreiben.«

»Dann natürlich im Berliner Umland, scherzte Dorit. Ich würde mich freuen, dich öfter zu sehen.«

Das weckte Sophies schlechtes Gewissen. Ihr letzter Besuch bei der Pflegemutter lag fast zwei Jahre zurück.

»Ja, du hast recht, ich sollte mich auch rund um Berlin bewerben.« Manchmal vermisste Sophie ihre Pflegemutter und die alten Freunde sehr, aber weniger die Großstadt mit ihrem hektischen Treiben.

»Und wie geht es dir sonst so?«, fragte Dorit. Sophie berichtete ihr von ihrer Enttäuschung über die Antwort des zuständigen Jugendamtes.

»Sie geben mir nicht den kleinsten Hinweis! Aber ich habe ein Anrecht darauf zu erfahren, wer meine Eltern sind und woher ich komme! Und jetzt fang nicht wieder davon an, die Vergangenheit ruhen zu lassen. Ich kann es nicht.« Ohne ihre Herkunft zu kennen, fühlte sie sich wie Treibholz, das irgendwo strandete. Es musste doch herauszufinden sein. Einzig Dorit war noch mit ihrer Vergangenheit in Berührung gekommen, an dem Tag, an dem sie Sophie vor der Eingangstür zum Kinderdorf gefunden hatte. Vielleicht hatte ihre Pflegemutter doch jemanden gesehen oder bemerkt.

»Ma, auch wenn es dich nervt, aber ist dir denn damals wirklich nie jemand aufgefallen? Ein paar Tage vorher oder später?«

Dorit seufzte. »Das liegt doch über zwanzig Jahre zurück. Wie soll ich mich da an jedes Detail erinnern? Das Wichtigste habe ich dir gesagt.«

»Und in der Tasche, in der ich lag, war da kein Zettel oder Ähnliches? Gibt es etwas, das du mir verschweigst?«

»Nein … nein. Wie kommst du darauf? Meinst du, wir hätten nicht alles durchsucht?«

Doch Sophie entging nicht, dass ihre Pflegemutter bei der Antwort gezögert hatte. Ihr Bauchgefühl sagte ihr, dass Dorit etwas verschwieg. Wenn sie sich doch selbst nur erinnern könnte. Sophie wollte ihre Pflegemutter nicht weiter mit Fragen verärgern. Vor ein paar Jahren waren sie wegen des Themas arg aneinandergeraten.

Tagelang hatte sie unter der bedrückenden Stimmung gelitten, die die innige Beziehung zu Dorit belastet hatte. Schwieg ihre Pflegemutter aus Fürsorge und Schutz?

Sie plauderten noch eine Weile über den Gartenbaubetrieb, bis Dorit sich verabschiedete, weil sie ein neues Pflegekind erwartete.

Das Leben ist wie ein Buch, jeder Lebensabschnitt ein Kapitel, hatte sie irgendwo gelesen. Dann besaß ihr Buch sehr viele kurze Kapitel. Aber Sophie war eine Kämpferin. Niemals die Hoffnung verlieren, war ihre Devise. Auch Frida hatte immer positiv in die Zukunft geblickt.

Traurig hockte Sophie sich vor das Grab und harkte die Erde, bevor sie die Blumenschale darauf platzierte.

Frida hatte die Natur geliebt, den Wechsel der Jahreszeiten. Behutsam strich Sophie über die Köpfe der blauen Traubenhyazinthen und gelben Narzissen, die sie gepflanzt hatte. Die gemeinsamen Jahre mit der Freundin waren ein Geschenk gewesen und erfüllten sie mit tiefer Dankbarkeit.

Noch im vergangenen Frühjahr hatten sie im Gewächshaus gemeinsam Blumen verkauft, dabei gescherzt und gelacht, bis ihnen die Tränen gekommen waren.

Ein paar Monate später war Frida plötzlich im Gewächshaus zusammengebrochen. Ihr Herz war stehengeblieben. Einfach so.

Selbst heute konnte Sophie es noch immer nicht fassen. Sie warf sich vor, die Vorzeichen nicht erkannt zu haben. Fridas plötzliche Melancholie ein paar Tage vor dem Tod, die Schwindelanfälle und Schweißausbrüche. Das alles waren Warnzeichen gewesen, die sie übersehen hatte.

Einen Tag vor ihrem Tod hatten sie in der Mittagspause zusammen auf der alten Bank hinter dem Laden gesessen und zum Himmel aufgeschaut.

»Wenn ich tot bin, wünsche ich mir, wie eine Wolke am Himmel zu schweben. Dann kann ich die Erde von oben betrachten«, waren Fridas Worte gewesen. Es waren nicht die Worte an sich, die Sophie erschreckt hatten, sondern der ernste Unterton.

»Du bist nicht mal vierzig! Hör auf, von so was zu reden!«, hatte sie die Freundin empört zurechtgewiesen.

»Der Tod gehört nun mal zum Leben. Mein Geist, meine Seele werden dann wieder Teil der Natur sein«, war Frida mit einem verträumten Blick fortgefahren.

Ein Leben nach dem Tod? Gab es das? Geist und Seele vereint mit der Natur?

Sophie glaubte eher daran, dass ein Weiterleben nur in den Erinnerungen anderer bestand.

»Wenn ich irgendwann nicht mehr bin, du mir aber nah sein willst, besuche meinen Lieblingsgarten. Es ist der Sehnsuchtsort meiner Seele.«

Sophie wusste, dass ihre Freundin vom Sophiengarten sprach, von dem sie ihr oft genug vorgeschwärmt hatte. Hatte ihre Freundin den Tod vorausgeahnt?

Trotz aller Trauer verlieh Sophie die Vorstellung, dass Fridas Geist umgeben von blühenden Blumen war, Kraft und versöhnte sie mit dem Tod.

Vorsichtig stellte Sophie die Schale ab, rückte sie noch ein wenig nach links, bis sie mit dem Ergebnis optisch zufrieden war. Dann erhob sie sich und blieb mit gefalteten Händen vor dem Grab stehen, tief in Erinnerungen an die gemeinsame Zeit versunken.

Vielleicht würde sie tatsächlich eines Tages nach Schloss Sophiengarten fahren.

Nach einer Weile drehte sie sich um und lief zum Friedhofstor zurück.

Die Landschaftsgärtnerei war Fridas Passion gewesen. Würde doch noch ein Wunder geschehen und der Betrieb gerettet werden können?

Das Friedhofstor knarrte, als Sophie es hinter sich zuzog.

Auf dem Parkplatz dahinter bemerkte sie einen vertrauten Wagen. War das etwa …? Nein, das konnte nicht sein, David war an den Rhein gezogen und nie wieder hierher zurückgekommen. Nicht einmal zu Besuch. Doch die Neugier ließ sie auf das

Nummernschild schauen. Sophie erstarrte. Es war tatsächlich sein Wagen. Der Kerl hatte den Mut hierher zurückzukehren, nach allem, was er ihr und anderen angetan hatte? Sie schaute sich um und atmete auf, als er nirgendwo zu sehen war. Gerade, als sie ihren Wagen aufschließen wollte, vernahm sie hinter sich Schritte. *Bitte lass es nicht David sein!*

»Sophie?« Früher hatte sie beim Klang seiner Stimme vor Freude vibriert. Heute wäre sie am liebsten geflohen. Sie tat, als hätte sie ihn nicht gehört, und zog die Wagentür auf.

»Hey, Sophie! Warte. Bitte.«

Es war zu spät, um ihn zu ignorieren. Langsam wandte sie sich zu ihm um.

»Hallo, David«, begrüßte sie ihn. Wie immer sah er äußerst gepflegt aus. Seine legere Kleidung trug das Emblem einer Nobelmarke. Nur sein schwarzes Haar war kürzer geschnitten als früher. Er hatte kein Gramm Fett zu viel, was ihr verriet, dass er sich noch immer mit Tennis und Joggen fit hielt. Jede Frau aus ihrer Clique hatte für Assistenzarzt Dr. David Hofer geschwärmt. Einschließlich ihr. Nein, mehr. Sie war bis über beide Ohren in diesen Charmeur verliebt gewesen, weil er ihr das Gefühl vermittelt hatte, sie als Einzige zu begehren. Ein Trugschluss, wie sie hatte feststellen müssen. Mit allen Frauen ihrer Clique hatte er eine Affäre gehabt. Keine wusste etwas von den anderen, bis alles durch einen dummen Zufall herausgekommen war. Ausgerechnet Sophie hatte er eine Nachricht für Elfie auf die Mailbox gesprochen, weshalb sie ihn zur Rede gestellt hatte. Ihre Auseinandersetzung war belauscht worden. Nachdem alle von seinen Eskapaden erfahren hatten, war er von der Clique ausgeschlossen worden. Kurz darauf hatte David Paderborn für einen Job in einer Kölner Klinik verlassen. Selbst nach seinem Fortgehen blieben die Spannungen in der Clique bestehen, dass Sophie sich unwohl gefühlt hatte. David hatte alles zerstört, ihre Liebe, die Freundschaften und den Zusammenhalt der Clique. In dieser Zeit hatte Sophie Frida kennen und schätzen gelernt und war in ihre jetzige kleine Wohnung in der Nähe der Gärtnerei gezogen.

»Lange nicht gesehen. Gut siehst du aus, sexy«, riss David sie in die Realität zurück. Sein begehrliches Lächeln hatte sie früher um den Verstand gebracht. Heute verfehlte es die Wirkung. Wie oft mochte er das Frauen schon gesagt haben? Wäre sie doch nur damals immun gewesen, es hätte ihr eine Menge Kummer erspart.

»Danke, du auch. Aber das weißt du ja eh selbst«, antwortete sie höflich, aber distanziert. Es zuckte unter seinem Lid.

Davids Züge waren schärfer, bitter geworden, als hätte das Leben ihn geschliffen.

»Und was machst du hier in Paderborn?«

»Ich habe Opas Grab besucht. Bin schon lange nicht mehr dort gewesen.« Es schien, als hätte er das aufrichtig bereut. Dieser Zug passte nicht zu dem alten David, der sich wenig aus den Gefühlen anderer gemacht und seinen schwerkranken Großvater nie besucht hatte.

»Ah, ja.« Er blieb immer noch stehen und trat von einem Bein aufs andere. Die Lust auf eine Unterhaltung war ihr vergangen. Sie stieg in ihren Wagen. Als sie die Tür zuziehen wollte, hielt David sie fest. Fragend sah sie zu ihm auf. Er schien mit sich zu ringen.

»Tut mir leid wegen damals«, sprach er leise. Tatsächlich drückte seine Miene aufrichtiges Bedauern aus, aber sie zweifelte noch immer. Außerdem kam seine Entschuldigung zu spät.

»Du hast einen Riesenscherbenhaufen hinterlassen.«

Er zuckte zusammen. »Ich weiß und das bedauere ich aufrichtig«, entgegnete er. Wenn er damals ein Wort der Entschuldigung an alle gerichtet hätte, wäre vielleicht alles anders verlaufen.

»Gehört der Vergangenheit an. Lass jetzt bitte meine Tür los, ich hab's eilig.« Letzteres war gelogen.

»Sophie, bitte, ich mein's ehrlich. Es sind drei Jahre vergangen, in denen ich mich verändert habe. Glaub mir.«

Konnte sie das wirklich? Ihr Bauchgefühl sagte Nein, auch wenn die Stimme in ihrem Innern ihr sagte, dass jeder eine zweite Chance verdient hatte.

»Verzeihen vielleicht, aber nicht vergessen.« Ein letzter Rest

Schmerz wallte in ihr auf. Er hatte sie betrogen, ihr vorgegaukelt, sie wäre die einzige Frau in seinem Leben, die ihm etwas bedeuten würde. Sie hatten Zukunftspläne geschmiedet. Nur leere Versprechungen. Wie könnte sie ihm noch vertrauen?

Frida war davon überzeugt gewesen, dass Menschen sich ändern können.

»Ich … glaub mir, ich bereue das zutiefst. Ich war damals blutjung und lebenshungrig, aber dumm und unerfahren. In den letzten Jahren habe ich über alles nachgedacht. Du warst immer etwas Besonderes für mich, Sophie. Vielleicht kannst du mir irgendwann verzeihen.«

Tatsächlich erkannte sie in seinem Blick einen Anflug von Schmerz. Urteilte sie vielleicht zu hart?

»Vielleicht«, antwortete sie und schaute auf seine Hand, die noch immer auf der Wagentür ruhte.

»Können wir in Ruhe mal bei einem Kaffee reden? Nachher vielleicht? Oder morgen?« Sophie unterdrückte ein Seufzen. Zu spät. Was hätte sie darum gegeben, wenn er sie das vor drei Jahren gefragt hätte.

»Ich glaube nicht, dass das eine gute Idee wäre. Außerdem habe ich viel zu tun. Frühlingssaison.«

»Schade. Sicher laufen wir uns mal wieder über den Weg.« Sie stutzte und sah ihn fragend an. Plante er etwa, öfter Paderborn zu besuchen, oder zog sogar hierher?

»Ich habe eine neue Stelle in einem Krankenhaus nicht weit von hier. Außerdem löse ich gerade den Haushalt meiner Großeltern auf. Da könnte es sein, dass wir uns wieder über den Weg laufen.«

Die Begegnung mit ihm riss alte Wunden auf. »Ja, ja, kann sein. Also mach's gut, ich muss jetzt los.« Sie startete den Motor, und David trat zurück.

Als sie den Parkplatz verließ, erkannte sie im Rückspiegel, dass er ihr nachsah.

Es war seltsam gewesen, David wiederzutreffen. Früher hatte sie sich die Begegnung dramatischer ausgemalt. Dennoch hatte es sie aufgewühlt. Erinnerungen strömten auf sie ein, die sie in den vergangenen Jahren erfolgreich verdrängt hatte. David hatte sie so tief verletzt wie kein anderer. Das konnte sie nicht einfach so vergessen. Ihre Hände am Lenkrad zitterten. »Verdammt! Warum bist du nicht in Köln geblieben!« Sie schlug mit der Faust aufs Lenkrad. Ihre Aufregung legte sich erst, als sie auf den Hof der Gärtnerei fuhr.

4.

Dunkelheit und Stille spendeten Emanuel Trost. Er saß am Tisch, die Ellbogen aufgestützt und das Gesicht in den Händen vergraben. Immer wieder schweiften seine Gedanken in die Vergangenheit zurück. Eva hatte ihn gewarnt, ihm von angeblichen Zeichen erzählt, über die er gelacht hatte. Wie konnte er nur! Dieser verdammte Fluch!

Lautes Klopfen an der Tür ließ ihn aufblicken. Doch er blieb sitzen, wollte nicht gestört werden. Sein Kopf dröhnte von den Flaschen Wein, die er in der Nacht geleert hatte. Hinter der Tür hörte er jemanden atmen.

»Emanuel?« Es war seine Schwägerin Amelie. Einen flüchtigen Moment lang war er versucht, ihr zu antworten, entschied sich aber anders.

»Wir wissen, dass du da drinnen bist!« Er stöhnte innerlich auf, als er nun auch die Stimme seiner Schwester Tilda erkannte. Die würde nicht so schnell aufgeben wie Amelie.

Wieder Geflüster im Korridor, weiter entfernt. Verdammt, er hatte vergessen, die zweite Tür abzuschließen. Plötzlich flog sie auf, und Schwester und Schwägerin stürmten in den Silbersalon herein. Nein, nein, nein! Wütend ballte er seine Hände zu Fäusten.

»Wir brauchen deine Hilfe. Jetzt gleich!« Die Frauen liefen an ihm vorbei.

»Nein!«, schrie er. Er schämte sich der geleerten Rotweinflaschen auf dem Tisch. Überhaupt schämte er sich seiner. Seit Tagen hatte er fast nichts gegessen, und sein Bad kannte er auch nur von außen.

Emanuel war wütend.

»Lasst mich bloß in Ruhe!«

Tilda öffnete die Flügeltüren nach draußen und streckte ihm die Hand entgegen. Er schüttelte den Kopf.

»Nein«, entgegnete er bestimmt und winkte ab.

»Du bist stur wie ein Maulesel!«, rief Tilda.

Die beiden Frauen tauschten Blicke aus.

Ihm fiel auf, dass die zwei heute anders aussahen als sonst. Sie hatten ihre modische Kleidung gegen abgewetzte Jeans und karierte Blusen eingetauscht. Ihm schwante, was sie vorhatten.

»Was habt ihr vor?«, fragte er. Sein Kater bescherte ihm zu den Kopfschmerzen auch noch Übelkeit.

»Wieso? Wir sollen dich doch in Ruhe lassen.« Tilda blickte auf ihre Schuhspitzen herab. Das hatte sie schon als kleines Mädchen getan, weil ihr jeder ansehen konnte, wenn sie etwas verheimlichte. Auch seine Schwägerin schaute nach unten.

»Fahrt nach Hause.« Mit einer ungeduldigen Geste deutete er zur Tür. Die beiden Frauen wandten sich seufzend um. Kurz bevor sie hinaus in den Korridor traten, drehte Tilda sich noch einmal zu ihm um.

»Wenn du glaubst, dass ich weiter zusehe, wie hier der Garten runterkommt, hast du dich getäuscht!«

Emanuel antwortete nicht.

Ihre Absätze klapperten auf dem Parkett, dann fiel eine Tür zu. Emanuel atmete auf, als die beiden gegangen waren. Eine Weile blieb er auf dem Stuhl sitzen und schaute durchs Fenster hinaus in den Garten. Früher konnte er die Krokusse und Narzissen inmitten des Rasens blühen sehen. Jetzt war das Gras so hochgewachsen, dass es die bunten Blütenköpfe verdeckte, und die Hainbuchenhecke am Ende des Rasens wucherte wild.

Nach dem Tod seiner Verlobten hatte er das Gärtnerteam entlassen und den Schlosspark geschlossen. Er konnte die Gaffer nicht mehr ertragen und auch nicht die Gärtner, die durch die Beete stapften.

Das Schloss hatte sein Vater zum Teil noch renovieren lassen, während der Garten seit vielen Jahren stiefmütterlich behandelt worden war. Ein wahrer Dschungel. Das Schilf am Teich war wie ein undurchdringliches Dickicht gewesen, und viele Wildblumen hatten die einstigen Staudenbeete erobert. Efeu hatte sich um die Platanenstämme geschlungen und die einstigen Buchsbaumkegel waren zu unförmigen Gebilden verkommen.

Trotz des verwahrlosten Zustands war Eva ins Schwärmen geraten. Die fixe Idee, den Schlossgarten wieder für Besucher zu öffnen, hatte sich in ihrem Kopf wie ein Parasit eingenistet. Doch ihr Herz gehörte vor allem der Porzellanmanufaktur, die sich am Ufer des Teiches befand. Die Herstellung von Geschirr und Dekorartikeln gehörte neben der Goldschmiede und der Glasbläserei zur Familientradition. Im alten Ausstellungsraum hatte sie voller Entzücken das Tafelgeschirr aus dem vorvergangenen Jahrhundert bewundert. Sie hatte sich hingesetzt und Dekorentwürfe nach den alten Mustern, die sie gefunden hatte, auf Papier skizziert. Florale Ornamente, Singvögel auf Zweigen, aber auch moderne Entwürfe wie Rauten und Punkte. Evas Euphorie war nicht zu bremsen gewesen. Ihr Ziel war es, Schloss Sophiengarten mit allem Drumherum das wiederzugeben, was es nach der Schließung durch seinen Großvater verloren hatte.

Jetzt hatte sich die Natur den Garten in ihrer Wildheit zurückerobert, und von Evas Arbeit war kaum noch etwas zu erkennen. In jedem gepflanzten Beet steckte ihr Herzblut. Sie hatte diesem Garten Seele gegeben. Ihre Seele. Jetzt war sie gestorben, und mit ihr der Garten.

Evas letzte Ruhestätte befand sich inmitten der Gartenanlage. Es war ihr innigster Wunsch gewesen, nur wenige Schritte von der Porzellanmanufaktur entfernt beigesetzt zu werden. Anstelle eines Grabsteins stand ein Marmorengel auf einem Podest, dessen Schwingen sich schützend über die Grabstelle ausbreiteten. *Eva* war in schwungvollen Buchstaben in die Messingtafel am Podest graviert. Diesen Ort der Zuflucht suchte er täglich auf und zündete eine neue Kerze in der Laterne an. Eine Bewegung im Garten, dicht bei der Hainbuchenhecke, weckte seine Aufmerksamkeit. Er kniff die Augen zusammen und erkannte das feuerrote Haar seiner Schwester. Sie und Amelie liefen entlang der Hecke in den hinteren Teil des Gartens zu Evas Grab. Was wollten sie dort? Als das Motorengeräusch einer Heckenschere ertönte, dröhnte es in seinem Kopf. Wütend sprang er vom Stuhl auf.

Mit langen Schritten eilte er durch den Garten zu dem Pfad, den Amelie und Tilda genommen hatten. Je näher er dem Teich kam, desto lauter wurde das Geräusch. Durch das dichte Blattwerk erkannte er die karierten Blusen der beiden Frauen.

Tilda hielt die Heckenschere in der Hand und versuchte, einen der Buchsbaumkegel neben dem Engel in Form zu schneiden, während Amelie das Schnittgut aufsammelte und in eine Schubkarre warf. Das ging jetzt wirklich zu weit.

»Halt!«, brüllte er außer sich. »Sofort aufhören!« Seine Schwägerin, die ihn zuerst gehört hatte, blickte erschrocken auf. Ihre Hände öffneten sich, und die Zweige fielen zu Boden. Tilda hingegen, mit Ohrenschutz ausgestattet, arbeitete weiter. Wutschnaubend rannte Emanuel zur Manufaktur hinüber und zog den Stecker aus der Dose. Abrupt verstummte das Motorengeräusch, und seine Schwester wirbelte herum.

»Schluss! Aus!«, brüllte er erneut und riss Tilda die Heckenschere aus den Händen.

»Sag mal, spinnst du jetzt komplett?«, rief seine Schwester zornig.

»Ich will nicht, dass ihr hier arbeitet. Nehmt die Geräte und verschwindet!«

Insgeheim wusste er, dass sie es nur gut gemeint hatten, und sein schlechtes Gewissen regte sich. Aber die Kopfschmerzen waren so stark, dass er bei jedem Geräusch litt.

»Hilf uns lieber dabei, Ordnung zu schaffen«, fauchte Tilda ihn an. Die Röte ihres Gesichts konkurrierte mit ihren Haaren.

»Nein! Jetzt nicht«, erwiderte er und rieb sich die schmerzenden Schläfen.

»Du siehst schon genauso verwildert aus wie der Garten. Du kannst dich hier nicht einschließen. Glaubst du, dass Eva das gewollt hätte?«

Tildas offene Worte trafen ihn bis ins Mark. Sie hatte recht, aber er konnte einfach nicht.

»Es hilft dir nicht, dich in die Einsamkeit zurückzuziehen. Hilf uns lieber dabei, mehr über den Fluch herauszufinden«, warf Amelie ein.

»Das bringt Eva nicht zurück!« Seine Stimme schnappte über. Ihm war kotzübel, und er wollte schlafen. Ihre Vorwürfe waren nicht zu ertragen.

»Geht jetzt lieber«, stieß er hervor.

Betroffen blickten Amelie und Tilda ihn an, bevor sie schweigend die Arbeitsgeräte einpackten.

Nachdem sie weg waren, ließ Emanuel sich seufzend auf der Bank nieder. Wenigstens hatte die frische Luft die Übelkeit gemildert. Nur hinter seiner Stirn hämmerte es. Vielleicht sollte er sich doch öfter an die frische Luft begeben. Sollte er Amelies Bitte folgen und mit ihr und den anderen mehr über den Fluch herausfinden. Was brachte es denn noch? Nichts konnte Eva zurückbringen.

Er brauchte nur eine Weile für sich, um über die Zukunft nachzudenken. In Ruhe und allein. Wenn sie das doch nur alle endlich verstehen würden!

5.

Gartenbaubetrieb Heuermann prangte in großen Lettern über dem verglasten Eingang, hinter dem sich der Bürotrakt befand. Sophie suchte ihn nur selten auf, höchstens zu einer Projektbesprechung, denn sie arbeitete die meiste Zeit an der frischen Luft in einem Garten. Als sie die Eingangstür aufzog, hörte sie Stimmen. Sie schaute zur Uhr. Um diese Zeit war noch nie eine Teambesprechung gewesen. Wenn es ein außerordentliches Treffen war, warum hatte sie denn keiner informiert?

Die Tür zum Besprechungsraum war weit geöffnet. Ihre Kollegen hatten sich im Halbkreis um Günter versammelt, der vorn am Flipchart stand. Neben ihm eine Frau mit dicker Brille und Zottelhaar. Sie hörte schweigend zu, während Günter von den letzten Projekten der Firma berichtete. Sophie blieb im Türrahmen stehen. Er winkte sie zu sich. »Ah, da kommt ja auch unsere Sophie Becker.« Sofort richteten sich alle Blicke auf sie. Sophie ging auf ihren Chef und die Fremde zu. Die Frau war etwa Mitte vierzig, blass und untersetzt wie jemand, der den ganzen Tag hinter dem Schreibtisch verbrachte.

»Sophie, ich möchte dir gern Frau Kunze vorstellen, meine Geschäftspartnerin.« Das Wort Geschäftspartnerin hallte unheilvoll in Sophies Kopf. Und die Neuigkeit kam sehr überraschend. Wo hatte Günter sie so plötzlich hergezaubert? Weshalb hatte er nicht ein Sterbenswort gesagt? Leise Hoffnung keimte in ihr auf, ihren Job behalten zu können. Günter wusste doch, wie wichtig ihr das war.

»Frau Renate Kunze, Sophie Becker«, unterbrach Günter ihre Grübeleien und wandte sich wieder seiner Geschäftspartnerin zu,

»Sophie hat mit meiner verstorbenen Frau zusammen die Ausschreibung für die Landesgartenschau gewonnen und sehr viel Lob und eine Prämie für die Ausführung erhalten«, erklärte Günter lächelnd.

Frau Kunzes Händedruck war lasch. Auf den ersten Blick wirkte Renate Kunze nicht so, als könnte sie zupacken, wie es für dieses Unternehmen erforderlich war. Vielleicht gehörte sie eher zu den kreativen Planern, die mehr vor dem Zeichenbrett oder Computer saßen. Renate Kunze musterte sie mit einem Ausdruck, den Sophie nicht deuten konnte.

»Ich habe schon von Ihnen gehört, Frau Becker. Auf eine gute Zusammenarbeit. Wir werden im Anschluss Ihre Aufgaben im Einzelnen besprechen.«

»Ja, sicher, gern«, antwortete Sophie und sah fragend zu Günter, der ihr zunickte.

Anschließend mischte sich Günters neue Geschäftspartnerin unter Sophies Kollegen.

»Kann ich dich mal einen Moment sprechen? Unter vier Augen?«, raunte Sophie Günter zu und zupfte an seinem Ärmel.

»Ja, natürlich. Komm, wir gehen in mein Büro.«

»Wieso hast du nicht einen Ton gesagt und stellst uns alle vor vollendete Tatsachen?«, brach es aus Sophie heraus, kaum dass die Tür hinter ihnen geschlossen war.

»Was meinst du denn?« Günter schob Papiere auf seinem Schreibtisch hin und her.

»Spiel bitte nicht den Ahnungslosen. Du weißt genau, was ich meine. Die Sache mit Frau Kunze. Wie lange geht das denn schon?« Günter hatte doch gewusst, wie sehr sie die Misere der Gärtnerei belastete.

»Erst seit zwei, drei Tagen.« Noch immer mied er ihren Blick.

»Wusste von den anderen einer was davon?«, bohrte Sophie weiter.

Er schüttelte den Kopf, was sie mit Erleichterung zur Kenntnis nahm. Es hätte sie sehr enttäuscht. Schließlich war sie auch mit ihm befreundet.

»Woher kommt sie? Und wie habt ihr euch überhaupt kennengelernt?«, wollte sie wissen. Günter hatte den Namen nie erwähnt.

»Auf der Ausstellung in Kassel«, antwortete er.

Die lag höchstens zwei Monate zurück. Wie konnte er jemanden, den er kaum kannte, zur Geschäftspartnerin machen? Warum hatte er das ihr nicht angeboten? Immerhin besaß sie genügend Know-how, Erfahrung und kannte sich auch in der Buchhaltung aus.

Vor zwei Jahren hatte Frida sie gefragt, ob sie sich vorstellen könne, in die Firma einzusteigen und sie vielleicht sogar irgendwann zu übernehmen, wenn sie und Günter in den Ruhestand gingen. Die Ehe der beiden war kinderlos geblieben, und auch sonst gab es keine Erben. Damals hatte Sophie sich das nicht zugetraut und deshalb abgelehnt. In diesem Moment bereute sie die Entscheidung.

»Renate hatte dort in der Nähe auch eine Landschaftsgärtnerei, zusammen mit ihrem Mann«, fuhr Günter fort und sah auf. »Der ist vergangenes Jahr gestorben. Allein wollte sie den Betrieb nicht weiterführen. Wir teilen ein ähnliches Schicksal und kamen intensiver ins Gespräch. In der Zwischenzeit haben wir uns schon mehrmals getroffen und viele Gemeinsamkeiten in der Firmenführung festgestellt. Renate ist ein wahres Finanzgenie, und sie steigt mit Kapital bei uns ein. Etwas Besseres hätte uns nicht passieren können.« In Günters Augen blitzte es seltsam auf. In letzter Zeit hatte er sich oft zurückgezogen, hatte sich sogar manchmal einen freien Tag genommen, was recht ungewöhnlich für den arbeitsamen Mann gewesen war. Sophie und die anderen hatten das immer mit seiner Trauer begründet. Doch in diesem Augenblick regten sich Zweifel in ihr. Konnte es sein, dass er sich mit Renate Kunze getroffen hatte?

»Renate bekommt Fridas Büro«, sagte er lächelnd. Sophie hatte das Gefühl, als hätte er ihr die Faust in den Magen gerammt. In den letzten Monaten nach Fridas Tod hatte sie dort am Schreibtisch gesessen und anstelle der Freundin die Planungen entworfen und geprüft.

»Du hast doch sicher nichts dagegen? Dann kannst du auch wieder mehr draußen arbeiten. War dir doch eh immer lieber.«

Bevor Sophie etwas entgegnen konnte, klopfte es an der Tür, und kurz darauf streckte Renate Kunze den Kopf herein.

»Störe ich?«, fragte sie und lächelte Günter an, der über beide Ohren strahlte.

»Aber Reni, nein, natürlich nicht. Komm doch herein«, flötete er.

Sophie stöhnte innerlich auf, sie fühlte sich in ihrer Vermutung bestätigt, Günter könnte in Renate Kunze verliebt sein. Die neue Geschäftspartnerin wirkte weniger taff als Frida, und attraktiv war sie in Sophies Augen auch nicht. Frida hatte stets Wert auf ihr Äußeres gelegt. »Als Geschäftsfrau muss man Eindruck schinden. Was sollen sonst die Kunden von einem denken«, waren ihre Worte gewesen.

»Schön, dann können wir ja über die Aufgaben reden«, begann Günter und blickte von ihr zu Renate Kunze. »Du kennst ja unseren Großauftrag in Hameln.« Er warf Renate Kunze einen bedeutungsvollen Blick zu, der Sophie signalisierte, dass die beiden längst darüber gesprochen hatten und ihr Einverständnis sicher nur pro forma war. Ihr schwante nichts Gutes. Die Stadt Hameln hatte einen Auftrag für eine Grünflächenanlage vergeben. Nicht gerade das, was Sophie sich wünschte. Sie wollte eine Herausforderung und nicht nur irgendwelche Ideen anderer Planer gärtnerisch umsetzen.

»Du willst doch nicht ernsthaft, dass ich das stupide Projekt leite? Und was ist mit der Umgestaltung des Kurparks in Bad Münder? Ich dachte, ich sollte das übernehmen«, protestierte sie empört. Das Lächeln von Renate Kunze gefror, während Günter in diesem Moment ein verdattertes Gesicht zog, als hätte er mit einer anderen Reaktion gerechnet.

»Frau Becker, ich glaube, Sie haben nicht das Recht, die Ihnen zugeteilte Arbeit abzulehnen, auch wenn Sie mit Günters Frau eng befreundet gewesen sind.« Renate Kunzes Tonfall war ruhig, freundlich, aber bestimmt. Sie wies Sophie deutlich den Platz zu, der ihr künftig gebührte. Die Kunze war jetzt ihr Chef.

»Vielleicht kannst du Renate ja in Bad Münder zur Hand gehen, wenn du das Projekt in Hameln frühzeitig abschließt«, mischte Günter sich ein.

Sophie war von ihm enttäuscht. Günter war ein Waschlappen. Er stieß seine loyalste Mitarbeiterin und Freundin vor den Kopf. Seine neue Geschäftspartnerin hatte jetzt offensichtlich das Sagen.

Sophie war versucht, alles hinzuschmeißen. Aber ihre letzte Wagenreparatur war noch nicht mal zur Hälfte bezahlt. Sie brauchte dringend das Geld. Eine bittere Pille, die es zu schlucken galt, noch dazu, wenn sich die Neue gleich den lukrativsten Auftrag einverleibte.

»Ach, das brauche ich sicher nicht, da doch Frau Kunze bereits alles im Griff zu haben scheint.« Dich inbegriffen, hätte sie am liebsten gesagt, aber sie bremste sich.

Renate Kunze presste verärgert die Lippen zusammen.

»Günter, wäre es nicht sinnvoll, wenn Frau Becker gleich am Montag nach Hameln fährt, um mit dem städtischen Planungsbeauftragten die Gestaltung abzustimmen?«

In diesem Augenblick war Sophie klar, dass sie mit dem Einzug von Renate Kunze Gegenwind bekäme. *Sie will mich so schnell wie möglich loswerden.* Leider blieb ihr momentan keine andere Lösung, als sich zu fügen. Wenn sie jetzt ablehnte, käme es zu einer Auseinandersetzung, bei der sich Günter vermutlich auf die Seite der Kunze schlagen würde. Diesen Triumph würde sie der Frau nicht gönnen.

»Verstehe. Du bist der Boss, Günter. Übernimmst du wie immer die Übernachtungskosten?« Sie sah, wie die Kunze den Mund zum Protest öffnete. Doch dieses Mal kam ihr Günter zuvor.

»Ja, selbstverständlich. Danke, Sophie, dass du das übernimmst.« Sophie schluckte eine Entgegnung hinunter und stürmte aus dem Büro.

Draußen im Hof prallte sie mit Iris zusammen, die von ihrer Zigarettenpause zurückkehrte.

»Oh, entschuldige bitte«, sagte Sophie zu ihr. Sie wollte nur noch weg.

»Und? Kommst du gerade von Günter?«, hielt die Kollegin sie auf. Sophie schaute sie an und nickte.

»Jetzt weht ein anderer Wind, stimmt's? Neue Besen kehren gut, heißt es doch immer.« Iris lächelte zynisch. »Mich haben sie für Hameln eingeteilt. Dabei wollte ich doch am Projekt in Pyrmont mitarbeiten. Günter will diesmal die Unterkunftskosten nicht zahlen. Hat die Kunze gemeint. Und wie soll ich mir das mit meinem schmalen Gehalt leisten? Die haben sich nicht mal meine Argumente angehört.«

Einerseits war Sophie froh, dass Iris mit ihr arbeiten würde, andererseits fand sie deren Behandlung ungerecht.

»Mich haben sie auch für Hameln eingeteilt. Wir können uns ja nach einem Privatzimmer umhören, was wir uns teilen.«

Iris schien erleichtert zu sein und nickte. »Das wäre wirklich toll. Vielleicht sollte ich doch noch mal bei Kremer nachfragen, ob der Job von neulich noch nicht vergeben ist.« Iris hatte sich nach Fridas Tod, als sie alle erfahren hatten, wie schlecht es um den Betrieb stand, anderswo beworben. Sophie hatte es nicht versucht, weil sie Günter nicht im Stich gelassen hätte. Doch jetzt war auch sie ins Grübeln geraten. Entweder den stupiden Job in Hameln oder sich etwas Neues suchen.

»Vielleicht ist das keine schlechte Idee. Ich glaube auch, dass sich hier vieles ändern wird.«

Sie wünschte Iris noch einen erfolgreichen Tag und begab sich in eines der Gewächshäuser, wo eine Menge Arbeit auf sie wartete.

6.

Emanuel fand keinen Schlaf. Unruhig wälzte er sich hin und her. Immer wieder sah er Eva vor sich mit den angstgeweiteten Augen. Er schloss die Augen und erlebte im Geist den Tag, an dem seine Verlobte völlig aufgelöst aus dem Arbeitszimmer seines Vaters gestürmt war. Sie hatte sich schluchzend in seine Arme geworfen und den Kopf an seiner Brust geborgen. Eine Weile hatte er ihr über den Rücken gestrichen und gewartet, bis sie einigermaßen gefasst war, ihm zu berichten, was ihr Angst bereitet hatte.

»Die finsteren Schatten in diesem Schloss … Ich fürchte mich«, hatte sie begonnen. Eva war eine überaus sensible Frau. Der Aberglaube ihrer Mutter lag auch ihr in Fleisch und Blut. In jeder Kleinigkeit hatte sie irgendwelche schicksalhaften Zeichen gesehen. Sicher war das verstärkt worden, als sie als Siebenjährige ihr Lieblingskaninchen aufgespießt in einer Blutlache gefunden hatte.

»Die Schatten bildest du dir nur ein, Liebste«, hatte er sie vergeblich beruhigen wollen.

»Wenn ich es dir doch sage … sie sind überall. Ich fühle sie. Ihre Kälte. Höre ihr Flüstern und immer wieder diesen gleichmäßigen Trommelschlag. Ich weiß, sie strecken ihre Finger nach mir aus. So wie sie es bei deinem Vater getan haben. Ich bin ihr nächstes Opfer! Bitte lass es nicht zu, Emanuel«, hatte sie ihn angefleht. Es war ihm damals schwergefallen, ihre Furcht zu verstehen, weil er nicht an solche Dinge glaubte. Auch hatte er die albernen Geschichten von den Schatten, die angeblich den Schachfiguren entstiegen, nicht ernstgenommen. Zugegeben, im Arbeitszimmer des verstorbenen Vaters herrschte eine seltsame Atmosphäre, die auch er sich nicht erklären konnte.

Trotzdem, das war doch Humbug. »Eva, es gibt keine bösen Geister, die unseren Tod wollen. Für alles existiert eine plausible Erklärung«, hatte er entgegnet. Doch sie hatte ihn von sich gestoßen und vorwurfsvoll zu ihm aufgesehen. »Du glaubst mir nicht. Du denkst, ich bilde mir das alles nur ein? In deinen Augen lese ich Zweifel. Du wirst mir niemals glauben. Aber irgendwann wirst du über meine Worte nachdenken. Doch dann ist es vielleicht zu spät, und ich bin dem Fluch zum Opfer gefallen.«

Emanuel konnte sich noch gut an seine Gefühle erinnern. Eine Mischung aus Ärger und Unsicherheit. Eva machte ihn und auch die anderen mit ihren Visionen verrückt. Dennoch konnte er nicht leugnen, dass er sich manche Dinge nicht erklären konnte, wie den mysteriösen Tod des Vaters oder Evas rätselhafte Krankheit, die ihren Körper verfallen ließ. Kein Arzt konnte sich das erklären. Übersinnliches passte weder in sein Leben und erst recht nicht in diese moderne Zeit.

Bis zu ihrem Tod hatte Eva auf ihren Visionen beharrt. Ihre Angst vor dem Fluch war von Tag zu Tag gewachsen. Es war leichter, der Furcht zu erliegen, als ihr die Stirn zu bieten. Je mehr er nach Antworten gesucht hatte, desto mehr waren in ihm Zweifel gekeimt. Hatte Eva vielleicht doch mehr gespürt als angenommen? Sogar den eigenen Tod?

Durstig geworden, stand er auf. Gähnend schlurfte er in die Küche und öffnete den Kühlschrank. Doch außer einem Joghurt, dessen Verfallsdatum schon längst überschritten war, herrschte Leere. Fluchend knallte er die Kühlschranktür zu. Irgendwo musste doch noch ein Tröpfchen Wein sein. Er durchsuchte die Schränke mit dem gleichen Ergebnis. Nicht ein Schluck Rotwein mehr, nur Leitungswasser. Und die Läden würden erst wieder in Stunden öffnen. Er beugte sich zum Wasserhahn hinab, drehte ihn auf und trank gierig.

Ruhelos wanderte er durchs Schloss. Draußen fegte der Sturm, Regen klatschte gegen die Fenster. Ein ungewohntes Klappergeräusch weckte seine Aufmerksamkeit. Vielleicht hatte sich einer der Fensterläden gelöst, die Schwester und Schwägerin heute geöffnet hatten. Das Geräusch führte ihn in den Silbersalon. Doch die Fensterläden waren alle fixiert. Das Geräusch war weiterhin zu hören. Für einen Moment überlegte er, die Taschenlampe zu holen. Stattdessen fasste er nach dem Schürhaken, der neben dem Kamin an der Wand lehnte. Er hielt den Atem an und lauschte. Der Regen trommelte gegen die Scheiben. Er blickte in die Dunkelheit hinaus, konnte aber nichts erkennen. Dann atmete er erleichtert auf, als er erkannte, woher das Geräusch stammte. Der Sturm hatte das Rankgitter mit der Kletterrose neben der Fensterfront aus der Verankerung gerissen und drückte es immer wieder gegen die Außenwand. Die gelbe Rose war eine der ersten gewesen, die Eva damals gepflanzt hatte. Er war hin und her gerissen, bei dem Sauwetter die prachtvolle Blume zu retten oder sich nicht darum zu kümmern.

»Das kannst du nicht machen, Manu! Du weißt, wie viel Schweiß von mir in jeder Pflanze steckt«, hörte er im Geist Eva sagen. Daran waren nur Amelie und Tilda schuld, die ihm ein schlechtes Gewissen eingeimpft hatten.

»Scheiße!«, schimpfte er und blickte erneut durchs Fenster. Einer der Haupttriebe war bereits gebrochen. Wenn er die Rose retten wollte, musste er nach draußen. Er stellte den Schürhaken beiseite und holte Werkzeug und Taschenlampe. Als er die Tür aufriss, peitschte ihm der Regen ins Gesicht. *Das tue ich nur für dich, Eva.*

Bei dem Regen war es schwierig, das Gitter wieder zu befestigen. Er hatte sich die Taschenlampe um den Hals gehängt und zwischen Schulter und Kinn geklemmt, damit er den Hammer schwingen und die Nägel ins Mauerwerk treiben konnte. Sie ragten zwar schräg heraus, aber er war kein Handwerker und bekam es unter diesen Bedingungen nicht hin. Seine Hände bluteten von den Dornen. Während er das Blut vom Finger leckte, hatte er plötzlich das Gefühl, jemand würde hinter ihm stehen. Er wirbelte herum. Nichts zu sehen. Er leuchtete mit der Taschenlampe in die Dunkelheit. Nichts. Mittlerweile nieselte es nur noch, aber es stürmte weiterhin. Emanuels Kleidung klebte unangenehm auf der Haut, und er fror. Dennoch war er war mit dem befestigten Gitter zufrieden. Aus dem Augenwinkel nahm er eine Bewegung wahr, hinten an der mannshohen Hainbuchenhecke. Er kniff die Augen zusammen und richtete die Taschenlampe darauf. Er zuckte kurz zusammen, als der Strahl einen gedrungenen Kerl in dunkler Kleidung mit Kapuze auf dem Kopf erfasste. Reglos stand der Fremde dort und starrte ihn an. War er beim Einbruch gestört worden?

»Hey! Wer sind Sie? Was wollen Sie?«, brüllte Emanuel zu ihm hinüber. Anstelle einer Antwort trat der Kerl die Flucht an. Emanuel ließ Hammer und Nägel fallen und setzte ihm nach. Es war ihm gleichgültig, dass er barfuß auf dem Gras rannte.

Der Kerl war flink wie ein Wiesel und schlug Haken, dass Emanuel Mühe hatte mitzuhalten. Nach einiger Zeit keuchte er und bekam Seitenstechen, dass er ans Aufgeben dachte. Als es bergab ging, rutschte der Kerl immer wieder aus. Zweimal fing er sich ab, beim dritten Mal schlug er der Länge nach hin. Er versuchte sich aufzurappeln, stürzte aber erneut, und Emanuel holte ihn ein. Doch als er die Hand nach dessen Schulter ausstreckte, sprang der Fremde auf, um weiterzurennen. Emanuel bekam ihn am Sweatshirt zu packen. Der Fremde ruderte mit den Armen, um sich zu befreien, rutschte auf dem glitschigen Untergrund aus und kippte rückwärts. Mit voller Wucht prallte er gegen Emanuel und riss ihn um. Das Gewicht des anderen drückte ihm die Taschenlampe, die noch immer um seinen Hals hing, in die Brust, dass ihm die Luft wegblieb. Der Fremde rollte sich von ihm und sprang auf. Seine Kapuze war heruntergerutscht und entblößte winzige, schwarze Löckchen, die wie ein Vlies sein dunkelhäutiges Gesicht einrahmten. Er war schätzungsweise so alt wie er. Man sah ihm an, dass irgendeine Generation in seiner Familienlinie aus Afrika stammte. Er sprach kein Wort, nicht mal Piep, sondern starrte Emanuel finster an. Der Reißverschluss seiner Jacke war am Hals offen und gab den Blick auf einen Kettenanhänger frei, der ihm seltsam bekannt vorkam. Der Fremde sah sich um, als müsse er sich orientieren.

»Was zum Teufel machen Sie hier?«, brüllte Emanuel ihn an. Der Kerl antwortete nicht, sondern drehte sich um und rannte keuchend zum Ausgang, der früher als Entree für die Gartenbesucher genutzt worden war. Emanuel sah, wie er das Tor flink überkletterte und in der Dunkelheit verschwand.

Beim Aufstehen spürte Emanuel jeden einzelnen Knochen im Leib, selbst das Atmen war beschwerlich. Langsam drehte er sich um und stöhnte auf, als Schmerz seinen Brustkorb durchzuckte. »Verdammte Scheiße!« Er fühlte sich jetzt wie ein Achtzigjähriger. Seine Zähne klapperten, weil er fror. Mühsam schleppte er sich zurück zur Terrasse.

Wer war der Kerl? Was hatte er gewollt? Dann sah er den Kettenanhänger vor sich, den der Dunkelhäutige um den Hals getragen hatte. Ein Akazienbaum mit einer schlafenden Raubkatze.

7.

»Sophie, warte doch!«, rief Günter ihr hinterher, als sie zum firmeneigenen Pick-up lief. Die ganze letzte Nacht hatte sie kaum ein Auge zugetan.

»Ich muss die Geräte einladen, bevor es dunkel wird«, rief sie zurück, ohne sich umzudrehen. Sie war von Günter enttäuscht und verspürte kein Verlangen, mit ihm über das gestrige Gespräch zu reden. Während er mit Frida alles ausdiskutiert hatte, war er bei der Kunze zu einem Waschlappen mutiert. Am meisten schmerzte es sie, dass er sein Versprechen gebrochen hatte. Noch vor zwei Wochen hatte er ihr seine Unterstützung für Bad Münder zugesagt, und jetzt das!

Günter holte sie ein und hielt sie am Arm zurück. Wütend drehte Sophie sich zu ihm um. »Du weißt doch, wie viel mir der Auftrag in Bad Münder bedeutet. Endlich eine Herausforderung! Stattdessen lässt du es zu, dass deine neue Geschäftspartnerin mich nach Hameln schickt. Ich dachte, wir wären Freunde!« In diesem Moment fragte sie sich, ob Geld das Druckmittel der Kunze war, mit dem sie Günter erpressen konnte.

»Das stimmt doch nicht, Sophie. Renate besitzt mehr Erfahrung in der Projektleitung«, erwiderte er.

Ein leider gutes Argument, denn ihre Erfahrungswerte resultierten aus maximal fünf Jahren, und ein Projekt hatte sie wirklich noch nie allein geleitet, sondern immer nur mit Frida zusammen.

»Du hättest mich für ihr Team vorschlagen können!« Doch im Grunde genommen war ihr klar, dass Renate Kunze sie nicht im Team haben wollte.

»Das habe ich doch auch. Renate wollte lieber jemanden haben, der ihr zureicht, wenn du verstehst, was ich meine. Sie will Iris mitnehmen.«

Einen Kuli, den sie herumkommandieren konnte, der sich nicht wehrt. Iris war dafür prädestiniert.

»Sophie, du bekommst von mir alle Unterstützung. Ich lasse dir freie Hand, was die Gestaltung angeht. Es darf nur nicht das bisher gesteckte Budget überschreiten.«

Sophie erwiderte nichts darauf. Scheinbar plagte den Freund das schlechte Gewissen.

»Wenn du Maggie zur Unterstützung mitnehmen willst, kein Problem.«

Maggie, die eigentlich Margret hieß, war eine sympathische und auch kompetente Kollegin. Aber es reizte Sophie, Günters neuer Geschäftspartnerin einen Stich zu versetzen. Sie konnte sich gut vorstellen, wie Renate Kunze Iris die unangenehmsten Aufgaben übertrug. So wie es die meisten anderen auch taten. Jemand, der schwach war und sich nicht wehrte, hatte immer das Nachsehen.

»Eigentlich möchte ich lieber Iris als Begleitung. Sie war ja bereits für Hameln vorgesehen.«

Günter schien sich mit ihrer Entscheidung schwerzutun, vermutlich weil er Renate Kunze Iris' Hilfe zugesagt hatte.

»Ich … ja, ich weiß nicht recht …«, stotterte Günter.

»Bitte, Günter. Iris kennt sich in Hameln gut aus, und wir sind doch schon ein eingespieltes Team.«

Seine Miene verriet, dass er mit sich rang.

»Also, gut. Dann wird Maggie Renate begleiten«, gab er schließlich nach.

Sicher hatte die Kunze mit Günter über sie und auch über ihre Freundschaft zu Frida gesprochen.

»Also, dann fährst du nach Hameln?«, fragte Günter hoffnungsvoll, als hätte er befürchtet, sie könnte doch noch im letzten Augenblick das Projekt ablehnen.

Er hatte so viel durchgemacht. Sie würde diesen Auftrag durchführen und abwarten, wie sich alles in der Firma weiterentwickeln würde. Vielleicht musste sie sich wirklich nach einem neuen Job umsehen.

»Ja«, antwortete sie.

Günter seufzte erleichtert und lächelte.

»Lass uns morgen die Details besprechen«, schlug er vor, und Sophie willigte ein.

Es war Sophie klar gewesen, dass sie sich mit ihrer Entscheidung für Iris Renate Kunze zur Feindin gemacht hatte. Seit gestern sprach die neue Geschäftspartnerin mit Sophie nur das Nötigste. Aber Iris' Freude darüber, in ihrer alten Heimat arbeiten zu dürfen, bestätigte Sophie darin, die richtige Entscheidung getroffen zu haben.

Bei manchem Entschluss hatte sie sich gefragt, ob sie das Richtige getan hatte. Wer weiß, wozu es gut war, dass das Projekt sie nach Hameln verschlug.

Am Sonntag vor der Abfahrt besprach sie mit Günter den Projektplan. Danach fuhr sie in ihre Wohnung und packte ihre Sachen zusammen. Einen Monat müsste sie mindestens in Hameln verbringen. Es kam ganz darauf an, welche Anforderungen die Stadtplanung stellte.

Iris mitzunehmen war eine gute Entscheidung gewesen. Die Kollegin hatte für sie beide eine Unterkunft bei Verwandten, ganz in der Nähe des Projektortes, organisieren können. So mussten sie nicht die ganze Zeit über mit dem Wagen fahren, sondern konnten morgens zu Fuß zur Arbeit laufen. Sophie liebte einen Spaziergang vor dem Job. Sie konnte sich dabei entspannen, was ihre Kreativität beflügelte.

Nachdem sie ihre Reisetasche vollgestopft hatte, sank sie auf den Stuhl auf ihrem winzigen Balkon. In einem Blumenkübel blühten die gleichen Traubenhyazinthen und Narzissen wie auf Fridas Grab. Sie beugte sich zu den Pflänzchen hinunter.

»Ich muss euch jetzt eine Weile allein lassen. Sorry. Aber Paula von nebenan wird euch bestimmt liebevoll pflegen.«

Sophie hatte immer ein schlechtes Gewissen, wenn sie wegfuhr. Pflanzen besaßen für sie auch so etwas wie Seelen. Deshalb redete sie mit ihnen. Manche hielten das für Einbildung, aber sie war davon überzeugt, dass, wenn sie mit den Blumen sprach, sie auch besser gediehen. Ein Lächeln huschte über ihre Lippen. Ein wenig verrückt war sie schon. Das hatte auch David damals festgestellt.

Ein leises Miauen erklang neben ihr. Miezi, Paulas getigerte Katze, balancierte auf dem Balkongeländer. Es verging kein Tag, an dem das Tier sie nicht besuchte, um sich seine Streicheleinheiten abzuholen. Als sie neben Sophie stand, rieb sie schnurrend das Köpfchen an ihrer Schulter.

Paula wohnte in der Wohnung gegenüber auf dem Flur. Ihre Balkone waren durch das Geländer verbunden und gleichzeitig durch eine Wand aus Glasbausteinen voneinander getrennt. Hässliche, bunte Glasbausteine. Typische Relikte aus den Siebzigern. Sie störten Sophies ästhetisches Empfinden. Dennoch war sie froh, diese günstige Wohnung ergattert zu haben. Sie hörte Paula nebenan pfeifen.

»Na, willst du dich von mir verabschieden?« Sophie strich Miezi über den Rücken, was sie noch lauter schnurren ließ.

»Hey, Sophie! Geht's wieder los?« Paula lehnte sich über das Balkongeländer und winkte ihr zu.

»Ja, gleich morgen. Pflegst du wieder meine Babys?« Sophie zeigte auf den Blumenkübel neben ihr.

»Ja, klar.«

Sophie warf der Freundin und Nachbarin eine Kusshand zu.

»Wohin geht's diesmal?« »Nach Hameln«, antwortete Sophie. Miezi sprang auf ihren Schoß und stupste ihre Hand an als Aufforderung, sie weiterzukraulen.

»In die Rattenfängerstadt! Geil! Mittelalterliche Städte find ich toll. Da wollte ich schon immer mal hin. Hat aber nie geklappt.« In Paulas Augen lag ein Glitzern wie bei einem Kind unter dem Weihnachtsbaum. »Da gibt's doch einen berühmten Garten in der Nähe, der nach dir benannt ist«, sagte Paula und kicherte. Ein Garten nach ihr benannt, das wäre sicher etwas ganz Besonderes.

Ein seltsames Gefühl beschlich Sophie plötzlich. Sophie … Sophiengarten. »Mag sein«, antwortete sie ausweichend. »Bei unserem Auftrag werde ich kaum Zeit für Ausflüge haben.« Dabei hätte sie sich wirklich sehr gewünscht, ihn zu betreten und die vielen Details zu entdecken, die sie aus Fridas Erzählungen und den Fotos kannte.

»Er muss traumhaft sein. Meine Mutter war mal dort, kurz nach der Wiedereröffnung durch diese bekannte Malerin. Ich komme jetzt nicht auf ihren Namen …« Paula seufzte mit sehnsuchtsvollem Blick.

»Eva Allenheim«, beantwortete Sophie die Frage der Freundin.

»Ja, richtig, so hieß sie. Eine schöne und sehr begabte Frau. Viele waren geschockt, als die Nachricht von ihrem Tod die Runde machte.«

Leider war diese Episode an Sophie vorbeigegangen. Sie kam einfach viel zu wenig zum Zeitunglesen, und zum Fernsehen erst recht nicht. Morgens stand sie in aller Herrgottsfrühe auf und arbeitete bis acht Uhr abends. Nach einem Entspannungsbad und einem Essen sank sie völlig geschafft in die Kissen. Kein spektakuläres Leben. Manchmal wäre sie auch gern gereist, an verträumte Orte.

»Ach, ich beneide dich so, Sophie. Wenn ich Urlaub hätte, würde ich euch begleiten. Aber im Salon brummt es momentan.« Paula arbeitete nur wenige Meter entfernt in Susis Cut and Go, einem geschmackvoll eingerichteten Frisiersalon. Sophie sah ihn nur selten von innen, denn meistens widmete sich Paula ihrem Haar zu Hause.

»Da fällt mir gerade ein … Nimm diesen Formspüler mit, den in der lila Flasche, damit dein Haar von der Sonne nicht so austrocknet«, riet Paula ihr.

Sophie versprach es. Miezi hatte genug vom Streicheln, sprang wieder auf das Balkongeländer und balancierte wie eine Seiltänzerin zu ihrem Frauchen hinüber. Dann verließen beide den Balkon. Eine Weile schaute Sophie in die Natur hinaus, bis sie fröstelte. Abends wurde es noch immer empfindlich kühl.

»Gute Nacht, Paula! Gute Nacht, Miezi!«, rief sie zu den beiden hinüber, bevor auch sie in ihre Wohnung zurückkehrte.

»Bring mir bitte einen Bildband von Schloss und Garten mit«, rief Paula ihr nach.

»Mach ich! Und Katzenminze für Miezi.«

In der Nacht träumte Sophie von einem riesigen, gelben Blumenmeer, das im Wind wogte. Sie lief darauf zu, um das faszinierende Schauspiel aus der Nähe zu betrachten. Hinter den Blumen ragte das Schloss auf, eine dunkle, furchteinflößende Trutzburg. Aus der Ferne ertönte eine Melodie auf einer Flöte. Ein Mann mit Hut und Schnabelschuhen blies darauf. Sofort erkannte sie in ihm den Rattenfänger. Sie hielt vergeblich Ausschau nach Ratten und Kindern, die seiner Waise folgten. Stattdessen bebte unter ihren Füßen die Erde. Trompeten ertönten.

Sophie riss die Augen weit auf, denn dem Flötenspieler folgten ein Dutzend graue Berge. Elefanten? Hier? Wenn die durch den Park trampelten, würden sie vielleicht einiges vernichten. Sie musste den Flötenspieler aufhalten. Sophie hob die Arme und bedeutete ihm, nicht weiterzugehen. Doch er lief unbeirrt weiter voran durchs Blumenmeer. Der konnte doch nicht wirklich diese Tonnengewichte durch die Blumen führen? Das musste sie verhindern.

Als der erste Dickhäuter seinen Fuß auf die blühende Wiese setzte, summten die Pflanzen eine melancholische Litanei. Sophie stellte sich den Dickhäutern mutig in den Weg, während sie gleichzeitig deren Anführer zurief, er müsse die Tiere um das Beet herumdirigieren. Doch der Flötenspieler schien sie nicht zu hören und schritt unbeirrt weiter voran. Sophie rief ihm zu, während sie gleichzeitig mit den Armen fuchtelte, damit er auf sie aufmerksam wurde. All ihre Versuche verpufften im Nichts. Sie stellte sich ihm wütend entgegen. Aber der bizarre Tross war nicht zu stoppen. Sophies Augen füllten sich mit Tränen, als sie erkannte, dass die Elefanten eine Schneise ins Beet geschlagen und einen Großteil der Blumen erbarmungslos niedergetrampelt hatten. Sie hörte das Wehgeschrei der Pflanzen.

Als der Rattenfänger näherkam, starrte sie ihn erstaunt an. Er war dunkelhäutig. Nachdem die Elefanten alles niedergetreten hatten, folgten sie dem Flötenspieler auf die dahinterliegende Wiese. Sophie drehte sich nicht um, sondern starrte nur auf das Blumenfeld vor ihr, das einem Schlachtfeld glich. All die schönen Blumen. Einfach so. Sie konnte die Tränen nicht länger zurückhalten. Wie konnte jemand zulassen, so etwas Wundervolles zu zerstören? Tränen flossen über Sophies Wangen …

Am nächsten Morgen nach dem Aufwachen hatte Sophie Mühe, ihre Augen zu öffnen. Weil sie verklebt waren, als hätte sie lange geweint. Sie lief ins Bad hinüber und wusch sich behutsam die Krusten aus den Augen. Was für ein seltsamer Traum! Hatte sie tatsächlich im Schlaf um die zertrampelten Blumen geweint? Früher hatten Frida und sie immer ihre Träume gedeutet anhand eines Traumdeutungsbuches. Alle Träume, die sie nicht durch dieses Buch hatten erklären können, waren in die Kategorie mögliche Zukunftsereignisse eingestuft worden. Elefanten! Stand etwa ein Zoobesuch an? Lächelnd schüttelte Sophie den Kopf. Fridas Tod hatte sie ganz schön durcheinandergebracht.

Nach ihrer Morgendusche klingelte es an der Tür. Iris stand davor mit Gepäck und einer Tüte ofenwarmer Croissants, deren köstlicher Duft Sophies Magen knurren ließ.

»Ich glaube, die essen wir besser im Wagen. Ich fülle noch schnell den Kaffee in die Thermoskannen. Du kannst dein Gepäck schon ins Auto packen. Hier.« Sie reichte der Kollegin den Wagenschlüssel und verschwand wieder in der Küche. Nachdem sie den Kaffee umgefüllt hatte, griff sie nach ihrer Reisetasche und legte obenauf Fridas Gartenführer, in dem noch immer der Zettel zwischen den Seiten des Sophiengartens klebte. Als sie die Tür hinter sich abschloss, hatte sie das Gefühl, ein weiteres Kapitel in ihrem Leben beenden. Dabei führte sie doch nur ein neues Projekt. Es war doch nicht das erste Mal. Dennoch konnte sie das schnelle Pochen ihres Herzens nicht verleugnen. Sophie eilte hinunter zum Firmen-Pick-up, in dem Iris bereits saß.

8.

»Bist du sicher, dass der Einbrecher wirklich da gewesen ist?« Christians vorwurfsvoller Blick machte Emanuel noch wütender, als er schon war. Dass der Kerl ihm durch die Lappen gegangen war, ärgerte ihn maßlos.

»Ich bin nicht betrunken gewesen, falls du darauf anspielst. Ich habe seit gestern keinen Alkohol angerührt«, verteidigte er sich.

»Weil du vielleicht nichts mehr im Haus hast?« Christian hatte den Nagel auf den Kopf getroffen. Ja, er hatte nichts mehr, und er fühlte sich deshalb beschissen. Hatte Magenschmerzen und einen Brummschädel. Außerdem hatte er beschlossen, keinen Tropfen mehr anzurühren.

»Nein «, log er.

»Sich zu betrinken bringt Eva auch nicht wieder zurück. Also hör endlich auf damit. Komm lieber wieder in die Firma zurück, wo du gebraucht wirst. Arbeit bewirkt oft Wunder.«

Emanuel wusste, dass sein Bruder recht hatte und sich um ihn sorgte. Aber er hasste es, wenn Chris ihm vorschrieb, was er zu tun und zu lassen hatte. Nur weil er der Ältere war und Oberhaupt des Familienunternehmens, besaß er nicht das Recht, ihn zu bevormunden, wie er es als Kind schon getan hatte.

Der Alkohol hatte eine Weile seinen Schmerz betäubt und ihn über die Einsamkeit hinweggetröstet. *Nein, du hast dich im Wein und deinem Selbstmitleid gebadet!*

»Ich weiß selbst, was ich tue, Chris«, antwortete er barsch. Sein Bruder kniff verärgert die Lippen zusammen, erwiderte aber nichts mehr. Diesen mitleidigen Blick Christians konnte er nicht ausstehen.

»Wieso hast du nicht wenigstens die Polizei gerufen?«, bohrte sein Bruder nach einer Weile nach und umrundete das ovale Parkettmuster, das die Tischgruppe einrahmte. Es war ein Fehler gewesen, Chris wegen des abendlichen Eindringlings anzurufen. Jetzt hagelte es Vorwürfe und Ratschläge, auf die er gut und gerne verzichten konnte.

»Weil er nicht gewalttätig aussah. Es wurde nichts beschädigt oder gestohlen. Vielleicht hat er nur einen Unterschlupf bei dem Sauwetter gesucht.« Er wollte jetzt nicht darüber nachdenken. Ihm schwirrte der Kopf.

»Kannst du ihn wenigstens beschreiben?« Christian ließ nicht locker.

»Ich weiß nicht mehr als das, was ich dir eben schon gesagt habe. Etwa mein Alter, kleiner als ich, stämmig, dunkelhäutig.«

Hinter Emanuels Schläfe pochte es immer schmerzhafter. *Nur einen Schluck Bordeaux!* Diese verfluchte Stimme in seinem Hirn wollte nicht verstummen. Doch er würde ihr widerstehen.

»Das sagtest du schon. Ist dir denn nichts Besonderes an ihm aufgefallen? Eine Narbe oder so?«

Das Hämmern in Emanuels Kopf wuchs, dass ihm schwummerig wurde. Er massierte sich Stirn und Schläfen. Das half ein wenig. So gut es ging rief er sich den Fremden ins Gedächtnis zurück. Irgendwas war ihm aufgefallen ... Doch je mehr er sich zwang, sich zu erinnern, desto stärker wurde der Kopfschmerz.

Er zuckte mit den Schultern. »Nein, nichts«, stieß er gequält hervor.

»Das hilft uns wirklich nicht weiter, schon gar nicht für eine Anzeige. Und du solltest Anzeige erstatten«, sagte Christian eindringlich und zeigte auf ihn.

Mit diesen Worten drehte er sich um und ging zur Tür. Emanuel hielt sich eine leere Flasche an die Stirn, deren Kühle ihm tatsächlich Linderung verschaffte.

Da fiel ihm ein, dass er am Hals des Fremden einen auffälligen Anhänger gesehen hatte. »Er hatte doch was ...«

Sein Bruder zog die Tür auf und hielt bei Emanuels Worten inne.

»So einen Anhänger um den Hals, ähnlich wie Amelies.« Jedes Wort glich einem Hammerschlag. Er stützte den Kopf in die Hände und hörte, wie Christian zurückkam.

»Meinst du etwas aus Elfenbein?«, fragte Christian mit angespannter Stimme.

Emanuel sah auf.

»Ja, aus Elfenbein. Irgend so ein afrikanischer Baum.« Er sah den Anhänger wieder deutlich vor sich. »Mit einer Raubkatze drauf.«

Mit zwei Schritten war Christian bei ihm. »Bist du dir ganz sicher?«

»Herrgott noch mal! Wenn ich es doch sage«, fuhr Emanuel auf. Er wollte jetzt allein sein.

»Schon gut ... Vielleicht ...« Der Blick seines Bruders war in die Ferne gerichtet. In seiner Miene lag ein Ausdruck der Erleuchtung. Auch Emanuel sah mit einem Mal die Puzzleteile klar vor sich.

»Meinst du, das könnte der Elfenbeinschnitzer gewesen sein, der von den Schachfiguren?«

»Schon möglich«, antwortete Christian.

»Aber was wollte er dann hier? Der Sitz des Familienoberhauptes war seit Generationen immer das Palais.«

»Das, befürchte ich, müssen wir wohl herausfinden. Vielleicht hat er etwas gesucht? Die fehlenden Schachfiguren? Oder war er doch nur ein Einbrecher?«, mutmaßte Christian.

»Mir fällt beim besten Willen nichts ein, was sich zu stehlen lohnen würde, außer den antiken Dekorgegenständen im Silbersalon.«

Schloss Sophiengarten war zwar fertig restauriert, aber durch Evas Krankheit hatten sie es nie geschafft, alle Räume zu einzurichten. Außer dem Silbersalon, der kleinen Küche, dem Schlaf- und Ankleidebereich mit Bad und dem Gästetrakt standen alle anderen Zimmer leer. Selbst der Dachboden war ausgeräumt, und im Kellergewölbe, wo sich noch vor ein paar Wochen die Weinflaschen in Regalen gestapelt hatten, herrschte Leere.

Hier gab es nichts Lohnendes zu finden. Nicht mal ein Schmuckstück, das man verkaufen könnte.

»Ich werde noch einmal zu dem Kurierdienst fahren, der mir das letzte Kuvert mit dem Schachzug gebracht hat. Vielleicht weiß dort jemand was«, sagte Christian.

9.

Das wechselhafte Frühlingswetter in Hameln erschwerte die Arbeit an der Grünanlage und trieb Sophie fast zur Verzweiflung. In manchen Nächten herrschte noch immer Frost, dass sie nicht pflanzen konnten. Wenn das so weiterging, könnten sie das Projekt nicht rechtzeitig fertigstellen. Das hätte womöglich zur Folge, dass sie keinen Auftrag mehr erhielten.

Heute hingegen zeigte sich das Wetter von seiner besten Seite. Die Sonne schien so warm auf sie herab, dass sie sich ihre Strickjacken auszogen und die Ärmel ihrer Blusen hochkrempelten. Die ersten Falter flatterten zwischen den bereits gepflanzten Stauden.

Schon seit Tagen hatte Sophie geplant, Hamelns Innenstadt zu erkunden. Stattdessen hatte sie ihre kostbare freie Zeit damit verplempert, die Pflanzen zu pflegen. Abends war sie zu müde gewesen, um noch etwas zu unternehmen. Allein hatte sie auch keine Lust, denn Iris nutzte die Zeit, ihre Familie und Freunde zu besuchen. Auch heute würde sie es sich in dem winzigen Apartment, das sie mit Iris bewohnte, im Schlabberlook mit einer Tasse Kräutertee auf dem Bett gemütlich machen. Oft blätterte sie in Fridas altem Bildband und ließ die Erinnerungen an die gemeinsame Zeit wieder aufleben. Doch bevor sie Hameln verließen, wollte sie wenigstens Schloss Sophiengarten besuchen. Iris hatte ihr fest versprochen, sich am Wochenende einen Tag dafür freizuschaufeln. Sophie fieberte diesem Ereignis entgegen.

Sie schaute auf die Uhr. In einer halben Stunde war Feierabend, und das Wochenende lag vor ihnen. Ein Besuch im Sophiengarten! Zwischen die Stauden musste nur noch der Rest Blumenzwiebeln gesteckt werden. Iris trug den Holzkorb mit den Knollen vom Pick-up zur Rabatte. »So, das sind jetzt die letzten. Ich nehme die Tulpen«, schlug sie vor und sah Sophie fragend an.

»Ja, klar. Also dann los.« Sophie streckte ihre Hand nach den Blumenzwiebeln aus. »Wann wollen wir denn morgen los?«, fragte sie und grub ein Loch.

»Du … ich glaube, das … das geht morgen doch nicht«, antwortete Iris und wurde rot. »Ich hatte ganz vergessen, dass Tante Ilse Geburtstag hat. Da fahren wir alle zum Kaffee hin. Tut mir leid, aber ich kann …«

»Schon gut, mach dir keinen Kopf drum.« Sophie winkte lächelnd ab, obwohl sie insgeheim schon enttäuscht war, denn bereits am vergangenen Wochenende hatten sie den Gartenbesuch wegen des schlechten Wetters ausfallen lassen.

»Ich bin so froh, dass du mir nicht böse bist. Nächstes Wochenende klappt es. Ganz bestimmt«, versprach Iris lächelnd.

Sophie war bemüht, sich ihre Enttäuschung nicht anmerken zu lassen, und nickte.

Doch am nächsten Tag entschied sie sich um. Sie würde sich nicht nach Iris richten. Das sonnige Wetter lockte sie ins Freie. Eine Stunde später saß sie auf ihrem Fahrrad, das auf dem Firmen-Pick-up Platz gefunden hatte, und radelte an der Weser entlang. Sie folgte den Hinweisschildern zum Schloss Sophiengarten. Warme Luft streichelte ihr Gesicht. Inmitten einer Wiese stand ein Mast, auf dem ein Storchennest thronte. Bald würden die Zugvögel eintreffen und auf der Suche nach Essbarem über das satte Grün staksen. Sophie trat die Pedale schneller, denn sie konnte es kaum erwarten, ihr Ziel zu erreichen. Am Ende der Platanenallee leuchtete von Weitem die gelbe Schlossfassade. Wie in Fridas Bildband. Verspielt und verschnörkelt wie ein Märchenschloss. Inmitten der Gebäudefront erhob sich ein quadratischer Turm über die Dächer hinaus. Er beherbergte das doppelflügelige Eingangsportal, über dem sich auf Säulen gestützt ein Balkon befand. *Sicher hatten die Herrschaften von dort aus ihren Untertanen zugewinkt.* Im Hintergrund war ein kleiner Turm zu erkennen, dessen oberste Etage rundum verglast war. Auf dem Dach zählte sie über ein Dutzend

Kamine. Jedes Fenster besaß einen Sims, und die größten unter ihnen darüber sogar einen gemauerten Baldachin. Sie hätte noch eine Weile das schmucke Gebäude betrachten können, aber sie brannte darauf, endlich den Garten zu sehen.

Langsam fuhr sie die Allee entlang. Frida und Iris hatten von langen Besucherschlangen gesprochen. Doch nichts von alldem war zu sehen. Der Schlossparkplatz war leer und die Schranke davor geschlossen. Grün wuchs durch den Kies. Das Holzschild, das zum Eingang zeigte, war verwittert, was darauf hindeutete, dass das Anwesen seit Längerem geschlossen war. Sophie radelte dennoch weiter, in der Hoffnung, über den Zaun einen Blick ins Innere des Traumgartens werfen zu können. Als sie den kunstvoll geschmiedeten Zaun erreichte, der das Schloss umgab, herrschte eine seltsame Stille, wie auf einem Friedhof.

Die Hecke hinter dem Zaun wucherte wild. Braune Stellen waren nicht herausgeschnitten worden. Sophie lehnte das Fahrrad an den Zaun, teilte die Zweige und schaute hindurch. Ihr gegenüber erkannte sie die Kletterrose mit den gefüllten Blüten, die sie von den Fotos aus dem Bildband kannte. *Die vielen Wildtriebe müssen entfernt werden. Wie konnte der Eigentümer dieses Kleinod nur so verwahrlosen lassen?* Sophie lief weiter und spähte an anderer Stelle durch die Hecke. Hier hatte Unkraut sämtliche Beete erobert, und an ein Stück entfernt verdeckten die vertrockneten Stiele der Frühlingsblüher die Bodendecker. Überall fehlte die Hand eines Gärtners. Sophie seufzte und schloss die Augen. Frida war entfernter denn je. Vielleicht lag es an der mangelnden Gepflegtheit, dass sie die Freundin nicht fühlen konnte. Frida wäre entsetzt über den Zustand des Gartens gewesen. Im Geist sah Sophie die Freundin vor sich. Sie hätte die Ärmel hochgekrempelt und einfach mit dem Jäten begonnen.

Sophie sah sich um. Dieser Garten war zu retten. Eine Menge Arbeit zwar, aber er würde wieder seinen einstigen Charme versprühen. Im Geist überschlug sie alle Tätigkeiten. Es juckte in ihren Fingern, Hand anzulegen, um Ordnung zu schaffen. Doch ohne Einwilligung der Besitzer wagte sie es nicht. Sie musste mit den Besitzern sprechen. Es zog sie tiefer in den Garten. Dafür musste sie über den Zaun klettern. *Das ist Hausfriedensbruch!* Hausfriedensbruch hin oder her, sie musste jetzt da rein. Schließlich war sie nur wegen dieses außergewöhnlichen Gartens hier. Sophie sah sich nach allen Seiten um, ob sie jemand beobachtete. Die geschlossenen Fensterläden, der leere Parkplatz und das ungepflegte Anwesen. Offenbar wohnte hier niemand mehr. Schade um das Schloss und den Garten. Diese Güldensteins waren stinkreich. Sie hätten es sich erlauben können, den Garten wiederherzurichten.

Als sie sich vergewissert hatte, dass niemand sie beobachtete, kletterte Sophie über den schmiedeeisernen Zaun. Zum Glück schaltete sich keine Alarmanlage ein. Prompt riss sie sich dabei die Hose auf und fluchte. Ausgerechnet ihre Lieblingsjeans. Es war wirklich eine Schnapsidee, den fremden Garten zu betreten. Dafür klaffte ein riesiges, hässliches Loch über ihrer rechten Gesäßhälfte, und Stoff baumelte herab. Egal, hier würde sie sowieso niemand sehen, und auf dem Rückweg saß sie ja auf dem Sattel. Sophie folgte dem schmalen Pfad zwischen den Beeten. Zwischen wilden Ranken streckten Frühlingsblüher ihre Köpfe heraus. Mit jedem Schritt tauchte Sophie tiefer in die Welt dieses Gartens ein, und in ihr entstanden Bilder, wie er einst ausgesehen haben mochte und erneut erstrahlen könnte. Was hätte sie darum gegeben, Frida an ihrer Seite zu wissen. Die Struktur des formalen Gartens war nur noch zu erahnen. Es roch nach verfaulten Pflanzen und feuchter Erde. Nicht weit von hier mussten sich die bekannten Wasserkaskaden mit der Grotte sowie der Teich befinden. Sie und Frida hatten so oft den Gartenplan angeschaut, dass Sophie sich gut an die Aufteilung erinnern konnte. Die Rosenknospen hatten sich noch nicht geöffnet. Zwischen den Rosenbeeten stehend, die sicher ein Fußballfeld füllen konnten, ließ sie den Blick umhergleiten. In der gleichen Struktur mit denselben Rosensorten hatte Frida auch ihren eigenen Garten hinter dem Haus angelegt. Zentifolien-, Damaszener, Alba- und Gallicarosen. Sobald sie ihre Knospen öffneten, würde ein lieblicher Duft die Luft erfüllen.

So wie Frida es geliebt hatte. Einen Moment schloss Sophie die Augen. An dieser Stelle spürte sie Fridas Nähe. Sie beugte sich zu den Rosen hinab und streichelte über ihre Knospen. »Meine Freundin Frida hat euch bewundert. Sie würde sich sicher sehr freuen, wenn ihr in diesem Jahr reichlich blüht.«

Als der Pfad sich teilte, bog sie nach links ab und umrundete ein längliches, einstöckiges Gebäude, dessen geschlossene Fensterläden ebenfalls ungebetene Besucher fernhalten sollten. Efeu hatte weite Teile der Mauer erobert. Sophie näherte sich, um durch den Glasausschnitt in der Tür einen Blick ins Innere zu werfen. Sie erkannte ein gemaltes Holzschild mit der Aufschrift *Evas Reich*. Rechts davon standen mehrere mit Laken verhüllte Staffeleien. Sophie drückte ihr Gesicht gegen die Scheibe, um besser sehen zu können. Über einer Tür im hinteren Bereich prangte neben dem Güldenstein-Wappen das Schild *Zur Manufaktur*.

Sophie erinnerte sich, dass die verstorbene Malerin nicht nur Gemälde gefertigt, sondern auch Geschirrdekors entworfen hatte. Schade, dass alles hier verstaubte. Über allem schien der Schleier des Vergessens zu liegen. Offenbar war für den Schlossbesitzer nicht nur die Malerin gestorben, sondern auch all das, was zu ihrem Leben gehört hatte. Sophie schüttelte den Kopf und war enttäuscht, dass sie Frida nicht spüren konnte. Vielleicht stellte sich das Gefühl ein, wenn sie vor den Kaskaden oder dem Teich stünde.

Nach wenigen Metern erreichte sie das Ufer des malerischen Teiches. Auf den Fotos hatte die Wasseroberfläche durch die einfallenden Sonnenstrahlen geglitzert. Jetzt hinderten die Baumkronen jeden Strahl hindurchzudringen. Die in Stein gehauenen Gesichter an den Wasserkaskaden wirkten traurig.

Eine Bewegung zu ihren Füßen weckte ihre Aufmerksamkeit. Sophie bückte sich und nahm drei Frösche auf dem Weg zum Teich behutsam in die Hand, trug sie zum Ufer und setzte sie ab. »Vielleicht erscheint gleich ein Prinz, wenn ich einen von euch küsse«, sagte Sophie leise und schaute dem hüpfenden Trio hinterher.

»Was zum Teufel machen Sie denn hier?« Die wütende Baritonstimme ließ sie erschrocken zusammenfahren. Langsam drehte sie sich zu ihm um. Emanuel von Güldenstein stand vor ihr. Fast hätte sie ihn nach den Fotos nicht erkannt.

»Ich … ich dachte, dass niemand hier wäre …«, stammelte sie verlegen und ärgerte sich über ihre Unsicherheit. Sie musterte ihr Gegenüber, der sie mindestens um einen Kopf überragte. Dünn und blass war er, mit dunklen Ringen unter den Augen. Sein schulterlanges Haar hing wirr herab, und sein Vollbart hätte eine Kürzung vertragen können. Der Blick aus seinen grünen Augen richtete sich vorwurfsvoll auf sie.

»Ach ja, dachten Sie?«, sagte er spöttisch. »Sie haben unerlaubt Privatbesitz betreten. Ich gebe Ihnen noch die Chance, schnell zu verschwinden, bevor die Polizei hier eintrifft.«

Die hohen Wangenknochen, die klassischen Züge … Es war nicht der Dreitagebart, der störte, sondern sein Blick, dem es an Wärme und Lebendigkeit fehlte. Sophie fröstelte plötzlich.

»Sie sind …?«

»Emanuel von Güldenstein«, fiel er ihr ins Wort, bevor sie es ausgesprochen hatte.

»Sophie Becker«, stellte sie sich vor.

Er musterte sie abweisend. Sein Blick wanderte über ihren Körper und blieb an dem Fetzen Jeansstoff hängen, der herunterhing. Er hob eine Braue, seine Mundwinkel zogen sich verächtlich nach unten. Augenblicklich wurde Sophie rot. Normalerweise schämte sie sich nicht für ihr Missgeschick. Heute aber schon. Ausgelöst durch seine Gegenwart. Er zog sein Handy aus der Tasche, und Sophie ahnte, was er vorhatte.

»Sie wollen doch nicht wirklich, oder …?«

Ihre Erfahrungen mit Gesetzeshütern waren seit ihrer letzten Fahrt nach Holland, auf der ihr jemand Haschkekse untergejubelt hatte und sie in eine Polizeikontrolle geraten war, nicht die besten. Wie eine Verbrecherin war sie behandelt worden. Das musste sie nicht noch einmal erleben. Sie hob abwehrend die Hände. Aus seinem finsteren Blick deutete sie, dass er wenig Erbarmen zeigen würde.

»Nein, bitte, keine Polizei. Hören Sie, es tut mir leid. Ich bin nur ein Riesenfan von diesem Garten und Eva Allenheim. Ich wollte ihn mir schon lange aus der Nähe ansehen. Leider wohne ich weiter weg. Und jetzt hatte ich zufällig die Gelegenheit, und da stand ich vor verschlossener Tür …«, versuchte sie ihn umzustimmen.

Es zuckte unter seinem Lid. Dann zogen sich seine Brauen zusammen.

»Und da dachten Sie, weil nicht geöffnet ist, kann ich auch einbrechen?« Er klang so bitter, dass sie für einen Augenblick versucht war, die Hand tröstend auf seinen Arm zu legen. Vermutlich hätte ihn das nur noch mehr gegen sie eingenommen.

»Nein, es tut mir leid …«

»Ihnen würde es doch sicher auch nicht gefallen, wenn ich plötzlich in Ihrem Garten stehen würde. Es gibt Grenzen, Zäune, die andere bewusst aufgestellt haben. Um Neugierige und Gaffer abzuhalten. Haben Sie schon mal was von Privatsphäre gehört?«

Weshalb war er so garstig und zynisch? »Nein, natürlich nicht. Wie gesagt, ich wollte wirklich nur gucken. Und kaputtgemacht habe ich auch nichts. Bitte, rufen Sie keine Polizei. Ich bin auch schon verschwunden. Versprochen.« Sie drehte sich um und lief auf den Gartenzaun zu, den sie vorhin überklettert hatte.

»Was haben Sie denn jetzt wieder vor? Der Ausgang ist weiter da hinten!«, rief ihr von Güldenstein hinterher.

»Weiß ich, aber es ist doch abgeschlossen.«

Sie hörte ihn laut seufzen. »Also schön, kommen Sie, ich lasse Sie vorne raus.«

Sophie stoppte und drehte sich zu ihm um. »Danke, ist auch besser für meine Hose«, erwiderte sie und grinste. Er erwiderte nichts darauf, sondern überholte sie und lief mit weitausholenden Schritten voran.

Auf dem Weg zum Eingang zog sich ihr Herz beim Anblick der verkümmerten Blumen und ungepflegten Beete zu beiden Seiten des Weges zusammen. Hier war alles noch mehr vom Unkraut überwuchert. Vor ihrem geistigen Auge sah sie den Blauen Garten vor sich, den sie und auch Frida so bewundert hatten. Die einstige Gestaltung war kaum noch erkennbar. Wie konnte Emanuel von Güldenstein das Andenken an seine Verlobte so mit Füßen treten? Solche Lieblosigkeit machte sie wütend.

»Haben Sie jetzt genug vom Garten gesehen?«, brach er das Schweigen. Ihm war also nicht entgangen, dass sie sich umsah. *Ja, mehr als genug*, dachte sie traurig, bevor sie all ihren Mut zusammennahm. »Es ist eine Schande, den prachtvollen Garten so verkommen zu lassen.«

»Ach, sind Sie Expertin, dass Sie mich kritisieren? Das steht Ihnen nicht zu. Genauso wenig wie der Zutritt zu meinem Garten.« Herrgott, sie hatte es ihm doch erklärt. Seine Vorwürfe ärgerten sie. *Tief durchatmen, Sophie. Niemand kann dich provozieren, erst recht nicht er!*

»Ja, bin ich«, erwiderte sie ruhig und wunderte sich selbst darüber. »Ich bin Landschaftsgärtnerin, zu meinem Spezialgebiet zählen auch historische Gärten.«

Für einen Moment glaubte sie, es interessiert in seinen Augen aufblitzen zu sehen. Doch schon einen Wimpernschlag später lag in ihnen wieder dieser Ausdruck Resignation.

»Ich brauche keinen, der den Garten umkrempelt«, antwortete er barsch. *Und du wehrst dich gegen Gott und die Welt. Aus Schmerz und Verzweiflung*, ergänzte Sophie im Geist und stöhnte innerlich auf.

»Man muss ihn nicht umkrempeln, sondern ihm nur ein wenig Pflege angedeihen lassen. Pflanzen danken einem die Fürsorge mit reicher Blüte«, erklärte sie ihm. Vor dem Tor blieb er stehen und wandte sich zu ihr um.

»Woher haben Sie denn die Weisheiten? Sagen Sie nur nicht, Sie gehören zu den Gärtnerinnen, die mit ihren Blumen sprechen!« Da war er wieder, dieser Zynismus, in den er sich offenbar gern flüchtete. Sophie ließ sich nicht dadurch beirren. Emanuel von Güldenstein hatte sicherlich viel mitgemacht, was ihr Mitgefühl und Verständnis erforderte. Der Tod seiner Verlobten Eva und die Andeutungen über die Insolvenz des Güldenstein-Imperiums waren vor nicht allzu langer Zeit durch die Presse gegangen. Aber er machte es ihr ausgesprochen schwer, nett zu ihm zu sein.

»Machen Sie sich nur lustig darüber. Blumen widersprechen wenigstens nicht. Im Gegenteil sie sind sehr dankbar. Auf ihre Weise.«

Seine Mundwinkel zuckten.

»Dankbar! Wie denn? Bei aller Liebe, an so was glaube ich nicht. Gleich behaupten Sie noch, Pflanzen besäßen eine Seele.«

»Können Sie mir denn das Gegenteil beweisen?« Er schien überrascht. Plötzlich verdüsterte sich seine Miene.

»Vielleicht gibt es ja auch keine Seele! Keine Liebe, keine Hoffnung und keine Gerechtigkeit!«

Schmerz und Verzweiflung schwangen in seinen Worten mit, die Sophie tief berührten.

»Doch, es gibt sie, weil wir tief in unserem Innern daran glauben«, antwortete sie leise.

Er schaute in die Ferne und kaute auf der Unterlippe.

Sein klarer Blick öffnete ihr ein Fenster auf den Mann hinter der unsichtbaren Mauer aus Verzweiflung und Zorn. Am liebsten hätte sie ihn erneut tröstend berührt. Aber sie fühlte, dass er eine Berührung niemals zugelassen hätte.

»Ich muss Sie jetzt bitten, endlich zu gehen«, sagte er bestimmt und schloss die Eingangspforte auf. Er wollte sie so schnell wie möglich loswerden.

Sie zog aus ihrer Handtasche ihre Visitenkarte und reichte sie ihm. Er machte keine Anstalten, sie entgegenzunehmen. »Meine Kontaktdaten. Ich würde Ihren Garten gern wiederherrichten.« Als er den Mund öffnete, hob sie abwehrend die Hände. »Ich würde nichts wirklich ändern wollen. Er ist perfekt. Aber er braucht eine ordnende Hand und Pflege.« Seine Seele kümmerte in der Einsamkeit wie die Pflanzen. Sophie holte mit dem Arm aus und deutete auf die Beete. Dabei entdeckte sie das rosaschimmernde Blütenköpfchen einer Akelei, deren zarter Stängel sich zwischen die Ranken von Günsel und Ackerwinde geschoben hatte. Sophie ging darauf zu und bückte sich.

Emanuel von Güldenstein beobachtete sie schweigend.

»Wenn ich mich richtig erinnere, heißt diese Sorte hier Eva.« Sie blickte hoch. Als sie den Namen seiner verstorbenen Verlobten nannte, blitzte es wieder schmerzlich in seinen Augen auf. Emanuel von Güldensteins Seele war tief verwundet. Der Tod der geliebten Frau hatte ein Loch in sein Leben gerissen. Sie dachte daran, dass sie anfänglich angenommen hatte, das Schloss wäre unbewohnt, weil die Fensterläden geschlossen waren und alles verwaist wirkte. Doch jetzt begriff sie, dass Emanuel von Güldenstein sich hierher zurückgezogen hatte, um das Leben auszuschließen. Frida hatte es immer verstanden, Menschen wieder Hoffnung zu geben durch ihre einzigartige, fröhliche Natur. Auch Sophie wünschte sich, einen Sonnenstrahl in Emanuels Leben zu bringen, damit er sich nicht mehr in seinem Schneckenhaus verkroch.

»Schauen Sie, wie zart die Blume ist. Und doch hat sie nicht nur dem Wetter, sondern auch den Unkräutern hier getrotzt. Sie verdient es, von den Schlingen der Ackerwinde befreit zu werden, um endlich atmen zu können.« Mit einem Ruck packte sie das Unkraut an der Wurzel und riss es aus der Erde.

»Eva hat Akeleien geliebt«, sagte Emanuel so leise, dass Sophie sich anstrengen musste, es zu verstehen.

»Gerade deshalb sollten Sie diese Liebe wieder blühen lassen. Auch ich habe einen Menschen verloren, der mir sehr viel bedeutet hat. Meine beste Freundin. Sie war Gärtnerin mit Leib und Seele. Nichts war ihr heiliger als die Natur. Kurz bevor sie gestorben ist, sagte sie zu mir, dass ich sie spüren könnte, in jeder Blume, jedem Baum, jedem Strauch. Fühlen Sie denn nicht auch Evas Nähe in dieser Blume?«

Er schüttelte den Kopf. »Da ist nichts. Nichts außer Leere«, brach es aus ihm heraus. Der Ausdruck tiefster Qual zeichnete sich auf seinem Gesicht ab und erschütterte Sophie.

»Sie müssen wieder gute Gefühle zulassen.« Sie richtete sich auf. »Wenn Sie Eva in diesem Garten wieder spüren, dann wird auch dieser Garten wieder blühen. Und ich würde Ihnen dabei helfen. Es würde mich sehr freuen und wäre mir eine große Ehre, wenn

Sie mir die Chance geben würden, diesen Garten wieder nach den Vorstellungen Ihrer Verlobten herzurichten.«

Emanuel von Güldenstein schwieg.

»Leben Sie wohl«, sagte er nach einer gefühlten Ewigkeit und zog die Pforte auf. Sophie nickte und schlüpfte hinaus. Hastig zog er das Tor wieder zu und eilte zum Schloss zurück, ohne sich noch einmal nach ihr umzudrehen.

Enttäuscht begab Sophie sich auf den Heimweg.

10.

Nachdenklich beobachtete Emanuel die Gärtnerin, wie sie vor sich hin pfeifend auf ihr Fahrrad stieg und davonfuhr.

Die Bedeutung ihrer Worte, dass er Eva im Garten spüren könnte, ging ihm noch immer durch den Sinn. Wenn sie wüsste, wie sehr er sich wünschte, er könnte noch einmal die Gegenwart der geliebten Frau fühlen, ihre Stimme hören und ihren vertrauten Duft einatmen. Das war nie mehr möglich! Die Endlichkeit des Lebens war ihm schmerzhaft bewusst. Seine Finger krallten sich in den festen Stoff des Fenstervorhangs. Alles Hirngespinste. Offenbar lebte diese Sophie wie Alice in einer heilen Märchenwelt, mit sprechenden Pflanzen und ewigem Sonnenschein.

Und wenn doch etwas an ihren Worten dran wäre? Wenn er tatsächlich Eva in dem spüren konnte, was sie erschaffen hatte? Er schüttelte den Kopf. Nein, alles, was ihm blieb, waren Erinnerungen an eine glückliche Zeit, die ihm nur bewusst machten, wie vergänglich alles auf Erden war.

Sophie verschwand aus seinem Blickfeld. Sophie. Er mochte den Namen, weil er melodisch klang. Und weil sein Schloss ihn trug. Vorhin, als sie ihm ihre Visitenkarte überreicht hatte, hatte sie angenehm nach Ringelblumensalbe gerochen. Von Eva war er den schweren Duft eines exklusiven Parfüms gewöhnt gewesen. Jeder, der die beiden Frauen verglich, würde bei ihnen an einen schnittigen Porsche und einen schlammbespritzten Geländewagen denken. Während Eva stets zerbrechlich und melancholisch gewirkt hatte, strotzte Sophie vor Tatkraft und guter Laune.

Sophies herzförmiges Gesicht mit den großen, veilchenblauen Augen und den sanft geschwungenen Lippen, auf denen mehrfach ein Lächeln gelegen hatte, war wie ein sonniger Frühlingstag. Beim Anblick ihrer nackten Haut, die aus der zerrissenen Hose herausgelugt hatte, war seine Kehle unerwartet rau und eng geworden. Sicher lag es nur daran, dass er einer Frau schon seit Längerem nicht mehr nahe gewesen war. Er grinste, als er an den geblümten Slip dachte, der hervorgeblitzt hatte. Sophie war nicht gestylt, sondern pure, ungebändigte Natur. Wie die Unkräuter, die in seinem Garten wuchsen. Auch wenn er sich dagegen wehrte, ihre Lebensfreude war ansteckend. Ach, was vergeudete er seine Zeit, über eine Wildfremde nachzugrübeln, die er nicht mehr wiedersehen würde. Die Melodie, die Sophie vorhin gepfiffen hatte, ging ihm nicht mehr aus dem Kopf. Eines von Evas Lieblingsstücken. Emanuel ging in den hinüber Salon, in dem der Konzertflügel stand, bei dessen Anblick ihn erneut wehmütige Erinnerungen heimsuchten. Jeden Abend hatte er hier für Eva gespielt, während sie gegenüber auf dem Sofa gesessen und ihm gelauscht hatte. Manchmal hatte Eva sich neben ihn gesetzt und ihm bewundernd auf die Finger geschaut. Mein Gott, wie sehr hatte er all diese kleinen Begebenheiten genossen. Seine Hände fuhren über den lackschwarzen Flügel, bevor sie sich auf die leicht verstaubte Tastatur legten. Er schloss die Augen. Wie von selbst fanden seine Finger die Tasten, und Sekunden später erfüllte Edvard Griegs Morgenstimmung aus der Peer-Gynt-Suite den Raum. Anfänglich fühlten sich Emanuels Finger steif an. »Es fängt perfekt die Morgensonne ein«, hatte Eva ihm erklärt und mit verträumtem Blick durchs Fenster in den Garten geschaut. »Ein Werk zu komponieren ist wie ein Gemälde auf die Leinwand zu bannen.« Inspiriert von diesem Werk war sie hinüber in die Manufaktur gegangen, um zu malen.

Bereits nach den ersten Takten spürte er, wie die Musik ihn durchdrang, durch seinen Körper floss, bis er mit ihr verschmolz. Emanuel spielte Evas Lieblingsstücke nacheinander.

Immer leidenschaftlicher wurde sein Spiel. Als er zu einem der melancholischeren Stücke überging, kehrten mit jedem Ton Sehnsucht und Traurigkeit zurück. Die aufsteigenden Emotionen störten seine Konzentration, dass er mehrfach danebengriff und sich über die Misstöne ärgerte. Mit einem Wutschrei brach er ab, hämmerte wie ein Wahnsinniger auf der Tastatur herum, bis er unzufrieden mit sich und der Welt den Deckel zuwarf. Keuchend lehnte er die Stirn gegen den Flügel.

Diese Gärtnerin hätte nicht hier auftauchen dürfen. Sie wühlte die verschütteten Gefühle an die Oberfläche. Quälende Erinnerungen. Zum Teufel mit dieser Sophie Becker! Er sprang auf, als er glaubte, zu ersticken, und riss die Türen weit auf. Süßer Blütenduft drang in seine Nase, den er tief einsog. Nachdem seine Sinne sich wieder ein wenig beruhigt hatten, trat er auf die Terrasse hinaus, über der sich der sternenklare Himmel wölbte. Eva hatte sich immer vor der Dunkelheit gefürchtet. Ihretwegen hatte er oft darauf verzichtet, die stille und klare, blütengeschwängerte Luft zu spüren. Heute atmete Emanuel tief ein. Der laue Wind streichelte sanft seine Wange. Während er so dastand und es genoss, legte sich plötzlich eine Hand auf seine Schulter. Erschrocken fuhr er herum. Aber da war niemand zu sehen, auch nicht, als er sich umsah. Diese Sophie hatte ihn völlig durcheinandergebracht. Plötzlich roch er die intensive Note von Chanel No 5, Evas Lieblingsparfüm. Das konnte er sich doch nicht wirklich alles einbilden. Oder doch? Sein Herz hämmerte in der Brust. »Eva?«, flüsterte er in die Stille. Natürlich erhielt er keine Antwort. Eva war tot! Drehte er jetzt völlig durch? Es gab keine Geister, die Hände auflegten und Duft verströmten. Langsam begann er, an seinem Verstand zu zweifeln. Entzugserscheinungen. Kopfschüttelnd kehrte er in den Silbersalon zurück und schloss die Türen und Fensterläden hinter sich, als könne er die Welt und sämtliche Geister aussperren.

Obwohl er todmüde war, konnte er nicht einschlafen. Die Melodie aus Peer Gynt wich nicht aus seinem Kopf, genauso wenig wie diese Gärtnerin. Irgendwann schlief Emanuel dann doch ein.

Das Geräusch dumpfer Schritte war draußen zu hören. Emanuel sah den Lichtschein einer Taschenlampe nahe der Manufaktur. Scheinbar versuchte jemand, dort einzudringen. Ein eisiger

Schauer überlief ihn. Evas Werke! Hastig streifte er sich Jeans und Sweatshirt über, bevor er in seine alten Cowboystiefel schlüpfte, die Eva und er während ihres Urlaubs in Arizona gekauft hatten. Mit der Taschenlampe in der Hand verließ er das Schloss und nahm die Abkürzung, den schlammigen Pfad zwischen den Rhododendren. Kurz bevor er die Manufaktur erreichte, schaltete er die Taschenlampe aus. Im sanften Mondlicht erkannte er die Umrisse einer männlichen Gestalt, die sich mit einem Bolzenschneider an der Kette des Vorhängeschlosses an der Eingangstür zu schaffen machte. Offensichtlich war der Kerl allein. Was wollte der in der Manufaktur, in der sich nur Rohlinge, Grobskizzen und ein unvollendetes Gemälde befanden? Die wertvollen Stücke verwahrte Christian im Palais Güldenstein auf.

Emanuel schlich entlang der Manufaktur zum anderen Ende. Ein Klappern auf der anderen Seite der Manufaktur, dann keuchte der Fremde. Etwas schweres Metallenes krachte auf den Boden, dann folgte ein Fluch. Ein Grinsen huschte über Emanuels Gesicht. Der Kerl stellte sich auch noch ungeschickt an. Doch wie auch im Garten war Emanuel die Vorstellung unerträglich, jemand könnte in Evas Refugium etwas zerstören. Die Manufaktur war Eva heilig gewesen. Was, wenn der Fremde bewaffnet wäre? Nur in einem Überraschungsmoment wäre es ihm möglich, den Kerl zu überwältigen. Emanuel näherte sich dem Eindringling, fest entschlossen, Evas künstlerischen Nachlass zu verteidigen. Doch als er näherkam, verschwand die Gestalt im Morgendunst. Als er die Augen aufschlug, war es noch dunkel.

11.

Sophie hatte die Hoffnung aufgegeben, Emanuel von Güldenstein könnte ihr gestatten, Sophiengarten wieder aufleben zu lassen. Der Garten war das Werk seiner verstorbenen Verlobten und ihm offenbar heilig, dass es ihm missfiel, wenn jemand irgendetwas darin berührte. Zu schade! Sie musste sich damit abfinden. »Wenn du etwas wirklich möchtest, darfst du nie lockerlassen«, hörte sie Frida im Geist sagen. Eine schwere Aufgabe, wenn sie an Emanuel von Güldensteins abweisende Miene dachte. Seufzend ließ Sophie sich aufs Sofa sinken. Sie dachte an Emanuel von Güldenstein. Am liebsten wäre sie noch einmal zum Schloss geradelt, um ihn zu bitten, in seinem Garten Ordnung zu schaffen. Doch seine Haltung strahlte eine abweisende Entschlossenheit aus, die sie davon abhielt. Offenbar lebte er mit dem Geist seiner Verlobten auf dem Anwesen. Sophie schüttelte den Kopf. Was vergeudete sie noch einen Gedanken an diesen Mann? *Gib zu, dass er dir außerordentlich gefällt.* Tatsächlich übte Emanuel von Güldenstein eine unwiderstehliche Anziehungskraft auf sie aus, die sie nicht beschreiben konnte. Es war nicht nur sein attraktives Äußeres, sondern sein qualvoller Blick hatte ihr Herz berührt. Er weckte in ihr das seltsame Gefühl, ihn tröstend in die Arme zu ziehen. Bei jedem anderen hätte sie es getan, aber seine abweisende Haltung glich einer transparenten Mauer, die sie davon abhielt.

Selbst wenn sie sich unter anderen Umständen begegnet wären, würde er in ihr immer nur die unscheinbare Gärtnerin sehen. Männer aus seinen Kreisen konnten berühmte, schöne Frauen an jedem Finger haben. Eva Allenheim war ein perfekt geschliffener Edelstein, während Sophie sich wie ein grauer Feldstein am Wegesrand vorkam. Durch ihren Beruf hatte sie einige Männer kennengelernt, aber die meisten störten sich an ihrer Arbeitskluft, die wenig sexy war. Der Gedanke, dass Emanuel von Güldenstein genauso von ihr dachte, deprimierte sie.

Zur Ablenkung schaltete sie den Fernseher ein. Zwischendurch ertappte sie sich immer wieder, wie ihre Gedanken erneut zum Schloss Sophiengarten und seinem Eigentümer abschweiften. Selbst als sie später im Bett lag, beschäftigte sie das Thema weiter, dass sie einen Entschluss fasste. Sie würde noch einmal zu Schloss Sophiengarten fahren, um Emanuel von Güldenstein wegen seines Gartens zu überreden. Dass Schloss und Garten ihren Vornamen trugen, musste doch etwas bedeuten und weckte in ihr Verantwortung. Emanuel von Güldenstein musste doch einsehen, dass ein solches Prunkstück nicht dahindümpeln durfte. Sie würde jeden Versuch unternehmen, selbst wenn er sie hinauswarf. Hoffnungsvoll schlief sie schließlich ein.

Sophie saß auf einer Bank inmitten des Schlossgartens vor einem gepflegten, üppig blühenden Blumenbeet. Bienen und Schmetterlinge flatterten im Sonnenschein von Blüte zu Blüte. Nicht weit entfernt im Pavillon saß Eva Allenheim über ihren Porzellandekorentwürfen. Auf der Terrasse spielte Emanuel von Güldenstein mit seinem Bruder Schach. Sophie genoss die Sommersonne und die Stille über dem Anwesen. Es schien, als könnte nichts dieses Paradies zerstören. »Schachmatt«, erklärte Emanuel grinsend seinem Gegenüber. Im selben Moment verdüsterte sich der Himmel, und es wurde deutlich kühler. Sie sah zu Eva hinüber, die so vertieft in ihre Entwürfe war, dass sie den Wetterwechsel nicht zu bemerken schien. Die Blütenköpfe schlossen sich, und die schwirrenden Insekten suchten das Weite. Fröstelnd verschränkte Sophie die Arme vor der Brust. Eine Gänsehaut überzog ihre bloßen Arme. Als sie aufstand, um ins Schloss zu gehen, wirbelte eine Windböe die Schachfiguren vom Brett. Die Dame flog durch die Luft und plumpste Sophie direkt vor die Füße. Sie bückte sich danach. Als sie sich die Dame näher betrachtete, erstarrte sie, denn das Gesicht der Spielfigur trug ihre Züge. Als hätte sie sich verbrannt, ließ sie die Dame fallen.

Immer bedrohlicher türmten sich die Wolken zu grauen Bergen auf. Sophie wollte Eva vor dem Wetter warnen. Doch der Ruf blieb in ihrer Kehle stecken. Sie winkte der Malerin zu, aber die sah nicht auf. Dann bebte der Boden unter Sophies Füßen. Sie rannte zum Pavillon und kam nicht von der Stelle. Eva saß noch immer auf dem Stuhl und bemalte mit einem hauchdünnen Pinsel einen cremeweißen Porzellanteller. Weshalb erkannte Eva nicht das nahende Unwetter und verließ den Pavillon? Die Wolken nahmen klare Konturen an, formten sich zu Elefanten mit erhobenen Rüsseln, die aufgebracht in schnellem Tempo durch die Luft stampften. Jeder Tritt von ihnen erschütterte den Erdboden. Jedes Trompeten dröhnte in Sophies Ohren. In den winzigen Augen lag ein rotes Funkeln, dass Sophie es mit der Angst bekam. Unaufhaltsam trampelten die grauen Riesen durch den Schlosshof und den Garten. Sie kamen auf sie zu und walzten alles nieder, selbst den schmiedeeisernen Zaun. Noch nie hatte Sophie sich so hilflos gefühlt wie in diesem Augenblick. *Nein! Nicht!* Die Elefanten hinterließen eine Spur der Verwüstung. Dort, wo eben noch der hölzerne Pavillon gestanden hatte, war nur noch ein Trümmerfeld. Eva!

Sophies Herz klopfte zum Zerspringen. Dann entdeckte sie die Malerin, die reglos und mit leerem Blick auf dem Boden lag. Von Entsetzen gepackt, schrie sie. Aber ihr Schrei ging im Trompeten und Stampfen der Elefanten unter, die sich ihr bedrohlich näherten. Panik erfasste sie. Gleich würden die Elefanten auch sie niedertrampeln wie alles andere vorher. Sie versuchte davonzurennen und bewegte sich nicht von der Stelle. Tränen rannen Sophies Wangen hinab. Sie wollte nicht sterben. Auf dem Balkon des Schlosses erkannte sie plötzlich Emanuel von Güldenstein, der das Geschehen ungerührt beobachtete. Er streckte die Hände vor und bedeutete ihr zu fliehen. Zu spät, die Elefantenherde hatte sie bereits erreicht. Sich ihrem Schicksal ergebend, breitete Sophie die Arme aus. Noch ein letzter tiefer Atemzug, noch einmal das kostbare Leben spüren, bevor die Dunkelheit sie für immer umfing. Der Boden vibrierte so stark, dass Sophies Zähne aufeinanderschlugen. Sie schickte ein Stoßgebet zum Himmel, dass alles schnell vorbei wäre. In Erwartung ihres Todes schloss Sophie die Augen. Gleich würden sie die riesigen Füße wie ein Blatt zermalmen. Die Luft wurde eisig und durchdrang ihren Leib. Als sie die Lider hob, traute sie ihren Augen nicht. Die Elefanten, lebendig und zum Greifen nah, rasten durch ihren Körper …

Keuchend wachte Sophie auf und zitterte am ganzen Leib. Draußen war es noch dunkel. Die Kirchturmuhr draußen schlug sechsmal. Sie schaltete die Nachttischlampe ein und stand auf. In der Küche wärmte sie sich Milch auf. Schon als Kind hatte ihr heiße Milch geholfen, sie zu beruhigen. Mit dem Becher kehrte sie ins Schlafzimmer zurück. Immer wieder diese verfluchten Elefanten! Was hatte das zu bedeuten? Und Eva Allenheim war sie auch noch nie begegnet. Sie blätterte in Fridas Traumdeutungsbuch und fand keinen vergleichbaren Fall, der ihr weitergeholfen hätte.

Gegen sieben griff sie nach ihrem Handy und wählte Dorits Nummer. Bereits nach zwei Rufzeichen meldete sich ihre Pflegemutter. Sie war längst dabei, das Frühstück für ihre Schützlinge vorzubereiten.

»Ich freue mich so, dass du an mich denkst«, sagte sie leise nach einer kurzen Begrüßung. »Dich bedrückt doch was?«

Sophie berichtete von ihrem Albtraum. »Wann haben diese Träume bei mir eigentlich begonnen?«

»Die hattest du schon immer«, beantwortete Dorit ihre Frage.

»Hast du dich nie gefragt, was sie bedeuten?«

»Nein, Träume sind Schäume, darauf gebe ich nichts.«

»Aber ich glaube, dass ich einen Bezug zu Afrika habe. In welcher Form auch immer. Der Anhänger. Gab es denn nichts Schriftliches über mich?«, beharrte Sophie. Sie hörte, wie Dorit tief Luft holte.

»Nein … nein, da war nichts.«

Dorits Antwort befriedigte sie nicht. »Vielleicht habt ihr was übersehen?«

»Wie oft fragst du mich das noch?«, fragte Dorit gereizt.

So lange, bis du mir verrätst, was du mir verschweigst.

»Nein, da war nichts. Was versprichst du dir davon? Du hast doch mal gesagt, dass du glücklich bist. Lass endlich die Vergangenheit ruhen. Es bringt nichts, in ihr herumzustochern.«

Sonst war Dorit immer die, die sie unterstützte und motivierte, wie Frida es auch getan hatte. Weshalb schien ihre Pflegemutter dagegen zu sein, dass sie mehr über ihre Herkunft erfuhr?

Es bringt nichts, in ihr herumzustochern.

Die Worte Dorits ließen Sophie noch lange nach dem Telefonat nicht mehr los.

Sophie fröstelte und kuschelte sich in die Kissen. Bevor sie wieder einschlief, schweiften ihre Gedanken zu Emanuel von Güldenstein. Eigentlich hatte sie ihn sich wie David vorgestellt, so glatt und eitel. Aber Emanuel war das ganze Gegenteil. Über diese Grübeleien schlief sie ein.

Von der Morgensonne geweckt, stand Sophie gähnend auf und lief zum Fenster hinüber. In den frühen Morgenstunden genoss sie besonders Stille und Beschaulichkeit. Wie oft war sie von den Kolleginnen dafür belächelt worden.

Während sie ihren Kaffee trank und ihr aufgebackenes Croissant genoss, war sie fest entschlossen, ihr Vorhaben von gestern umzusetzen. Vielleicht würde es ihr gelingen, Emanuel von Güldenstein doch noch zu überreden. *Gib doch zu, dass du ihn nur wiedersehen willst!* Die innere Stimme ignorierend, lief sie hinunter in den Hof und schwang sich aufs Fahrrad.

Im zarten Duft wuchernder Anemonen lehnte sie eine halbe Stunde später ihr Fahrrad an den schmiedeeisernen Schlosszaun.

»Sie? Was wollen Sie denn schon wieder hier?« Sophie fuhr zusammen, als sie Emanuel von Güldensteins Stimme hörte. Er musste sie durchs Fenster gesehen haben, als sie die Platanenallee heraufgeradelt war. *Tief durchatmen, Sophie!*

»Noch einmal mit Ihnen über meinen gestrigen Vorschlag reden«, antwortete sie mit fester Stimme und sah ihn an. Sie wusste selbst nicht, woher sie den Mut nahm. Einen flüchtigen Moment lang glaubte sie ein amüsiertes Aufblitzen in seinen dunklen Augen zu erkennen. Doch der Eindruck verflog so schnell, dass sie dachte, es sich nur eingebildet zu haben. Er musterte sie eindringlich.

»Sie lassen wohl nie locker? Ich habe Ihnen doch schon erklärt, dass ich niemanden auf meinem Anwesen haben will. Das müssen Sie akzeptieren, ob es Ihnen passt oder nicht.«

Doch so leicht würde Sophie nicht aufgeben.

»Sie wollen diesen Prachtgarten einfach so verrotten lassen? Das Andenken an Frau Allenheim? Ich kann da einfach nicht zusehen, wie ...«

Er brachte sie mit einer resoluten Handbewegung zum Schweigen.

»Ich weiß schon, was Sie mir sagen wollen. Dass Pflanzen auch eine Seele besitzen. An solch einen Schwachsinn glaub ich nicht. Das hatten wir gestern schon. Bitte akzeptieren Sie meine Privatsphäre und verschwinden Sie.« Er deutete zur Allee.

»Und wenn ich Ihnen beweisen kann, dass Pflanzen vielleicht doch so etwas wie eine Seele besitzen?« Himmel, ihr war einfach nichts Besseres eingefallen. Dieser Mann war wirklich ein Fall für sich.

Er drehte sich zu ihr um. Es war das erste Mal, dass sie ihn lächeln sah. Ein charmantes Lächeln, auch wenn er sich über sie amüsierte.

»Na, jetzt bin ich aber gespannt. Wie wollen Sie das denn anstellen?«

»Lassen Sie mich in Ihrem Garten arbeiten, dann werden Sie sehen, was geschieht, wenn man den Pflanzen Aufmerksamkeit und Pflege angedeihen lässt.«

Auf seiner Stirn erschien eine Falte. »Ist Ihre Bezahlung als Gärtnerin so mies, dass Sie sich was dazuverdienen müssen? Schwarz?« Sein Blick scannte sie von oben bis unten. Sophie trug ihre übliche verschlissene Kleidung.

»Nein. Ich mache das aus Mitleid«, erwiderte Sophie fest.

Emanuel runzelte die Stirn. *Er kauft mir das nicht ab!*

»Aus Mitleid. Verstehe. Na klar, der Pflanzen wegen. Ich habe eine Verwandte, die sogar für Tauben auf der Straße bremst. Aber dass jemand mit Blumen Mitleid hat, habe ich noch nie gehört. Nach einer Frutarierin sehen Sie aber nicht aus. Können Sie das mit Ihrem Gewissen vereinbaren?«

»Das lassen Sie mal meine Sorge sein. Also?«

Nachdenklich sah er sie an. »Ihre Hartnäckigkeit imponiert mir irgendwie schon …«

»Und? Kriege ich nun die Chance?« Forschend sah sie ihn an, während sie auf seine Antwort wartete.

Er wurde schlagartig ernst. »Sie wollen aber nicht etwa jeden Tag herkommen, oder?«

Bei dem Ausdruck von Entsetzen in seiner Miene hätte Sophie fast losgelacht. Aber sie wollte ihn nicht verärgern, dass er es sich mit dem Garten doch noch anders überlegte. »Haben Sie gedacht, ich schaue nur mal sporadisch vorbei? Da wächst das Unkraut schneller nach, als ich es jäten kann. Falls Sie befürchten, ich bräuchte Unterhaltung, muss ich Sie enttäuschen. Ich bin es gewöhnt, allein zu arbeiten.«

»Vermutlich sprechen die Blumen dann auch mit Ihnen?«

Sie überhörte seinen ironischen Unterton. Sophie legte einen Finger auf den Mund und beugte sich zu ihm vor. »Ich weihe Sie nicht in mein Geheimnis ein.«

Wieder schien er zu grübeln.

»Meinetwegen. Wenn wir uns nicht jeden Tag über den Weg laufen müssen. Ich bevorzuge die Einsamkeit.«

Weil du dich in deinem Kummer vergräbst, hätte Sophie ihm am liebsten entgegnet.

»Danke«, antwortete sie stattdessen. »Ich verspreche Ihnen, dass Sie mich kaum spüren werden. Vielleicht möchten Sie ja doch irgendwann mehr über den Garten und seine Pflanzen erfahren. Ich kann aber immer erst nach Feierabend.« Das Gute war, dass die Tage länger wurden. »Heute am Sonntag habe ich frei und würde gern beginnen, wenn es Ihnen nichts ausmacht.« Kurz hielt er die Luft an, als käme ihm das ungelegen.

»Von mir aus, wenn Sie nichts anderes vorhaben, als an ihrem freien Tag Unkraut zu zupfen …« Vielleicht hielt er sie für völlig verrückt, dass sie lieber seinen Garten beackerte, als irgendwo faul in der Sonne auf einer Bank zu verbringen. Aber dass andere sie für durchgeknallt hielten, war nichts Neues.

»Meine Freundin war ein großer Fan Ihres Gartens …« Sophie wollte ihm gerade von Frida erzählen, als er die Arme hob. »Schon gut, verschonen Sie mich mit einer Aufzählung, was Ihre Freundin angeblich alles toll fand. Schwärmereien. Keine Ahnung, worauf ich mich bei Ihnen eingelassen habe. Aber gut, ich halte mein Wort unter der Bedingung, dass Sie kein Beet von der Struktur her ändern. Meine Verlob …« Er stockte mit einem Mal, und in seinen Augen flammte Schmerz auf. »Die Beete sind nach den Originalpflanzplänen aus dem achtzehnten Jahrhundert gestaltet worden. Haben Sie mich verstanden?« Emanuel musterte sie streng.

»Verstehe. Aber ich bin weder taub noch dumm. Dürfte ich denn die Pflanzpläne einmal sehen? Nur damit ich keinen Fehler mache.«

Er trauerte noch immer. Es würde lange Zeit brauchen, bis er die Vergangenheit losließ. Ach, was kümmerte sie dieser Emanuel von Güldenstein? Sie war nur wegen des Gartens und Fridas hier.

»Ich schaue nach und sage Ihnen Bescheid, wenn ich sie gefunden habe.«

»Danke.« Sophie nickte. Er blieb stehen und bedachte sie mit einem interessierten Blick, der sie nervös machte.

»Ich gehe gleich an die Arbeit.« Hastig drehte sie sich um und streifte sich ihre Gartenhandschuhe über.

»Ich glaube, ich hatte vergessen zu erwähnen, dass ich Sie für Ihre Arbeit bezahle«, sagte er.

»Das ist nicht wichtig. Ich möchte diesen Garten aus seinem Dornröschenschlaf wecken. Er hat es verdient.«

»Okay. Trotzdem bezahle ich Sie«, erwiderte Emanuel von Güldenstein gedehnt, als könne er es nicht glauben. Egal, es kribbelte in ihren Fingern.

Beschwingt kehrte Sophie mit ihren Arbeitsutensilien zurück und kniete sich ins erste Beet. Während sie hackte und schnitt, sang sie leise vor sich hin. Wenn sie einmal schief sang, kicherte sie. Als die Kirchturmuhr zur Mittagsstunde schlug, waren alle Iris vom Unkraut befreit. Nachdem sie sich in der Frühlingssonne warmgearbeitet hatte, zog Sophie ihre Baumwollbluse aus, die sie über dem Top trug. Ihr blondes Haar hatte sie zu einem Zopf geflochten, der nun über ihrer Schulter baumelte. Während sie die Bluse an ein Rankgerüst hängte, fühlte sie, dass er sie beobachtete und jede Bewegung von ihr wahrnahm. Sie warf einen Blick über die Schulter zurück und entdeckte Emanuel von Güldenstein, der hinter der Terrassentür stand. Das war ihr so unangenehm, dass sie sich nackt vorkam und lieber wieder ihre Bluse überzog. Als sie erneut zurückblickte, trat er von der Terrassentür weg und verschwand aus ihrem Blickfeld. Erleichtert atmete sie auf.

Je weiter der Nachmittag voranschritt, surrten und summten mehr Insekten um sie herum auf der Suche nach Nektar. Nach einiger Zeit fühlte Sophie sich steif und stand auf. Sie lud den Grünabfall in zwei Schubkarren, die sie hinter dem Pavillon gefunden hatte, um ihn zu einem hinter einer Eibenhecke versteckten Komposthaufen zu bringen.

Als ein Schatten über sie fiel, schrak sie zusammen. Sofort wusste sie, wer hinter ihr stand. Als sein warmer Atem ihren Nacken streifte, erschauerte sie. *Nur nicht umdrehen und ihn ansehen!*

»Sie kommen gut voran, wie ich sehe.« Seine Worte wirkten gezwungen. Als sie sich bückte, bemerkte sie, dass er eine saubere Jeans und ein Poloshirt einer Nobelmarke trug. Auch sein Vollbart war weg.

»Ja, stimmt.« In seiner Gegenwart fühlte sie sich befangen wie ein Teenager. Was war denn nur mit ihr los? Zu ihrer Erleichterung trat er ein paar Schritte zurück. Doch anstatt zu gehen, lehnte er sich an die Trockenmauer und beobachtete sie schweigend bei der Arbeit. Sophie heftete ihren Blick auf die Pflanzen in der Schubkarre, nur um ihn nicht ansehen zu müssen. Dafür, dass er ihr erklärt hatte, ihre Gegenwart nicht sonderlich zu schätzen, harrte er verdammt lange aus. Aus dem Augenwinkel sah sie, dass sein Haar feucht in der Sonne glänzte. Er hatte also geduscht. Dieser Mann sah umwerfend aus. Hastig blickte sie zur Seite, kippte das Unkraut auf den Kompost und machte, dass sie wegkam.

Sein gutgebauter Körper weckte in ihr fast Komplexe. Sophie erinnerte sich an ein Foto, auf dem sie ihn und Eva zusammen gesehen hatte. *Das perfekte Paar*, hatte daruntergestanden. Und das waren sie auch gewesen. Um ihre Unsicherheit zu überbrücken, stimmte sie laut ein Lied an. Sie wusste, dass sie keine begnadete Sängerin war, aber sie mochte es. Ihr entging nicht sein amüsierter Blick, der ihr folgte, als sie die Eibenhecke stutzte. Dass er sie die ganze Zeit über beobachtete, war nicht zum Aushalten! Sie war doch kein Insekt unter dem Mikroskop! Wütend bückte sie sich nach dem Schnittgut, um es in die Schubkarre zu werfen, als sich plötzlich alles um sie herum zu drehen begann. Schwankend suchte sie Halt an der Hecke. Sie stolperte über den steinernen Beetrand und kippte ausgerechnet gegen Emanuel von Güldenstein.

»Tschuldigung«, presste Sophie hervor. Dort, wo er sie berührte, prickelte ihre Haut.

»Kein Problem. Sie sind ganz blass. Kommen Sie, setzen Sie sich auf die Bank. Wann haben Sie denn das letzte Mal was getrunken und gegessen?«

Eigentlich fuhr sie nie zur Arbeit ohne eine Flasche Mineralwasser und eine Thermoskanne voll Kaffee. Aber vor lauter Begeisterung für den Garten hatte sie glatt alles vergessen.

»Heute Morgen zum Frühstück«, gab sie zähneknirschend zu und fühlte sich wie Kind, das gescholten wurde.

Seufzend dirigierte er sie zur Steinbank, bevor er durch die Terrassentür ins Innere entschwand und wenige Sekunden später mit einem Glas Wasser zurückkehrte.

»Danke«, antwortete Sophie und leerte es in einem Zug. Morgen denke ich bestimmt daran, mir was mitzunehmen.«

»Nicht nötig. Morgen ordere ich eine Kiste Wasser für Sie.«

»Nein, wirklich, das brauchen Sie nicht …«, wehrte sie ab.

»Keine Widerrede. Sie arbeiten für mich, das ist selbstverständlich.«

Sophie nickte und sah zu ihm auf. Geblendet von der Sonne hielt sie die Hand über die Augen. »Okay, vielen Dank.«

Emanuel von Güldensteins Augen waren faszinierend, mal schimmerten sie grün, jetzt wieder blau. Und der Blick aus ihnen ging ihr unter die Haut.

»Ich glaube, ich mache mich lieber auf den Heimweg.« Sie erhob sich und packte eilig ihre Sachen zusammen. Auch jetzt beobachtete er jede Bewegung. Er öffnete den Mund, als wolle er etwas sagen, doch dann nickte er nur.

Nachdem Sophie alles im Korb auf dem Gepäckträger verstaut hatte, wandte sie sich noch einmal zu ihm um.

»Ich komme Morgen mit meinem Pick-up. Brauche ein paar größere Gartengeräte für das hier.«

»Brauchen Sie nicht. Da hinten steht ein Gartenhäuschen. Ich werde es Ihnen morgen öffnen. Aber vergessen Sie bitte nicht, es wieder abzuschließen, wenn Sie fertig sind.« Da war er wieder, der herablassende Tonfall. Er war es eben gewöhnt, Anweisungen zu erteilen.

»Ja, ja, natürlich.« Eben noch hatte er sie interessiert beobachtet. *Bild dir bloß nicht ein, dass er an dir als Frau Interesse zeigen würde. Schau dich mal an! Ein Mann wie Emanuel von Güldenstein ist, was Frauen betrifft, verwöhnt. Du könntest nie mit einer Eva Allenheim konkurrieren!*

Sophie sah flüchtig an sich hinunter. Ihre Jeans war an den Knien fleckig, an ihrem Sweatshirtärmel klebten Kletten. Ein Blick auf ihr Spiegelbild in der Fensterscheibe ließ sie vor Scham erröten. Eva Allenheim hatte stets stilvolle Eleganz verkörpert.

»Unter Frauen gibt es zarte, elegante Vollblüter und andere Pferde. Und du, meine Süße, gehörst eher zur *anderen* Kategorie«, hatte die Leiterin des Kinderdorfes zu ihr gesagt. Dann war sie jedes Mal heulend zu Dorit gelaufen. Als Teenager war Sophie wegen ihrer molligen Figur oder ihrer ungebändigten Lockenpracht oft gehänselt worden. Emanuel von Güldenstein hingegen wirkte selbst mit Vollbart und Zottelhaaren unglaublich sexy. »Aber träumen darf ich doch wohl noch«, sprach Sophie laut vor sich hin, während sie zu ihrer Wohnung radelte.

12.

Emanuel starrte auf die Beete, die Sophie vom Unkraut befreit hatte. Erinnerungen strömten auf ihn ein. Er sah Eva neben einem der Gärtner stehend Anweisungen erteilen, welche Blume in welcher Farbe wo platziert werden sollte. Sie war in dieser Aufgabe aufgegangen. Er trat ein paar Schritte zurück. Erst jetzt wurde ihm klar, dass die Farbkombination der Beete genauso abgestimmt war wie auf ihren Gemälden. Mit ihrer pedantischen Art hatte sie die Gärtner in den Wahnsinn getrieben. Ganz anders hingegen war diese Sophie. Auf den ersten Blick wirkte sie keinesfalls perfektionistisch. Sie schien alles aus einem Impuls oder Instinkt heraus zu tun und nicht jedes Detail zu planen wie Eva. Seine Verlobte hatte bei der Arbeit stets sehr konzentriert gewirkt. Ihr wäre es nie in den Sinn gekommen, beim Gärtnern ein Liedchen zu trällern. Überhaupt hätte Eva nie etwas ausgeführt, was sie nicht perfekt beherrschte.

Doch irgendwie war es erfrischend gewesen, der Gärtnerin bei der Arbeit zuzuschauen und ihrem Gesang zu lauschen. Ziemlich schief, wie er festgestellt hatte, aber voller Begeisterung war sie bei der Sache gewesen. Das euphorische Strahlen in ihren Augen, wenn sie wieder ein Stück Beet freigelegt hatte, war mitreißend gewesen. Eigentlich war Sophie nicht der Typ Frau, dem er gewöhnlich hinterhersah. Zu üppig, zu rustikal. Doch unerklärlicherweise suchte sein Blick immer wieder ihren oder blieb an ihren vollen, sinnlichen Lippen haften. Dann verlor er sich in der Vorstellung, wie es wohl sein würde, sie zu küssen.

Bei Eva hatte er so etwas nie empfunden. Er schloss die Augen, um sich an die Küsse mit ihr zu erinnern. Doch so sehr er auch sein

Gedächtnis strapazierte, es wollte ihm nicht gelingen. Wie konnte er das nur vergessen? In diesem Augenblick glaubte er all die Jahre des Glücks mit Eva zu verraten. Wenn man jemanden wirklich liebte, konnte man ihn doch nicht so im Laufe der Zeit vergessen? Wie konnte eine Fremde wie Sophie Evas Bild in seinem Innern verblassen lassen? »Dir fehlt eine Frau, die dir wieder die Schönheiten des Lebens zeigt«, klangen noch die Worte seines Freundes Norbert in seinen Ohren. »Die Frauen rennen dir hinterher.«

Sex mit einer anderen Frau konnte er sich nicht vorstellen. Eva betrügen?

Die Sonne versank glutrot am Horizont. Ein kühler Windzug streifte seinen Hals. Er dachte wieder an den Abend, an dem ihm sein Gefühl vorgegaukelt hatte, eine Hand auf seiner Schulter zu fühlen. Evas Hand. Hatte sein Alkoholkonsum die Halluzinationen heraufbeschworen, oder entsprang dieses Gefühl einzig seinem Wunsch, die geliebte Frau noch immer bei sich zu wissen?

Allmählich fröstelte Emanuel in seinem Poloshirt und betrat den Silbersalon. Noch wurde es vor dem Abendessen dunkel und kühl. Er lief zu Evas Holzkiste, die auf der Kommode stand, und strich liebevoll mit den Fingern über die Oberfläche. Bei der Renovierung hatte Eva sie in der Manufaktur gefunden und sich darin verliebt. Sie hatte einmal seinem Großvater gehört. Meine Schatzkiste, hatte Eva sie immer genannt. Wenn sie an der Staffelei gearbeitet hatte, stand die Kiste ihr stets zu Füßen. Emanuel klappte den Deckel auf. Der vertraute Geruch von Farbe drang in seine Nase und ließ erneut die Erinnerungen aufleben. Pinsel lagen ungeordnet im Innern. Die Kiste besaß einen doppelten Boden. Er nahm die Pinsel heraus und hob ihn an. Im Fach darunter befand sich nur eine Skizze des Schlossturmes, den sie wegen Evas Krankheit nicht mehr saniert hatten. Oben in der Kuppel war ein Kreis eingezeichnet. Dort, wo einst die Büste seiner Großmutter gestanden hatte. Jetzt befand sich das gute Stück im Palais neben der Ahnengalerie. Emanuel steckte den Zettel wieder zurück und räumte die Pinsel ein, bevor er die Kiste seufzend schloss. Jedes Stück barg Erinnerungen an die Zeit mit ihr.

Pünktlich zur programmierten Uhrzeit flammten später die Laternen auf, die den Hauptweg zur Manufaktur und den Wasserkaskaden mit der stillgelegten Grotte säumten. Monate waren vergangen, seitdem Emanuel zum letzten Mal Evas Refugium betreten hatte. Weil er es nicht ertragen konnte. Seine Finger spielten in der Hosentasche mit dem Schlüsselbund. Dort würde er sich Eva wieder nahe fühlen.

Im Schein der Gartenlaterne zog er den Schlüssel aus der Tasche und öffnete die Eingangstür zur Manufaktur. Der Geruch von abgestandener Farbe und Holz schwebte in der Luft. Die mit Leinentüchern verhängten Staffeleien an der Fensterfront wirkten im einfallenden Licht der Gartenbeleuchtung gespenstisch. Für einen Teil der Werke interessierte sich das Auktionshaus. Es fiel ihm schwer, sich davon zu trennen. Wie von lieb gewonnenen Freunden, mit denen er Erinnerungen verband. Ganz vorn unter dem weißen Leinenstoff befand sich Evas letztes Werk. Unvollendet, in verschiedenen Rottönen gehalten. Symbol ihres Schmerzes. Evas Schreie in der Nacht … er könnte sie nie vergessen. Emanuel hielt sich die Ohren zu. Er hatte ihre Hand gehalten, beruhigend auf sie eingeredet, damit sie Kraft und neue Hoffnung schöpfte. Aber sie hatte den Kampf verloren. Er wischte eine Träne fort, die ihm über die Wange rann. Alles hätte er für sie gegeben, um sie von ihrer körperlichen Pein zu befreien, selbst sein Leben. Nur der Gedanke daran, dass sie jetzt nicht mehr leiden musste, versöhnte ihn. Er trat an die erste Staffelei heran und zog das Leinentuch herunter, bevor er sich vor das Gemälde stellte. Auch wenn das Schicksal ihn hart getroffen hatte, musste er sich der Realität stellen. Die leuchtend roten Farben überfluteten seine Sinne. »Rot für den Schmerz. Rot für die Angst und Rot für mein Blut«, hatte sie ihm erklärt. Eine Weile blieb er davor stehen und ließ es auf sich wirken. Dann fiel ihm ein, dass es nicht in der Liste enthalten war, die er ans Auktionshaus gesandt hatte. Als er den Kopf zur Seite neigte, fiel ihm etwas auf. Er hatte das Gemälde schon oft betrachtet und doch war jetzt etwas anders …

Emanuel trat mit zusammengekniffenen Augen näher an Evas

Werk heran. »Das kann nicht sein«, murmelte er. Weshalb war ihm das nicht schon damals aufgefallen? Warum hatte Eva nicht ein Wort gesagt?

Seine Verlobte hatte immer von Doppelbildern geschwärmt, seitdem sie ihren ehemaligen Studienkollegen Juan in seinem Atelier in Sevilla besucht hatte. Eva war von seinem Können fasziniert gewesen und hatte sich in dieser Technik geübt, aber nie in einem Werk verwirklicht. Vielleicht irrte er sich. Emanuel schloss kurz die Augen. Doch als er sie wieder öffnete, war der Eindruck noch deutlicher als vorher. Eva hatte das Schachspiel mit den bizarren Tierfiguren in ihr Gemälde eingearbeitet. Er wusste, dass sie das Spiel beschäftigte, mehr noch, geängstigt hatte. Vorsichtig nahm er das Gemälde von der Staffelei, drehte und betrachtete es eingehend von allen Seiten. Sie hatte nicht nur das Schachspiel eingearbeitet, sondern auch immer wieder Elefantenmotive. Vor zwei Jahren war Emanuel von einem alten Freund auf sein Weingut in Südafrika eingeladen worden. Eva hatte sich gegen einen Besuch gesträubt. Sie mochte Afrika nicht. »Zu viele wilde Tiere. Zu gefährlich«, hatte sie ihm damals erklärt. »Ich liebe Komfort und Sicherheit.« Schweren Herzens war Emanuel für ein paar Tage allein nach Kapstadt geflogen.

Weshalb also hatte sie Elefanten in ihrem Werk verewigt? Sicher nur deshalb, weil die Schachfiguren aus Elfenbein geschnitzt worden waren.

Emanuel betrat schließlich die eigentliche Manufaktur hinter dem Atelier, in der Eva wegen ihrer Krankheit nur noch sporadisch gearbeitet hatte. Er war seit einer Ewigkeit nicht mehr hier drinnen gewesen. Sein Vater hatte immer gehofft, dass er die Porzellanmanufaktur wiedereröffnen und traditionell weiterführen würde. »Du hast das Zeug dazu, bist künstlerisch sehr begabt«, hatte er immer zu ihm gesagt. Aber Emanuels erste Dekorserie hatte gefloppt. Nach einem hoffnungsvollen Start ein herber Rückschlag, der ihn dazu bewogen hatte, dem Handwerk den Rücken zu kehren und als Marketingmanager für das Familienunternehmen zu arbeiten. In manchen Augenblicken hatte er die

Entscheidung bereut, denn er liebte es, etwas in seinen Händen zu halten und zu gestalten. Doch eine weitere Niederlage hatte er nicht mehr riskieren wollen. Er wusste, wie hart es sein konnte, ein Unternehmen zu führen und Niederlagen einzustecken. Und auch wie viele Entbehrungen und Verzichte es mit sich brachte, wie er von Vater und Christian wusste. »Das Leben ist zu kurz, um es nur mit Arbeit zu füllen. Lass uns die Welt entdecken und aufregende Dinge erleben. Daraus schöpfen wir unsere Inspirationen«, waren Evas Worte gewesen. Tatsächlich hatte er durch sie wieder mit der Porzellanmalerei begonnen. Es hatte ihn eine Weile erfüllt. Doch dann war alles anders gekommen …

Im quadratischen Hauptraum der Manufaktur standen unzählige Ausstellungsvitrinen, bestückt mit der letzten erfolgreichen Porzellanserie. In einem verschlossenen Raum dahinter befanden sich weitere Serien zurückliegender Generationen, die meisten nicht vollständig und vor allem ihre Dekors nicht mehr gefragt. Vater hatte sie wegwerfen wollen, weil sie zu viel Platz beanspruchten, der anderweitig hätte genutzt werden können. Eva hingegen, die einen Hang zur Nostalgie besaß, hatte ihn umgestimmt. Jetzt ruhten die Serien in Holzkisten verpackt im Nebenraum, zusammen mit den Porzellanfliesen, die Eva vier Wochen vor ihrem Tod entworfen hatte. Eine der Fliesen klebte an der Decke der Grotte. Zur Probe, wie sie damals gesagt hatte. Auf dem Werktisch lag der Rohling davon mit dem erhabenen Stern in der Mitte. Jeden davon hatte sie in Gold- und Silbertönen bemalt.

»Wir schaffen uns unseren eigenen Himmel«, hatte sie ihm strahlend verkündet. Emanuel seufzte und lief zum anderen Arbeitstisch zwei Schritte entfernt, auf dem sich weiße Teller stapelten. Bei einem von ihnen lag der Pinsel noch neben dem Dekorbild. Er war ausgetrocknet, wie auch das Farbtöpfchen neben ihm. Dennoch vermittelte beides den Eindruck, als würde Eva gleich zurückkehren, um die Arbeit zu vollenden. Eine Skizze lag daneben. Emanuel riss die Augen auf, als sein Blick auf einen skizzierten Elefantenkopf fiel. Eva hatte viel über ihre Ideen gesprochen, es kreatives Brainstorming genannt, weil sie der Austausch oft in ihren Vorstellungen beflügelt hatte. Doch er konnte sich nicht daran erinnern, dass sie erwähnt hatte, Elefanten aufs Porzellan oder die Leinwand zu bringen. Auch von ihrem Versuch eines Doppelbildes hatte sie nie gesprochen.

Nachdenklich strich er mit den Fingerspitzen über den Rand des unvollständig bemalten Tellers, und wieder bildete er sich ein, Evas Parfümduft würde in der Luft schweben. Er dachte daran, dass sie noch vor nicht allzu langer Zeit im Atelier herumgealbert hatten, bis ihr vor Lachen die Tränen übers Gesicht gelaufen waren. Vor Traurigkeit zog sich sein Herz zusammen. Emanuel floh aus der Manufaktur, durchquerte das Atelier und verschloss mit zitternden Händen die Tür des Gebäudes. *Du fliehst vor der Vergangenheit!* Es war ein Fehler gewesen, die Manufaktur zu betreten, die ihn schmerzhaft an seinen Verlust erinnerte.

13.

Als Emanuel kurz vor sieben das Schloss betrat, hörte er ein entferntes Klappern in der Küche. Auf Zehenspitzen schlich er durch den Flur und lauschte. Ein Einbrecher? Doch ein vertrautes Niesen ließ ihn aufatmen.

»Tilda? Was machst du hier?« Seine Schwester stand vor der Spüle und wusch sein schmutziges Geschirr ab. Vom Herd wehte ein verführerischer Duft nach Tomaten und Fleisch herüber.

Sie zuckte kurz zusammen, bevor sie zu ihm herumwirbelte.

»Na, das siehst du doch! Die Essensreste auf den Tellern waren schon wieder lebendig. Und ich koche dir was. Du brauchst mal wieder eine anständige Mahlzeit«, antwortete sie kopfschüttelnd.

»Wie bist du hereingekommen?«

Seine Schwester stellte das Glas auf den Tisch, dass sie in ihren Händen hielt.

»Durch die Terrassentür natürlich. Die war nur angelehnt. Wo bist du denn gewesen? Ich habe nach dir gerufen«, bohrte Tilda nach und wusch ein weiteres Glas ab. Emanuel nahm ein frisches Geschirrtuch aus dem Schrank zum Abtrocknen.

»Ich war nur ganz kurz im Atelier«, antwortete er.

»Im Atelier? Ich dachte, du wolltest es nicht mehr betreten«, kam es von Tilda zurück, die ihn eindringlich musterte.

»Nur nach dem Rechten schauen«, sagte er und hoffte, seine Schwester würde nicht weiterfragen.

»Erinnerungen auffrischen. Verstehe. Nimm es mir nicht übel, Manu, aber es tut dir nicht gut, immer nur zurückzublicken. Du musst Eva endlich loslassen, sonst wirst du nie ein neues Leben beginnen können.«

Ein neues Leben beginnen? Keiner der anderen wusste, wie schwer das war. Er konnte es nicht mehr hören. »Das ist meine Sache«, gab er barscher zurück, als beabsichtigt, und bereute es sofort, als Tilda zusammenzuckte. »Entschuldige, Tilda, aber ich kann auf diese Ratschläge verzichten. Sicher hast du es gut gemeint. Aber du weißt nicht, wie ich mich fühle.«

Seine Schwester machte ein betroffenes Gesicht. »Doch, ich weiß was Schmerz bedeutet. Schließlich haben wir erst vor Kurzem unseren Vater verloren.«

»Ich wollte dich nicht verletzen.« Er nahm sie in den Arm. Tilda lehnte den Kopf gegen seine Schulter.

»Ich bin nicht im Atelier gewesen, um in der Vergangenheit zu schwelgen«, erklärte er ihr nach einer Weile.

»Aha. Und warum dann?« Er hätte sich denken können, dass sie wieder nachhaken würde.

»Weil mir jemand gesagt hat, dass man seine Trauer besser bewältigt, wenn man den geliebten Menschen in den Dingen spürt, die ihm wichtig gewesen sind.«

In Tildas Blick lag Erstaunen, als sie zu ihm aufsah.

»Ein wirklich weiser Rat. Wer sagt denn so etwas?«

In wenigen Sätzen berichtete er ihr von Sophie. »Sie hat einfach nicht lockergelassen. Das hat mir imponiert, und ihr Wissen über das Gärtnern hat mich dann schließlich davon überzeugt, sie hier im Garten arbeiten zu lassen.«

Tilda lächelte hintergründig. »Sieht sie denn gut aus?«

Er stieß seine Schwester sanft von sich.

»Sie ist absolut nicht mein Typ. Außerdem liebe ich Eva.« Wie konnte Tilda nur annehmen, dass eine andere Frau den Platz in seinem Herzen einnehmen könnte?

»Du hast Eva geliebt. Es war eine wundervolle Zeit zwischen euch. Aber Eva ist tot. Sie hätte sicher nicht gewollt, dass du dich ihretwegen hier im Schloss vergräbst und wie ein Mönch lebst. Manu, du musst dich öffnen. Vielleicht ist dir das Glück vergönnt, noch einmal eine Frau zu treffen, die dein Herz berührt.«

»Niemals will ich wieder so lieben!«, rief er empört aus. »Ich könnte es nicht noch einmal ertragen, einen geliebten Menschen zu verlieren. Verstehst du das denn nicht?« Die letzten Wochen mit Eva waren eine Berg- und Talfahrt der Gefühle gewesen. Immer wieder hatte er gehofft, dass ein Wunder geschähe und die geliebte Frau gerettet werden könnte. Diese Tage hatten sich mit denen der Verzweiflung und Hoffnungslosigkeit abgewechselt.

Tilda schien fieberhaft nach einer Antwort zu suchen. »Ich verstehe dich, Manu, aber du weißt nie, was das Leben für dich bereithält.«

Sie wandte sich um und schaute aus dem Küchenfenster hinaus auf das Beet, das Sophie heute vom Unkraut befreit hatte. Selbst im Schein der Laterne war die Struktur wieder erkennbar.

»Es ist gut, dass jemand sich um den Garten kümmert«, sagte sie nach einer Weile.

»Ja«, pflichtete er ihr bei und sah Sophies Gesicht vor sich. »Komm, die Nudeln sind fertig. Lass uns zusammen essen.«

Seine Schwester war keine besonders gute Köchin, aber es schmeckte trotzdem. Zum ersten Mal nach langer Zeit verspürte er wieder Appetit.

»Ich habe auch für dich eingekauft. Ist alles in der Vorratskammer«, sagte Tilda und schob ihren Teller mit einem zufriedenen Lächeln von sich. Sie hatten schon lange nicht mehr zusammen gegessen. Wenn ihr Vater mit ihnen getafelt hatte, waren die Gespräche sehr steif verlaufen. Tilda zog den Korken aus der Weinflasche und füllte ihre Gläser nach.

»Bevor ich es vergesse, ich soll dich von John und Laura herzlich grüßen.«

Emanuel mochte den Wissenschaftler und auch dessen Freundin.

»Danke.« Fragend sah er seine Schwester an. John arbeitete zeitweise für seinen Bruder Christian, um Details über den Fluch herauszufinden.

»John und Laura werden im nächsten Monat heiraten.«

»Gut, dass sie keine Güldenstein ist«, warf Emanuel ein und lächelte bitter.

»Ich gönne den beiden ihr Glück. Und du solltest es auch tun.«

»Das tue ich doch«, verteidigte sich Emanuel.

Tilda griff über den Tisch nach seiner Hand. »Dann ist es ja gut. Die beiden haben sich und ihr Glück verdient.«

Das hatten wir auch! Die Bitterkeit schnürte ihm die Kehle zu. Seine Gedanken beschäftigten sich mit Evas unvollendetem Gemälde und den Skizzen im Atelier, die er vorhin betrachtet hatte. Hatte sie es erwähnt und er nicht zugehört? Er würde sich ewig vorwerfen, ihren Worten nicht mehr Aufmerksamkeit geschenkt zu haben.

»Was beschäftigt dich denn? Mach mir nichts vor, Manu, ich kenne dich.«

Er seufzte. »Vorhin im Atelier, da stehen einige Werke Evas, die sie nicht fertiggemalt hat …« Er starrte auf die Tischdecke vor sich.

»Ja, und?« Seine Schwester drückte erneut seine Hand.

»Erinnerst du dich, dass sie immer von Juans Doppelbildern geschwärmt hat?«

»Ja, natürlich. Sie war Feuer und Flamme und war extra deshalb zu ihm nach Spanien geflogen. Wieso fragst du?«

»Weil das letzte Gemälde als ein Doppelbild angelegt war.«

»Das ist doch nichts Besonderes. Sicher hat Juan ihr einige Kniffe gezeigt …«

»In dem Gemälde, das sie Schmerz nennen wollte, hat sie Vaters Schachspiel verewigt.«

Tilda erschrak und stieß mit der Hand gegen den Teller, dass das Besteck darauf klirrte.

»Du machst mir Angst, Manu. Bist du dir sicher?«

»Ganz sicher.«

»Seitdem dieses verdammte Schachspiel im Haus ist, hat sie nur noch davon geredet. Dass es das Böse in unser Haus bringe und auch sie der Fluch einholen würde. Ich muss gestehen, dass ich wirklich immer ein seltsam beklemmendes Gefühl verspürt habe, wenn ich Vaters Arbeitszimmer betreten habe, weil diese Spielfiguren mir Furcht einflößten. Nach Vaters Tod begann ich tatsächlich daran zu glauben. Und seitdem ich mit Eva über ihre

Krankheit gesprochen habe, bin auch ich davon überzeugt, dass uns der Fluch anhängt. Deiner Miene nach zu urteilen, gibt noch etwas, was dich beunruhigt, oder?«

»Ja. Auf einer von Evas Skizzen mit den Dekorentwürfen waren Elefanten zu sehen. Völlig untypisch für sie. Blumen, Elfen, Schmetterlinge, ja, aber keine wilden Tiere. Sie hat immer mit mir über ihre Ideen gesprochen. Elefanten kamen nie darin vor. Sie war so besessen von dem Gedanken, dass das Elfenbein mit dem Fluch zusammenhängt. Wie der Hope-Diamant, der jedem Besitzer Unglück bringen soll. Ich weiß nicht mehr, was ich glauben soll.« Seufzend sah er zu Tilda hinüber, die schweigend vor sich hinstarrte. Früher hatte er an Flüche nie geglaubt. Doch Evas Tod hatte alles verändert.

»Seltsam …«, sagte Tilda und schien in Gedanken ganz weit entfernt zu sein.

»Was meinst du denn?«

»Als John und Laura von ihren Nachforschungen wegen des Korallenrings berichtet haben, erzählten sie auch, dass Alice und euer Großvater sich zum ersten Mal in Afrika begegnet wären. In einem der Briefe war ein Ticket von irgendeiner Eisenbahngesellschaft in Kamerun.«

»Kamerun …«, murmelte Emanuel und musste unwillkürlich an den dunkelhäutigen Fremden denken, der in seinen Garten eingedrungen war. Erst vor einiger Zeit hatte er einen Artikel über Wilderer in Kamerun gelesen, die eine Vielzahl von Elefanten erlegt hatten. Er wusste aus Erzählungen, dass einige seiner Vorfahren Geschäfte in den Kolonien abgewickelt hatten. Aber waren sie in Elfenbeingeschäfte verwickelt gewesen?

»Amelies Anhänger für den Wettbewerb war doch aus Elfenbein?«, fragte er leise.

»Ja, ich habe ja selbst gesehen, wie sie ihn geschnitzt hat. Worauf willst du hinaus?« Furcht lag im Blick seiner Schwester.

»Wenn ich mich nicht irre, dann hat Eva damals Amelies Anhänger in Chris' Safe geschlossen und auch das Paket mit dem Schachspiel für Vater angenommen. Und dann dieser anonyme

Brief mit dem Schachspielzug für Chris, den hat sie ebenfalls nach Italien weitergeleitet …«

Wusste der Fremde von neulich etwas über den Fluch? Emanuel dachte an Dame und König, die dem Schachspiel fehlten. Suchte der Kerl vielleicht nach ihnen? Doch weshalb hier und nicht im Palais? War auf Sophiengarten etwas versteckt, von dem er nichts wusste?

»Ja, du hast recht. Das ist mir vorher gar nicht so bewusst gewesen«, gab Tilda zu.

»Der Fluch, Afrika und das Elfenbein, das passt zusammen«, sinnierte Emanuel.

»So hat Eva es auch immer gesagt. Und John ist der gleichen Ansicht. Du erinnerst dich noch an den Tag in Vaters Arbeitszimmer, wo wir die Spielfiguren nach diesen Zeichen durchgesehen haben? Als Eva eine der Figuren in der Hand gehalten hat, ahnte sie ihren Tod voraus. Und sie hat immer wieder davon gesprochen, dass das Schachspiel etwas Böses in sich trüge, das auf andere überspringt«, gab Tilda zu bedenken. Ihre Worte brachten Emanuel tatsächlich ins Grübeln, selbst lange nachdem seine Schwester ihn verlassen hatte.

14.

Der heutige Morgen mit seinem hellblauen Himmel läutete erneut einen Frühlingstag mit strahlendem Wetter ein. Gut gelaunt erreichte Sophie den Hamelner Park lange vor Iris. Sie wollte gerade Spaten, Hacke und Schubkarre vom Pick-up abladen, als ihr Blick auf ein Magazin am Kiosk fiel, dass ihre Aufmerksamkeit weckte.

Eva Allenheims Aquarell Titania im Garten *wird im Auktionshaus Hannover versteigert*, las Sophie die Überschrift. Darunter war ein Foto des Gemäldes zu sehen, das eine üppige nackte Frau vor einer blühenden Kamelie zeigte. Auch von der Künstlerin war ein Foto beigefügt worden, auf dem sie glücklich lächelte. An ihrem Finger funkelte ein Verlobungsring. Sophie starrte fasziniert auf das blitzende Juwel, einen fingernagelgroßen Smaragd mit einem Stufenschliff. Erst auf den zweiten Blick erkannte Sophie, dass der Name Eva in einer verschnörkelten Kordel geformt die Fassung für den Edelstein bildete. So etwas Schönes hatte sie noch nie gesehen. Ob Emanuel von Güldenstein den Ring für seine Verlobte entworfen hatte? Ein Ring, perfekt wie die Frau, die ihn trug.

Sophie hatte eine Schwäche für Schmuck, insbesondere Edelsteine und Perlen. Manchmal geriet sie ins Träumen. Es würde immer bei einem Traum bleiben, denn leider würde sie sich nie ein solch kostbares Stück leisten können. Der musste ein Vermögen wert sein! Der Artikel berichtete auch über Emanuel von Güldenstein, der nach Evas Tod den Garten für Besucher geschlossen hatte. Der Rest des Artikels war eine einzige Hommage an die Gartenanlage. Aus jedem Wort des Autors klang, wie sehr ihn die Pflanzkomposition verzaubert hatte. *Genauso wie mich!* Sophie seufzte.

Vielleicht könnte sie Emanuel von Güldenstein dazu überreden, den Garten wieder wie früher der Öffentlichkeit freizugeben, wenn er ihn im alten Glanz sah? Doch um die Gartenanlage wieder auf diesen Stand zu bringen, bedurfte es mehr als nur jeden Feierabend dafür zu opfern. Allein und in den wenigen Stunden nach der Arbeit würde es ihr nicht gelingen, den Garten in kurzer Zeit perfekt wiederherzustellen. Bei solch einem Anwesen bedurfte es einer Heerschar von Gärtnern, die Büsche und Hecken akkurat schnitten und die Beete pflegten.

Auf dem Rückweg vom Bistro hatte Sophie das Gefühl, dass ihr jemand folgte. Immer wieder warf sie einen Blick über die Schulter zurück, konnte aber nichts Auffälliges erkennen. Dennoch blieb das Unwohlsein, weshalb sie zusammenzuckte, als ihr Handy klingelte. Renate Kunzes Name erschien im Display, was nichts Gutes erahnen ließ. Mit einem flauen Gefühl im Magen nahm sie das Telefonat an.

»Hallo, Frau Kunze«, bemühte sie sich, locker zu klingen.

»Sophie, sind die gelieferten Pflanzen von Lieferung 3–16-B jetzt alle in der Erde?«, fragte ihre neue Chefin, ohne sich mit einer Begrüßung aufzuhalten.

»Ja, sind sie. Morgen erwarten wir die Staudenlieferung für das Rundbeet und …«

»Die wird nicht kommen«, fiel Renate Kunze ihr ins Wort.

»Wie? Die wird nicht kommen?«

»Weil ich sie storniert habe.« Diese Neuigkeit glich einem Fausthieb in den Magen. Hatte die Kunze das vielleicht hinter Günters Rücken gestoppt? Ihr Chef hatte nur ein einziges Mal ein Projekt wegen eines Unwetters abrupt abgebrochen. Doch vor allem hatte er die Projektmitarbeiter vorher informiert.

»Ist das denn mit Günter abgesprochen?«

»Natürlich!«, antwortete Renate Kunze verärgert.

Sophie konnte es kaum glauben, dass das eben begonnene Projekt schon wieder beendet sein sollte.

»Aber gestern habe ich noch mit dem Stadtplaner die weitere Gestaltung ausführlich besprochen … Ich verstehe nicht …«, protestierte Sophie, die sich in jeder Hinsicht überfahren fühlte. Schließlich besaß sie die Projektverantwortung. Frida hatte nie eine Entscheidung ohne ihre Mitarbeiter getroffen. Welchen Grund mochte diese Entscheidung haben?

»Weshalb verstehen Sie das nicht? Ich habe mich doch wohl klar genug ausgedrückt? Ihr Auftrag ist zu Ende. Und alles im Einvernehmen mit Günter. Morgen frühe sehe ich Sie beide im Teamraum zur Besprechung.«

Dann war ihre Zeit im Sophiengarten also abgelaufen? Sophie war enttäuscht und frustriert. Gerade hatte sie sich hart die Arbeit im Sophiengarten erkämpft, und jetzt das! Sie hatte keine Lust, nach Paderborn zurückzukehren und irgendwelche Aufträge von der neuen Geschäftspartnerin erhalten. Sophie war es gewöhnt, ein Projekt zu Ende zu führen. Aber jetzt war Frida nicht mehr da, und es wehte ein anderer Wind. Während sie darüber nachgrübelte, erhielt sie eine SMS von Iris, die sie um ein dringendes Treffen bat.

Iris saß zusammengesunken wie ein Häufchen Elend auf der Bank im Hamelner Kaffeestübchen. An den geröteten Augenrändern erkannte Sophie, dass sie geweint hatte. Wenn Iris so auf das Gespräch drängte, gab es ein wirkliches Problem. Sophie bestellte sich einen Kaffee und setzte sich neben Iris.

»Du hast wohl auch gerade von der Kunze gehört, dass unser Projekt zu Ende ist? Das tut mir wirklich leid. Ich hätte dir mehr Zeit mit deiner Familie gegönnt«, wagte sie sich vor und sah, wie sich Iris' Augen mit Tränen füllten.

»Aber … das ist … es nicht allein«, sagte sie nach einer Weile schluchzend.

Sophie hob die Brauen.

»Mein Vertrag … wird nicht … verlängert.« Iris barg ihr Gesicht in den Händen. Tröstend legte Sophie ihr einen Arm um die Schultern. Frida hatte Iris zusätzlich eingestellt, weil viele der Gesellen hinschmissen. Grund hierfür waren die geringen

Löhne, die im Kontrast zur schweren körperlichen Arbeit standen. Iris hatte den Beruf nicht erlernt, sondern war Quereinsteigerin. Sophie hatte immer das Gefühl, die jüngere, unerfahrenere Iris schützen zu müssen. Iris nahm sich alles sehr schnell zu Herzen. Am Anfang war sie mit Fridas rauer Art nur schwer zurechtgekommen, bis sie begriffen hatte, dass sich hinter der rauen Schale Verständnis befand.

»Ich werde mit Günter reden«, schlug sie der Jüngeren vor.

»Das bringt doch nichts. Diese Kunze hat ihn längst davon überzeugt, dass ich nur ein Anhängsel bin, das Geld kostet.«

»Wie kommst du nur auf solch einen Blödsinn?« Es musste doch möglich sein, Günter umzustimmen.

»Das ist kein Blödsinn. Ich bleibe erst mal hier. Bei meiner Familie.«

Als sie auseinandergingen, versprach Sophie, mit Günter zu reden.

In ihrer Wohnung zurückgekehrt, rief Sophie Günter an. Ihre Versuche, den Freund wegen Iris umzustimmen, schlugen fehl.

»Renate meint, wir haben zu hohe Personalkosten und brauchen mehr Fachkräfte.« Seine Antwort zeigte Sophie, wie groß der Einfluss von Renate Kunze war, was sie sehr enttäuschte.

»Und warum wurde mein Hamelner Projekt gestoppt?«, fragte sie, obwohl sie die Antwort bereits vorausahnte.

»Weil Renate der Auffassung ist, dass es nicht lukrativ genug für uns ist.« War das nur eine Ausrede des Freundes?

»Aber ihr habt das doch damals alles durchkalkuliert. Du, Frida und Yvonne.«

»Ich weiß. Leider nicht vollständig. Die Fahrt- und Unterbringungskosten sind mit keinem Cent abgedeckt. Ich trage Renates Entscheidung mit, Aufträge abzustoßen, die keinen Gewinn bringen. Deshalb werden wir auch die anderen Projekte überdenken. Frida hatte viel zu viele Aufträge angenommen, weil ihr der Überblick fehlte. Du weißt ja, sie war eine sehr kreative Frau, aber eine miserable Unternehmerin. Ohne Organisation und ohne finanziellen Plan.« Er erinnerte sie an das Seminar, das Frida einst hatte halten wollen, und das, weil sie keine Struktur hineingebracht hatte, in einem Fiasko geendet war.

Insgeheim musste sie Günter recht geben. Doch warum hatte er nie etwas geändert? Es ärgerte sie, dass Günter der neuen Geschäftspartnerin beipflichtete, wie Iris es vorausgesagt hatte. Viel zu sehr ließ er sich von seiner neuen Teilhaberin beeinflussen und nicht zu bemerken, wie Renate Kunze mit ihrer bestimmenden Art im Begriff war, die Stimmung in der Firma zu vergiften.

»Aber Iris braucht diesen Job, Günter! Sie zählt zu den Fleißigsten. Du kannst sie doch nicht so einfach entlassen. Gib ihr noch eine Chance. Bitte!«

Früher hätte Günter eine solche Entscheidung vorher mit ihr besprochen, weil er ihre Meinung schätzte.

Verärgert sog er geräuschvoll die Luft ein.

»Ich führe eine Landschaftsgärtnerei und kein Sozialinstitut.«

Sophie zuckte unter seiner Antwort zusammen. Das war doch nicht mehr der verständnisvolle, sensible Günter, den sie kannte!

»Du verlängerst Iris' Vertrag also wirklich nicht?«

»Nein, verdammt noch mal«, antwortete er bestimmt.

»Okay, wie du willst. Deine Entscheidung, die ich akzeptieren muss, auch wenn ich sehr enttäuscht von dir bin. Ich brauch von allem jetzt ein wenig Abstand und nehme mir eine Woche oder zwei eine Auszeit. Ich werde morgen also nicht nach Paderborn zur Teambesprechung kommen.« Sie hörte ihn am anderen Ende der Leitung nach Luft schnappen. Bevor er antworten konnte, legte sie auf.

15.

Als Emanuel sich in der Küche seinen ersten Kaffee brühte, sah er, wie Sophie vom Rad stieg und es gegen den Zaun lehnte. Ungewöhnlich am frühen Montagmorgen. War ihr Job schon beendet, und sie kam, um sich zu verabschieden? Seltsamerweise gefiel ihm der Gedanke nicht.

Doch sie fing umstandslos an zu arbeiten. Er verbrachte den Vormittag damit, seine E-Mails zu lesen, und ertappte sich oft dabei, wie er Sophie bei der Gartenarbeit beobachtete. Sie wirkte nicht heiter wie sonst, sondern wütete mit verkniffener Miene in den Beeten. Als sie Unkraut herausriss, schimpfte sie lautstark vor sich hin.

»Stell dir vor, Frida, er hat sie einfach rausgeschmissen! Dein Günter. Ich erkenne ihn nicht mehr wieder. Diese Renate ist die neue Herrscherin, und dein Mann lässt sich von ihr unterbuttern«, hörte er sie durch das geöffnete Fenster. Sie stach den Spaten in die Erde, als läge dieser Günter auf dem Boden, was Emanuel grinsen ließ. Temperamentvoll war die Gärtnerin ja. Als sie sich immer mehr in Rage redete, trat Emanuel auf die Terrasse und ging zu ihr.

»Oh, Mann, Frida! Nichts ist mehr so wie vorher. Du fehlst uns so. Besonders mir.« Als Sophie ihren Kopf drehte, sah er, dass es auf ihren Wangen feucht schimmerte. In diesem Moment verspürte er den unbändigen Wunsch, sie in die Arme zu ziehen und die Tränen wegzuküssen. Was war nur mit ihm los?

Eva hatte auch oft geweint und sich dann von ihm trösten lassen. Aber diese Frau war nicht Eva! Er wollte sich erst abwenden, bis ihn sein Gewissen mahnte.

»Haben Sie ein Problem? Kann ich Ihnen vielleicht helfen?«, fragte er leise. Sophie erschrak und wirbelte herum. Hastig wischte sie mit dem Handrücken über ihre Wangen und schniefte. Dann schüttelte sie den Kopf.

»Nein, nein, alles okay.« Sie wich seinem Blick aus.

»Wirklich?«, fragte er sanfter, während er gegen das stärker werdende Verlangen kämpfte, sie doch noch in die Arme zu ziehen. Damit er nicht in Versuchung geriet, vergrub er die Hände in den Taschen seiner Jeans.

»Nein. Sie haben mich belauscht!« Der traurige Ausdruck in ihren Augen wechselte zu vorwurfsvoll.

»Sie haben so laut geredet, dass ich es nicht überhören konnte.«

Sophie erstarrte. »Oh, tut mir leid, wenn ich Sie gestört habe.«

Ihre Lippen zitterten. Feuchtglänzend und halbgeöffnet luden sie einfach zum Kuss ein. Emanuels Muskeln spannten sich an. Seine Hände ballten sich in den Taschen zu Fäusten. Wie konnte er überhaupt daran denken, diese verheulte Gärtnerin zu küssen?

»Haben Sie aber«, antwortete er wütend. Allein die Vorstellung, eine andere Frau zu küssen als Eva, weckte in ihm ein schlechtes Gewissen.

»Entweder singen Sie laut und schräg oder führen Selbstgespräche«, warf er ihr vor.

Betroffenheit spiegelte sich in ihrer Miene wieder. Er bereute seine harschen Worte, die ihm herausgerutscht waren.

»Ich wollte Sie gewiss nicht stören, aber wenn ich singe, geht die Arbeit leichter von der Hand. Und heute hatte ich keinen guten Start. Ich habe meiner verstorbenen Freundin alles anvertraut. Hier bin ich ihr nah, kann sie spüren und manchmal auch sehen. Verstehen Sie?«

»Ehrlich gesagt … nein. Als wenn es Geister gäbe.« Er dachte an seinen Vater, der sich vor Schatten an der Wand gefürchtet hatte. »Vielleicht sehen Sie in jedem Schatten auch einen Elefanten?«, rutschte es ihm heraus. Sie zuckte leicht zusammen. Ein seltsamer Ausdruck lag in ihrem Blick.

»E … Elefanten? Woher … wissen …? Nein, das können Sie nicht. Unmöglich«, stammelte sie und trat rückwärts.

Ihre Reaktion irritierte ihn. Mit seiner unbedachten Bemerkung war er scheinbar in ein Fettnäpfchen getreten.

»Was weiß ich nicht?«, bohrte er nach.

»Na, das mit den Elefanten.«

»Das habe ich doch einfach nur so gesagt. Ein Scherz.«

Er selbst verspürte auch ein flaues Gefühl und sah die Skizzen wieder vor sich. Hatte Sophie sie durch die Scheibe der Manufaktur gesehen? Nein, der Tisch mit den Entwürfen war zu weit vom Fenster entfernt. Die ganze Zeit über waren Atelier und Manufaktur verschlossen gewesen. Sicher nur purer Zufall.

»Es ist schon seltsam, dass Sie gerade Elefanten erwähnen …«, sprach sie leise.

»Wieso?«

»Weil ich seit einiger Zeit immer von ihnen träume. Dabei bin ich weder in Afrika noch in Indien gewesen und auch keine begeisterte Zoobesucherin.«

Wieder dachte er an seinen Vater und das, was Eva ihm damals beschrieben hatte. Schatten, die wie Elefanten aussahen und von denen er sich verfolgt gefühlt hatte. »Ich bin verflucht«, hatte er Eva damals gebeichtet.

»Jeder Traum hat eine Bedeutung. Elefanten könnten Ihre Furcht vor einer großen Veränderung symbolisieren.« Das klang selbst in seinen Ohren lächerlich. Aber er wollte ihr nicht von dem Fluch erzählen.

»Mag sein. Meine Freundin konnte Träume gut deuten. Ich kann mir trotzdem keinen Reim darauf machen. Warum ausgerechnet Elefanten? Ich könnte ja auch von Bergen träumen. Nein, irgendwie ist das anders. Sie glotzen mich böse an, schnauben und trompeten. Sie sind zornig. Das macht mir Angst.«

Emanuel schluckte.

»Zornig worauf?«

Sophie zuckte mit den Achseln.

Der Druck in Emanuels Bauch wurde größer.

Gestern Abend, nachdem Tilda gegangen war, hatte er im Internet über die deutschen Kolonien recherchiert. Aus den historischen Dokumenten seiner Familie war ihm bekannt, dass tatsächlich einige seiner Vorfahren nach Afrika gereist waren. Gold und Diamanten kaufen für die Schmuckverarbeitung. Aber was hatte das mit Elefanten zu tun? Elfenbein wurde in jedem Kaff verkauft. Sollte sich Johns These tatsächlich bewahrheiten, der behauptete, die Wurzel des Fluches läge in Afrika? Wegen des Elfenbeins? Wilderei? Weshalb war in seiner Familie nie darüber gesprochen worden? Wusste der dunkelhäutige Eindringling von neulich mehr?

Sophie starrte in die Gegend und schien in Gedanken weit fort zu sein.

»Wahrscheinlich denken Sie, dass ich völlig durchgeknallt bin. Tut mir leid, dass ich Sie damit belästigt habe.« Sie wandte sich um und wollte gehen, aber Emanuel hielt sie am Arm zurück.

»Das haben Sie nicht. Und ich denke auch nicht, dass Sie durchgeknallt sind. Ihre Träume sind bizarr, ja, aber sie wollen Ihnen etwas sagen. Irgendwann werden Sie es herausfinden. Die Gartenarbeit wird Sie von Ihren Ängsten ablenken.«

Sophie nagte an ihrer Unterlippe.

»Diese Elefanten … sie zerstören in meinen Träumen diesen Garten, einfach alles und …« Sie brach ab.

»Und?« Emanuel wollte jetzt alles wissen.

»Sie töten Ihre Verlobte«, erklärte sie und war erleichtert, dass sie es ausgesprochen hatte. Für einen Moment verschlug es Emanuel die Sprache.

Eisig rieselte es sein Rückgrat hinunter. »Das ist wirklich gruselig, auch weil Sie Eva nicht kannten.«

Sophie schüttelte den Kopf. »Stimmt. Nur von Fotos.«

Er schluckte und dachte an Eva, die an besonders sensible Menschen geglaubt hatte. Scheinbar gehörte Sophie dazu. Was sie ihm über ihren Albtraum erzählt hatte, klang so glaubwürdig, dass er davon überzeugt war, sie könnte tatsächlich den Fluch spüren.

Plötzlich wurde ihm bewusst, dass er noch immer ihren Arm

festhielt, und ließ los. Seine Fingerkuppen prickelten von der Berührung, dass er die Hand zur Faust ballte. Ihre Haut hatte sich weich und glatt angefühlt.

»Ich weiß auch nicht, warum ich Ihnen das alles erzählt habe. Vielleicht weil wir uns nicht mehr wiedersehen werden.«

Fragend sah er sie an.

»Meine neue Chefin hat mich bereits für morgen zurückbeordert. Das war mein letzter Tag hier«, erklärte Sophie wenig begeistert.

Er war auch nicht gerade erfreut. Irgendwie mochte er ihre offene Art.

»Ich dachte, Ihnen läge etwas an Sophiengarten.«

»Ja, natürlich. Glauben Sie mir, ich bedauere es sehr, aber ich brauche meinen Job. Unter der Leitung meiner Freundin Frida wäre so etwas nie geschehen. Aber die Dinge im Leben ändern sich. Manchmal zu schnell. Dann werde ich eben so lange ungeliebte Arbeiten ausführen, bis sich etwas anderes findet.«

»Sie meinen in einem Landschaftsgartenbau?«

»Ja, ich liebe es, Gärten zu gestalten oder sie wie Sophiengarten wieder zu neuem Leben zu erwecken. Es ist meine Bestimmung.«

Er setzte sich auf eine Teakbank und gebot ihr, neben ihm Platz zu nehmen. Sein Körper stand unter Strom. Verkrampft saß er da. Als sich ihre Knie berührten, fuhr es wie ein Blitz durch sein Bein, und er rückte so weit wie möglich von ihr ab. Sein verfluchter Körper entwickelte ein ungewolltes Eigenleben. Das Gefühl irritierte ihn.

»Ich werde morgen nach Paderborn zurückkehren. Unser Projekt ist beendet, meine Kollegin Iris entlassen.«

»Entlassen?«

In wenigen Sätzen berichtete sie ihm von der Entwicklung bei ihrem Arbeitgeber. Bei ihren Ausführungen kam Renate Kunze nicht gut weg.

»Offensichtlich geht es dem Unternehmen nicht gut. Da wäre es nur eine Frage der Zeit, dass Sie Ihren Job verlieren. Ihre neue Chefin scheint den Ehrgeiz zu besitzen, alles umkrempeln zu wollen. Ist sie denn mit Ihrem Chef liiert?« Seinem Gefühl nach schien die Neue alles, was ihre Vorgängerin aufgebaut hatte, ändern zu wollen. Entweder, weil sie es grundsätzlich wollte, oder aus Eifersucht.

»Ja, … nein … ehrlich gesagt, ich weiß es nicht. Auf jeden Fall kann sie meinen Chef sehr gut manipulieren.«

In Sophies Augen schimmerte es feucht. »Ich liebe die Arbeit mit meinen Händen, wenn die Erde durch meine Finger rieselt und ihr Geruch in meine Nase dringt. Es gibt mir das Gefühl, der Natur nah zu sein. Zusammen mit Frida habe ich für die Landschaftsgärtnerei geschuftet, manche Idee neu verwirklicht und viel Zeit hineingesteckt. Weil es mir Spaß gemacht hat und Frida meine beste Freundin gewesen ist, der ich viel zu verdanken habe. Außerdem habe ich eine nette kleine Wohnung, die bezahlt werden will.«

Emanuel fühlte, wie sehr sie alles belastete. Als eine Träne ihre Wange hinabrollte, zog er ein Taschentuch aus der Hosentasche und reichte es ihr.

»Danke«, sagte sie, bevor sie sich schnäuzte. Mit einem wehmütigen Lächeln blickte sie sich um, wirkte aber gefasster als eben.

»Wissen Sie, Ihr Garten bedeutet mir viel. Seit Frida oft von ihm geschwärmt hat, habe ich davon geträumt, ihn einmal zu besuchen. Es macht mich traurig zu gehen.« Als sich ihre Blicke begegneten, färbten sich ihre Wangen rot.

Emanuel sah zu den beiden Beeten hinüber, die Sophie entkrautet und ordentlich gehackt hatte. Fast wie zu Evas Zeiten. Aber er würde Sophie nicht zurückhalten. Wenn sie gehen wollte oder musste, dann war es ihre Entscheidung. Alles, was er brauchte, waren seine Erinnerungen an glückliche Zeiten. Weil sie nie mehr wiederkehren würden. Glück war etwas, das ihm nicht vergönnt war.

Sophie räusperte sich und setzte sich aufrecht.

»Ich würde liebend gern hier weiterarbeiten …«, sagte sie seufzend. Ihr flehender Blick berührte ihn und ließ ihn gleichzeitig auf Distanz gehen. Sie stetig um sich zu haben, bedeutete, nicht zur

Ruhe zu kommen. Nein! Er brauchte Einsamkeit, um über alles hinwegzukommen.

»Das geht nicht«, erwiderte er.

Die beiden Tage hatten ihn schon Nerven genug gekostet. Sophie brachte seinen Tagesablauf durcheinander. *Und dich auch!* Er ignorierte die Stimme in seinem Innern. Niemals würde er eine Frau wieder nah an sich heranlassen. Womöglich wollte sie auch noch diese Iris mitbringen. Nein! Niemals! Sophie blickte ihn stirnrunzelnd an.

»Aber warum denn nicht?« Sie holte tief Luft. »Ihr Garten braucht eigentlich dauerhaft Pflege. Ein paar Gärtner, die sich um alles kümmern. Ich habe schon einige Projekte dieser Art geleitet.«

Was dachte sie sich eigentlich? Sie kam hierhergeradelt, drang einfach so in seinen Garten und sein Leben und wollte sich auch noch dauerhaft einnisten? »Reichst du deinen Finger, nehmen sie die ganze Hand«, hatte Vater oft zu ihm gesagt. Er hatte dieser Sophie bereits zu viel Freiheit gewährt, indem er sie in seinem Garten arbeiten ließ. Andererseits bedrückte ihn der Gedanke, dass sie für immer ging.

»Wie kommen Sie überhaupt darauf, ich könnte Sie fest einstellen?«

»Weil ich gedacht habe, Sie von meinen Fertigkeiten überzeugt zu haben.« Sie deutete mit dem Arm auf die bearbeiteten Beete.

»Sie sind ganz schön von sich und Ihrer Arbeit eingenommen.«

Sophie wagte viel, und sie war wirklich hartnäckig. Das hatte ihm schon bei ihrer ersten Begegnung insgeheim imponiert.

»Nein, aber ich würde alles dafür tun, dass dieser Garten wieder so ist, wie er mal war. Ein Prachtgarten. Sie könnten die Pforten wieder für Besucher öffnen …«

»Und wenn ich das gar nicht will?«, fiel er ihr ins Wort. Sophie zuckte zusammen.

Sie blickte hinunter auf sein Taschentuch, das sie in der Hand knetete.

»Ihre Verlobte war eine begnadete Künstlerin. Sie hat sich auch in diesem Garten verwirklicht. Spüren Sie denn nicht Ihren Geist in allem, was sie hier erschaffen hat? Ich glaube, dass sie traurig wäre, wenn Sie ihr Werk nicht würdigen. Sie sind der Mann, den sie geliebt hat.«

Emanuel versteinerte. Sophie hatte ihn bis ins Mark getroffen. Evas Werke hatten ihm viel bedeutet, die geliebte Frau alles!

»Gehen Sie«, stieß er hervor. »Gehen Sie und kommen Sie nie wieder!«

Schweigend und mit trauriger Miene stand Sophie auf. Sie lief zu ihrem Fahrrad. Emanuel stützte den Kopf in die Hände. Er sah wieder Eva vor sich, wie sie ihm voller Stolz die blaublühenden Irisbeete gezeigt hatte, hörte ihr Lachen, als zum ersten Mal die Wasserkaskaden wieder in Betrieb waren, und erinnerte sich an das Leuchten in ihren Augen an dem Tag, an dem der Schlossgarten wiedereröffnet worden war. Ja, Sophiengarten, das war Eva, ihre Gedanken und ihre Seele. Und er dachte an Sophie, die ihn traurig angesehen hatte. Dabei hatte sie recht. Er sprang von der Bank auf und rannte ihr hinterher.

»Warten Sie! Bitte!«, rief er ihr hinterher.

Sophie stieg ab und drehte sich zu ihm um. Erwartungsvoll richtete sich ihr Blick aus ihren veilchenblauen Augen auf ihn. Es war das gleiche Blau wie das der Iris. Sie hatte die Haare hinter die Ohren gestrichen. Ihre Ohrmuscheln verliefen nach oben hin ein wenig spitz. Sie hätte gut und gern in einem Fantasyfilm mitspielen können.

Wollte er das wirklich? Sie jeden Tag um sich haben?

»Einverstanden«, antwortete er schlicht.

»Ich ... Sie ... wollen tatsächlich ...?«, stammelte sie.

»Ja, ich bin damit einverstanden. Über die Bezahlung müssen wir allerdings noch reden. Und diese Iris darf auch mitkommen.« Irgendwie fühlte es sich gut an, jemandem zu helfen.

»Danke. Vielen Dank! Sie ahnen gar nicht, wie sehr ich mich darüber freue. Wir werden bis in die Nacht hinein schuften und Ihren Garten wieder neu erblühen lassen. Oh, Iris wird jubelnd in die Luft springen!«

»Singt Ihre Kollegin eigentlich auch? Und auch so schief?«

»Manchmal.« Sophie schmunzelte.

»Dann muss ich mir vorher noch Ohrstöpsel besorgen«, antwortete er grinsend.

Nachdenklich sah er Sophie nach, bis sie hinter der nächsten Biegung aus seinem Blickfeld verschwand. Hoffentlich hatte er die richtige Entscheidung getroffen. Diese Sophie hatte etwas an sich, das ihn anzog.

16.

Erschöpft sank Sophie in die Kissen. Was für ein Tag! Nach dem deprimierenden Start hatte sich noch alles zum Guten gewendet. Sie konnte es kaum glauben, dass sie Emanuel von Güldenstein überredet hatte, seinen Garten zu sanieren. Ein Meilenstein in ihrer Referenzliste als Landschaftsgärtnerin. Sophie ließ noch einmal Iris' Reaktion auf die Neuigkeit Revue passieren.

»Echt jetzt? Wir arbeiten für Emanuel von Güldenstein, dem Traum aller Frauen? Ich fasse es nicht.« Iris hatte verzückt mit den Augen gerollt. Dann waren sie sich lachend in die Arme gefallen.

Gegen Mittag waren sie gemeinsam in die Firma gefahren, um den Pick-up und die firmeneigenen Arbeitsgeräte abzugeben. Sophie hatte Günter ihre Kündigung überreicht. Widerspruchlos hatte er ihr Schreiben entgegengenommen. Nicht ein Versuch, sie zum Bleiben zu überreden. Sophie war bitter enttäuscht. Das sang- und klanglose Ende einer mehrjährigen Freundschaft. Das hätte sie nie von ihm gedacht.

Zum Glück war sie niemand, der lange Trübsal blies, sondern hoffnungsvoll in die Zukunft schaute. Sie freute sich auf ihre Arbeit im paradiesischen Güldenstein-Garten. Und insgeheim auch auf Emanuel. Iris hatte Recht, er sah wirklich gut aus, und wenn er nett war, bekam sie Herzklopfen. Über diesen Gedanken schlief sie ein.

Am nächsten Morgen wachte Sophie schweißgebadet auf. Es dauerte ein paar Minuten, bis sich Puls und Atmung wieder beruhigt hatten. Schon wieder so ein verdammter Albtraum! Von Eva Allenheim. Die Malerin hatte im Traum riesige Porzellanteller mit Savannentieren und Akazienbäumen verziert. Auf zwei der

Teller prangten bemalte Krieger, die bei Sonnenuntergang tanzten. Als Sophie näher herangetreten war, um sie zu betrachten, waren die Krieger plötzlich lebendig geworden und hatten sie gepackt. Sophie hatte sich mit Händen und Füßen gewehrt, geschrien und war davon schließlich aufgewacht. Die Träume wurden immer beängstigender. Wie damals in ihrer Kindheit, an die sie sich nur noch vage erinnern konnte.

Als Dreijährige war Sophie ausgesetzt und in ein Kinderdorf gebracht worden. An die Zeit davor erinnerte sie sich nicht mehr. Nicht an ihren Namen oder den der Eltern. Nichts. Obwohl von Dorit und ihren Pflegegeschwistern liebevoll aufgenommen, hatten sie lange Zeit Albträume geplagt. Ihre Träume hatte sie in Bildern verewigt. Ihre Zeichnungen ruhten seit vielen Jahren unangetastet in einem Karton. Gleich morgen früh wollte sie den Karton heraussuchen, bevor Iris und sie nach Sophiengarten fuhren.

Emanuel von Güldenstein hatte ihnen angeboten, im Besucherflügel des Schlosses zu wohnen. Während Iris lieber die Zeit bei ihrer Familie verbringen wollte, entschied Sophie sich, sein Angebot anzunehmen, auch wenn sie ein seltsames Gefühl dabei hatte.

Nach einer kalten Dusche packte Sophie ihre Sachen und begab sich auf die Suche nach dem Karton mit den Bildern. Auf dem Dachboden wurde sie fündig. Sie nahm den Karton mit nach unten und wollte gerade den Deckel anheben, als es klingelte. Sie blickte auf die Uhr. *Iris war aber früh dran!*

Entgegen ihrer Erwartung stand jedoch Paula vor der Tür. In Sophie regte sich das schlechte Gewissen, weil sie der Freundin noch nichts von ihrem neuen Job erzählt hatte.

»Was treibst du denn hier?«, fragte Paula und lugte neugierig über Sophies Schulter. Offensichtlich hatte sie das Gepäck entdeckt, denn sie hob fragend die Brauen.

»Du verreist wieder?«, fragte Paula enttäuscht.

»Ja, ich hab jetzt einen neuen Job. Ich wollte es dir eigentlich gestern schon sagen, aber ich war zu müde.«

In wenigen Sätzen berichtete sie Paula, was geschehen und wie enttäuscht sie von Günter war. Sie versuchte, nicht zu euphorisch zu klingen, als sie ihr von Emanuel von Güldensteins Angebot erzählte.

»Kann verstehen, dass du dich in der alten Firma nicht mehr wohlfühlst. Und wenn dir dann noch solch ein Traumjob angeboten wird …« Die Freundin nickte anerkennend.

»Ich werde eine Weile wegbleiben. Keine Ahnung, wie lange. Der Garten ist völlig heruntergekommen. Könntest du dich vielleicht um meine Blumen kümmern und die Post aus dem Briefkasten nehmen?« Bisher hatte sie sich immer auf Paula verlassen können.

»Kein Problem. Ich hoffe nur, deine Blumen überleben meine Pflege.« Paula grinste verlegen. Sicher dachte sie daran, dass Sophie ihr im vergangenen Jahr eine Standpauke gehalten hatte, dass ihre Blumen keine Schwimmpflanzen wären.

»Wenn irgendwas nicht passt, ruf mich an, dann hol ich sie ab.«

Paula nickte und seufzte. »Ich komme schon klar, mach dir keine Gedanken. Aber Miezi und ich werden dich sehr vermissen. Da müssen wir die lauen Frühlingsabende wohl allein auf dem Balkon verbringen.« Paula drückte Sophie an sich. »Pass bloß auf dich auf.«

»Mach ich. Ich ruf dich an. Versprochen.«

»Wo wirst du eigentlich die ganze Zeit über wohnen? Bezahlen die dir deine Unterkunft und so?«, fragte Paula und beobachtete Sophie dabei, wie sie den Kartondeckel mit einem Gummiband fixierte.

» Emanuel von Güldenstein hat mir angeboten, kostenlos im Gästeflügel von Schloss Sophiengarten zu wohnen.«

»Du wohnst in seinem Schloss? Wieso denn nicht bei Iris?«, rief Paula sichtlich besorgt. Verwundert sah Sophie auf.

»Wieso nicht? Die Wohnung bei Iris' Verwandten muss ich bezahlen. Auf Dauer kann ich mir das nicht leisten. Ich hätte mir eh was anderes suchen müssen. Ist doch auch praktisch, gleich vor Ort zu sein, da kann ich morgens gleich in den Garten und spare die Anfahrt.«

»Aber nach all dem, was man sich so über die Güldensteins erzählt?« Paulas Worte machten Sophie hellhörig.

»Was erzählt man sich denn über sie?«

»In den Schlössern soll es spuken. Der Geist von Eva Allenheim. Auch sein Vater sei verrückt geworden, heißt es. Schon in der Vergangenheit hat es seltsame Todesfälle in der Familie gegeben. Nicht für eine Million würde ich unter dem Dach eine Nacht verbringen!« Paula schüttelte sich, als würde sie frieren.

»Wer hat dir denn solche Schauergeschichten erzählt?«, fragte Sophie kopfschüttelnd. Gerüchte verbreiteten sich schnell. Oft wurde noch etwas hinzugedichtet. Zum Glück konnte sie so etwas nicht beeindrucken.

»Das kannst du doch in den Zeitungen lesen!«

»Du meinst in der Klatschpresse? Hoffentlich entpuppt sich Emanuel von Güldenstein nicht noch als Vampir!«, rief Sophie lachend und stellte sich vor, wie er mit spitzen Eckzähnen aussehen würde. Wahrscheinlich würden auch die ihn nicht entstellen können.

»Du nimmst mich nicht ernst«, beschwerte sich Paula und zog einen Schmollmund. »Was ist, wenn da was dran ist? Ich habe ein ganz komisches Gefühl.«

Sophie glaubte nicht an Geister und Spuk oder irgendwelchen Hokuspokus. Das gehörte eher zu Paulas Metier, die gern Gruselgeschichten las.

»Du liest zu viele Horrorgeschichten, Paula. Ich bin schon dort gewesen, und mir ist kein Geist begegnet«, schalt sie die Freundin. »Die Leute interpretieren immer viel zu viel hinein in Dinge, die sie sich nicht erklären können.«

In Paulas Blick lag noch immer Zweifel.

»Aber wenn dir irgendetwas seltsam vorkommt, dann …«

Sophie hatte ihre Freundin noch nie so eindringlich erlebt wie heute. »Dann ruf ich dich an, Frau Geisterjägerin«, antwortete sie grinsend.

Bevor Paula etwas darauf erwidern konnte, stand Iris im Hausflur.

»Hi! Na, fertig, Sophie? Ach, hallo Paula!«, begrüßte Iris die beiden.

»In den Güldenstein-Schlössern geht Unheimliches vor«, fing Paula erneut an Iris gewandt an. Die unsichere Kollegin war empfänglich für solche Themen.

»Komm Iris, lass uns fahren, bevor die liebe Paula sich vor unseren Augen in einen Raben verwandelt.« Sie schob Iris zur Treppe. »Geh du schon mal runter, ich nehme nur mein Gepäck.«

Zu ihrer Erleichterung protestierte Iris nicht.

Nachdem Sophie Paula zum Abschied gedrückt und Miezi gestreichelt hatte, griff sie nach ihrem Koffer und der Reisetasche und verließ die Wohnung.

Auf der Fahrt nach Hameln hatte Sophie das Gefühl, dass ihnen jemand folgte. Sie schaute in den Außenspiegel. Der dunkelblaue Mercedes klebte schon seit geraumer Zeit hinter ihnen und startete keinen Überholversuch. Sehr seltsam, weil Iris eher langsam fuhr. Aber vielleicht bildete es sie sich auch nur ein. Als sie nach einer Weile wieder in den Spiegel sah, war der Mercedes nicht mehr zu sehen.

Bei blauem Himmel erreichten sie am späten Vormittag Schloss Sophiengarten.

Kaum dass sie ausgestiegen waren, kam ihnen Emanuel entgegen. Er trug Jeanshose und Jeanshemd und sah beneidenswert schlank darin aus. Höflich distanziert begrüßte er zuerst sie und dann Iris. Als sie seine Hand nahm, klopfte Sophies Herz wieder schneller. Heute hatte er sein dunkelblondes Haar zum Zopf zusammengefasst. Der gepflegte Dreitagebart stand ihm ausgesprochen gut. Während Iris mit hochroten Wangen mit Emanuel plauderte, lud Sophie ihr Gepäck aus dem Kombi. Sie verkniff sich ein Grinsen, als sie sah, wie Iris ihren neuen Arbeitgeber anhimmelte, als sie sich für heute verabschiedete. Als sie Emanuels Blick begegnete, spürte sie, wie Hitze in ihr aufstieg, und sah hastig weg. Die mitgebrachten eigenen Arbeitsgeräte lagen ganz hinten im Kofferraum, dass Sophie sich recken musste.

»Darf ich Ihnen erst Ihr Zimmer zeigen, Frau Becker?«, fragte er, als sie als Letztes nach den Arbeitshandschuhen angelte. Sophie hatte sein Herannahen nicht bemerkt. Erschrocken richtete sie sich viel zu rasch auf und stieß mit dem Kopf gegen den Kofferraumdeckel. »Autsch!«, fluchte sie und rieb die schmerzende Stelle.

»Oh, tut mir leid. Ich wollte Sie nicht erschrecken. Kommen Sie, ich gebe Ihnen einen Eisbeutel zum Auflegen.« Er holte ihre Handschuhe aus dem Auto, nickte Iris zum Abschied zu, nahm ihren Ellbogen und dirigierte sie über die Terrasse ins Innere des Schlosses. Die sanfte Berührung löste in ihr eine Flut an Gefühlen aus. Am liebsten hätte sie den Arm weggezogen, was er sicher als albern empfunden hätte.

Emanuel führte sie durch einen breiten Korridor mit Textiltapeten an den Wänden. Sophie staunte nicht schlecht angesichts der hochglänzenden Hightechküche aus Stahl. Hier hätten sich Sterneköche austoben können. Sie registrierte den breiten Gasherd wie auch den Backofen, in dem sich zusammengekauert ein Erwachsener hätte verstecken können. Unzählige Pfannen hingen über einer Kochinsel von einer stählernen Leiter herab, die an der Decke befestigt war. Emanuel zog einen Hocker heran und bedeutete ihr mit einer Geste, sich zu setzen. Dann ging er zum Kühlschrank, auf dessen Front über ein Dutzend Schalter zu erkennen waren. Per Knopfdruck plumpsten Eiswürfel in einen Beutel, den er darunterhielt. Mit dem gefüllten Beutel kehrte er zu ihr zurück. Sophie streckte die Hand danach aus, um ihn gegen ihre Beule, in der es schmerzhaft pochte, zu legen.

Doch er zog ihn zurück. »Darf ich bitte?«, fragte er. Obwohl sein Tonfall weich klang, ließ er keinen Zweifel darüber, dass er keinen Widerspruch duldete. Sophie nickte nur. Die unvermittelte Nähe Emanuels ließ in ihrem Magen einen Vogelschwarm flattern. Der Duft exklusiven Rasierwassers drang in ihre Nase. Es besaß einen moosigen Duft, wie der Waldrand nach einem ausgiebigen Regenguss. Tief sog sie den Geruch ein.

Emanuel legte den Eisbeutel auf den Tisch neben sich, bevor er mit kühlen Fingern ihren Kopf berührte und die Haare teilte. Die Berührung war derart sanft, dass abwechselnd heiße und kalte Wellen Sophies Rücken überliefen und sich auf ihren bloßen Armen eine Gänsehaut bildete. Sie besaß nicht viel Erfahrung mit Männern außer David, aber das reichte ihr.

»Zum Glück ist es keine offene Wunde. Nur eine dicke Beule, die wir mit Kühlen sicher schnell zum Abschwellen bringen werden.«

»Ich bin so einiges gewöhnt und hart im Nehmen«, presste sie hervor, während sie auf Emanuels flachen Bauch starrte. Seine Ausstrahlung zog sie magisch an. Sicher war das bei vielen Frauen so. Ob Eva Allenheim genauso empfunden hatte? Sophie wagte nicht, zu ihm aufzusehen, denn womöglich hätte der Ausdruck in ihren Augen sie verraten.

Er legte ihr den Eisbeutel behutsam auf die schmerzende Stelle.

»Sie können hier erst mal sitzen bleiben, bis der Schmerz etwas abebbt. Ich zeige Ihnen nachher Ihr Zimmer.«

»Können wir das nicht gleich tun? Es tut schon viel weniger weh. Wirklich.«

Aus dem Augenwinkel sah sie zu ihm. Er schien zu überlegen, bis er schließlich nachgab.

»Meinetwegen. Aber heute sollten Sie auf keinen Fall mehr im Garten arbeiten, sondern sich schonen. Falls Ihnen übel wird, könnte auch eine Gehirnerschütterung dahinterstecken. Damit ist nicht zu spaßen.«

»Mir geht es schon deutlich besser«, entgegnete Sophie, die voller Ungeduld darauf brannte, endlich im Garten weiterarbeiten zu können.

»Keine Widerrede. Heute werden Sie keinen Handschlag machen. Und wenn ich Sie höchstpersönlich an eine der Bänke ketten muss.«

Als Sophie überrascht aufsah, begegnete sie seinem Blick erneut. Einen flüchtigen Moment glaubte sie, er hätte sie verlangend angesehen. Schnell war der Eindruck verflogen, dass sie überzeugt davon war, es sich nur eingebildet zu haben. Ein Emanuel von Güldenstein zeigte mit Sicherheit kein Interesse an einer unscheinbaren Gärtnermaus.

»Also gut«, gab Sophie nach einer Weile des inneren Ringens nach. »Aber morgen werden Sie mich nicht aufhalten können. Wenn wir Glück haben, können Sie den Garten vielleicht noch in vor dem Sommer wiedereröffnen.«

Er sog geräuschvoll die Luft ein. »Morgen schauen wir weiter. Ich könnte es nicht verantworten, wenn Ihnen etwas geschähe. Ihre Partner oder auch Ihre Familie würden mir den Kopf abreißen.«

»Weder noch«, erwiderte sie.

»Wie?« Ihre Antwort schien ihn sehr irritiert zu haben.

»Ganz einfach, ich habe weder eine feste Beziehung noch eine Familie«, erklärte sie ihm. Früher hatte es ihr etwas ausgemacht, zuzugeben, dass sie eine Waise gewesen war. Heute berührte sie es wenig, weil sie mit ihrem Leben zufrieden war. Als sie Emanuels traurigem Blick begegnete, hob sie die Hände. »Bitte kein Mitleid! Ich habe nie etwas in meiner Kindheit und Jugend vermisst. Im Gegenteil, ich war von liebevollen Menschen umgeben, die sich sehr um mich gekümmert haben.«

»Wissen Sie denn etwas über Ihre Eltern? Oder woher Sie stammen?«, fragte er. Seine Fragen waren nicht aufdringlich, sondern eher mitfühlend. Sie wollte kein Mitleid von ihm.

»Nein, ich weiß nichts, kenne nicht mal ihren Namen. Wie gesagt, ich habe in meiner Kindheit und Jugend nie etwas vermisst.«

»Ich habe meine Mutter auch viel zu früh verloren. Und mein Vater war nur selten für mich und meine Geschwister da. Er hat sich fast nur um die Firma gekümmert.« Aus seinen Worten hörte sie Bedauern heraus. Einen Augenblick hatte sie das Gefühl, dass sich eine Tür ins Innere des verschlossenen Emanuel von Güldenstein öffnete.

»Sicher haben Sie sich sehr einsam gefühlt …«

»Ich möchte nicht mehr darüber reden«, antwortete er entschieden. »Ich will Ihnen jetzt Ihr Zimmer zeigen.«

Er wandte sich um und lief zur Tür, Sophie folgte ihm.

Am Ende des langen Korridors öffnete er eine Tür, die in ein farbenfrohes Zimmer führte. Es strahlte ein exotisches Flair aus. Auf den Seidenvorhängen und dem Bettüberwurf tummelten sich rot-blaue Papageien. Selbst Couch und Sessel waren mit einem ähnlichen Stoff überzogen und unterstützten die Homogenität. Vor den bodentiefen Fenstern standen zu beiden Seiten Kentiapalmen. Töpfe mit Orchideen reihten sich auf einer Blumenbank davor und versetzten den Betrachter in Länder jenseits des Äquators. Sophie fühle sich sofort zu Hause. Solch ein schönes Zimmer kannte sie nur aus einschlägigen Einrichtungsmagazinen. Im schwarzen Regal an der Wand waren verschiedene geschnitzte Tiere dekoriert, manche aus Holz oder aus Elfenbein. Alles mutete an wie in Kiplings Dschungelbuch. Der Anblick der winzigen Figürchen beschwor Visionen herauf, die sie sich nicht erklären konnte. Sophie hatte schon immer eine Schwäche für afrikanische Kunst besessen, weshalb sie einen verzückten Laut ausstieß, als ihr Blick auf die Masken an der gegenüberliegenden Wand fielen.

»Man könnte fast meinen, sich in Afrika zu befinden«, sagte sie, während ihr Blick noch immer staunend umherglitt. Sie liebte afrikanische Kunst und Musik. Von einer ungeahnten Erregung erfasst, schaute sie sich im Zimmer um.

»Eva … meine Verlobte hat das Zimmer gestaltet«, sagte Emanuel leise. Seine Stimme vibrierte. Es fiel ihm also noch immer schwer, über die einstige Frau an seiner Seite zu reden.

»Es ist wirklich sehr schön.« Ein vertrocknetes Orchideenblatt war hinuntergefallen. Sophie bückte sich, um es aufzuheben. Auch Emanuel reckte sich danach, und für einen flüchtigen Moment berührten sich ihre Hände. Es war nicht unangenehm, aber es kribbelte in ihrer Hand. Seine Nähe machte sie nervös. Hastig griff Sophie nach dem verwelkten Blatt und hob es auf.

»Ich hoffe, Sie werden sich hier wohlfühlen«, sagte er und lief zur Tür. Da fiel Sophie ein, dass sie ihn dringend nach den alten Gartenplänen fragen wollte. Eva Allenheims Pläne fokussierten sich mehr oder weniger auf die Bepflanzung. Aber Sophie wollte die ursprüngliche Einteilung sehen mit den Gartenachsen und -räumen.

»Ist es möglich, auch einen Blick in die Originalpläne zu werfen, also die vor der letzten Gestaltung?«

Weshalb nur hatte sie das Gefühl, dass er plötzlich vor ihr floh?

»Wenn ich sie finde, lege ich sie Ihnen heraus. Was ich ganz vergessen hab: Rechts nebenan befindet sich eine kleine Teeküche, links das Bad.« Ehe sie es sich versah, verschwand er durch die Tür. Sophie sank aufs Bett. Der pochende Schmerz an ihrer Beule war so schlimm geworden, dass sie eine Schmerztablette schluckte. Ihr Blick schweifte durch den Raum und zum Fenster. Draußen schien die Sonne, und überall aus dem Boden schossen die Frühlingsblumen in allen Farben. Wenn sie eine begnadete Malerin gewesen wäre wie Eva Allenheim, hätte sie diesen Ausblick auf die Leinwand gebannt. Sophie seufzte. Dieses Talent blieb ihr versagt.

Schloss Sophiengarten, Emanuel von Güldenstein … Hier fühlte sie sich wohl wie schon lange nicht mehr. Dass sie ausgerechnet hier gelandet war und diesen Garten sanieren durfte, war ein Wink des Schicksals. Hätte Frida das doch nur erleben können … Sie wäre stolz auf sie gewesen.

17.

Die Tage auf Sophiengarten verstrichen wie im Flug. Sophie und Iris kamen mit der Arbeit gut voran. Jeden Tag stellten sie mindestens ein weiteres Beet fertig. Schritt für Schritt befreiten sie die Blumen vom wuchernden Unkraut, stutzten unzählige Hecken und mähten den Rasen. Mittlerweile hatte sich Sophie auch daran gewöhnt, dass das Terrain rund um die Manufaktur für alle tabu war. In einer Rauchpause nutzte Iris bei Regen den Traufunterstand der Manufaktur und wurde prompt von Emanuel von Güldenstein ohne Erklärung weggeschickt. Wenigstens sprach er noch mit Iris.

Es ärgerte Sophie, dass er sie, seitdem er das Zimmer fluchtartig verlassen hatte, ignorierte. Als wäre sie Luft!

Doch jeden Morgen brachte ihm ein Floristikstudio eine Blume, mit der er sich zunächst zur Manufaktur begab, dort eine Kerze neben dem Eingang anzündete und schließlich die Blume weitertrug. Sophie hätte gern gewusst, wohin. Doch dann sagte sie sich, dass es sie nichts anging.

Auch wenn Emanuel von Güldenstein sich ihnen selten zeigte, hatte sie ständig das Gefühl, von ihm beobachtet zu werden.

Wollte er nur ihre Arbeit begutachten und kontrollieren? In der Pause besprachen sie und Iris ihr weiteres Vorgehen.

Den Teich mit seiner Sumpfzone und die Wasserkaskaden mit der Grotte behielten sie sich für den Abschluss vor. Die Grotte war von Emanuels Vater stillgelegt worden. Sehr schade, denn dieser Ort war passend zur Entspannung. Bei der Besichtigung der Grotte hatte sie in der Decke eine wunderschöne Porzellanfliese gefunden. Schon formten sich die Ideen in ihrem Kopf. Sie dachte an Emanuel, der sicher einen Ort der Besinnung gut gebrauchen könnte.

Sophie hatte die Originalgartenpläne schließlich bekommen, studiert und festgestellt, dass Eva Allenheim an manchen Stellen davon abgewichen war. Historische Stauden waren durch neue Rosenzüchtungen ersetzt worden, was nach Sophies Geschmack nicht so recht zu den alten Mauern passte. Außerdem war die Farbauswahl der gepflanzten Rosen zu konträr. Ton in Ton wirkte harmonischer. Ihr Anliegen war es, die Ursprünglichkeit, den ersten Charakter eines Gartens neu hervorzubringen, um das damalige Bild zu erhalten. Ein Blick auf die neuen Rosensorten zeigte ihr, dass die meisten von ihnen schweren Pilzbefall hatten. Sophie entschied sich, Eva Allenheims Rosen gegen historische Stauden zu ersetzen. Es war klar, dass sie sich den Unmut Emanuel von Güldensteins zuziehen würde, weil sie gegen sein ungeschriebenes Gesetz verstoßen würde, wo er doch immer wieder betont hatte, dass er keine Änderungen im Garten dulde. Doch sie konnte das Beet nicht erhalten. In dieser Form wäre es ein optischer Störfaktor in der sonst paradiesischen Umgebung. Sophie hoffte, ihn mit Argumenten überzeugen zu können. Die Rosen waren zu stark geschädigt und konnten auch nicht durch neue ersetzt werden. Rosen wollten eben dort nicht stehen, wo andere bereits gepflanzt gewesen waren.

Sie wies Iris an, die Spaten zu holen, um sie auszugraben.

Kaum hatte sie die ersten Rosen aus der Erde gezogen und in die Schubkarre für den Grünabfall geworfen, hörte sie feste Tritte heraneilen. Sie spürte seine Anspannung, als er hinter ihr stand.

»Was zum Teufel machen Sie denn da?«, fuhr Emanuel sie an.

Langsam richtete sie sich auf und drehte sich zu ihm um. Aus dem Augenwinkel sah sie, dass auch Iris erschrocken ihren Auftraggeber ansah und dann sie anblickte. Emanuel baute sich vor ihnen auf mit düsterer Miene wie ein Racheengel.

Ganz ruhig, Sophie! »Das sehen Sie doch. Ich grabe die Rosen aus. Sie …« Sophie war über sich selbst erstaunt, wie gelassen sie klang.

»Das sehe ich auch«, fiel er ihr wutschnaubend ins Wort. »Wie kommen Sie dazu? Ich hatte Ihnen doch klipp und klar gesagt, dass hier nichts verändert werden darf! Ich dachte, Sie hätten mich verstanden!«

Sophie stöhnte innerlich auf. »Ja, das haben Sie gesagt. Lassen Sie sich doch bitte erklären, warum wir so vorgehen. Manchmal kann man die Dinge nicht so umsetzen, wie man möchte. Die Rosen da«, sie deutete auf die Schubkarre, »sind allesamt von einem Pilz befallen, nicht behandelt worden und werden sich sicherlich nicht mehr davon erholen …«

»Ach, wirklich? Als Ihr Auftraggeber sage ich Ihnen, dass Sie sofort die Rosen wieder einpflanzen!«, brüllte er außer sich und zeigte zuerst auf die Rosen und dann auf die Löcher im Boden.

»Aber dort, wo Rosen gestanden haben, geht das nicht. Wir …«, erwiderte Sophie und wurde erneut gestoppt.

»Interessiert mich nicht. Hier wird nichts verändert. Die Rosen kommen wieder rein. Punkt. Und wenn Sie sich meiner Anweisung widersetzen, packen Sie beide Ihre Sachen und verschwinden auf Nimmerwiedersehen!«

Seine Nasenflügel blähten sich vor Zorn. Sophies Magen zog sich zusammen. Emanuel von Güldenstein war ihren Argumenten nicht zugänglich. Sie hatte ein Sakrileg begangen. Eva Allenheim schien in jeder Hinsicht für ihn unantastbar zu sein.

»Bitte, wir können die Rosen nicht wieder einpflanzen. Lassen Sie sich das doch endlich erklären …«

»Ich will Ihre Erklärungen nicht. Tun Sie, was ich sage!« Seine Anweisung widerstrebte Sophie. Der Pilzbefall würde auch auf die anderen Pflanzen übergehen. Das musste doch auch ein Emanuel von Güldenstein einsehen. Sie startete einen weiteren Erklärungsversuch.

»Bitte, Herr von Güldenstein, der Befall könnte sich weiter ausbreiten … Überhaupt stand in den Originalpflanzplänen drin, dass an dieser Stelle Stauden gepflanzt waren. Frau Allenheim hat den Plan nicht so umgesetzt, wie es ursprünglich gewesen ist.«

Emanuel von Güldensteins Miene verfinsterte sich noch mehr. Da war er wieder, dieser schmerzvolle Ausdruck in seinen Augen.

»Was erlauben Sie sich, meine Verlobte zu kritisieren? Wenn sie etwas geändert hat, hatte sie sicher ihre Gründe dafür. Das berechtigt Sie noch lange nicht, in Eigenregie zu handeln!«

Iris legte den Spaten beiseite und lief zur Schubkarre, um eine der alten Rosen wieder herauszunehmen.

»Halt!«, rief Sophie ihr zu und hielt Iris zusätzlich mit einer Geste zurück. Ängstlich sah die junge Kollegin von einem zum anderen.

Sophie hatte sich auf ein gefährliches Terrain gewagt, dass sie den Job kosten konnte. Doch bei dem, was er von ihr verlangte, sträubte sich ihre Gärtnerseele.

»Wir werden die Rosen nicht wieder einpflanzen. Weil sie sonst eingehen werden.« Sie sprach langsam und bedächtig zu ihm. Nicht seinetwegen, sondern zur eigenen Beruhigung, denn ihr Herz schlug ihr bis zum Hals. Sicher war Emanuel von Güldenstein keinen Widerspruch gewohnt, erst recht nicht von einer Gärtnerin. Aber Sophie hatte Prinzipien. Sie rechnete damit, dass sie binnen weniger Minuten ihre Sachen zusammenpacken musste.

»Sie haben wohl vergessen, dass ich Ihr Auftraggeber bin!«, rief er aufgebracht.

»Nein, das habe ich gewiss nicht.« *Jetzt widersprach sie ihm schon wieder!* »Aber Sie sind nicht der Gärtner, sondern ich. Wenn Sie es wären, wüssten Sie, dass es sinnlos ist, Rosen an dieselbe Stelle zu pflanzen.« Mit wenigen Sätzen klärte sie ihn über Bodenmüdigkeit auf. Iris nickte zustimmend. Zu ihrer Überraschung hörte er ihr aufmerksam zu.

Was mochte jetzt hinter der gerunzelten Stirn vorgehen? Emanuel von Güldenstein wirkte plötzlich abwesend. Würde er jetzt zulassen, dass sie die Bepflanzung änderte, oder weiter auf seinem Standpunkt beharren?

»Also, gut. Aber bevor Sie noch etwas in diesem Garten ändern, möchte ich, dass Sie das vorher mit mir absprechen. Haben wir uns verstanden?«

»Ja, haben wir.« Sophie sah ihn an, und da war wieder dieser verletzliche Ausdruck in seinem Blick, dass sie sich vorkam, als hätte sie Eva Allenheims Andenken mit Füßen getreten.

»Herr von Güldenstein?«

»Was denn noch?« Ungeduld sprach aus seiner Stimme.

»Iris und ich bräuchten noch ein wenig Unterstützung bei den Hecken, beim Rasenmähen und den Kaskaden. Ich kenne ein paar Kollegen, die aushelfen könnten. Wäre das für Sie okay?«

»Meinetwegen«, gab er nach. »Aber Sie haben alle im Blick und halten sie von mir fern.«

»Ja, Sie können sich darauf verlassen. Ist ja auch nur für ein paar Tage.«

Ohne ein weiteres Wort wandte er sich um und ging davon.

»Puh, ich dachte schon, der schmeißt uns sofort raus«, warf Iris ein und seufzte. »Ich kann kaum glauben, dass er uns Hilfe zugestanden hat.«

»Das war knapp«, antwortete Sophie geistesabwesend. Wie sehr musste Emanuel Eva Allenheim geliebt haben. So sehr, dass er sich offenbar an alles, was sie berührt hatte, verzweifelt klammerte.

18.

Wütend ballte Emanuel die Hände zu Fäusten. Was bildete diese Gärtnerin sich nur ein? Es ärgerte ihn, dass er nachgegeben hatte. Wütend holte er mit dem Arm aus und schlug die Porzellanvase vom Tisch, die scheppernd auf dem Boden zersplitterte. Danach fühlte er sich besser.

»Emanuel?« Er schrak zusammen, als er Tilda rufen hörte. Weshalb bildete sich seine Familie ein, ständig unangemeldet bei ihm aufkreuzen zu können? Warum konnten sie ihn nicht einfach in Ruhe lassen? Er antwortete nicht, wusste aber, dass seine Schwester sich vergewissern würde, ob er da war.

»Emanu…?« Tilda brach ab und starrte auf die Scherben zu ihren Füßen. »Was ist denn hier passiert? Die schöne Vase!« Fragend sah sie ihn an.

»Siehst du doch. Runtergefallen.«

»Aber bestimmt nicht einfach so?« Tilda hockte sie sich hin und begann, die Scherben aufzusammeln. »Gott sei Dank, endlich mal ein Lebenszeichen«, murmelte sie.

Auch Emanuel blickte auf den Scherbenhaufen hinunter. Was war nur in ihn gefahren? Er war doch sonst beherrscht. Die cremefarbenen Porzellanstücke auf dem Parkett erinnerten ihn an sein Leben, das auch von einer Minute auf die andere zerbrochen war.

»Lass doch, Tilda, das mache ich später.« Er lief zu ihr und zog sie am Ellbogen hoch. Seine Schwester legte die bereits aufgesammelten Scherben auf den Tisch.

»Was ist denn bloß los mit dir?«, fragte sie und musterte ihn besorgt.

»Nichts«, erwiderte er. Aus dem Augenwinkel bemerkte er, dass die Vorhänge zurückgeschoben waren und den Blick in den Garten preisgaben. Auf Sophie und Iris. Tildas Brauen schossen nach oben. Scheinbar hatte sie die beiden Frauen bemerkt. Emanuel stöhnte innerlich auf. Jetzt würde sie ihn mit Fragen löchern.

»Wer ist das?« Tilda deutete auf Sophie, die gerade mit dem Spaten eine weitere Rose ausgrub. »Die dürfen in Evas heiligem Garten buddeln? Uns hast du weggejagt, als wir die Büsche und den Buchs zurückgeschnitten haben«, beschwerte sie sich.

»Das sind im Gegensatz zu dir und Amelie ausgebildete Gärtnerinnen«, erwiderte er.

Voller Neugier lief Tilda zur Terrassentür hinüber. Sophie sang aus voller Kehle irgendeinen bekannten Popsong.

»Die Blonde da ist echt hübsch und wirkt sehr sympathisch, auch wenn sie keinen Ton trifft.« Sie stieß Emanuel, der neben sie getreten war, mit dem Ellbogen sanft in die Seite.

Er warf seiner Schwester einen ärgerlichen Blick zu.

»Finde ich nicht.« *Und weshalb hast du dir dann neulich vorgestellt, sie zu küssen?* Er ignorierte die innere Stimme.

»Sie ist nicht mein Typ.« Keine seiner Ex-Freundinnen hatte Sophies üppige Kurven besessen, weil er eigentlich Gertenschlanke bevorzugte. Doch Sophie hatte etwas an sich, das ihn auf unerklärliche Weise dennoch magisch anzog.

»Bist du etwa wie Boris Becker oder Leonardo di Caprio, die immer nur auf den gleichen Frauentyp abfahren?«

»Vielleicht«, antwortete er geistesabwesend, denn ihm wurde plötzlich seltsam zumute, als Sophie, die sich offenbar unbeobachtet fühlte, sang und im Takt ihre Hüften schwang. Er schluckte und sah weg.

Tildas Gekicher holte ihn wieder in die Realität zurück.

»Sie singt so schräg, dass sich mir die Fußnägel kräuseln«, beschwerte sich Emanuel.

»Du und dein feines Gehör. Meine Fingerübungen auf dem Flügel haben dich auch immer genervt.«

Tilda hatte ihn mit ihren Fingerübungen und den falschen Tönen dazwischen damals fast in den Wahnsinn getrieben.

»Weil du dich ständig verspielt hast!«, entgegnete er.

Einmal hatte er deshalb sogar den Salon im Palais abgeschlossen. Doch dann hatte seine clevere Schwester ihr Keyboard aus dem Zimmer geholt und in der riesigen Eingangshalle weitergeübt.

»Vielleicht solltest du den beiden ein Radio hinstellen«, schlug Tilda vor. »Sag mal, wohnen die beiden etwa hier im Gästetrakt?«

Kurz überlegte Emanuel, was er antworten sollte, um weiteren Fragen Tildas zu entgehen, und entschied sich für die Wahrheit.

»Nur eine«, antwortete er und bereute es sofort.

»Ich wette, die Blonde. So wie du sie eben angesehen hast«, platzte Tilda heraus.

Emanuel schwieg und wandte sich hastig ab.

»Es ist Mittag. Magst du vielleicht ein Sandwich und einen Kaffee?« Tilda betrachtete ihn mit einem prüfenden Blick und schmunzelte.

»Ja, gern.«

»Weshalb bist du eigentlich gekommen?«, fragte er Tilda in der Küche und goss Kaffee in zwei Tassen.

»Morgen ist Feiertag. Da wollte ich dich fragen, ob du nicht zum Essen ins Palais kommen möchtest. Alle zusammen. So wie früher. Laura und John werden auch da sein. Komm schon, das wäre nett.«

Auf keinen Fall! Alles in ihm sträubte sich dagegen. Zwar mochte er John und Laura und hatte sie längere Zeit nicht gesehen, aber er könnte es nicht ertragen. Alles dort erinnerte ihn an die letzten gemeinsamen Augenblicke mit Eva.

»Danke, aber … nein.«

»Du bist nicht allein. Wir alle vermissen Eva. Vielleicht hilft es dir, die Zeit … «

»Nein!«, unterbrach er sie bestimmt.

»Verstehe. Aber falls du es dir anders überlegen solltest, gib mir Bescheid.« Sie trank ihren Kaffee aus, schob den leeren Teller fort und stand auf.

»Ich muss los. Zum Baumarkt.«

Emanuel glaubte, sich verhört zu haben. Seine Schwester suchte vielleicht Boutiquen, aber keine Baumärkte auf.

»Sagtest du eben Baumarkt?«, hakte er nach.

»Ja. Ich will Herminenburg sanieren, und dazu muss ich nun mal in einen Baumarkt. Materialien kaufen und so.«

Seine Schwester war eine begabte Glasbläserin, aber handwerklich völlig untalentiert.

»Du willst Herminenburg sanieren? Du kannst nicht mal einen Nagel in die Wand schlagen, geschweige denn einen Akkuschrauber bedienen. Überlass das lieber Fachleuten«, warf er grinsend ein.

Tilda rümpfte die Nase und zog die Oberlippe hoch, wie immer, wenn ihr etwas missfiel.

»Learning by doing«, erklärte sie ihm.

Emanuel seufzte. »Ich will deinen Enthusiasmus nicht ausbremsen, aber ich glaube, dass du dich da ein wenig übernimmst. Herminenburg ist immerhin ein stattliches Jagdschloss.« Das kleine Jagdschlösschen, das sich nur wenige Kilometer von hier befand, hatte sein Großvater für seine Frau gebaut, die er abgöttisch geliebt hatte. Großmutter Hermine stammte aus dem Erzgebirge und war eine leidenschaftliche Glasbläserin gewesen. Offensichtlich hatte Tilda diese Passion von ihr geerbt. Nach dem Tod der Großeltern waren Schmuck- und Glasmanufaktur geschlossen worden.

»Ich kann mir nur fürs Notwendige Handwerker leisten. Und Papa hat mir für Restaurierungen nur einen recht kleinen Betrag hinterlassen. Also muss ich selbst Hand anlegen. Vielleicht …« Sie machte eine Pause und blickte ihn mit einem flehenden Blick an, der ihn erahnen ließ, was sie von ihm wollte. Er dachte wieder an die Renovierung seines eigenen Schlosses, die ihn viel Kraft, Nerven und Unsummen gekostet hatte.

»Nein, Tilda. Warum suchst du nicht einen Pächter für das Schloss? Dann bist du diese Sorge los.«

»Na, hör mal! Es ist mein Zuhause. Ich liebe Herminenburg! Schon immer!«, protestierte sie. Irgendwie konnte er sie verstehen. Schließlich hatte auch er sich auf den ersten Blick in Sophiengarten verliebt.

»Ja, du hast recht. Entschuldige bitte.«

Eine Weile unterhielten sie sich noch über Christians und Amelies neue Schmuckkollektion, bevor Tilda sich von ihm verabschiedete.

Auf dem Weg zum Eingangsportal wandte sie sich noch einmal zu ihm um. »Als hätte ich es geahnt, habe ich dir reichlich Lebensmittel mitgebracht. Steht alles in der Kühlkammer. Vielleicht kann die Blonde ja kochen!«, rief sie augenzwinkernd, bevor sie nach draußen verschwand. Eine andere Frau als Eva im Arm zu halten, konnte er sich einfach nicht vorstellen. *Und was war neulich? Weil er sich einsam fühlte und vor Sehnsucht nach Eva verging. Wirklich?*

Aufgewühlt lief er zu seinem Apartment und bemerkte erst spät, dass er den falschen Korridor gewählt hatte und jetzt vor Evas Kreativraum stoppte. Fast glaubte er, von drinnen ihr glockenhelles Lachen zu hören. Mit geschlossenen Augen lehnte sich Emanuel gegen die Wand. Er war weder bereit, diese Räume zu betreten, noch nach Güldenstein zu fahren. Als wenn er alles vergessen könnte!

19.

Sophie und Iris gruben die Rosenbeete um. Die Mittagssonne trieb ihnen den Schweiß auf die Stirn.

»Ich werde heute noch versuchen, die historischen Stauden zu bestellen«, erklärte Sophie ihrer Kollegin, die ungewöhnlich blass und müde aussah. Die Haare klebten an ihrem feuchten Gesicht.

»Hmhm.« Iris nickte.

Sophie fasste die junge Frau am Arm. »Geht es dir nicht gut? Du bist ganz bleich.«

Iris schüttelte den Kopf. »Hab nur ein wenig Kopfschmerzen. Aber das vergeht wieder.« Doch als sie sich bückte und am Rand Unkraut zupfte, schwankte sie. Sophie machte sich Sorgen. Mutete sie Iris vielleicht zu viel zu? Bei Günter hatte die Kollegin den ganzen Tag lang am Pflanztisch gesessen und Blumen umgetopft. Im knochentrockenen Boden zu graben, war weitaus anstrengender.

»Ich finde, du solltest dich ein wenig ausruhen. Wir haben noch anstrengende Tage vor uns. Du kannst dich ruhig auf die Rückbank legen. Hier!« Sophie warf der Kollegin die Wagenschlüssel zu.

»Eine halbe Stunde, dann bin ich wieder fit«, beteuerte Iris und lief zum Wagen. Sophie bot ihr an, sie zu begleiten, aber Iris winkte ab. Also kniete sie sich an den Beetrand und arbeitete an der Stelle weiter, wo Iris eben aufgehört hatte, bis ein Schatten über sie fiel. Sophie hob den Kopf. Als sie zu aufsah, musste sie wegen der Sonne die Hand über die Augen legen. Kupferrote Locken, die im Sonnenlicht glänzten. Sie schätzte die Frau auf ihr Alter, vielleicht ein, zwei Jahre jünger. Als Sophie sich an die Helligkeit gewöhnt hatte, erkannte sie ein perfektes Profil mit hohen Wangenknochen und einer geraden, leicht aufwärtsgeschwungenen Nase. Ein klassisch ebenmäßiges Gesicht, wie das einer Renaissance-Statue, aber durchaus sympathisch.

»Ja? Kann ich Ihnen vielleicht helfen?«, fragte Sophie und lächelte die Rothaarige an, die jetzt auf sie zutrat.

»Hallo, bitte entschuldigen Sie. Ich wollte Sie nicht stören. Ich bin Matilda von Güldenstein. Emanuels Schwester«, stellte sie sich vor und streckte die Hand aus. Beim näheren Hinsehen war die Ähnlichkeit zu Emanuel von Güldenstein unverkennbar. Ihr Blick jedoch war offen und neugierig.

Sophie richtete sich auf, zog ihre schmutzigen Handschuhe aus und ergriff Matilda von Güldensteins Hand. »Sophie Becker. Eine der Gärtnerinnen. Meine Kollegin Iris macht gerade im Wagen eine Pause.« Sie deutete zur Hecke, hinter der der Wagen geparkt war.

»Ich finde es albern, wenn wir uns siezen, wo wir doch etwa im gleichen Alter sind, oder? Ich bin Tilda.« Die offene, freundliche Art nahm Sophie sofort ein. Nicht so arrogant wie manche andere Schlossbesitzer, die sie durch ihre Arbeit kennengelernt hatte.

»Sophie.« Wenn seine Schwester lächelte, erschienen auf ihren Wangen die gleichen Grübchen wie bei ihrem Bruder.

»Wie hast du das nur geschafft, dass mein Bruder dich in seinem heiligen Garten arbeiten lässt?« Während Emanuel stets verschlossen und wortkarg war, sprach seine Schwester die Dinge konkret an.

Sophie zuckte mit den Achseln. »So genau kann ich das nicht sagen. Zumindest konnte ich ihn davon überzeugen, dass dieser Garten mehr verdient hat, als vor sich hin zu dümpeln.« Sie erzählte Tilda von ihrer ersten Begegnung und dass sie sich dabei die Hose zerrissen hatte. Sie lachten, und Sophie kam es so vor, als würde sie Emanuels Schwester schon eine Ewigkeit kennen.

»Zu schade, dass ich nicht dabei gewesen bin. Wie bist du denn auf Sophiengarten gekommen? Immerhin gibt es doch rundherum eine Menge Landsitze, für die Gärtner gesucht werden.«

Da erzählte Sophie Tilda von Frida, wie sie ihr von diesem Garten vorgeschwärmt hatte und sie geplant hatten, ihn gemeinsam zu besuchen.

»Wir haben diesen Ausflug immer wieder verschoben. Als Frida gestorben ist, habe ich das sehr bedauert. Es war ihr größter Wunsch gewesen, noch einmal hierherzukommen.«

»Wenn sie dich von oben sehen könnte, würde sie sich sicher freuen«, sagte Tilda.

Sophie nickte. »Deshalb spüre ich überall inmitten dieses prächtigen Gartens ihren Geist. Klingt verrückt, oder?«

Plötzlich fiel ein Schatten über Tildas hübsches Gesicht.

»Nein, gar nicht. Glaubst du wirklich, dass unser Geist nach dem Tod weiterlebt?«, fragte Tilda leise.

»Irgendwie schon. In dem, was wir getan haben, in den Köpfen der Menschen, die uns kannten, oder in dem, was wir erschaffen haben.«

»Ich ... ich weiß nicht, was ich glauben soll«, erwiderte Tilda und schaute in die Ferne. Sie wirkte plötzlich genauso verschlossen wie Emanuel. Auch in ihrem Blick lag ein Ausdruck von Qual. *Ob Tilda ahnte, wie sehr sie in diesem Augenblick ihrem Bruder ähnelte?*

»Wenn du magst und noch Zeit hast, zeige ich dir, was wir fertiggestellt haben und was noch ansteht«, schlug Sophie vor, um Tilda abzulenken.

Ihre Begleiterin nickte. »Ja, gern.«

Sie liefen den schmalen Pfad zwischen dem frisch umgegrabenen Rosenbeet und der Rabatte mit den blaublühenden Schwertlilien entlang.

»Ihr habt wirklich hervorragende Arbeit geleistet.« Tilda blieb stehen und betrachtete bewundernd das Beet.

»Danke. Ein Jammer, wenn dieser Garten nicht wieder der Öffentlichkeit zur Verfügung stünde. Obwohl dein Bruder nicht gerade scharf auf Besucher ist.«

»Ja, es wäre wirklich eine Sünde. Früher wurde der Garten immer pünktlich zur Rosenblüte geöffnet. Meinst du, ihr könntet das schaffen?«

Sophie war froh, dass Tilda auf ihrer Seite war. »Von uns aus schon. Aber ...«

»Emanuel lass mal meine Sorge sein. Der fünfzehnte Juni ist

ein Samstag. Ein passender Tag, um die Pforte zu öffnen. Evas Geburtstag.« Evas Geburtstag … Das brachte Sophie auf eine Idee. Sie zeigte sich von Tildas Vorschlag begeistert. Wenn es tatsächlich mit der Wiedereröffnung an diesem Tag klappen sollte, wollte sie sich zu Evas Gedenken etwas Besonderes ausdenken. Die stillgelegte Grotte zwischen den Wasserkaskaden hatte ebenso lange vor sich hingedümpelt wie der Garten. Ein weiterer Anziehungsmagnet wäre sicher dem Besucherstrom zuträglich. Sie hatte das Gefühl, Tilda ihre Idee anvertrauen zu können, und erklärte ihr ihre Pläne.

»An der Decke der Grotte ist eine Sternenfliese zu sehen. Gibt es vielleicht noch mehr davon?«, fragte sie Tilda.

»Soviel ich weiß, hat Eva einige davon hergestellt und selbst bemalt. Die liegen irgendwo in Kisten verpackt herum. Schade eigentlich. Aber sie hatten nie den richtigen Platz dafür gefunden, und dann war es zu spät …«

»Ich könnte sie gut für meine Idee verwenden.«

»Das wäre wirklich wunderbar. Du solltest nur vorher Emanuel fragen. Du magst meinen Bruder, stimmt's?«

War ihr das so deutlich anzumerken?

»Er ist mein Auftraggeber. Aber ja, ich finde ihn durchaus sympathisch«, antwortete sie ausweichend.

»Emanuel ist nicht nur sympathisch, sondern hochbegabt und leidenschaftlich. Doch vor allem hat er es verdient, endlich glücklich zu sein.« Es war Tilda anzumerken, dass sie ihren Bruder liebte. Sophie räusperte sich verlegen. Emanuel war mehr als das, er war sinnlich und ungeheuer sexy.

Emanuels Schwester versprach jedenfalls, auch mit Christian vorher zu reden.

Eine Wolke schob sich vor die Sonne, und der Wind frischte auf, dass Sophie die Strickjacke fröstelnd enger fasste.

Vor dem Beet der Pfingstrosen, deren erste Triebe sich aus dem Boden wagten, hielt sie inne und berichtete Tilda fröhlich, wie sie es vom wuchernden Efeu befreit hatte, was ein Lächeln auf Tildas Lippen zauberte. Auch sie könnte ein wenig Glück gebrauchen.

»Aus dir spricht die gleiche Begeisterung wie bei Eva damals. Jeden Tag hat sie meinem Bruder erzählt, welche Pflanzen sie wo platzieren wollte. Sie waren ein supergutes Team und glückliches Paar.«

Sophie verdrängte das Bild von einer anderen Frau an Emanuels Seite.

»Hat mein Bruder dir von den Anfängen erzählt?«, fragte Tilda aufgeregt.

Sophie schüttelte den Kopf. »Nein. Er ist nicht sonderlich gesprächig. Aber ich habe einen Artikel darüber gelesen, kurz vor der Gartenöffnung.«

»Wie kommst du denn so mit Emanuel klar? Nach Evas Tod lässt er niemanden an sich heran.«

»Wir haben nicht viel miteinander zu tun. Oft sehe ich ihn gar nicht.« Dass er sie oft heimlich beobachtete, verschwieg sie Tilda.

»Darf ich fragen, woran Eva gestorben ist?«, fragte Sophie, als sie den Steingarten erreichten, der terrassenartig angelegt war. Storchschnabel blau- und violettblühend schwappte in sanften Wellen über die Natursteinmauer. Tilda blieb stehen.

»Wir wissen es nicht. Die Ärzte haben nichts gefunden. Wir haben einen Hirntumor vermutet. Weil sie immer danebengriff. Um die genaue Todesursache festzustellen, bedarf es einer Obduktion. Emanuel hat dem nicht zugestimmt.«

Sophie schluckte, als ihr wieder die Endlichkeit des Lebens bewusst wurde. Sie konnte gut nachempfinden, was die Güldensteins durchgemacht hatten, besonders Eva und Emanuel! Vielleicht hätte sie an seiner Stelle ebenso die Obduktion abgelehnt.

Der Tod hielt nicht vor Adelstiteln oder Reichtum. Voller Mitleid umfasste sie Tildas Arm.

»Das tut mir unendlich leid. Das war sicher eine harte Zeit für deinen Bruder und euch alle.«

»Ja, danke für deine Anteilnahme«, bestätigte Tilda mit Tränen in den Augen.

»Schade, dass ich Eva nicht mehr kennenlernen darf. Ich habe

Fotos von einigen ihrer Werke gesehen. Sie war eine begnadete Künstlerin.«

»Ja, das war sie. Mein Bruder kommt über den Verlust nicht hinweg. Er hat sie sehr geliebt. Es ist, als wäre nicht nur Eva, sondern die ganze Welt für ihn gestorben.« Tilda bückte sich und rupfte eine Blüte ab, die sie gedankenverloren zwischen ihren Fingern drehte. Sophie wusste, dass Worte allein nicht zu trösten vermochten.

»Emanuel lebt in der Vergangenheit. Als würde Eva noch immer unter uns sein. Nichts darf verändert werden, sondern soll so bleiben, wie sie es verlassen hat. Das tut seiner Seele nicht gut. Er muss wieder nach vorn schauen, an die Zukunft denken.«

»Ja, irgendwann sicher. Ich habe mich noch immer nicht damit abgefunden, dass Frida nie wiederkehren wird. Trauer braucht Zeit. Mir hat die Vorstellung Trost gegeben, dass ein Teil von uns, Seele und Geist, weiterleben.«

»Eine interessante Idee, und eine tröstliche. Ich wünschte, mein Bruder könnte sich daran orientieren«, sagte sie seufzend. »Vielleicht würde er es, wäre da nicht …« Tilda brach ab, »nicht etwas, das unser Schicksal bestimmt.« Die letzten Worte hatte sie nur noch geflüstert.

»Ich glaube auch nicht an Zufälle, sondern an das Schicksal. Dass ich nach Sophiengarten gekommen bin, muss einen tieferen Sinn haben, davon bin ich überzeugt. Seitdem ich hier bin, habe ich Albträume.«

»Albträume?«, fragte Tilda leise mit vibrierender Stimme. Jetzt konnte Sophie deutlich Furcht in ihren Augen lesen.

»Von wütenden Elefanten, die Eva niedertrampeln.«

Tilda wurde kreidebleich und machte einen Schritt zurück. »Nein … das glaube ich jetzt nicht«, stammelte sie verwirrt.

»Wieso?«

»Du musst mir versprechen, dass du mit niemandem darüber sprichst, ja?«

Sophie fühlte sich geehrt, dass Tilda ihr so viel Vertrauen

schenkte. »Natürlich. Du kannst mir vertrauen. Ich versichere dir, dass von mir niemand ein Sterbenswörtchen erfahren wird«, versprach Sophie und hob feierlich zum Schwur die Hand.

Tilda nickte. »Okay. Unser Vater … hatte kurz vor seinem Tod auch Visionen von Elefanten.«

Elefanten, das Wort dröhnte unheilvoll in Sophies Kopf. Sie begann zu zittern. »Das ist wirklich seltsam. Und habt ihr eine Erklärung dafür?« Gebannt hing sie an Tildas Lippen.

»Die Elefanten … auf unserer Familie lastet … ein Fluch.« Tilda stieß geräuschvoll den Atem aus.

»Sagtest du … Fluch?« Sophie schauderte es. Dabei glaubte sie an so etwas nicht. Vielmehr hatte sie die Erfahrung gemacht, dass die Gedanken Menschen beeinflussten. Positives Denken hatte ihr viel geholfen, Ereignisse zu überstehen, gestärkt daraus hervorzugehen und Hoffnung zu schöpfen. Doch Furcht bewirkte das Gegenteil.

Tilda berichtete von den mysteriösen Geschehnissen vor dem Tod ihres Vaters, seinen Visionen, seine Unruhe und von seinem plötzlichen Tod.

»Wir haben viel recherchiert, aber wir kommen nur in kleinen Schritten voran. Eva und ich sind davon überzeugt gewesen, dass dieses gruselige Schachspiel dabei eine wichtige Rolle spielt.« Die Worte sprudelten nur so vor lauter Aufregung aus Tilda heraus, über alles, was sie über den Fluch herausgefunden hatten. Abwechselnd überliefen Sophie heiße und kalte Schauer. Die Geschichte war unglaublich und beängstigend. Gleichzeitig half es ihr, Emanuel noch besser zu verstehen.

»Tilda, der Fluch besitzt nur Macht über euch, wenn ihr euch fürchtet«, versuchte sie Emanuels Schwester Mut zuzusprechen. Aber Tilda hatte sich in ihre Angst verrannt.

»Eva hat fest daran geglaubt, dass das Schachspiel etwas Böses barg. Ich habe auch lieber einen großen Bogen darum gemacht. Wir wissen nicht viel über den Fluch. Aber John, der Schwager meines ältesten Bruders, hilft uns bei den Recherchen. Er ist Wissenschaftler und hat bereits mit seiner Frau ein Familiengeheimnis enträtseln können. Vielleicht könnte er dir auch wegen deiner Albträume einen Tipp geben.«

»Ja, das wäre wirklich sehr hilfreich. Ich habe diese Träume schon seit der Kindheit und hätte gern mehr über die Botschaft darin gewusst.« Sophie war froh, dass sie das Thema gewechselt hatten.

»Weißt du was? Morgen ist Himmelfahrt. Am Abend findet traditionell im Palais unserer Familie ein Abendessen im kleinen Kreis statt. John und seine Frau werden auch da sein. Ich würde mich freuen, wenn du daran teilnimmst.« Sophie, die kleine Gärtnerin, im erlauchten Kreis der von Güldensteins? Noch dazu in einem vermutlich noblen Palais? Das konnte sie sich beim besten Willen nicht vorstellen. Außerdem besaß sie keine passende Kleidung.

Sophie schüttelte den Kopf. »Ich glaube nicht, dass das so eine gute Idee ist. Deinem Bruder Emanuel würde das bestimmt nicht gefallen, wenn eine Angestellte mit am Tisch sitzt.«

»Der will sowieso nicht kommen. Außerdem kann ich einladen, wen ich will. Also, was ist? Kommst du? Ich hole dich gegen sechs Uhr abends ab. Wär das für dich okay?«

Die Einladung kam für Sophie zu überraschend. Sicher würden alle in teuren Designerklamotten zum Essen kommen. In ihrer Garderobe befand sich nicht annähernd ein Outfit, das den Ansprüchen der von Güldensteins gerecht werden könnte.

»Du, das ist ganz lieb von dir, aber das geht wirklich nicht …«

Dabei war sie insgeheim schon neugierig auf den Stammsitz der adligen Familie, über den sie viel Beeindruckendes gehört und gelesen hatte.

»Ach Quatsch, keiner von uns wird dich beißen, und wir sitzen auch nicht steif in Abendkleidung am Tisch, sondern ganz normal. Ich hole dich dann morgen Abend ab«, sagte Tilda bestimmt, sodass Sophie sich geschlagen gab.

Als Sophie in den Garten zurückkehrte, bereute sie, Tildas Einladung angenommen zu haben. Es war, als würde sich ein Spatz zwischen Paradiesvögel verirren. Sie könnte vorgeben, krank zu sein. Doch dann würde sie ein schlechtes Gewissen haben. Es war zu spät, da hatte sie sich selbst hineinmanövriert und musste nun durch.

Sophie war froh, dass Iris ihr keine Fragen stellte und sie ihren Gedanken nachhängen konnte.

Ein Gefühl in ihr sagte, dass zwischen ihren Albträumen und den Visionen von Tildas Vater ein Zusammenhang bestand, auch wenn sie es nicht zu erklären vermochte. Doch wie konnte das sein, wenn doch ihre Albträume in der Kindheit begonnen hatten?

»Wir machen heute eher Schluss. Ich muss noch was erledigen«, wandte sie sich an Iris, die den ganzen Nachmittag über äußerst schweigsam und blass gewesen war. Die Erleichterung war der Kollegin anzusehen. Sophie schaute auf die Uhr. Ihr blieben gerade mal zwei Stunden, um in Hameln etwas Passendes für den morgigen Abend zu finden.

20.

Tilda und Sophie waren wie zwei Verschworene. Wie sie miteinander getuschelt hatten. Vermutlich war es um ihn gegangen. Tildas Anspielungen am Mittag waren deutlich gewesen. Sie hatte ihm Sophie regelrecht angepriesen. Er wollte sich auf keine feste Beziehung mehr einlassen. Evas Tod hatte ihn zerrissen und in einen Abgrund gestürzt. Auf mitleidige Blicke Sophies konnte er verzichten.

Du willst von ihr kein Mitleid, sondern erhoffst dir etwas anderes! Sein Gewissen meldete sich immer dann, wenn er es nicht gebrauchen konnte. Es war eine Fehlentscheidung gewesen, die beiden Gärtnerinnen einzustellen, besonders Sophie. Mit ihrem lebhaften Naturell schaffte sie es, jeden für sich einzunehmen, selbst eine komplizierte Persönlichkeit wie seine Schwester. Aber sie konnte ihn auch zur Weißglut treiben mit ihrer Hartnäckigkeit, mit der sie ihre Ziele durchzusetzen versuchte. Wenn er seine Ruhe zurückerlangen wollte, musste er sie loswerden.

Emanuel beobachtete durchs Fenster den Sonnenuntergang. Der Himmel war glutrot wie Lava und spiegelte seine aufgewühlte Stimmung wieder.

Wie an den Abenden zuvor war es empfindlich kalt geworden. Das Knistern des Feuers im Kamin und seine Wärme ließen ein wohliges Gefühl in ihm aufkommen. Er wandte sich um, griff nach dem Schürhaken und stocherte in der Glut. Gerade, als er es sich mit einer Tasse Tee vor dem Kamin gemütlich machen wollte, klingelte das Telefon. Seufzend stellte er die Tasse auf den Tisch zurück.

»Von Güldenstein«, meldete er sich.

»Emanuel von Güldenstein?«, fragte eine Männerstimme mit einem rauen Timbre. Emanuel wurde wachsam.

»Ja. Mit wem spreche ich? Wie kann ich Ihnen weiterhelfen?« Emanuel, genervt von der Störung, war dennoch krampfhaft bemüht, freundlich zu bleiben.

»Arbeitet für Sie eine Frau Becker? Sophie Becker?«, antwortete der Fremde mit Gegenfragen, anstatt sich vorzustellen, was Emanuel befremdlich erschien, weil die Stimme des Anrufers angespannt klang.

»Bitte nennen Sie mir erst Ihren Namen und dann den Grund, weshalb Sie nach Frau Becker fragen.« Der Kerl am anderen Ende der Leitung atmete schwer. Dann klickte es.

»Hallo?«, rief Emanuel verärgert in den Hörer, erhielt aber keine Antwort, denn der andere hatte längst aufgelegt.

Nachdenklich kehrte Emanuel zu seinem Platz zurück. Während er seinen Tee schlürfte, gingen ihm unzählige Fragen durch den Kopf. Was wollte der Anrufer von Sophie? Dass er sich gescheut hatte, seinen Namen zu nennen, verursachte ein ungutes Gefühl bei Emanuel. Befand Sophie sich in zwielichtiger Gesellschaft? Er wusste nichts von ihr, außer ihrer Adresse in Paderborn. Er nahm sich vor, sie gleich morgen früh danach zu fragen. Eine passionierte Gärtnerin wie sie würde sicher auch am Feiertag arbeiten. Ihre Handynummer wäre jetzt hilfreich gewesen. Er goss sich eine weitere Tasse Tee ein und lauschte leiser Musik. Die sanften Klänge melancholischer Popballaden entspannten ihn so sehr, dass er die Augen schloss. Früher hatte er sich oft zurückgezogen, um in Ruhe Musik zu hören, die ihn zu neuen Kreationen inspirierte. Manchmal bedurfte es nur einer kurzen Melodie, bis vor seinem geistigen Auge ein neues Schmuckstück entstand. Wie sehr bewunderte er seinen Bruder Christian wegen seiner schier unerschöpflichen Kreativität, die ihn täglich neue Entwürfe zeichnen ließ. Emanuels Ideen hingegen waren nicht auf Knopfruck abrufbar, sondern bedurften mehr Zeit zu reifen. Die Songs seiner Lieblingsgruppe hatten ihn vor zwei Jahren so beflügelt, dass eine seiner bedeutendsten Schmuckreihen entstanden war: Eva.

Gerade, klare Linien in Platin und Gold. Die meisten mattiert, ohne Kerben. Kein einziger Schnörkel, keine Verzierung, nur ein paar in das Metall eingearbeitete Brillanten, deren Strahlen die Schlichtheit des Schmuckstücks hervorhob. So wie Eva gewesen war. Der ganz große Erfolg war der Serie zwar nicht beschert gewesen, aber sie hatte sich immerhin zufriedenstellend verkauft. Eva hatte die Stücke geliebt und stets getragen. Jetzt ruhte der Rest der Schmuckkollektion im Firmentresor. Nach Evas Tod hatte er die Herstellung gestoppt, weil er den Anblick nicht mehr ertragen konnte.

Er zappte weiter bis zu einem Instrumentalstück, das er oft mit Eva gemeinsam gehört hatte. Doch anstelle ihres Gesichts, das er gewöhnlich vor sich sah, war es Sophies. Ihre von der frischen Luft geröteten Wangen und die kirschroten Lippen, immer bereit für ein Lächeln. Sie glich einer Wildblume auf der Wiese. Wie von selbst formten sich Konturen in seinem Kopf, Blüten und Blätter auf zarten Stielen … Gefangen im Fluss der Ideen griff er nach einem Block Papier und Stiften, die überall in seinem Apartment verteilt waren, für den Fall einer Eingebung. Er skizzierte das Bild aus seinem Kopf, noch ein weiteres und ein drittes. Die Einfälle sprudelten nur so. Seite um Seite füllte er, bis der Fluss versiegte und er sich erschöpft zurücklehnte. Es schien, als wäre er aus einem Rausch erwacht. Erst nach einer Weile betrachtete er eingehend seine Entwürfe und riss erstaunt die Augen auf.

Die gezeichneten Vorlagen erinnerten an eine Märchenwelt voller Elfen und Feen in einem Zaubergarten. Eine Lilie aus Gold wand sich um einen Finger. Ihre Blüte bestand aus Perlen, ihre Staubblätter waren winzige Topase. Dazu hatte er die passenden Ohrringe skizziert. Auf dem zweiten Blatt fanden sich überlappende Farnblätter, deren Blattadern aus Gold und Smaragden bestanden. Iris, Anemonen, Efeu, alles Motive aus dem Sophiengarten tummelten sich auf dem Papier neben verspielten Ranken und Früchten. Die Krönung war das aufwändige Collier, bestehend aus ineinanderverschlungenen Rosenranken, die den Hals einer Frau schmücken würden. Blütenblätter bestehend aus mehreren Rubinen, auf goldenen Stielen mit Dornen aus Obsidian. Eine Weile starrte er auf seine Skizzen, konnte nicht glauben, dass das alles seinem Hirn entsprungen war. Sein Geist, der immer nur für klares, schnörkelloses Design zu begeistern war, hatte verspielte Schmuckornamente entworfen. Schmuck, der für Elfen bestimmt war. Elfen wie Sophie. Sophie besaß mehr Einfluss auf ihn, als er wollte. Sie war wie ein Parasit, der sich in seinem Hirn eingenistet hatte. Für diese florale Schmuckreihe würde er Spott ernten. Blumenmuster galten als abgegriffen und kitschig. Wütend riss er die Blätter vom Block und lief zum Kamin, um sie den Flammen zum Fraß vorzuwerfen.

Bevor er die Skizzen ins Feuer werfen konnte, klingelte erneut das Telefon. Er warf das Papier achtlos auf den Tisch und nahm nach kurzem Zögern den Anruf entgegen.

»Wenn Sie mich schon wieder nach Sophie Becker ausfragen wollen, vergessen Sie es. Ich gebe keine Kontaktdaten oder Adressen heraus. Vielleicht haben Sie ja mehr Glück beim Einwohnermeldeamt!«, rief er verärgert in den Hörer und wollte auflegen, als er am anderen Ende ein vertrautes, tiefes Lachen hörte.

»Sag mal, was ist denn bei dir los? Wen hast du denn erwartet? Und wer ist überhaupt Sophie?«

Emanuel atmete auf, dass es Christian war. In wenigen Sätzen erzählte er ihm von dem seltsamen Anruf.

»Vielleicht ein Verflossener? Einer, vor dem sie davongelaufen ist und womöglich deshalb die Arbeiten in deinem Garten übernommen hat.«

Vielleicht hatte Christian recht. Dennoch konnte sich Emanuel einen Mann an Sophies Seite beim besten Willen nicht vorstellen. Und er wollte es auch gar nicht. Weil es ihm auf eine absurde Weise missfiel.

»Kann sein«, antwortete er knapp.

Er hörte Christian tief Luft holen und befürchtete schon, sein Bruder würde das Thema Sophie vertiefen wollen.

»Ich rufe an, um dich zu fragen, ob du nicht morgen mit uns essen willst.«

Wenigstens diese Befürchtung hatte sich zerschlagen. Doch auch das Thema gemeinsames Essen an Himmelfahrt war nicht gerade das, was er sich wünschte.

»Ich habe doch schon Tilda gesagt, dass ich nicht möchte. Warum könnt ihr einfach nicht akzeptieren, dass ich allein sein will. Ich … ich bin einfach noch nicht so weit … versteht ihr das denn nicht?« Emanuel seufzte.

»Du kannst dich nicht ständig hinter deiner Trauer verschanzen. Muss ich dich an unsere Familientradition erinnern? Gleichgültig welches Schicksal die von Güldensteins erlitten haben, die Tradition war eine Konstante in ihrem Leben, und so soll es auch bleiben. Außerdem werden John und Laura auch kommen. Sie würden sich sicher riesig freuen, dich nach längerer Zeit wiederzusehen.«

Einerseits hätte er sich wirklich darüber gefreut, John und Laura wiederzutreffen. Andererseits fürchtete er, dass ihn die Trauer im Palais überwältigen würde.

»Bitte überleg es dir noch einmal, Manu. Ach, übrigens, unsere Schwester hat einen Gast angekündigt«, fuhr Christian fort. Tilda hatte schon des Öfteren einen Begleiter zum Essen mitgebracht. Männer, die nicht zu ihr passten.

»Weißt du mehr über ihn?«

»Keine Ahnung. Ich hab sie noch gar nicht gefragt. Falls du es dir doch überlegst, zum Essen zu kommen, würden wir uns sehr freuen.«

Eine Weile plauderten sie noch über Geschäftliches und über Amelies neue Entwürfe.

»Eine Kollektion, das ist zu wenig. Wir brauchen noch einen neuen Designer. Vielleicht könntest du uns mit Ideen unterstützen?« Emanuel verschwieg seinem Bruder die heutigen Entwürfe, die seiner Meinung nach nicht gut genug für die Firma gewesen wären.

»Es gibt genügend aufstrebende Goldschmiede. Ihr werdet schon was Passendes finden.« Emanuel verspürte ein schlechtes Gewissen, weil er seinen Bruder im Familienunternehmen nicht unterstützte. Christian arbeitete hart viele Stunden am Tag.

»Wir hatten schon mehrere Vorstellungsgespräche und haben uns die Gesellenstücke der Bewerber näher angesehen. Solide Arbeiten, aber nicht mehr. Wir brauchen einen neuen Trend, um weiterhin auf dem Markt bestehen zu können. Die Kunden sind übersättigt, sie wollen Neues. Egal, was Amelie und ich auch skizzieren, es ist nichts dabei, was mich flashed. Du hattest in der Vergangenheit brillante Ideen. Deine Eva-Kollektion lief doch gut.«

»Gut, aber nicht mehr. Selbst wenn ich es wollte, ich kann nicht, Chris. In meinem Hirn herrscht nur noch Leere. Ich brauche Zeit.« Er fühlte sich schlecht, weil er Christian belog.

Die Zusammenarbeit mit Bruder und Schwägerin hatte Emanuel einst viel bedeutet. Sie waren ein erfolgreiches Team gewesen, das sich gegenseitig angespornt hatte. Doch jetzt brauchten sie ausgefallene Ideen und bestimmt keine floralen Entwürfe.

Nachdenklich betrachtete er die Skizzen und war versucht, sie doch noch den Flammen preiszugeben. Aber dann sah er Sophie vor sich mit vorwurfsvollem Blick und brachte es nicht fertig.

»Ich hoffe, dass du dich irgendwann wieder besinnst. Die Türen in unserer Firma stehen für dich offen. Apropos Türen, Tilda sagte mir, dass du wieder planst, den Garten zu öffnen?«

»Das habe ich nicht gesagt. Diese Gärtnerin will das und hat sicher unserer Schwester einen Floh ins Ohr gesetzt. Nein, ich glaube nicht, dass ich das machen werde.«

»Könnte dir aber helfen, einen Teil der Renovierungskosten abzudecken«, gab Christian zu bedenken.

Emanuel seufzte. »Ich werde es mir überlegen«, antwortete er ausweichend, denn er wollte seinen Bruder nicht vor den Kopf stoßen. Mit diesen Worten beendeten sie das Telefonat.

21.

Sophie hatte lange darüber nachgegrübelt, ob sie Emanuel von Güldenstein von der Einladung seiner Schwester Tilda ins Palais erzählen sollte. Doch immer wieder schob sie die Entscheidung vor sich her, bis sie nach Feierabend allen Mut zusammennahm und an die Tür seines Apartments klopfte. Es dauerte nicht lange, und er öffnete. Wie gewohnt trug er Jeans und T-Shirt und sah darin verboten gut aus. Sie mied seinen Blick, der sie aus dem Konzept gebracht hätte.

Lässig lehnte er am Türrahmen. Sophie hatte sich die Worte vorher zurechtgelegt und beschlossen, nicht gleich mit der Tür ins Haus zu fallen. Emanuel von Güldensteins Laune konnte, wie sie wusste, schnell umschwenken. Weil sie sich nicht seinen Zorn zuziehen wollte, hatte sie sich deshalb eine Strategie ausgedacht, und die startete mit dem Thema Job.

»Ich … ich wollte mit Ihnen nur die weiteren Arbeiten im Garten besprechen«, trug sie ihr Anliegen vor und hoffte, dass er sie nicht gleich durchschaute.

»Kommen Sie herein.« Er zog die Tür weiter auf, damit sie eintreten konnte, und führte sie in einen hellen und freundlichen Raum, in dessen Mitte ein schwarzer Steinway-Flügel stand.

»Sie spielen?«, fragte sie unvermittelt.

»Früher schon, jetzt nicht mehr«, antwortete er. Sein Tonfall war schärfer als sonst, was ihr signalisierte, lieber das Thema zu wechseln.

»Schade.«

»Berichten Sie lieber, wie Sie weiter in meinem Garten vorgehen wollen. Wie ich gehört habe, wollen Sie ihn ja unbedingt wiedereröffnen«, fuhr er ungeduldig fort. Er führte sie ans Fenster zu einer Sofagruppe und bat sie, Platz zu nehmen.

Sophie holte tief Luft. In wenigen Sätzen erklärte sie, welche Gartensektionen in welcher Reihenfolge saniert werden sollten, und war froh, dass ihre Vorschläge bei Emanuel Anklang fanden. Auch die Grotte, nur verriet sie ihm nicht, was sie vorhatte.

»Und was eine Wiedereröffnung anbetrifft, hatte Tilda diesen Vorschlag. Sie wollte mit Ihnen reden.«

»Da bin ich ja gespannt.«

Sophie blickte auf Skizzen von Schmuckstücken, die vor ihr auf dem gläsernen Tisch lagen. Die Kette mit den Rosenornamenten gefiel ihr besonders.

»Haben Sie das entworfen?«, fragte sie. Einen flüchtigen Moment glaubte sie Unsicherheit in seinem Blick zu erkennen.

»Ja«, antwortete er schlicht und schien auch nicht sonderlich gewillt, dieses Thema zu vertiefen. »Habe ich nur nebenbei skizziert. Sind nicht sehr gelungen«, fuhr er fort und winkte ab.

»Finde ich gar nicht. Darf ich?« Sie streckte die Hand nach einem Skizzenpapier aus, wartete aber auf ein Nicken von ihm, bevor sie es nahm.

»Da ist die Verbindung zwischen den einzelnen Gliedern noch nicht ausgereift. Auch der Verschluss sollte dezenter gearbeitet sein …« Er tippte mit dem Finger aufs Papier.

Sophie antwortete nichts darauf, sondern nahm die anderen Skizzen zur Hand und studierte sie. Von seinen Entwürfen fasziniert, vergaß sie glatt den eigentlichen Grund ihrs Hierseins.

»Ich finde Ihre Entwürfe hier wirklich fantastisch und würde diese Schmuckstücke bei Ihnen sofort in Auftrag geben.«

»Dann gehören Sie zu den wenigen, die von meinen Entwürfen begeistert sind.«

Sophie musterte ihn forschend. Sein seltsamer Unterton ließ sie aufhorchen. »Das glaube ich nicht«, erwiderte sie.

»Ich hatte nur mit einer Serie, die ich nach meiner Verlobten benannt habe, ein wenig Erfolg. Meine letzte ist geflоppt, weshalb ich mich in unserer Firma mehr in der Vermarktung engagiert habe. Chris, mein Bruder, ist der bessere Designer in der Familie.«

Er lächelte bitter. Sophie spürte, dass er jemanden brauchte, der ihm Mut zusprach.

»Ich bin zwar Laie, aber Ihre Entwürfe finde ich wirklich gelungen. Ehrlich.« Sie griff über den Tisch nach seiner Hand und drückte sie lächelnd.

»Ich mag lieber das Verschnörkelte, Verspielte als die geraden Linien. Einige aus meinem Freundeskreis würden sicher Ihre Schmuckstücke kaufen. Sie müssen sie anfertigen. Ich garantiere Ihnen, dass die Käufer sich darum reißen werden.«

Zweifelnd sah er sie an. Dann schob er die Skizzen hastig zusammen.

»Bitte, Sie müssen diesen Schmuck herstellen lassen. Es wäre eine Sünde, wenn diese Entwürfe in irgendeiner Schublade schlummern würden. Was sagt denn Ihr Bruder dazu?«

»Ich habe sie ihm nicht gezeigt. Weil florale Muster zurzeit nicht gefragt sind. Mein Vater hat sie auch immer abgelehnt«, antwortete er und lächelte bitter.

Der selbstbewusste Emanuel von Güldenstein besaß auch eine verletzliche Seite, die sie nur zu oft gesehen hatte. »Kann ich mir nicht vorstellen. Reden Sie mit Ihrem Bruder und zeigen Sie ihm die Skizzen.« Eindringlich sah sie ihn an. »Bitte. Er wird sicher begeistert sein.«

»Woher wollen Sie das wissen?«

»Bauchgefühl.«

Er schüttelte lächelnd über ihre Antwort den Kopf.

Aufmunternd lächelte sie ihn an.

»Ich werd's mir überlegen«, gab er zurück und verstaute die Skizzen in der Schublade des Eichenholztischs.

»Das freut mich.«

Plötzlich sprang er vom Sofa auf und schien in Gedanken bereits weit entfernt zu sein. »Ich muss Sie leider bitten, jetzt zu gehen. Ich erwarte noch einen Anruf.« Er wich ihrem Blick aus, woraus sie schloss, dass das eben gelogen war.

»Verstehe. Ich muss auch noch etwas erledigen. Sie wollen sicher danach zum Familienessen«, wagte sie sich vor und sah, wie sich seine Miene verschloss. »Tilda sagte mir …«

»Bitte, gehen Sie jetzt«, forderte er. »Ich halte nichts von diesen Familientreffen, bei denen alle heile Welt spielen.«

Der bittere Tonfall erschütterte sie. Er schien an nichts und niemanden zu glauben, nicht einmal an sich selbst.

»Ich glaube nicht, dass sie heile Welt spielen. Jeder von ihnen weiß, was Sie durchgemacht haben …«

»Nichts wissen Sie. Gar nichts!«, fiel er ihr ins Wort. »Kümmern Sie sich lieber um Ihre eigenen Angelegenheiten.« Sophie war sich sicher, dass es besser war, ihm nichts von ihrer Einladung zum Essen zu sagen. Sie stand auf und lief zur Tür. Emanuels Wunden waren tief und schienen nicht nur von Evas Tod herzurühren.

Er braucht Zeit, um die Trauer zu bewältigen und wieder zu sich selbst zu finden.

Sie verabschiedete sich und verließ sein Apartment.

22.

Wieder nichts! Seufzend überlegte Sophie, das Abendessen bei den von Güldensteins abzusagen, nachdem sie vergeblich ein halbes Dutzend Geschäfte nach einem geeigneten Outfit abgeklappert hatte. Es war zum Verrücktwerden. Entweder war es zu teuer oder nicht in der passenden Größe vorhanden. Auf keinen Fall wollte sie sich blamieren. Gut, dass sie noch Iris' Zettel mit dem Namen einer Boutique besaß, die etwas abseits der Innenstadt in einer Seitengasse lag. Ihre letzte Chance, bevor die Läden für heute schließen würden. Frida hätte sie gefragt, warum sie nicht zu sich selbst stehen und in ihrer üblichen Kleidung zu den von Güldensteins gehen würde. Was Kleidung anbetraf, waren sie selten einer Meinung gewesen. Sophie schüttelte sich innerlich bei der Vorstellung, in Jeans und karierter Baumwollbluse zum Abendessen in das luxuriöse Schloss zu gehen. Sie sah auf die Uhr. Nur noch eine halbe Stunde Gelegenheit, doch noch etwas Passendes zum Anziehen zu finden. In weiser Voraussicht hatte sie ihre Sneakers angezogen, die richtige Entscheidung fürs Kopfsteinpflaster. Die Bäckerstraße entlang, dann durch ein Labyrinth mittelalterlicher Gässchen, bis sie schließlich atemlos die winzige Boutique mit dem klangvollen Namen Desire erreichte. Die Bedienung, Deborah, eine junge Frau ihres Alters, mit zahllosen Sommersprossen im Gesicht, präsentierte ihr auf Wunsch verschiedene Kombinationen aus Röcken, Hosen und Blazer, die Sophie nacheinander anprobierte. Doch irgendwie gefiel ihr nichts so richtig. Müdigkeit und Frust ließen Tränen aufsteigen.

»Darf ich Ihnen noch etwas … anderes zeigen, in dem ich Sie mir sehr gut vorstellen könnte?« Deborah war offensichtlich ihre Gemütsverfassung nicht verborgen geblieben.

»Ich weiß nicht …«, antwortete Sophie ausweichend und griff nach ihrer Kleidung. Ihr war die Lust, noch ein weiteres Kleidungsstück anzuprobieren, gründlich vergangen.

»Bitte, nur noch das letzte Stück. Ich möchte es einmal an Ihnen sehen.« Weil Deborah sich so viel Mühe gegeben hatte, wollte Sophie sie nicht enttäuschen und gab nach.

»Sie sind doch eine sehr hübsche Frau, die gewisse Reize zu bieten hat, und könnten etwas mit mehr Pep tragen«, sagte Deborah augenzwinkernd.

Erschrocken riss Sophie die Augen auf, als sie mit einem kirschroten Seidenkleid in Wickeloptik zurückkehrte, dass an Ärmeln und Ausschnitt großzügig mit Spitze versehen war. Für Sophies Geschmack besaß das Kleid jedoch ein viel zu tiefes Dekolleté.

»Vertrauen Sie mir. Ich finde, es ist genau das Richtige für Sie.« Deborah hängte das Kleid in die Umkleidekabine. Nur zögernd folgte Sophie der Aufforderung. Noch nie hatte sie ein solches Kleid besessen. Der Stoff war angenehm kühl auf der Haut und raschelte leise, wenn sie sich bewegte.

Als sie vor den Spiegel trat, erkannte sie sich nicht wieder. Wo war die hemdsärmelige, rustikale Gärtnerin geblieben? Das Kleid schmiegte sich an ihren Körper wie eine zweite Haut und betonte ihre weiblichen Kurven. Sie fühlte sich darin so anders, attraktiv und begehrenswert wie schon lange nicht mehr. *Ob sie in diesem Aufzug Emanuel von Güldenstein anders angesehen hätte?* Was verschwendete sie einen einzigen Gedanken an ihn, noch dazu, wo er nicht zum Abendessen erscheinen würde. Sie hatte zwar die Worte zwischen ihm und Tilda in den Schlossräumen nicht verstanden, aber die lauten Stimmen ließen auf einen Disput schließen.

»Die passenden Schuhe habe ich auch dazu«, unterbrach Deborah ihre Grübeleien. Ehe Sophie antworten konnte, war die Verkäuferin verschwunden. An Schuhe hatte Sophie gar nicht mehr gedacht. Der Gedanke, dass sie ihr Erspartes plündern musste, bedrückte sie. Doch sie besaß nur Sportschuhe und Sneakers, nichts was zu diesem eleganten Kleid gepasst hätte. *Hoffentlich will sie mir keine High Heels aufschwatzen, auf denen ich keinen*

Schritt gehen kann. Umso erstaunter war Sophie, als die Verkäuferin mit halbhohen Sandaletten in der gleichen Farbe des Kleides zurückkehrte.

Nachdem sie sie angezogen hatte, war sie von deren Bequemlichkeit erstaunt. Für ein perfektes Outfit gesellten sich noch eine Handtasche, Jacke und Schal hinzu, Letzterer auch, um das Dekolleté abzudecken.

Die Preisanzeige später an der Kasse ließ Sophie mehrfach schlucken. Dafür würde ein großer Teil ihres mühsam Ersparten draufgehen. Nach einem Moment des Zögerns bezahlte sie.

Es war schon dunkel, als sie zufrieden den Laden verließ. Iris' Tipp war Gold wert gewesen. Ein Lied summend begab sie sich zum Parkhaus. Die Straßen waren schon recht leer, weil die Geschäfte geschlossen hatten. Als sie in eine Abkürzung durch eine Seitenstraße nahm, hörte sie Schritte hinter sich. Ging sie schneller, tat ihr Verfolger aus auch. Gleichgültig welches Tempo sie wählte, klebte er an ihren Fersen. Sie war froh, als sie einem jungen Pärchen vorbeilief, das eng umschlungen miteinander schäkerte und sich innig küsste. *Wie liebevoll der junge Mann seine Partnerin angeschaut hatte.* Sophie seufzte. Immer hatte sie gehofft, dass ein Mann sie auch einmal so ansehen würde. Ihr Ex-Freund Ronny war selten aufmerksam gewesen, und Zärtlichkeit hatte bei ihm eher zum Pflichtprogramm gehört. Dafür hatten sie jedes Wochenende auf dem Fußballplatz verbracht. Das Kunstinteresse teilte er auch nicht mit ihr. Auf Dauer war das nicht genug gewesen, und Sophie hatte sich von ihm getrennt. Sie war niemand, der sich versteckte, und so glaubte sie, dass irgendwo der richtige Mann auf sie wartete. Einer mit Manieren und gepflegtem Aussehen. Ein Mann wie … Sophie schüttelte den Kopf, als sie Emanuel von Güldenstein vor sich sah, der unerreichbar für sie bleiben würde. *Gib doch zu, dass du seinetwegen das rote Kleid gekauft hast, weil du hoffst, dass er es sich anders überlegt und doch noch zum Essen erscheint!*

Plötzlich waren die Schritte hinter ihr verklungen. Dadurch abgelenkt, bemerkte Sophie zu spät, die falsche Abzweigung zum

Parkhaus genommen zu haben. Die Seitenstraße war ihr unbekannt. Mithilfe der Navigation auf ihrem Handy würde sie zum Parkhaus zurückfinden. Leider hatte sie hier kein Netz. Das Handy hochhaltend lief sie umher und wartete auf das Zeichen im Display, dass ihr den Empfang anzeigte. Vor einem schmalen Schaufenster blieb sie stehen. Doch bevor sie erneut aufs Display schaute, wurde ihre Aufmerksamkeit auf ein winziges Figürchen in der Auslage gelenkt. Bilder tauchten vor ihr auf, in denen sie sich als Kind sah, das lachend und in die Hände klatschend nach Trommelrhythmen im Kreis hüpfte. Dann hörte sie Elefantentrompeten, und ein Gefühl von Todesangst stieg in ihr auf, dass ihr der Schweiß aus allen Poren brach. Ihr war mit einem Mal schwindlig, und sie musste sich an der Hauswand abstützen.

Sophie schüttelte den Kopf, als könnte sie die Bilder von eben damit vertreiben. Nach einer Weile betrachtete sie die handgeschnitzte Gazelle genauer. Die ausdrucksstarke Pose kam ihr seltsam vertraut vor. In ihrem Kopf herrschte Chaos. Bilder tauchten vor ihren Augen auf, von einer fremden Landschaft mit rotbrauner Erde und einem ausgetrockneten Fluss. Wahrscheinlich erinnerte sie sich nur an einen Film oder einen Ausflug mit dem Kinderdorf in den Serengeti-Park, was sie beeindruckt hatte. Als sie die Augen schloss und das Bild von eben wieder aus ihrem Gedächtnis zurückrief, war ihr klar, dass es von keinem Ausflug stammte. Sie lehnte sich an die Hauswand. Vor sich sah sie ein karges Land, das sich bis zum Horizont erstreckte. Der Wind brannte auf der Haut und wirbelte Staub auf. Hier und da wuchsen ein paar knochentrockene Sträucher, und am Himmel über ihr kreiste ein Vogel mit riesigen Flügeln. Was war nur mit ihr los? Bestimmt hatten Tildas Erzählungen sie derart durcheinandergebracht, dass sie fantasierte. Das konnten doch keine Erinnerungen sein, auch wenn alles real gewirkt hatte.

Sophie erinnerte sich daran, dass sie schon einmal vor einigen Jahren etwas Ähnliches erlebt hatte. »Was du dir nicht alles ausdenkst! Du hast beneidenswert viel Fantasie, mein Kind«, hatte ihre Pflegemutter Dorit immer lächelnd gesagt und ihr über den

Kopf gestrichen. »Diese Gabe besitzen nur kreative Menschen. Nutze sie.« Sicher war es auch hier wieder ihre Fantasie, die mit ihr durchging. Dennoch war da etwas, das sie nicht mehr losließ und ins Grübeln brachte. Wie sie von Dorit erfahren hatte, war sie als Kleinkind ins Kinderdorf gekommen. Keiner wusste, wie alt sie damals genau gewesen war. Vielleicht drei oder vier, aber nicht älter als sechs, hatte Dorit gemeint. War es möglich, dass sie sich an die Jahre zuvor erinnerte? Irgendwo hatte sie einmal gelesen, dass Menschen sich nur bis zum dritten Lebensjahr zurückerinnern konnten.

Sophie trat einen Schritt zurück. Dieser Laden führte Kuriositäten und antikes Spielzeug aus verschiedenen Ländern. Mit dem Entschluss, nicht mehr weiter über das eben Erlebte nachzudenken, prüfte sie auf dem Handy ihren Netzempfang. Sie trat einen weiteren Schritt zurück und prallte mit jemandem zusammen.

»Oh, Entschuldigung«, sagte sie, während sie sich herumdrehte.

Nur mit Mühe unterdrückte sie einen überraschten Ausruf, als sie im ersten Moment nur das Weiße in den Augen ihres Gegenübers erblickte. Seine Hautfarbe schien mit der Dunkelheit zu verschmelzen. Ein kurzes Aufflammen in seinem Blick, als würde er sie erkennen. Auch Sophie kam er irgendwie bekannt vor. Vielleicht bildete sie sich das auch ein. Sie wusste nicht, ob es an seiner Ausstrahlung lag oder sie einfach nur fröstelte, weil es kühler geworden war. Das seltsame Gefühl wollte nicht weichen.

»Kein Problem«, antwortete der Dunkelhäutige mit einer tiefen, rauen Stimme und einem leichten Akzent. Sein Lächeln wirkte gezwungen. Es entblößte weiße, ebenmäßige Zähne, die mit dem Anhänger an seiner Kette konkurrierten. Sie schätzte ihn so alt wie sich selbst.

»Kennen wir uns von irgendwoher?«, fragte sie. Ihr entging nicht die Wachsamkeit in seinem Blick.

»Schon möglich. Ich habe viele Kunden. Sind Sie aus Hameln, Madame?«, fragte er und taxierte sie aus geschlitzten Augen. Dass er sie Madame nannte, war ungewöhnlich. Aber er hatte ja auch einen leichten französischen Akzent.

»Nein, ich komme aus einer ganz anderen Stadt.«

Vor Sophies Augen tauchte erneut ein Bild auf, von einem dunkelhäutigen Jungen, der etwas schnitzte.

»Dann werden wir uns wahrscheinlich nicht kennen«, erwiderte er. »Wenn Sie mich jetzt bitte entschuldigen.«

Er schob sie an den Schultern zur Seite und ging an ihr vorbei direkt auf den Eingang neben dem kleinen Laden zu. Trotz seiner stämmigen Gestalt war jede Bewegung geschmeidig.

»Gehört Ihnen der Laden?«, hörte sie sich wie aus weiter Ferne fragen, als er gerade den Schlüssel ins Schloss stecken wollte. Sie wusste selbst nicht, weshalb sie das interessierte.

»Ja, gehört er«, antwortete er, ohne sich umzudrehen.

»Die Dinge in der Auslage …«

Seufzend wandte er sich zu ihr um. »Hören Sie, der Laden ist bereits geschlossen. Wenn Sie sich für etwas aus dem Schaufenster interessieren, kommen Sie doch Freitag vorbei, wenn ich wieder geöffnet habe.« Deutlich war herauszuhören, dass er genervt war. Aber Sophie wollte unbedingt etwas über diese Gazelle wissen.

»Danke, aber ich habe wirklich nur eine kleine Frage. Und wenn Sie schon der Besitzer sind …«

»Also gut, was wollen Sie denn wissen?«, fragte er.

»Dieses Figürchen dort …« Sie deutete auf die Gazelle.

»Sie meinen das Spielzeug? Die Gazelle?«, bohrte er nach, während sein Blick zwischen Sophie und dem Schaufenster hin und her flog.

Sophie nickte. Es überraschte sie, denn das Verletzungsrisiko durch die spitzen, dürren Beine war nicht zu leugnen. »Ein Spielzeug?«

»Ja, ein Spielzeug aus der Kolonialzeit. Spätes neunzehntes Jahrhundert«, antwortete er. Er trat neben sie und tippte mit dem Zeigefinger an die Scheibe. »Ist aus Elfenbein geschnitzt.«

Im selben Augenblick brach Sophie der Schweiß aus, und ihr Herz begann erneut zu rasen. Wieder tauchten Bilder vor ihr auf. Sie sah, wie sie als Kind ein solches Spielzeug in der Hand hielt.

Hatte sie vielleicht eines besessen? Sie hatte das Gefühl, eine fremde Welt zu betreten. Dort, wo ihre Wurzeln lagen.

»Aus Elfenbein?«, wiederholte sie, weil sie keinen klaren Gedanken fassen konnte. *Du plapperst ihm alles nach wie ein Papagei.*

»Ja, aus Elfenbein.« Seine Stimme klang mit einem Mal gepresst.

Sophie musterte ihn. »Sehr kostbar für ein Kinderspielzeug«, entfuhr es ihr, und sie bemerkte, wie es unter seinem Auge zuckte.

»Ein Spielzeug für Kinder reicher Kolonialherrschaft in Kamerun«, fügte er hinzu. Sein abfälliger und zugleich vorwurfsvoller Tonfall ließ keinen Zweifel, dass er das offenbar missbilligte. Sie konnte ihn verstehen, hatte sie doch einiges in den Medien über die Kolonialmächte erfahren, die die afrikanische Bevölkerung ausgebeutet hatten, ihnen ihre Kultur und Religion aufprägen wollten. Die Afrikaner waren sogar gezwungen worden, die Sprache der Kolonialherren zu lernen, und viele ihrer Traditionen wurden abgeschafft. Damals war Elfenbein begehrt und die Elefanten und Nashörner deshalb gejagt worden. Doch zum zweiten Mal hörte sie von Kamerun, das Bilder in ihr auslöste.

»Zum Glück ist ja der Elfenbeinhandel jetzt verboten«, versuchte sie einzulenken, als sie seine Anspannung spürte.

Mit düsterer Miene kam er auf sie zu. »Ja, aber noch werden diese Tiere aus Gier von Wilderern wahllos abgeschlachtet. Im Auftrag von …«

»Weißen Europäern, meinen Sie?«, ergänzte Sophie. Die Feindseligkeit, die ihr entgegenschwappte, ließ Sophie erneut einen Schritt zurücktreten. Jedes seiner Worte war eine einzige Anklage.

»Sie hätten nie nach Afrika kommen dürfen.« Abscheu schwang in seinen Worten mit, der Sophie erneut frösteln ließ.

Dann drehte er sich um und kehrte zur Tür zurück.

»Wenn Sie etwas kaufen wollen, kommen Sie am Freitag während der Öffnungszeiten«, rief er, ohne sich noch einmal nach ihr umzudrehen.

Wie betäubt sah Sophie ihm nach. Diese Begegnung wirkte so irreal. Sie zog den Kragen ihrer Jacke enger und setzte den Weg zum Parkhaus fort.

Als sie in ihrer Wohnung ankam, sank sie aufs Bett. Ihre Füße waren geschwollen. Zum Glück war morgen Feiertag, und sie konnte nach Lust und Laune den ganzen Tag mit einem Buch im Bett verbringen, bis Tilda sie abholte.

Der nächste Morgen war neblig. Sie mochte die Stimmung und verbrachte den ganzen Tag im Bett. Doch von Stunde zu Stunde nahm ihre Aufregung zu. Immer wieder sah sie zur Uhr. Sie konnte sich auf das Buch, das sie eigentlich lesen wollte, nicht konzentrieren. Den Nachmittag widmete sie ihrem Aussehen. Schließlich musste sie einen guten Eindruck bei den von Güldensteins hinterlassen, wenn sie sie in ihre Referenzen aufnehmen wollte.

Nach einem ausgiebigen Bad zog sie ihr neues Kleid an. Ihr Haar nahm sie nicht zu einem Zopf zusammen wie bei der Arbeit. In ihrem Outfit und der Lockenmähne kam sie sich fast ein wenig verrucht vor. Sie besaß nur wenig Schmuck, bestehend aus einem schmalen Goldring und einer Kette. Der Anhänger war ebenfalls aus Gold, kreisrund wie ein Taler, darin das Relief eines Akazienbaumes. Sie trug die Kette nur zu besonderen Anlässen. Auch weil es das Einzige war, was ihr von den Eltern geblieben war. Von ihrer Pflegemutter Dorit wusste sie, dass sie mit dieser Kette gefunden worden war.

Ihr Herz klopfte schneller, je näher die Stunde des Abholens rückte. Als es klingelte, zuckte Sophie zusammen, bevor sie Tilda die Tür öffnete.

Wenig später stieg sie in Tildas rote Toyota-Limousine ein, die so gar nicht zum Glanz und Ansehen der von Güldensteins zu passen schien. Eher hätte sie einen Mercedes oder gar Tesla erwartet. Aber genau das war es, was Sophie an Emanuels Schwester so sympathisch fand. Sie protzte nicht. Die Unterhaltung auf der Fahrt zum Palais verlief locker. Sophie erzählte von ihrer Einkaufsodyssee in Hameln und brachte ihre Begleiterin immer wieder zum Lachen. So vergaß sie ihre Umgebung, bis Tilda in die Einfahrt zum weitläufigen Schlosspark einbog.

Der Weg wand sich in leichten Kurven am Waldrand hinauf. Sie erreichten eine steinerne Brücke, die Sophie für uralt hielt, aber

Tilda meinte: »Die ist nicht aus dem Mittelalter, auch wenn sie so aussieht, sondern von meinem Großvater gebaut worden, als er sich einen Wagen gekauft hat.«

Zu Sophies Erstaunen grasten auf den Wiesen zu beiden Seiten keine Pferde, sondern Alpakas. Sie kannte das Palais der von Güldensteins nur aus der Zeitung und war bereits da beeindruckt gewesen. Doch als das Schloss hinter der nächsten Biegung auftauchte, blieb ihr vor Staunen der Mund offen. So riesig hatte sie es sich nicht vorgestellt. Die dicken Mauern wirkten uneinnehmbar, wie die einer Festung. Die Zinnen schienen die tief hängenden Wolken zu berühren. Ein seltsames Gefühl beschlich Sophie, als ihr Blick über die dicken Mauern glitt. Im Gegensatz zu Schloss Sophiengarten umgab das Palais der von Güldensteins eine dunkle Aura. Es gab nur selten Orte, die ihr eine Gänsehaut bescherten, und dieser hier gehörte dazu. Wie in einem Horrorfilm kreisten im selben Augenblick kreischende Dohlen über ihren Köpfen. Jetzt konnte sie Tilda verstehen, die das Gefühl als eine Mischung aus Ehrfurcht und Angst beschrieben hatte.

»Komm, die anderen warten sicher schon sehnsüchtig aufs Essen, das unsere Köchin Mel zubereitet hat. Du wirst begeistert sein. Sie beherrscht sogar die kreolische Küche.« Tilda zog sie lächelnd am Ellbogen mit sich. Doch Sophie zögerte, denn alles in ihr sträubte sich, dieses Gemäuer zu betreten. Weil sie aber Tilda nicht enttäuschen oder beleidigen wollte, gab sie schließlich nach.

Die Eingangshalle besaß die Größe eines Ballsaales. Sophie legte den Kopf in den Nacken, um zur Gewölbedecke aufzusehen. Sie war durch verzierte Balken in Fächer aufgeteilt. In jedem von ihnen war ein Gemälde mit einer Szene aus der biblischen Schöpfungsgeschichte. Ihre Schritte hallten durch den Raum, bis sie eine breite, leicht geschwungene Holztreppe erreichten, die in den ersten Stock führte. Sophie legte ihre Hand auf den kunstvoll gedrechselten Handlauf mit den goldenen Kugeln an den Enden. Tilda schritt forsch hinauf. Ihr maßgeschneidertes, pastellfarbenes Kleid war aus edlem Stoff und erinnerte an die Kollektionen von Coco Chanel. Sophie war froh, sich für das rote Kleid und die

Schuhe entschieden zu haben. Oben angelangt, folgten sie einem endlos erscheinenden Korridor und versanken bis zu den Knöcheln im Flor des Teppichs. Sophies Herz klopfte bis zum Hals. Gleich würde sie die übrigen von Güldensteins kennenlernen. So manch einer hätte gern mit ihr getauscht, um nur einmal diese Familie aus der Nähe zu sehen. Sophie hingegen wäre am liebsten umgedreht. In dieser Kleidung und diesem Schloss fühlte sie sich unwohl, deplatziert.

Vor einer Kassettentür mit eingearbeitetem Satinglas blieb Tilda stehen. Dann wandte sie sich mit einem aufmunternden Lächeln zu Sophie um. »Sie haben noch niemanden gebissen«, erklärte sie schmunzelnd und drückte schließlich die Klinke herunter.

Das Gemurmel drinnen verstummte abrupt. Sophie hörte ihr Herz hämmern. Rechts von ihr knisterte das Feuer im offenen Kamin und verbreitete eine wohlige Atmosphäre. Inmitten des Raumes mit englischen Eibenmöbeln stand eine ovale Tafel, an deren Spitze ein Pärchen aufblickte und sie freundlich anlächelte. Neben ihnen unverkennbar die etwas ältere Ausgabe Emanuels mit kurzen Haaren.

»Hallo, Frau Becker, schön, dass Sie Tildas Einladung gefolgt sind. Wir freuen uns. Bitte setzen Sie sich zu uns an den Tisch.« An seiner Seite saß Tildas Beschreibungen nach seine Frau Amelie, die Sophie ebenfalls anlächelte. Am Ende der Tafel vor dem Kamin waren zwei Plätze frei, von denen einer sicher für sie gedacht war.

»Guten Abend, alle zusammen. Ich hoffe, es gibt den traditionellen Lammbraten!«, rief Tilda fröhlich in den Raum, der mehr etwas von einem Salon besaß.

»Guten Abend«, sagte auch Sophie ein wenig scheu, bevor sie hinter Tilda den Tisch umrundete, um allen die Hand zu schütteln. Tilda umarmte Christians Frau und küsste sie auf die Wangen. »Lie, danke für die Einladung. Ich freue mich so, dass ihr die Tradition fortführt«, gestand sie gerührt. »Papa hätte sich sehr gefreut.«

»Schön, dass ihr es rechtzeitig geschafft habt. Und Sie sind Frau Becker? Darf ich dich Sophie nennen? Frau Becker klingt so förmlich. Wir duzen uns hier alle. Mit Sie und du kommt man sonst ganz durcheinander. Ist das okay für dich?« Sophie nickte, überrascht über Amelies Vorschlag. Sie hätte sich die von Güldensteins viel steifer, arroganter vorgestellt.

»Ich bin Amelie.« Die offene, freundliche Art nahm Sophie sofort ein. Bewundernd glitt ihr Blick über die elegant gekleidete Hausherrin. Der dunkelblaue Hosenanzug mit der mintfarbenen Bluse stand ihr hervorragend, und ihre sternenförmigen Ohrringe, die im Licht strahlten, waren der Knaller.

»Setzt euch doch! Mel wollte gleich die Suppe auftragen. Du magst doch hoffentlich Spargelcremesuppe, Lammbraten und Welfenspeise, Sophie? Ich glaube, ich hatte Tilda gar nicht gebeten, dich danach zu fragen.«

»Doch, ich mag alles«, bestätigte Sophie. Zwar hatte sich ihr Puls verlangsamt, aber sie war noch immer angespannt und befangen.

»Na, dann bin ich ja beruhigt. Ich muss noch mal kurz zu Mel«, wandte sich Amelie an Tilda, bevor sie den Salon verließ.

»Sophie, John hilft uns bei den Recherchen, du weißt schon. Er ist Historiker«, erklärte Tilda.

Sophie setzte sich auf den Stuhl neben ihn, den er für sie zurückzog. »Vielen Dank«, Sophie nickte ihrem Tischnachbarn zu. Sie spürte, wie Christian sie irritiert ansah. Offenbar hatte Tilda ihm nicht erzählt, dass sie Sophie von dem Fluch berichtet hatte.

»Herzlich willkommen an unserer Tafel, Sophie«, begrüßte John sie. Ihr gefiel sein leichter Akzent.

»Schön, dass wenigstens du Tildas Einladung gefolgt bist«, warf nun auch Laura ein und kassierte einen rügenden Blick Christians.

»Wie ich gehört habe, wirbelst du den Garten meines Bruders und ihn ganz durcheinander.« Christian von Güldensteins Ton war streng, aber in seinen Augen blitzte es nun amüsiert auf. Die anderen begannen daraufhin herzhaft zu lachen, und Sophie stimmte ein. »Na, so ganz würde ich das nicht nennen, eher sanieren. Deinen Bruder bekomme ich selten zu Gesicht.« Sie verschwieg ihre Auseinandersetzung mit ihm wegen des Rosenbeets.

»Wo steckt Manu eigentlich?« Christian blickte auf den freien Platz und dann zu Sophie, die sich dadurch in Erklärungsnot fühlte. Bevor sie antworten konnte, kehrten Amelie und eine junge, blonde Frau mit einer Terrine in den Salon zurück.

»Endlich die Suppe! Auf die habe ich mich schon die ganze Zeit gefreut«, rief Tilda aus.

Sophie glaubte, noch nie etwas so Delikates gegessen zu haben, und sprach sich lobend aus. Vor dem nächsten Gang musste sie von ihrer Arbeit in Sophiengarten erzählen.

Im weiteren Verlauf des Abends begann sie sich zu entspannen, wozu auch der Humor der von Güldensteins beitrug. Es wurde oft gelacht und geneckt, dass Sophie nicht nur einmal die Tränen kamen. Dass ein Fluch über der Familie liegen sollte, schien unvorstellbar.

Doch in der Pause vor dem Dessert berichtete John von seinen letzten Rechercheergebnissen aus den Familienchroniken und -briefen zum Güldenstein-Fluch.

Sophie, der der ungewohnte Weinkonsum ein wenig zu Kopf gestiegen war, hatte Mühe, seinen Ausführungen zu folgen. Außerdem kannte sie nicht alle Zusammenhänge, dass sie irgendwann kapitulierte. Das hörte sich alles eher wie eine fiktive Horrorgeschichte an. Erst als die Begriffe Elefanten und Elfenbein fielen, horchte sie wieder auf.

»Sophie hatte Albträume von Elefanten, stimmt's?«, verkündete Tilda und blickte sie auffordernd an. Wer träumte schon von Elefanten? Sophie wurde rot. Als Tilda den anderen auch noch von Frida erzählte, deren Geist Sophie im Garten spürte, nahm Sophie an, dass die restlichen Anwesenden sie jetzt für eine überspannte Esoterikerin hielten. Doch die ernsten Mienen der anderen und ihr Schweigen beruhigten sie. Sie zeigten Verständnis und Anteilnahme, als Sophie von ihren Träumen und ihrer Kindheit im Kinderdorf berichtete.

»Das ähnelt alldem, was Eva von meinem Vater erzählt hat«, warf Tilda ein, und die anderen nickten.

»Bist du sicher, dass du noch nie in Afrika gewesen bist?«, hakte Amelie ein.

»Ich kann mich jedenfalls nicht daran erinnern.«

»Hast du keinen Hinweis auf deine Eltern?« Jetzt sprach aus John der Historiker.

Kurz überlegte Sophie, ob sie den anderen von ihrer Kette erzählen sollte, entschied sich aber dagegen.

Sie schüttelte den Kopf. »Nein.«

Der Anhänger brannte auf ihrer Haut. Aus einem unbekannten Grund scheute sie sich, den von Güldensteins noch mehr von sich preiszugeben. Der Anhänger war das einzige Erinnerungsstück. Nicht einmal Frida hatte von ihm gewusst. Vielleicht hätte sie ihn der Freundin irgendwann gezeigt. Jetzt war es zu spät. Ihr Leben im Kinderdorf war glücklich verlaufen. Die Vergangenheit war ihr nie wichtig gewesen. Sie lebte im Hier und Jetzt. Wenn das Schicksal es ihr bestimmt hatte, mehr über ihre Wurzeln zu erfahren, würde es sie in die Richtung lenken. Dorit hatte ihr damals gesagt, dass ihre Eltern nicht mehr lebten. Mehr hatte sie auch nicht gewusst.

»Willst du denn gar nicht mehr über deine Eltern, deine Herkunft erfahren?«, fragte Tilda ungläubig.

»Ich habe es schon mehrfach probiert, etwas über sie herauszufinden. Nicht einmal die Leitung der Kinderdörfer oder das Jugendamt besitzen Unterlagen.« Viele Jahre hatte sie darunter gelitten, nicht zu wissen, wer sie war und ob es noch irgendwo Menschen gab, zu denen sie gehörte. Keiner schien nach ihr gesucht zu haben. Es war immer noch schwer, sich damit abzufinden, nur noch im Hier und Jetzt zu leben.

»John könnte dir vielleicht helfen«, schlug Laura vor und drückte mitfühlend ihre Hand.

»Ich fürchte, ich bin ein hoffnungsloser Fall.« Da war sie wieder, die alte Bitterkeit, die sie all die Jahre erfolgreich verdrängt hatte. »Es ist gleich, woher wir kommen. Wichtig ist, wer wir sind«, hatte Frida immer zu ihr gesagt.

Sophie war ganz warm vom ungewohnten Weinkonsum und dem Feuer im Rücken. Dennoch zog sie ihre Jacke nicht aus. John hatte aus einem Antiquitätengeschäft in London eine Kette aus Elfenbein mitgebracht, die er jetzt vor sich auf den Tisch legte.

»Auf der Rückseite findet ihr ein Zeichen. Ähnlich wie die auf den Schachfiguren«, erklärte er und tippte mit dem Finger auf eines der Kettenglieder.

Christian zog aus seiner Brusttasche eine Art Lupe. Tilda stand von ihrem Stuhl auf und stellte sich hinter ihre Schwägerin. Auch Laura folgte ihrem Beispiel und beugte sich über deren Schulter.

»Und? Was meint ihr?« Ungeduld sprach aus Johns Worten.

Unwillkürlich fasste Sophie an die Stelle an ihrem Hals, wo sich unter dem Schal ihr Anhänger befand. Ihr Herz pochte bis zur Kehle, während sie angespannt auf die Antworten der anderen wartete.

»Eine besondere Arbeit.« Amelie reichte die Kette an Christian weiter, der sie mit der Lupe genauer betrachtete.

»Das ist doch echtes Elfenbein, oder?«, meldete sich Laura zu Wort.

»Ja, definitiv«, antwortete Amelie. »Da, an dieser Ecke, ist ein größeres Stück abgebrochen. Jemand hat versucht, die Bruchstellen mit einer Feile zu glätten. Leider stümperhaft.« Jetzt hielt Sophie auch nichts mehr auf ihrem Platz.

Mit zusammengekniffenen Augen schaute sie auf die winzige Stelle, auf die Amelie zeigte.

Christian zuckte mit den Achseln. »Das kann mehrere Gründe haben.«

»Die Verarbeitung … ähnelt sehr meinem Anhänger.« Amelie erzählte von ihrem Erbstück, das sie für einen Wettbewerb bearbeitet hatte. »Auf seiner Rückseite befanden sich drei Kerben, von denen später John herausgefunden hat, dass es sich um Zeichen einer westafrikanischen Symbolsprache handelt«, erklärte sie nun an Sophie gewandt. Auf Sophies Anhänger befand sich auch ein Zeichen. Es war auf die Rückseite der Reliefschnitzerei eingraviert und auf den ersten Blick nicht sichtbar. Der Anhänger war ihr einmal aus der Hand gerutscht, und beim Aufschlagen auf den Boden war das Einlegestück aus Elfenbein herausgesprungen. Sie hatte es wieder in die Furche gedrückt und mit Klebstoff fixiert. Der Gedanke an eine Schrift wäre ihr nie in den Sinn gekommen. Vielmehr hatte sie angenommen, dass es sich um einen Stempel des Herstellers handelte. Symbolschrift. Afrika. Wenn sie an ihre Albträume mit den Elefanten dachte, verspürte sie plötzlich ein seltsames Gefühl.

Christian zog eine Pinzette aus der Brusttasche und hielt das Kettenglied mit der Gravur im Deckenlicht unter die Lupe. Amelie schüttelte den Kopf. »Leider keine Kerben wie bei mir! Dafür zwei winzige, andere Zeichen, kaum mit bloßem Auge erkennbar.« Ein Ruck ging durch die anderen bei der Neuigkeit. Sophie hatte noch nie etwas über eine afrikanische Symbolsprache gelesen. Jetzt beugte sich John über die Lupe.

»Das eine ist das Sankofa-Symbol«, erklärte er.

»Darf ich auch mal schauen?«, fragte Sophie voller Neugier. Würde das Zeichen genauso aussehen wie das auf ihrem Anhänger?

»Ja, natürlich. Hier.« John drückte ihr die Lupe in die Hand, während Christian ihr die Kette hinhielt.

Das erste Zeichen war ein Vogel, der den Hals zurückbog und den Kopf aufs Rückengefieder legte. Für den Bruchteil einer Sekunde flammte ein Bild vor ihren Augen auf. Auf dem Wasser schwamm Treibgut, auf dem das Zeichen aufgemalt worden war.

Das andere Symbol bestand aus verschlungenen Linien. Sie war fest davon überzeugt, das erste Zeichen schon einmal irgendwo gesehen zu haben. *War sie schon einmal in Afrika gewesen? Ob sie den anderen von ihrem Anhänger erzählen sollte?* Sie entschied sich, einem inneren Gefühl nachgebend, dagegen. Tilda vielleicht, wenn sie allein wären. Außerdem glaubte sie an keine Verbindung zwischen den Zeichen. Ihr Schmuckstück war älter und nicht so präzise gearbeitet wie die Kette. Vielleicht ein Imitat, wie das Papyrus, das Frida ihr einst von einer Ägyptenreise mitgebracht hatte. Dennoch brannte sie darauf, die Bedeutung zu kennen.

»Und was heißt das jetzt?«, fragte sie und kämpfte gegen die plötzliche Erregung, die sie erfasste.

»Es heißt so viel wie, dass der, der weiß, wo er herkommt, auch weiß, wo er hingeht. Ein Symbol dafür, sich nicht davor zu scheuen, aus der Vergangenheit zu lernen«, erklärte ihr John.

»Und das zweite?« Tildas Finger trommelten auf der Tischplatte. Laura hielt jetzt einen Notizblock in der Hand und zeichnete nach Johns Anweisungen die Symbole ab.

»Das Knotensymbol. Ehrlich gesagt hatte ich mir etwas anderes erhofft«, antwortete er und wirkte enttäuscht. »Ich dachte immer, das wäre das Zeichen, das auf die Lösung des Fluches hindeutet. Doch mittlerweile glaube ich, dass es ein anderes sein muss, weil dieses hier zu häufig auftaucht. Doch ich glaube, ich stehe kurz vor der Lösung.«

»Du meinst, du weißt bald, wie der Fluch zu brechen ist?« Christian war mit einem Mal unnatürlich blass. An den angespannten Mienen erkannte Sophie, wie verzweifelt die von Güldensteins nach dem Fluch forschten. John berichtete von seinen Nachforschungen über ein Schmuckstück, das er Elfenbeinsonne nannte.

Sophie fiel es schwer, ihm bei den vielen Namen und Daten zu folgen. Die von Güldensteins hatten sich regelrecht in die Vorstellung eines Fluches verbissen. Viel mehr beschäftigte sie der Gedanke, sie könnte mit den von Güldensteins auf irgendeine Weise verbunden sein. Die Vermutung verschlug ihr den Atem. Sollte sie nicht doch den anderen von ihrem Anhänger erzählen? Wieder entschied sie sich dagegen. Im Laufe der Jahre hatte sie jede Entscheidung allein getroffen. Höchstens Frida um Rat gefragt. Schon vor Jahren hatte sie versucht, mehr über ihre Eltern herauszufinden. Das Ergebnis war niederschmetternd gewesen. Außer dem Anhänger besaß sie nichts, was ihren Eltern gehört hatte. Konnten diese seltsamen Zeichen sie zu ihren Wurzeln führen? Ein winziger Hoffnungsschimmer nach Jahren der vergeblichen Nachforschungen. Erneut tauchten Bilder vor ihrem geistigen Auge auf. Immer klarer. Akazienbäume, hohes Gras, eine

Raubkatze, die auf dem Ast eines Baumes döste … In ihrem Kopf begann sich alles zu drehen, dass sie nach Luft rang. Mit einem Mal verspürte sie das Gefühl zu ersticken.

»Ich muss an die frische Luft«, stieß sie gepresst hervor und lief schwankend zur Tür.

»Ich begleite dich«, schlug Tilda vor, die an ihre Seite getreten war.

Sophie schüttelte den Kopf. »Nein, lass nur. Die Wärme, der ungewohnte Weinkonsum …«

Sie brauchte jetzt einen Moment für sich.

»Verstehe«, erwiderte Tilda und zog sich zurück.

Draußen im Korridor atmete Sophie durch. Die Kühle vertrieb den Druck in ihrem Kopf, machte ihn klar. Was waren das nur für seltsame, aber vertraute Bilder? Fragen, die einer Antwort bedurften, die weit in ihre Vergangenheit reichten.

Als sie aufschaute, fiel ihr Blick auf eine geöffnete Tür. Auf dem Tisch lag ein handtellergroßes Schmuckstück, von dem sie glaubte, dass es auch aus Elfenbein war. Schreibblock, Stift und Lupe lagen neben dem Schmuckstück in Form einer Sonne, als wäre jemand, der es betrachtet hatte, nur kurz aufgestanden, um gleich wieder zurückzukehren. Sophie betrat auf Zehenspitzen das Zimmer.

»Elfenbein«, murmelte sie. Langsam schritt sie darauf zu. Ihr Blick schweifte von den Schmuckstücken zu dem riesigen, antiken Holzglobus dahinter, wo im Kontinent Afrika ein winziges Fähnchen steckte. Sophie griff nach dem Schmuckstück, das die Form einer gezackten Sonne aufwies. Wie schon die Kette von eben war auch sie aus Elfenbein geschnitzt und füllte ihre Handfläche aus. Sophie zuckte zusammen, als sie Geflüster hörte. Die von Güldensteins hatten sie bemerkt! Sophie stöhnte innerlich auf. Wie konnte sie nur unerlaubt diesen Raum betreten. Hastig legte sie das Schmuckstück zurück auf den Tisch und grübelte über eine Entschuldigung nach. Die von Güldensteins würden sie hinauswerfen! Sie eilte zur Tür hinaus und hoffte, dass es nur Tilda war, die ihre Indiskretion bemerkt hatte. Doch die Tür zum Salon war geschlossen. Drinnen diskutierten die Familienmitglieder. Wer hatte dann geflüstert? Sophie kehrte zum Raum zurück und warf einen Blick hinein. Niemand außer ihr war hier. Wahrscheinlich hatte sie sich das nur eingebildet, ausgelöst durch den ungewohnten Weingenuss. Als sie gerade das Zimmer wieder verlassen wollte, hörte sie erneut jemanden flüstern. »Berühr mich.« Sophie wirbelte herum. Sie war noch immer allein. *Sophie, lass bloß die Finger vom Alkohol!* Sie schüttelte über sich selbst den Kopf. Erst träumte sie von Elefanten, und jetzt hörte sie auch noch Stimmen. Ein kalter Hauch streifte ihren Nacken, dass Sophie erschauerte.

»Mein Schicksal ist deins.«

Woher zum Teufel kam dieses Flüstern? Eine Bewegung weckte ihre Aufmerksamkeit. Sophie sah auf den Tisch und bemerkte, wie sich das Schmuckstück bewegte und um die eigene Achse drehte. Sie kniff die Augen zu, aber als sie sie wieder öffnete, war der Spuk noch immer da. Einer Eingebung folgend fasste sie nach dem Schmuck, der in ihrer Hand vibrierte. Doch das Flüstern verstummte nicht, im Gegenteil schien es jetzt aus jedem Winkel zu ertönen. Die Vibrationen in ihrer Hand bewirkten, dass sich alles um sie drehte, bis ihr schwindlig war. Im Geist sah Sophie sich in Panik davonrennen. Immer schneller und schneller. Trommeln klangen im gleichen Rhythmus ihrer Schritte. Die Schläge hallten in ihrem Kopf. Sophies Finger öffneten sich. In ihrer Handfläche lag die Elfenbeinsonne, die John vorhin beschrieben hatte. Er musste sie hier vergessen haben. Auf dem Tisch lagen noch das Einschlagtuch und das Kästchen. Sie legte das Schmuckstück zurück. Im selben Moment verstummte das Geflüster, und die Bilder erloschen. *Es gibt keine Geister, sagte sie sich immer wieder.* Das alles musste aus den Tiefen ihres Bewusstseins aufgestiegen sein. Und doch spürte sie, dass sie immer eine tiefere Beziehung zu Afrika gehabt hatte. Wer war sie? Woher kam sie? Wer waren ihre Eltern? All diese Fragen verlangten nach einer Antwort. Bevor der Spuk noch einmal von vorn begann, kehrte Sophie in den Salon zu den anderen zurück.

»Du bist ja ganz blass«, stellte Tilda besorgt fest.

»Ich bin müde, und es liegt sicher auch an der Wärme«, redete

Sophie sich heraus, weil sie keine Lust auf Diskussionen verspürte. Zum Glück schien Tilda ihr das abzukaufen und hakte nicht nach.

Während des Desserts schweiften ihre Gedanken ab. Sie verschwieg den anderen, was sie eben erlebt hatte. Dann hätte sie zugeben müssen, unerlaubt den Raum betreten zu haben, und das wollte sie nicht. Schließlich war sie hier nur ein Gast des Hauses.

Der restliche Abend verlief genauso harmonisch wie zuvor, auch wenn Sophie sich seltener an den Gesprächen beteiligte. Immer wieder grübelte sie darüber nach, was Johns Erläuterungen über die afrikanischen Symbole bei ihr ausgelöst hatten, dachte an die beunruhigenden Bilder, die auf sie eingeströmt waren, und das Flüstern. Was, wenn sie keinen fiktiven Angstträumen, sondern Kindheitserinnerungen entsprangen? Gleichgültig, wie sehr sie sich auch anstrengte, ihr Gedächtnis gab nichts preis, was vor ihrer Zeit im Kinderdorf lag. Wie sehr bereute sie, damals auf der Suche nach ihren Wurzeln viel zu schnell kapituliert zu haben. Was wäre, wenn die Zeichen tatsächlich einen brauchbaren Hinweis lieferten? Sie wusste nicht, was sie denken sollte.

23.

Gegen Mitternacht, als die Müdigkeit immer stärker wurde, verabschiedete Sophie sich von den von Güldensteins. Sie freute sich darauf, endlich mit ihren Gedanken allein zu sein.

»Lass uns zum Wagen gehen«, schlug Tilda vor und zog sie am Arm mit sich.

Auf der Rückfahrt kuschelte Sophie sich in den Sitz und schloss die Augen. Ihr fiel ein, dass sie ganz vergessen hatte, Emanuel an die Pläne der Wasserkaskaden zu erinnern. Sie setzte sich auf und zog einen kleinen Block und Stift aus der Handtasche.

»Darf ich?«, wandte sie sich an Tilda und deutete auf den Lichtschalter neben der Sonnenblende. Tilda nickte.

Zufrieden steckte Sophie kurz danach den geschriebenen Zettel in ihre Tasche, den sie unter der Tür von Emanuels Apartment durchschieben würde.

»Ich hoffe, dich haben unsere Diskussionen um diese Zeichen nicht zu sehr gelangweilt«, sagte Tilda nach einer Weile.

»Nein, nein«, antwortete Sophie. »Ich habe vorher noch nie von dieser Symbolsprache gehört«, gab sie zu.

»Ich auch nicht. Erst John hat uns darauf gebracht und den Code zum größten Teil entziffern können. Oder vielmehr die Zeichen, die uns zur Verfügung stehen … Leider sind sie nicht vollständig.« Tilda seufzte. »Wie viele Stunden John schon mit diesen Zeichen zugebracht hat, das wäre gar nichts für mich.«

»Und diese Zeichen … waren das alle die gleichen auf den Spielfiguren? Hast du vielleicht eine Liste von ihnen? Oder kannst du sie mir näher beschreiben?«, hakte Sophie nach.

»Nein, ganz verschiedene. Mal Striche, dann wieder verschnörkelte Linien. Ich kenne mich damit nicht aus. Bei zwei Spielsteinen können wir es nicht sagen, weil sie fehlen. König und Dame.«

Sophie brannte darauf, mehr zu erfahren, ob das Zeichen auf ihrer Elfenbeinschnitzerei vielleicht nur ein Stempel war oder doch ein Zeichen.

Frida, der sie viel anvertraut hatte, fehlte ihr. Es drängte Sophie deshalb, sich jemandem mitzuteilen, und zu Tilda hatte sie Vertrauen gefasst.

»Die Zeichen …« Sophie brach ab.

»Ja?«, bohrte Tilda nach und sah sie fragend an.

»Gibt es da so was wie eine Auflistung, um sie übersetzen zu können?«, fragte Sophie und zwang sich, ruhig zu bleiben.

»Wieso fragst du das?«, fragte Tilda und musterte sie prüfend. Einen Augenblick lang überlegte Sophie, ob sie sich eine Ausrede einfallen lassen sollte, entschied sich aber dagegen. Es wäre Tilda gegenüber nicht fair gewesen.

»Weil … weil ich auch einen Elfenbeinanhänger besitze, nicht so kunstvoll wie die Kette eben. Auf seiner Rückseite ist auch ein Zeichen, von dem ich nicht weiß, ob es der Symbolsprache entstammt oder nur ein Stempel ist«, begann sie.

Tilda warf ihr einen prüfenden Seitenblick zu.

»Hast du ihn aus Afrika?«

»Nein, ich bin noch nie dort gewesen, und ich glaube auch nicht, dass er von dort stammt«, fuhr Sophie fort.

»Sag nie nie. Gut, er könnte ein Imitat sein. Warum hast du denn vorhin nichts gesagt? Du hättest ihn John zeigen können. Der hätte sofort gewusst, was es ist.«

Sophie war von einer gewissen Scheu befangen gewesen. Und sie fürchtete um das Schmuckstück. Dieses Zeichen befand sich auf der Rückseite der Elfenbeinschnitzerei. Um es zu sehen, musste das Einlegestück herausgenommen werden. Es war so filigran und zerbrechlich, dass sie nicht wusste, ob es das heil überstehen würde. Vor ein paar Monaten war ihr der Anhänger heruntergefallen, wobei das Einlegestück eine Ecke eingebüßt hatte. Seit sie denken konnte, hütete sie das Schmuckstück.

»Niemand weiß von diesem Anhänger. Er bedeutet mir sehr viel, viel mehr, als ihr euch vielleicht vorstellen könnt, denn er ist das Einzige, was mir von meinen leiblichen Eltern geblieben ist. Dorit, meine Pflegemutter im Kinderdorf, hat mir gesagt, dass ich ihn umhatte, als ich gefunden wurde.« Diesen Anhänger wollte sie für sich allein haben, auch wenn viele vielleicht darüber den Kopf schütteln würden.

»Okay, verstehe. Die Entscheidung liegt natürlich bei dir. Ich kann dir trotzdem nur einen guten Rat geben: Wenn du herausfinden möchtest, ob er echt ist und was das Zeichen darauf bedeutet, solltest du John fragen. Er ist nicht nur Experte, sondern ein sehr guter Freund.«

Tildas Vorschlag war plausibel. Dennoch legte Sophie schützend ihre Hand auf die Brust, wo sich unter dem Schal die Kette mit dem Anhänger befand.

»Mach ich«, gab sie nach, obwohl sie sich keineswegs sicher war, ob sie das wirklich täte.

»John könnte dir bestimmt auch helfen, mehr über deine Herkunft herauszufinden. Er hat viele Verbindungen zu Politikern, Behörden und namhaften Leuten.«

Tilda meinte es wirklich gut. »Danke«, sagte Sophie leise und legte ihre Hand auf Tildas Arm.

Wie lange hatte sie vergeblich versucht, etwas über ihre Vergangenheit und Herkunft zu erfahren. Sollte es wirklich einen Hoffnungsschimmer für sie geben? Sie wagte nicht mehr, daran zu glauben.

In der Zwischenzeit hatten sie Sophiengarten erreicht. Tilda parkte ihren Wagen direkt vor dem Eingang.

»Lass dich von meinem Bruder nicht unterkriegen. Ich weiß, dass er unausstehlich sein kann. Aber er hat viel durchgemacht, vergiss das nicht«, erklärte sie Sophie mit ernster Miene. Sorge sprach aus ihrem Blick. Emanuel schien ihr sehr am Herzen zu liegen.

Sie verabschiedeten sich voneinander, dann stieg Sophie aus.

Tilda gab Gas und brauste die Auffahrt wieder zurück. Sophie blickte den roten Rückleuchten nach, bis sie die Schwärze der Nacht geschluckt hatte. Erst dann trat sie durch die Eingangstür ins Innere des Schlosses.

24.

Den ganzen Vormittag lang hatte Emanuel sich immer wieder ertappt, wie er gelangweilt nach draußen in den Garten schielte. Sicher lag es an der plötzlichen Stille, weil Sophie und Iris nicht da waren. Konnte er Sophies schrägen Gesang und ihr Lachen tatsächlich vermissen? Quatsch, natürlich nicht.

Um sich abzulenken, verließ er das Haus. Weit kam er allerdings nicht, als er bemerkte, dass der Briefkasten überquoll. Zwei Briefe steckten zusammengeknüllt im Schlitz. Seit Tagen hatte er den Briefkasten nicht mehr geleert. Er schloss ihn auf und entnahm unzählige Briefe und Zeitschriften, die er in sein Arbeitszimmer trug.

Die meisten der Anschreiben öffnete er nicht, weil er wusste, dass es Mahnungen waren. Seit Evas Tod hatte er sich kaum um die Finanzen gekümmert. Belanglosigkeiten, die ihm egal geworden waren.

Unter den vielen Kuverts befand sich auch eines ohne Absender. In steilen Buchstaben hatte jemand seinen Namen auf den Umschlag geschrieben. Einer inneren Eingebung folgend öffnete er das Kuvert und zog den Brief heraus, der die gleiche Handschrift trug.

Ihre Familie kann die Vergangenheit nicht abschütteln. Lassen Sie die Finger von der Gärtnerin, sonst wird auch sie ein weiteres Opfer des Fluches werden.

Langsam senkte Emanuel die Hand, die sich um das Schriftstück ballte. Wütend warf er das zerknüllte Papier auf den Boden.

Wer mochte das geschrieben haben? Er dachte an den Anrufer von neulich. Hatte jemand vielleicht ein Gespräch zwischen seinen

Geschwistern und ihm aufgeschnappt und wollte ihm ein schlechtes Gewissen einreden? Die Zeilen des Verfassers ließen in ihm Angst um Sophie aufwallen. Sollte er die Warnung ernstnehmen? Er hob das Schreiben auf und warf es ins Kaminfeuer.

Doch den ganzen Nachmittag und Abend ließ ihn die Frage nicht los, was wäre, wenn Sophie tatsächlich seinetwegen in Gefahr schwebte?

Die antike Standuhr schlug Mitternacht, und Sophie war noch nicht zurückgekehrt. Er begab sich mit einer Tasse dampfenden Pfefferminztees zum Ledersessel, um zu lesen. Pfefferminztee anstatt eines vollmundigen Bordeaux. Was für eine Alternative! Emanuel schüttelte über sich selbst den Kopf. Es war Zeit, dass er mal wieder den nächsten Supermarkt besuchte. Gegen zehn vorhin hatte er sich schlafen gelegt, aber keine Ruhe gefunden und sich nur herumgewälzt. Nicht weil er sich nach Eva verzehrte, sondern weil ihm Sophie im Kopf herumspukte. Was war nur mit ihm los? Die Uhr schlug eins, als er das Buch zuklappte. Seit über einer Stunde versuchte er sich auf den Text zu konzentrieren, aber es wollte ihm nicht gelingen. Mal hörte er Sophie lachen, dann wieder ihre falschen Töne. Das nervte! Ein Wagen hielt auf dem Kies vor dem Haupteingang. Dann klappte eine Tür, und der Schlüssel der Eingangstür wurde herumgedreht. Emanuel stand auf und lief zuerst zum Fenster. Tildas Wagen parkte draußen. Es erleichterte ihn, dass Sophie von seiner Schwester nach Hause gebracht worden war. Als er Schritte in der Halle hörte, eilte er zur Tür. Etwas fiel leise klirrend auf den Fliesenboden. Wieder Schritte, die unvermittelt vor der Tür seines Apartments anhielten. Durch die geschlossene Tür konnte er Sophie atmen hören. Emanuel blieb regungslos stehen. Ein leises Kratzen unten an der Tür ließ ihn hinunterblicken. Sophie schob einen gefalteten Zettel unter der Tür durch, der durch seinen Schuh gestoppt wurde. Langsam zog er seinen Fuß zurück. »So«, hörte er sie leise sagen, dann entfernten sich ihre Schritte. Er bückte sich nach dem Papier, bevor er durch einen Türspalt hinaus in den Korridor blickte. Ihre Schuhe in der Hand haltend schlich Sophie leise summend auf

Zehenspitzen zum Gästetrakt. Über ihrer Schulter baumelte ein Schal. Sie wirkte so heiter und unbeschwert wie immer. Scheinbar hatte sie ihren Abend genossen, dachte er und kniff die Lippen zusammen. Und wie sie sich aufgedonnert hatte. Er musste zweimal hinschauen, um sich zu vergewissern, dass die Frau im knallroten Kleid wirklich Sophie war. Es stand ihr ausgesprochen gut und umschmeichelte ihre Rundungen, die sie sonst unter der viel zu weiten Gärtnerkleidung versteckte. Ihr Haar war zu einem Dutt nach oben geschlungen. Nur ein, zwei widerspenstige Strähnen hatten sich daraus gelöst und fielen ihr in den Nacken. Plötzlich drehte sie sich um, lief leise schimpfend zurück und bückte sich nach dem Zimmerschlüssel, den sie eben verloren hatte. Gerade rechtzeitig konnte er die Tür heranziehen. Dann eilte sie an ihm vorbei zum Gästetrakt.

Er atmete auf, weil sie seine Gegenwart nicht bemerkt hatte. Waren Tilda und sie zusammen ausgegangen? Hatte sie sich dafür so zurechtgemacht? Er kannte seine Schwester gut genug, um zu wissen, dass sie gern mit Männern flirtete. Die Vorstellung, dass Sophie sich für andere Männer so herausgeputzt haben könnte, behagte ihm gar nicht. Doch dann fiel ihm ein, dass heute Feiertag und das Essen auf Güldenstein stattgefunden hatte. Es war Tilda zuzutrauen, dass sie Sophie eingeladen hatte, sie ins Palais zu begleiten. Dieser Gedanke missfiel ihm. Diese Sophie schien sich überall einzuschmeicheln. Verärgert schloss er die Tür. Was interessierte ihn Sophie?

Er kehrte zum Sessel zurück und startete einen weiteren Versuch, das Buch zu lesen. Doch seine Konzentration war dahin und seine Ruhe ebenfalls. Nicht einmal das leise Knistern des Feuers im Kamin konnte ihn entspannen. Verdammt, er hätte jetzt gut einen Wodka vertragen können. Doch in seiner Bar herrschte gähnende Leere. Eine Weile starrte er in die Flammen. Früher hatte er gern mit Eva eng aneinander geschmiegt bei einem Glas Wein davorgesessen. Dann hatten sie sich über ihre Entwürfe unterhalten, sich gegenseitig inspiriert und gelacht, bis das Feuer auch sie erfasst hatte. Voller Innigkeit hatten sie sich geliebt und waren anschließend erschöpft aufs Polster gesunken. Die Sehnsucht brannte wie Säure in seinen Adern. Seufzend begab er sich zu Bett.

Ein markerschütternder Schrei riss Emanuel aus dem Schlaf. Es war noch dunkel. Fast glaubte er geträumt zu haben, bis ein weiterer Schrei, noch durchdringender als zuvor, ertönte. Sie kamen aus dem Gästetrakt. Emanuel schwang die Beine aus dem Bett. Nur mit Pyjamahose bekleidet, begab er sich auf den Weg zu den Gästezimmern.

Wieder ein Schrei und noch einer hallten durch den Korridor, bis er die Tür zu Sophies Zimmer erreichte. Auf sein Anklopfen erhielt er keine Antwort. Emanuel war hin und her gerissen zwischen der Entscheidung einfach einzutreten oder sich umzudrehen und in sein Apartment zurückzukehren. Doch als Sophie noch einmal schrie, stürmte er ins Gästezimmer. Seine Hand tastete nach dem Lichtschalter, und nur einen Atemzug später war das Zimmer hell erleuchtet. Sie saß aufrecht mit weit aufgerissenen Augen im Bett. Ihr Blick war leer. »Sophie!«, rief er. Keuchend saß sie da ohne ihm zu antworten. »Sophie«, sagte er sanfter und näherte sich dem Bett. »Sophie, alles ist gut. Du bist hier sicher.« Ein Aufbäumen ging durch ihren Körper, dann begann sie zu zittern und Tränen liefen ihre Wangen hinab. Sie trug ein Seidennachthemd mit Spaghettiträgern, von denen einer an ihrem Arm nach unten gerutscht war. Dunkel schimmerten ihre Brustwarzen unter dem weißen Seidenstoff, dass Emanuel bei dem Anblick die Luft wegblieb. Verwirrt schaute sie ihn an. Mit wenigen Schritten war er bei ihr. »Sophie.« Sie wirkte in diesem Moment so verloren. Allmählich schien sie sich von ihrem Albtraum zu lösen und fasste nach seiner Hand. Das folgende, seltsame Kribbeln in seinen Fingern, das sich über seinen Körper ausbreitete, ließ ihn bereuen, nur mit der Pyjamahose bekleidet an ihrem Bett zu stehen. Zum Glück ahnte Sophie nicht, wie begehrenswert sie ihm in diesem Augenblick erschien und wie ausgehungert er war, den anschmiegsamen Körper einer Frau an seinem zu spüren.

»Es … es war so schrecklich … ich war … in Panik«, flüsterte sie.

»Es war nur ein Traum, der jetzt vorbei ist«, beruhigte er sie. Sie zog an seinem Arm, dass er sich auf den Bettrand setzte, so weit wie es ging von ihr entfernt. Als das Kribbeln immer stärker wurde, entzog er ihr seine Hand. Plötzlich schloss sie die Augen und sank stöhnend gegen seine Brust. Emanuel spürte ihre samtweiche Haut unter seinen Fingerkuppen. Ihr Atem verließ in einem zitternden Fluss ihre Lippen und streifte seine Haut.

Schieb sie weg, verlangte eine Stimme in seinem Kopf. Aber er konnte es nicht. Sie war verängstigt, und er wollte sie beschützen. Sanft strich er ihr über den Rücken. »Alles wird gut. Es war nur ein böser Traum.« Nach einer Weile floss ihr Atem gleichmäßiger, und ihr Körper entspannte sich. Ihr Haar an seinem Kinn war weich und glänzend wie Seide, und es roch wunderbar. Und wie gut sich erst ihr Körper anfühlte. Die Tatsache, dass sie beide nur dieses dünne Stück Seidenstoff trennte, ließ sein Herz schneller schlagen. Es lag Monate zurück, dass er eine Frau so in den Armen gehalten hatte. Deutlich spürte er ihre weichen Rundungen, als er über ihren Rücken strich, was ihn erregte. Auf keinen Fall durfte er sich das anmerken lassen. Nach einem lang gezogenen Seufzer hob sie schließlich den Kopf und sah verwirrt zu ihm auf. »Habe ich wieder … geschrien? Tut mir leid, ich wollte dich nicht wecken«, sagte sie leise.

»Kein Problem, ich konnte sowieso nicht schlafen«, log er.

»War es wieder einer deiner Albträume, von denen du mir erzählt hast?« Eine widerspenstige Strähne klebte an ihrer feuchten Haut. Er gab dem unwiderstehlichen Drang nach, sie zu berühren und strich ihr das Haar aus der Stirn. Sie zuckte leicht zusammen, dann senkte sie den Blick.

»Ja, war es, ich erinnere mich …«, flüsterte sie und drückte sich enger an ihn. Als sie ihre Arme um seinen Leib schlang, rann das Blut heiß durch seine Adern. Er wollte sich von ihr lösen, wagte es aber nicht, weil er spürte, dass sie ihm von ihrer Angst berichten wollte. Stocksteif saß er da.

»Weißt du denn noch, was genau du geträumt hast?«, fragte er heiser. Sophie nickte.

»Ich … ich bin in hohem Gras gelaufen … da waren Trommeln … und dann kamen die Elefanten … und da bin ich gerannt und gerannt … ich hatte … schreckliche Angst!« Als sie den Kopf hob, rann eine Träne über ihre Wange. Sein Herz raste, und ihn überkam ein ungeahntes Verlangen, ihr Gesicht mit unzähligen Küssen zu bedecken. Als Sophies Lippen bebten und sie ihren Mund leicht öffnete, senkte er seinen Kopf und küsste sie. Erst schüchtern und dann, als sie sich der Liebkosung widerstandslos hingab, mit wachsender Begierde. Sein Verstand versank in der Süße des Kusses.

Eva … Hast du sie vergessen?, mahnte ihn sein Gewissen.

Die Erinnerung an seine verstorbene Verlobte ließ ihn zur Vernunft kommen. Was trieb er hier eigentlich? Wie konnte er sich nur dazu hinreißen lassen, Sophie an sich zu ziehen und zu küssen?

Momentane sexuelle Anziehungskraft, tröstete er sich.

Dennoch warf er sich vor, die innige, tiefe Liebe zu Eva verraten zu haben.

Sanft, aber bestimmt schob Emanuel Sophie von sich und erhob sich. Seine Lippen brannten noch von dem Kuss. Verwirrt und zugleich fragend sah Sophie zu ihm auf.

»Möchtest du vielleicht ein Glas Wasser?«, fragte er nach einem kurzen Räuspern. Sie nickte. Froh, der angespannten Atmosphäre entfliehen zu können, lief er in die Küche. Nachdem er sich einen Morgenmantel übergestreift hatte, kehrte er wenig später mit einem Glas Mineralwasser zurück. Sophie saß im Bett, die Beine angezogen und die Arme darum geschlungen. Ihr Kinn ruhte auf den Knien. Sie wirkte wie aus einer anderen Welt.

Er reichte ihr das Glas, das sie gleich an die Lippen setzte und gierig leerte.

»Danke«, sagte sie leise und wischte mit dem Handrücken die feuchten Lippen ab. Fragend musterte sie ihn, und er befürchtete schon, sie würde den Kuss von eben thematisieren. Aber sie tat es nicht.

Emanuel vermied es, sich erneut auf die Bettkante zu setzen und zog stattdessen einen Stuhl heran.

»Erzähl mir alles von deinem Traum«, forderte er sie auf.

»Es geschieht immer dasselbe. Ich höre einen Knall, und dann ruft mir jemand zu, dass ich rennen soll. Ich will nicht, aber dann mache ich es doch. Weil ich spüre, dass es um mein Leben geht. Also renne und renne und renne ich, bis mir die Puste ausgeht. Hinter mir höre ich Schreie. Todesschreie. Ich weiß nicht von wem. Dann bebt die Erde hinter mir von den Elefanten ...«

»Und dann? Was geschieht dann?«, hakte Emanuel behutsam nach.

»Ich kann nicht mehr aufhören zu rennen und schreie. Davon wache ich dann jedes Mal auf.«

Emanuel fühlte, dass Sophie sich noch immer nicht ganz von ihrem Traum gelöst hatte.

Sie erzählte ihm von ihrer Kindheit im Kinderdorf und dass sie oft wegen ihrer Albträume verspottet worden war. Emanuel hörte ihr aufmerksam zu.

»Ich ... diese Albträume ... das ist so seltsam ... und doch ...«, stammelte sie und stützte den Kopf in die Hand.

»Was meinst du denn?«, fragte er.

»Ich dachte immer, sie wären nur eine verschlüsselte Botschaft meines Unterbewusstseins. Ich habe viele Traumdeutungsbücher gelesen, aber nie wirklich eine Antwort gefunden. Weil es nichts zu deuten gibt.«

Emanuel zog die Brauen hoch. »Ehrlich gesagt weiß ich jetzt nicht, worauf du hinauswillst«, gestand er.

»Diese Albträume sind keine Botschaft aus den Tiefen meiner Seele, sondern vielmehr glaube ich, dass es Erinnerungen sind. Wenn es doch nur nicht so absurd wäre. Es ist, als wäre ich schon einmal dort gewesen. In Afrika. Aber es gibt nichts, was mich außer diesen Träumen daran erinnert.«

Auch er hielt diese Möglichkeit für wahrscheinlich.

»Es ist durchaus möglich, dass dir dieses Erlebnis im Gedächtnis geblieben ist. Gerade wenn es ein traumatisches gewesen ist, wie du eben gesagt hast. Bist du sicher, dass du dich an nichts weiter erinnerst? Irgendeine Kleinigkeit.«

Sophie runzelte die Stirn. Nach einer Weile schüttelte sie den Kopf. »Nein, das ist alles, woran ich mich erinnere«, entgegnete sie.

»Es wäre doch aber auch möglich, dass du dich tief in deinem Innern nicht erinnern willst, weil du etwas Schreckliches erlebt hast. So etwas ist nicht selten.«

Sophie nickte. »An diese Möglichkeit habe ich auch schon gedacht. Hin und wieder gibt es Dinge, bei denen ich glaube, ein Déjà-vu zu haben. Doch dann habe ich wieder das Gefühl, es entspringt nur meiner Fantasie.«

»Kannst du dich denn auch nicht an deine Eltern erinnern?«

»Nein, ich weiß nicht einmal wie sie aussahen, noch kann ich mich an irgendetwas erinnern, was ich mit ihnen erlebt habe. Vor ein paar Jahren habe ich nach ihnen geforscht. Die Suche war von vorneherein zum Scheitern verurteilt, denn mir fehlte ein Ansatzpunkt. Ich kenne ja nicht einmal meinen richtigen Namen. Sophie Becker, der Name wurde mir von der Leitung des Kinderdorfs gegeben.«

Wie schrecklich musste es für Sophie sein, nicht zu wissen, wer sie wirklich war.

»Verstehe …«, sagte Emanuel und wollte ihre Hand greifen. Doch dann zog er sie zurück.

»Gar nichts verstehst du«, brach es aus ihr heraus. »Du weißt nicht, wie es ist, nichts, nicht einmal seine eigene Identität zu kennen! Du bist ein von Güldenstein, hast eine Familie mit Geschichte und Tradition, die für dich da ist. Ich hingegen habe nichts und niemanden und gehöre nirgendwohin!«, brach es aus ihr heraus. Er sah ihr in die Augen und erkannte den Schmerz, der in ihr loderte. Am liebsten hätte er sie erneut in die Arme gezogen. Aber es durfte nicht sein. Nicht noch einmal wollte er riskieren, die Kontrolle über sich selbst zu verlieren.

»Du hast recht. Ich wollte dich nicht verletzen.« Sophie war ebenso verletzlich wie Eva.

»Schon gut. Es hat mir im Leben nichts wirklich gefehlt. Manchmal vielleicht, wenn ich traurig gewesen bin. Aber dann hatte ich gute Freunde, die für mich da gewesen sind. Später durch meine Ausbildung habe ich Frida kennengelernt. Sie war mir eine Freundin, Schwester und Mutter zugleich. Ich glaube sagen zu können, dass nicht viele Menschen solch ein Glück besitzen, wie es mir zuteil geworden ist. Selbst nach Fridas Tod bin ich dem Schicksal dankbar, dass ich sie kennenlernen und eine Weile im Leben begleiten durfte.«

Auch er hatte die Tragik des Lebens in allen Facetten zu spüren bekommen. Umso mehr bewunderte er Sophie, die trotz der Schicksalsschläge nie den Mut und die Hoffnung verloren hatte.

»Danke, dass du bei mir gewesen bist und mir zugehört hast«, sagte sie und streckte die Hand nach ihm aus. Emanuel, der sich vor dem fürchtete, was eine Berührung von ihr in ihm auslösen konnte, sprang vom Stuhl auf. Er bemerkte, wie sie für einen Moment erstarrte. Dann zeichnete sich eine steile Falte zwischen ihren gut geschwungenen Augenbrauen ab.

»Kein Problem. Das hätte ich für jeden getan«, log er. Sie sah ihn verletzt an.

»Trotzdem danke«, erwiderte sie leise und senkte den Blick. Er fühlte sich plötzlich mies.

»Ich geh dann mal wieder, damit du schlafen kannst.« Mit diesen Worten erhob er sich. »Der Kuss …«, sagte er.

»Vergiss ihn«, antwortete sie, »er hat keine Bedeutung.«

Ihre Antwort traf ihn mehr, als er zugeben wollte.

»Danke, dass du es auch so siehst.« Mit diesen Worten verließ er das Zimmer.

Auf dem Weg zu seinem Apartment war er fest entschlossen, mehr Abstand zu Sophie zu wahren. Das durfte sich nicht noch einmal wiederholen. Aber er hatte den Kuss genossen. War er denn von allen guten Geistern verlassen? Der Fluch hatte ihm bereits Eva genommen. Glück war ihm nicht vergönnt und auch eine neue Liebe würde er verlieren, das war sein verfluchtes Schicksal.

25.

Vogelgezwitscher, das durchs offene Fenster drang, weckte Sophie. Noch war die Sonne nicht aufgegangen, aber der orange Streifen am Horizont kündigte sie an. Normalerweise hielt Sophie zu dieser frühen Stunde nichts mehr im Bett, doch heute fühlte sie sich wie gerädert. Noch immer spürte sie auf ihrem Mund den Abdruck seiner Lippen. Sein Kuss hatte in ihr ein Verlangen ausgelöst und sie hatte ihn mit voller Hingabe erwidert.

Sie kannte sich selbst nicht mehr wieder. Hatte sie denn durch David nichts dazugelernt? Es war sonnenklar: Emanuel von Güldenstein, einer der begehrtesten Junggesellen Deutschlands, würde ihr das Herz brechen. »Kein Problem. Das hätte ich für jeden getan«, hatte er zu ihr gesagt. Seine Worte hatten sich wie Giftstachel in ihr Herz gebohrt. Es zeigte ihr, dass der Kuss ihm nur wenig bedeutete. *Du bist verletzt, weil du dich in ihn verliebt hast!* Ja, das hatte sie. Ausgerechnet in ihn, einen Adligen! Konnte es nicht einer aus ihrem weitläufigen Bekanntenkreis sein oder irgendein Fremder, jemand Normales?

Sophie zog die Bettdecke über den Kopf. Die Tatsache, dass sie etwas für ihren Auftraggeber empfand, verkomplizierte alles. Sie könnte die Arbeit hier aufgeben, um ihn nicht mehr sehen zu müssen. Doch erstens beendete sie immer ihre Aufträge und zweitens war sie auf das Geld angewiesen. Auf keinen Fall durfte er erfahren, was sie für ihn empfand. Womöglich hielt er ihren Albtraum für eine Masche, sich ihm zu nähern. Sein zweifelnder Blick war ihr nicht entgangen. Aber er hätte ja auch nicht zu ihr kommen müssen, um sie dann im hauchdünnen Negligé anzutreffen. Sein Mustern war deutlich gewesen. Das Feuer in seinem Blick ließ auch jetzt noch ihr Herz höherschlagen. Dann die kalte Dusche durch seinen plötzlichen Rückzug, weil er den Kuss bereute. Insgeheim hatte er sie sicher mit Eva verglichen, der keine Frau das Wasser reichen könnte.

Was hätte Frida in ihrem Fall gesagt? »Es gibt immer wieder ein Wunder. Du musst nur daran glauben.« Sophie hatte ihr Reservoir an Wundern längst ausgeschöpft, denn dass sie in Sophiengarten arbeiten durfte, war das größte unter ihnen.

Nach dem Morgenkaffee begab sich Sophie in den Garten, wo sie von Iris bereits erwartet wurde.

Aus einer SMS von Tilda wusste sie, dass Emanuel der Wiedereröffnung zugestimmt hatte. Bis dahin gab es viel zu tun.

Als sie die Terrasse überquerte, sah sie durch die Scheibe Emanuel von Güldenstein, der mit schmerzerfülltem Blick über einen Silberrahmen gebeugt am Kaminsims lehnte. Sie konnte nicht anders, als innezuhalten und ihn zu beobachten. Völlig in das Foto versunken, das er in seinen Händen hielt, nahm er sie nicht wahr. Sophie ahnte, wen er da betrachtete, und fühlte mit ihm. Nach einer Weile stellte er das Foto im Silberrahmen wieder auf das Sims zurück und verließ den Raum. Ihre Vermutung wurde zur Gewissheit, denn es war Eva Allenheim, die sie vom Foto anlächelte. Wenn sie an Emanuels Miene dachte, wurde ihr klar, wie sehr er noch immer an seiner Verlobten hing. Vielleicht hatte er sich sogar vorgestellt, Eva zu küssen und nicht sie. Warum fühlte sich das nur so furchtbar an?

»Sophie? Wo bleibst du denn?«, hörte sie Iris voller Ungeduld rufen. Sie wandte sich um und begab sich seufzend zu ihrer Kollegin. Ein Mann wie er war für sie unerreichbar. Der Vorfall der gestrigen Nacht durfte sich auf keinen Fall wiederholen, wenn sie nicht wollte, dass ihre Gefühle für ihn sich vertieften.

In der Mittagssonne, als die Schmetterlinge Nelkenwurz und Elfenblumen umschwirrten, hatte Sophie die Episode der gestrigen Nacht fast vergessen. Sie war froh, dass Emanuel von Güldenstein sich den ganzen Vormittag über hatte nicht blicken lassen.

Auch am Nachmittag betrat er nicht den Garten. Manchmal

wähnte sie sich von ihm heimlich beobachtet. Sicher entsprach es nur ihrer Einbildung. Sie hatte das Gefühl, dass er ihr bewusst aus dem Weg ging. Wenigstens kamen Iris und sie mit der Gartensanierung voran. Für die Grotte hatte sie sich etwas Besonderes ausgedacht. Nachdem sie sich mit Christian von Güldenstein über die Renovierung der Grotte abgestimmt hatte, war ein ganzer Schwung Handwerker von ihr angeheuert worden, die die Grotte nach ihren Wünschen gestalteten. Ein wenig Aufregung war bei Sophie dabei, denn sie wusste nicht, wie Emanuel darauf reagieren könnte. Aber sie wollte ihm ein eigenes Refugium gestalten, das gleichzeitig Gedenkstätte und Entspannungsort war.

Auch in der Woche darauf und in der nächsten bekam sie Emanuel nicht zu Gesicht, obwohl das sonnige Frühlingswetter geradezu einlud, die Stunden im Freien zu genießen. So konnte sie ungestört bei den Kaskaden und der Grotte arbeiten. Emanuel vergrub sich im Schloss wie ein Tier im Bau, das sich seine Wunden leckte.

Das warme Wetter und ihr schnelles Vorankommen im Garten hoben Sophies Stimmung. Sie freute sich auf die Überraschung für Emanuel und hoffte, dass er sich mit ihren Ideen anfreunden konnte.

»Nur noch den Steingartenbereich, und dann widmen wir uns dem Teich und den Wasserkaskaden«, erklärte sie Iris, die gerade auf einer Steinbank ihre wohlverdiente Pause verbrachte.

Iris nickte, bevor sie die Flasche Mineralwasser ansetzte und trank. »Das Gebäude da drüben«, sie deutete auf den lang gezogenen Bau in Richtung des Teiches, »ist das die alte Porzellan-Manufaktur?« Sophies Blick folgte Iris' Finger.

»Schon möglich. Weißt du mehr darüber? Über die Geschichte und so?«

»Nur das, was man in den Medien liest. Aber meine Patentante hat alle Zeitungsartikel über Sophiengarten gesammelt und besitzt eine Abschrift der historischen Chronik. Ihr Mann wollte einmal ein Buch über das Schloss und seine Bewohner schreiben. Ist aber nicht mehr dazu gekommen. Herzanfall vor drei Jahren. Wenn du möchtest, kann ich Tante Lilly fragen, ob sie dir das Material ausleiht.« Iris wischte sich mit dem Ärmel den Schweiß von der Stirn.

»Das wäre toll. Wenn wir hier fertig sind. Ich würde gern mehr über das alles hier erfahren.« Sophie brannte darauf, die Geschichte des Schlosses und seiner Bewohner näher kennenzulernen. *Gib doch dazu, dass du dich vor allem für einen der Güldensteins interessierst.* Vielleicht fand sie auch etwas über den Fluch heraus.

»Die von Güldensteins haben schon immer geglaubt und so getan, als wären sie was Besonderes. Sophiengarten war immer der Stern ihrer Schlösser. Und als Emanuel es übernommen hat, sah es so aus, als würde er es zu neuem Glanz führen. Eva Allenheim war der strahlende Mittelpunkt. Alle haben sie gemocht. Sie war schön, klug und äußerst begabt. Jeder weiß, dass Emanuel von Güldenstein nicht über den Tod seiner Verlobten hinweggekommen ist. Noch immer fördert er den Kunstpreis, den sie einst ins Leben gerufen hat. Auf der letzten Laudatio soll er sie und ihre Werke in den höchsten Tönen gelobt haben. Er hat sie sogar in diesem Garten beerdigt.«

Sophie sah erstaunt auf, obwohl es nicht selten war, dass adlige Familien ihre Mitglieder auf dem eigenen Anwesen in einer Gruft beisetzen ließen. Nur hatte sie hier keine gesehen. Und auf den Plänen war auch nichts verzeichnet. Konnte es auch nicht, da sie zu Lebzeiten Evas entstanden waren.

»Hier befindet sich ihr Grab? Wo denn?«, fragte sie und versuchte gleichmütig zu klingen.

»Da hinten, unter den Flügeln des Engels soll ihre Asche ruhen.«

Sophie schauderte es. Sie war dort schon mehrmals über den Rasen gegangen und schluckte.

»Warum interessiert dich das alles? Doch nicht etwa wegen des gutaussehenden Schlossherrn? Den schlag dir gleich aus dem Kopf. Der wird ewig seiner Eva hinterhertrauern.«

Da hatte Sophie wohl Iris' Scharfsinn ein wenig unterschätzt. Oder war es ihr so deutlich anzumerken, dass Emanuel ihr gefiel?

»Quatsch. Mit diesen Adeligen habe ich nichts am Hut. Die sind anders. Erinnerst du dich noch an den Snob von Herzog, bei dem wir die Rhododendren umgepflanzt haben?«

Sophie hoffte, Iris damit den Wind aus den Segeln genommen zu haben, dass sie nicht weiterbohrte.

Doch im Verlauf des Tages musste sie immer wieder über die Worte der Kollegin nachgrübeln. Sie kam zu dem Schluss, dass Iris vermutlich recht hatte. Emanuel von Güldenstein trauerte seiner Verlobten nach. Es würde für eine andere Frau schwer sein, mit einem Geist zu konkurrieren.

Gegen Feierabend sah sie ihn am Kamin stehen. Als sich ihre Blicke begegneten, wandte er sich ab.

Es dämmerte bereits, als Iris sich von ihr in den Feierabend verabschiedete. Sophie räumte die letzten Gartengeräte zusammen und wusch sich am Steinbrunnen die Hände. Immer wieder sah sie zum Teich hinüber, neben dem majestätisch die Engelsstatue auf dem Podest stand. Sie warf einen Blick über die Schulter zurück, ob Emanuel sie vielleicht beobachtete, bevor sie sich auf den Weg zu der Statue begab. Sie hatte das Gefühl, etwas Verbotenes zu tun, als sie sich dem Rasen näherte. Ihr Herz klopfte mit einem Mal schneller. Es herrschte eine unglaubliche Stille. Kein Vogel zwitscherte mehr, kein Blatt bewegte sich im Wind. Ihre Schritte wurden vom Gras gedämpft. Einzig ihr Atem unterbrach die Stille und schwebte in weißen Wolken vor ihrem Mund. Sophie vergrub ihre Hände tief in den Jackentaschen, denn es war empfindlich kühl geworden.

Als sie den Rasen unterhalb der Statue betrat, war es ihr, als würde die Welt den Atem anhalten. Die Stille war bedrückend. Am Fuße des Sockels lag eine frische gelbe Lilie. Darüber prangte ein Metallschild, in dem der Name Eva eingraviert war. Sicher hatte Emanuel die Blume dort niedergelegt. Neben der Statue stand eine Teakbank. Sie konnte sich gut vorstellen, dass er dort oft saß und an seine Liebe erinnert wurde. Der Gedanke berührte Sophie tief und gleichzeitig stimmte er sie traurig. Sie sah zu dem Gesicht der Engelsstatue auf und glaubte darin die Züge Evas zu erkennen. Emanuel hatte seine Verlobte einem Engel gleichgesetzt und auf ein Podest erhoben. Unerreichbar für jeden. Tränen stiegen ihr in die Augen.

Schnelle Schritte ließen sie erschrocken herumwirbeln.

»Emanuel?«, rief sie ohne eine Antwort zu erhalten. Die Fenster im Schloss waren dunkel. Ihre Stimme zitterte vor Schreck. Zweige knackten, dann wieder Schritte. Ihr Bauchgefühl sagte, dass es nicht ihr Auftraggeber war. Doch wer trieb sich hier herum? Sophie drehte sich um und wollte den schmalen Gartenweg zurücklaufen, als sie plötzlich zu Füßen der Engelsstatue etwas liegen sah, nur zwei Schritte neben der Lilie. Es schimmerte hell in der Dämmerung. Von der Neugier getrieben, ging sie langsam darauf zu. Als sie sich danach bückte und erkannte, was dort lag, entfuhr ihr ein Schrei.

26.

Auf der Suche nach den Plänen der Wasserkaskaden waren Emanuel wieder die Aufzeichnungen seines Großvaters in die Hände gefallen, die durch Evas Tod in Vergessenheit geraten waren. Beim Umbau des Schlosses hatten die Handwerker eingemauert ein ledergebundenes Buch mit handschriftlichen Notizen gefunden. Eine Art Tagebuch, das verschiedene Ereignisse von Carl II. und seiner Frau Sophie-Charlotte dokumentierte. Dieses Buch erinnerte ihn daran, wie eng das Leben seiner Vorfahren mit dem seinen verknüpft war und der Fluch ihrer aller Leben bestimmt hatte.

Jeder Eintrag war mit Überschrift und Datum versehen sowie einer präzisen Beschreibung des Standortes. Emanuel schlug die erste Aufzeichnung auf und las.

> *Sophiengarten, 3. Dezember 1948*
> *Sophie-Charlotte, meine geliebte Frau, verlässt nicht mehr das Haus. Sie brennt nur noch für die neuen Porzellandekors. Und wenn sie einmal nicht in der Manufaktur zugegen ist, vertreibt sie sich die Zeit im Garten. Sie ist seit ihrem Besuch in Versailles wild entschlossen, Wasserkaskaden und eine Grotte zu errichten.*

Hinter der Eintragung befanden sich zwei zusammengefaltete Blätter, auf denen jemand die Kaskaden simpel skizziert hatte. In manchen Punkten jedoch anders, als sie letztlich gebaut worden waren. Auf der obersten Terrasse war ein Kreuz eingezeichnet, dessen Bedeutung sich Emanuel zunächst nicht erschloss. Doch dann erkannte er, dass es in der Mitte platziert war, und nahm an, dass die gestrichelte Linie dazu gedient hatte, die Ornamente zu spiegeln. Emanuel blätterte weiter. Dann folgte ein Eintrag, der all seinen Kummer erneut heraufbeschwor.

Sophiengarten, 15. April 1949
Der Garten ist fertiggestellt. Aber Sophie-Charlotte wird die Eröffnung nicht mehr miterleben. Eine Geschwulst in ihrem Leib bereitet ihr üble Schmerzen. Sie ist mager und nur noch ein Schatten ihrer selbst. Unser Carlchen betet jeden Abend für seine Mama. Seine Geschwister weinen sich in den Schlaf. Mögen seine Gebete erhört werden.

Sophiengarten, 21. Mai 1949
Sophie-Charlotte fantasiert in ihren Zuständen von wilden Tieren. Sie sieht Elefanten durch den Garten trampeln. Sie ist bleich und dürr. Es geht ihr immer schlechter. Ich bin verzweifelt, muss den Priester rufen. Mein Ein und Alles wird mich verlassen. Wie erkläre ich das nur unserem Sohn Carlchen?

Sophiengarten, 29. Mai 1949
Meine geliebte Frau ist an einem regnerischen Tag von uns gegangen. Ich kann das Wehklagen der Kinder nicht mehr ertragen und bin zum Steinhuder Meer gefahren. Carlchen behauptet, die Elefanten wären daran schuld. Ich glaube nicht an diesen Fluch.

Emanuel dachte kurz an seinen Vater und Sophie, die die gleichen Visionen quälten, bevor er weiterblätterte.

Sophiengarten, 10. Juni 1950
Ein Jahr ist es her, seitdem Charlotte-Sophie uns verlassen hat. Ein schlimmes Jahr. Carlchen besucht jetzt ein Internat am Bodensee. Auf dem Friedhof habe ich Emilie kennen- und liebengelernt. Wir teilen dieselben Interessen für Musik und Malerei. Meine Schwester warnt mich davor, Emilie zu meiner Frau zu nehmen. Sie glaubt, dass der Fluch wieder zuschlagen wird. Aber die Einsamkeit ist furchtbar, und ich sehne mich nach einer Frau an meiner Seite.

Sophiengarten, 14. November 1950
Emilie lebt mit mir im Palais, seitdem sie mir das Heiratsversprechen gegeben hat. Carlchen besucht uns in den Ferien. Luise und Leni gehen in ein Mädchenpensionat. Emilie kümmert sich rührig auch um Sophiengarten. Besonders den Garten hat sie ins Herz geschlossen.

Sophiengarten, 24. Dezember 1950
Sie hatten alle recht. Der Fluch hat erneut zugeschlagen und mir meine Emilie genommen. Sie hat sich das Leben genommen. Der Arzt meinte, Schwermütigkeit wäre dafür verantwortlich. Welchen Sinn besitzt jetzt noch mein Leben? Es ist unser traurigstes Weihnachten seit Langem.

Emanuel ließ das Buch sinken. Er wusste, dass sein Großvater weder geheiratet noch eine Beziehung begonnen hatte, aus Furcht, der grausame Schicksalsschlag könne sich wiederholen.

Schon einmal war etwas Ähnliches geschehen. Auch seine Großtante Grete hatte sich wie Emilie vom höchsten Turm des Palais gestürzt, nachdem sie Visionen gesehen hatte. Waren es die gleichen, die auch seinen Vater heimgesucht hatten? Und die unerklärlicherweise auch Sophie im Schlaf verfolgten?

Noch mehrere Male las Emanuel die Zeilen seines Großvaters, und immer mehr wurde ihm bewusst, dass sie ein ähnliches Schicksal teilten. Es konnte doch kein Zufall sein, dass es so viele Parallelen gab.

Wie auch sein Großvater hatte Emanuel nicht an den Fluch geglaubt, bis Eva gestorben war.

27.

Beim Anblick der blutigen, weißen Federn zu ihren Füßen erschrak Sophie zutiefst. Ihre Hände zitterten. Bilder durchströmten ihren Kopf. Sie wusste, dass sie so etwas schon irgendwann einmal gesehen hatte. Aber wo? Verfluchtes Gedächtnis! Immer wenn sie es brauchte, streikte es. Vielleicht sträubte sie sich wirklich gegen die Erinnerungen. Nur eines war ihr bewusst: der blutige Federbalg war eine Warnung.

Furcht schnürte ihr die Kehle zu. Wem galt sie? Emanuel? Oder sogar ihr selbst? Sophie zuckte zusammen, als es im Gebüsch hinter ihr knackte. Sie wirbelte herum und leuchtete ins Gesträuch. Dumpfe, schwere Schritte entfernten sich schnell. Es musste derjenige sein, der den Federbalg hier abgelegt hatte. Scheinbar hatte er sie die ganze Zeit beobachtet. Entschlossen nahm sie die Verfolgung auf. Der Boden zwischen den Laubbäumen war uneben und von Wurzeln durchzogen, sodass sie aufpassen musste, wohin sie trat. Auch der Akku ihres Handys schwächelte. Bald hätte sie kein Licht mehr. Nach einer Weile erkannte sie vor sich die Umrisse eines Mannes, der zum Teich rannte. Sophie überlegte, ihm den Weg abzuschneiden, und schlug sich durch die Lücke einer Berberitzenhecke. Die Dornen verhakten sich in ihrer Jacke und zwangen sie kurz zum Anhalten. Wütend stieß sie einen Fluch aus. Nachdem sie sich befreit hatte, setzte sie ihm wieder in Richtung Teich nach. Doch sie hörte keine Schritte mehr. Keuchend hielt sie inne und leuchtete mit der schon schwachen Handytaschenlampe um sich. Kein Zweig regte sich, und es war totenstill. Der Kerl war ihr entwischt. Doch dann erkannte sie eine Gestalt auf der anderen Seite des Teiches. Der gedrungene Körper, die breiten

Schultern … Die Umrisse kamen ihr vertraut vor. Nein, das war unmöglich.

Sie rannte geduckt im Schatten der mannshohen, vertrockneten Gräser entlang zu der Stelle, wo er eben noch gestanden hatte. Doch als sie ankam, war er längst fort. Sie schnappte nach Luft und wischte den Schweiß von der Stirn. Was wollte er von den Güldensteins? Ihr Bauchgefühl sagte, dass die Warnung ihr galt. Aber warum – und vor allem wovor? Vor den Güldensteins?

Ihre Gedanken schweiften zum Albtraum zurück. Fast glaubte sie das Beben des Bodens unter ihren Füßen zu spüren. Einen flüchtigen Moment lang öffnete sich ein Fenster in die Vergangenheit, damals, als sie noch ein Kind gewesen war. Auch da hatte sie vor einer Tür ein blutiges Federbalg gefunden und war schreiend davongerannt. Was war damals geschehen? Waren es die Todesschreie ihrer Familie? Hatte einer von ihnen überlebt? Sie musste es herausfinden sonst würde sie nie Ruhe finden.

Nachdenklich kehrte sie zum Schloss zurück.

Als sie sich dem Gebäude näherte, erkannte sie, dass in Emanuels Wohnbereich Licht brannte. Wenig später klopfte sie an seine Tür. Ihr Herz hämmerte bis zum Hals, als sie draußen wartete. Hoffentlich tat sie das Richtige. Nüchtern gesehen war er ihr Auftraggeber, der wissen musste, was auf seinem Anwesen geschah, und als seine Angestellte fühlte sie sich verpflichtet, ihn von dem Einbrecher zu unterrichten.

Es dauerte eine Weile, bis er die Tür öffnete. Er roch frisch geduscht, und sein Haar glänzte feucht. Barfuß stand er vor ihr in Jeans und T-Shirt, beides eine Nummer zu groß. Doch das war Sophie gleichgültig. Sie kämpfte gegen das aufsteigende Verlangen an, das er in ihr hervorrief und setzte eine gleichmütige Miene auf.

»Ja?«, fragte er.

»Da war ein Einbrecher im Garten.«

Plötzlich wurde sein Blick aufmerksamer. »Wann? Eben?«

Sophie nickte. »Ich wollte kurz für morgen die Arbeit am Teich checken. Dabei habe ich jemanden im Garten bemerkt«, presste sie hervor und wich Emanuels durchdringendem Blick aus. Er besaß eine fatale Wirkung auf sie, die ihr Herz wie ein Vögelchen flattern ließ.

»Ich habe einen blutigen Federbalg am Fuße der Engelsstatue gefunden. Ich nehme an, er war es. Ich bin ihm nachgerannt, aber dann habe ich mich im Gestrüpp verfangen, und er ist mir entwischt. Mehr weiß ich nicht. War denn die Alarmanlage nicht eingeschaltet?«

Emanuels Brauen schossen nach oben.

Ohne zu antworten, wandte er sich um und lief den Flur entlang bis zu dem grauen Kasten an der Wand. Sophie folgte ihm.

Als er ihn öffnete und ein rotes Licht blinkte, fluchte er.

»Fuck! Ich habe vergessen, die Alarmanlage einzuschalten.« Er schnaubte wütend.

»Du solltest lieber die Polizei anrufen«, schlug sie ihm vor.

»Später. Ich seh mich erst mal im Garten um«, sagte er und griff nach der Jacke, die an der Garderobe hing.

»Ich komme mit«, schlug sie vor. Doch er hielt sie am Arm zurück.

»Nein! Ich geh besser allein. Das war schon gefährlich genug, dass du ihm gefolgt bist. Hast du nicht einmal darüber nachgedacht, dass er vielleicht eine Waffe besitzen könnte? Du hättest mich vorhin rufen sollen.«

»Wie denn? Auf die Entfernung? Und deine Handynummer hab ich auch nicht. Ich glaube nicht, dass er etwas stehlen oder mir was antun wollte. Diese blutigen Federn … ich weiß, was das bedeutet: Das ist eine Warnung.«

»Woher willst du das wissen?«

Sophie zuckte mit den Achseln. »Ich kann es dir nicht sagen. Ich weiß es eben. Vertrau mir.«

Sie las die Zweifel in seinem Blick. Seine Miene wurde nachdenklicher.

»Neulich hat jemand bei mir angerufen und sich nach dir erkundigt.«

Seine Worte ließen Sophie erstarren. »Günter Heuermann vielleicht?«

Emanuel schüttelte den Kopf. »Nein. Ein anonymer Anrufer.«

»Ich … ich verstehe nicht … Was wollte er denn?« Ihr war auf einmal seltsam zumute. Sie kannte doch hier niemanden und schluckte, weil ihr das seltsam vorkam.

»Keine Ahnung. Ich habe ihm natürlich keine Auskunft gegeben, und da hat er einfach aufgelegt. Gibt es etwas, das du mir vielleicht sagen solltest?«, fragte er.

»Nicht, dass ich wüsste. Falls du meinst, ich hätte Kontakte zu Kriminellen, muss ich dich enttäuschen.«

»Dann bin ich ja beruhigt«, antwortete er grinsend. »Ich seh mich dahinten mal um. Vielleicht war es auch nur irgendein Jugendlicher.«

Sophie bezweifelte seine Vermutung.

Emanuel holte eine Taschenlampe.

»Bitte, lass mich doch mitkommen«, bettelte sie.

»Du bleibst im Haus. Das ist sicherer.« Emanuel schlüpfte in seine Schuhe.

»Ich glaube nicht, dass er noch im Garten ist …«

Ehe sie antworten konnte, war er bereits zur Tür hinaus.

Sophie ging in ihre Räume und lief unruhig auf und ab. Wenn der blutige Federbalg ihr bestimmt gewesen war, könnte der Fremde zurückkehren. Gleichzeitig sorgte sie sich um Emanuel, der draußen allein war.

Als sie es nicht mehr aushielt, schnappte sie sich ihre Taschenlampe aus dem Koffer und verließ ihr Zimmer. Vor der Haustür kam ihr Emanuel bereits entgegen.

»Den Federbalg habe ich gefunden. Es gibt keine Einbruchsspuren, weder an der Manufaktur noch am Gartenhaus. Ich halte die blutigen Federn für einen dummen Streich der Jugendlichen, die sich manchmal hier draußen herumtreiben.« Er musterte sie. »Du wolltest mir nach? Ich hatte dir doch gesagt, dass du auf mich warten sollst!«

»Ich … ich habe mir Sorgen um dich gemacht.«

»Machst du eigentlich immer nur das, was dir in den Kopf kommt, und missachtest einen Rat?«

Trotzig hob sie ihr Kinn und hielt seinem Blick stand. »Das war kein Ratschlag, sondern eher ein Befehl«, konterte sie.

»Immerhin bin ich dein Auftraggeber, und du meine Angestellte. Schon vergessen?«

»Nein, habe ich nicht. Darf ich dich daran erinnern, dass ich Feierabend habe? In mein Privatleben redet mir keiner rein. Auch nicht mein Auftraggeber.« Sophie wappnete sich gegen eine weitere Erwiderung. Stattdessen bemerkte sie ein amüsiertes Aufglimmen in seinen Augen. Er stand jetzt vor ihr, so dicht, dass sein Atem ihr Gesicht streifte. Sie starrte auf seine sinnlichen Lippen, die sie an den Kuss erinnerten.

»Frauen, die immer das letzte Wort haben wollen, kann ich nicht ausstehen. Gut, dass es ein wirksames Mittel dagegen gibt.« In seiner Stimme lag ein gefährliches Versprechen. Plötzlich spürte sie ein Flirren in der Luft, eine magische Energie, die sich zwischen ihnen aufbaute und alle Moleküle in Bewegung setzte. Wenn er sie jetzt küsste, würde sie dahinschmelzen. Befangen in seiner Gegenwart verfolgte sie, wie sein Mund sich ihrem Millimeter um Millimeter näherte. Gleich würde sie erneut seine Lippen auf ihren verspüren. *Lauf weg! Sonst wirst du ihm ausgeliefert sein.* Auch wenn ihr Verstand sie warnte, ihre Beine versagten den Dienst. Emanuel hatte sie gefangen durch ein unsichtbares Band wie eine Spinne ihr Opfer.

28.

Es war rührend, wie besorgt sie sich um ihn zeigte. Sophies Augen waren heute so blau und klar wie ein Bergsee und übten eine unbeschreibliche Anziehungskraft auf ihn aus, wie alles andere an ihr. Ihre Wangen waren von einer leichten Röte überzogen und ihr Mund einladend geöffnet. Er dachte an den Kuss in der Nacht, der so süß gewesen war, dass er ihn nicht hatte beenden wollen.

Das Verlangen auf eine Wiederholung in ihm war so übermächtig, dass er sich zu ihr hinunterbeugte. Er legte ihr einen Finger unters Kinn und hob es an. Als sich seine Lippen sanft auf ihre legten, spürte er, wie ein Zittern ihren Körper durchlief. Der Rhythmus seines Herzschlages wurde mit jedem Atemzug härter. *Du wolltest auf Abstand gehen*, mahnte ihn sein Gewissen. Doch er konnte der Versuchung einfach nicht widerstehen. Pures Verlangen pulsierte in seinen Adern, brachte das Blut darin zum Kochen. Sophie wirkte wie ein Kristall, strahlend und gleichzeitig zerbrechlich.

Seine Zunge schob sich in ihre Mundhöhle, während seine Hände sich um ihre Taille legten. Sie schlang ihre Arme um seinen Nacken und drängte sich an ihn. Wie von selbst begaben sich seine Hände auf Entdeckungsreise unter ihre Jacke, schoben sich unter ihren Pullover, bis sie ihre nackte Haut ertasteten. Er konnte nicht genug bekommen von ihr. Alles, was er wollte, war, sie nackt zu spüren. Jede weiche Rundung und jeden Zentimeter ihres begehrenswerten Körpers erkunden. In diesem Moment schien es, als würden alle Sehnsüchte, die sich über Wochen und Monate in ihm aufgestaut hatten, explodieren.

Sophie erwiderte seinen Kuss mit einer Innigkeit, die ihn überraschte, und noch mehr, mit welcher Heftigkeit er darauf reagierte. Eine Weile gab er sich diesem Gefühl hin und blendete alles um sich herum aus. Er wusste nicht mehr, ob es die Geste von ihr gewesen war, ihm zärtlich durchs Haar zu streichen, wie Eva es immer getan hatte, oder wie sie geseufzt hatte, dass er plötzlich Evas Gesicht vor sich sah. Vorwurfsvoll, anklagend, dass er eine andere küsste.

Nur zu gut konnte er sich an eine Eifersuchtsszene am Anfang seiner Beziehung mit der Verstorbenen erinnern, als er auf einer Feier eine andere Frau als Erste zum Tanz aufgefordert hatte. Die ungerechten Vorwürfe hatten ihn so erzürnt, dass sie sich zerstritten hatten. Umso bittersüßer war die Versöhnung nachher gewesen. Seine Verlobte war eine leidenschaftliche Frau gewesen, eine Künstlerin durch und durch, die kompromisslos und besitzergreifend ihre Kunst betrieb und sich ebenso in der Liebe verhielt. Es hatte ihn nicht gestört, weil er ihre Gefühle erwiderte. Immer klarer wurde ihr Bild vor seinen Augen. Sie störte ihn in diesem Moment.

»Eva …«, murmelte er an Sophies Lippen. Ehe er sich seines Handelns bewusst war, drückten ihn Sophies Hände weg. Benommen trat er einen Schritt zurück.

In ihrem Blick lag eine Mischung aus Wut und Enttäuschung.

Was hatte er getan? Er hatte Evas Namen nicht nur gedacht, sondern ausgesprochen. Was war er doch für ein Idiot!

»Ich … Sophie … äh … ich«, stammelte er und schluckte, weil er krampfhaft nach den richtigen Worten suchte.

»Spar dir deine Erklärungen, Emanuel. Ich spüre, dass der Kuss eben Eva galt. Aber wenn ein Mann mich küsst, dann möchte ich, dass er *mich* meint. Verstehst du?«

In ihren Worten schwang Enttäuschung mit.

»Du hast recht. Es tut mir leid. Lass mich dir bitte …«

Sophie hob abwehrend die Hände. »Nein, ich möchte nicht weiter darüber reden«, sagte sie mit fester Stimme. »Solange ich hier für dich arbeite, ist es sicher besser, wenn wir uns aus dem

Weg gehen.« Ihre Worte bewirkten das Gleiche wie ein Eimer Eiswasser, den man ihm über den Kopf kippte.

»Das sehe ich genauso«, pflichtete er ihr bei. »Das zwischen uns hat keine Zukunft.« Weshalb fühlte sich das nur so anders an?

In ihren Augen schimmerte es feucht, als sie nickte und sich umdrehte. Er sah ihr nach, als sie ging, und hielt sie nicht auf. Zurück blieb ein dumpfes Gefühl in seinem Innern.

Eva. Sophie. Die eine liebte er noch immer und die andere … Was war das überhaupt zwischen ihm und Sophie? Sexuelle Anziehung oder mehr? Ihre offene und frische Art zog ihn magisch an. Die einsamen Nächte, in denen er vor Sehnsucht fast umkam, hatten ihn dazu gebracht, im Moment der Schwäche nachzugeben. Er war eben kein Mönch, auch wenn seine Körperlichkeit unter der Trauer und Verzweiflung begraben worden war. Die Nähe einer Frau spülte seine geheimen Sehnsüchte an die Oberfläche. Das alles wäre nie geschehen, wenn Sophie hier nicht aufgetaucht wäre. Noch einmal durfte sich das nicht wiederholen.

Die Hände in den Taschen vergraben, schlurfte er zum Fenster und starrte in die Dunkelheit hinaus.

»Was ist nur mit mir los?«, sprach er laut und schaute auf das Gesicht Evas, das er in der Fensterscheibe zu sehen glaubte.

Doch die Konturen verblassten, und als er die Augen schloss, war es Sophie, die ihn anlächelte. Er schlug die Hände vors Gesicht. Es durfte nicht sein, dass er wieder für eine Frau etwas zu empfinden begann. Ihr Schicksal wäre besiegelt.

29.

Tränen rannen Sophies Wangen hinab, als sie ins Gästezimmer eilte. Sie riss die Tür auf, rannte zum Bett und warf sich bäuchlings darauf. »Das zwischen uns hat keine Zukunft«, hallten Emanuels Worte in ihr nach. Wie hatte sie sich nur einbilden können, die Leidenschaft in diesem Kuss könnte ihr gelten? Sie hatte doch gewusst und auch gespürt, wie sehr Emanuel von Güldenstein Eva geliebt hatte. So sehr geliebt, dass sie in seiner Nähe die ewige Ruhe gefunden hatte. Weil er sich über den Tod hinaus noch immer mit ihr verbunden fühlte. Sophie heulte solange in die Kissen, bis sie sich leer fühlte und die Tränen versiegt waren. Seufzend drehte sie sich auf den Rücken und schloss die Augen. Scheißkerl! Er war nicht besser als David.

»Warum muss ich mich ausgerechnet wieder in den Falschen verlieben? Er ist schwierig, und sein Herz gehört noch immer einer anderen«, murmelte sie und drehte sich auf die Seite.

»Hast du was anderes erwartet?« Beim vertrauten Klang von Fridas Stimme setzte Sophie sich auf.

»Frida?«, flüsterte sie und ließ den Blick durch den Raum schweifen. Frida stand in der Ecke, die Hände in die Hüften gestützt und lächelte sie nachsichtig an. Ihre grüne Schürze über der Jeans mit den Lederbesätzen auf den Knien strotzte wie immer vor Schmutz, als hätte sie eben im Beet gekniet.

»Du hattest schon immer ein Faible für das Komplizierte«, erklärte ihr die Freundin und wischte sich die Hände an der Schürze ab. »Es tut mir leid, dass du meinetwegen in diese Lage geraten bist«, fuhr sie fort.

»Quatsch. Es war meine Entscheidung hierherzukommen.«

»Aber du wolltest meinetwegen zu diesem Garten, Sophie.«

Es tat so gut, wieder mit der Freundin zu reden.

»Nein, auch weil ich es wollte. Immerhin werde ich gut bezahlt, und es ist immer mein Wunsch gewesen, einen solchen Garten wiederherzurichten.«

»Ich weiß«, antwortete Frida.

»Was soll ich denn jetzt tun, Frida? Soll ich alles hinschmeißen und nach Paderborn reumütig zu Günter zurückkehren?«

»Das Schicksal hat dich hierhergeführt. Nichts geschieht ohne Grund. Finde heraus, weshalb. Die Wurzeln von Gegenwart und Zukunft liegen in der Vergangenheit.«

Sophie blickte ihre Freundin fragend an.

»Etwas verbindet ihn und dich«, erklärte Frida.

Die Freundin sprach in Rätseln. Was machte sie sich darüber Gedanken? Sie müsste nur gehen, um Emanuel zu vergessen. Aber die Arbeit in diesem Garten bedeutete ihr sehr viel, besonders die Wiedereröffnung. Vielleicht war es ihr wirklich bestimmt, durch ihren Aufenthalt hier etwas über ihre Vergangenheit herauszufinden. Waren es die Träume und Visionen, die sie mit ihm verbanden? Oder etwas anderes?

»Von welcher Verbindung sprichst du?«, rief Sophie.

»Das musst du allein herausfinden.« Mit diesen Worten drehte sich ihre Freundin um.

»Frida! Du kannst jetzt nicht einfach gehen und mich im Regen stehen lassen. Frida!«, rief Sophie verärgert ihr hinterher. Doch die Freundin wandte sich nicht mehr um. Ein durchdringender Piepton erklang, wie ein Countdown, bis Frida sich auflöste.

Das Piepen marterte sie weiter, und Sophie wachte auf. Es kam aus ihrer Hose. Sie griff in die Hosentasche und zog ihr Handy heraus. Mit einem Knopfdruck stellte sie den Alarm aus. Die folgende Stille war erholsam. Sie trug noch immer ihre Kleidung vom Vortag. Frida! Schlagartig verflog der Rest Müdigkeit. Sophie setzte sich auf. Wo war Frida? Das war nicht ihre Wohnung. Nur langsam dämmerte ihr, dass sie sich im Gästezimmer von Schloss Sophiengarten befand und von ihrer Freundin nur geträumt hatte.

Später unter der Dusche dachte sie über ihren Traum mit Frida nach, der so real erschienen war, als hätte sie sich wirklich mit der Freundin unterhalten. Schicksal, Bestimmung, Vergangenheit … die Wörter kreisten in ihrem Kopf. Was, wenn es wirklich eine Verbindung zwischen ihr und den von Güldensteins gab?

Sie musste noch einmal in dem Hamelner Laden, auch um sich zu vergewissern, ob der Fremde der Ladenbesitzer gewesen war. Gleich nach Feierabend wollte sie in die Stadt fahren.

Sophie war erleichtert, dass sie an diesem Tag Emanuel nicht mehr begegnete und die anstrengende Arbeit sie so beanspruchte, dass sie das Geschehen vom gestrigen Tag vergaß. Zum Feierabend säuberten Iris und sie die Gartengeräte und verstauten sie im von Emanuel zugewiesenen Gartenhäuschen.

»Ich habe heute Mittag beobachtet, wie der Güldenstein alle Türen der Manufaktur überprüft hat. War gestern noch was? Hier treiben sich ja oft auch zwielichtige Jugendliche herum.« Iris sprach mit gedämpfter Stimme, als befürchtete sie, Emanuel könnte sie belauschen.

»Ja, jemand ist gestern Abend tatsächlich im Garten gewesen. Vermutlich hast du recht und es waren die Jugendlichen. Es wurde nichts beschädigt oder gestohlen«, erklärte Sophie, während sie verkrustete Erde vom Spaten kratzte.

»Hm, seltsam. Ich könnte mir vorstellen, dass in der Manufaktur noch einige antike Schätzchen schlummern. Es gab eine Porzellanvasenreihe mit echten Edelsteinen. Die sind bestimmt ein Vermögen wert. Und sind da nicht auch noch die Gemälde von der Allenheim im vorgelagerten Atelier?«

Sophie zuckte mit den Achseln. »Keine Ahnung. Aber ich kann mir nicht vorstellen, dass hier wertvolle Gegenstände ohne Sicherung lagern. Wertvolles wird sicher im Hauptschloss aufbewahrt.« Dennoch war auch sie neugierig, wollte das aber nicht vor Iris zugeben.

»Ich würde zu gern mal einen Blick in die Manufaktur oder das Atelier riskieren«, raunte Iris.

Was wäre, wenn der nächtliche Besucher doch einen Einbruch

in die Manufaktur geplant hatte und durch sie gestört worden war? Dann ergab der blutige Federbalg keinen Sinn. Und Einbruchsspuren gab es auch nicht.

»Ach, so wichtig ist mir das nicht«, erwiderte Sophie, die keine Lust mehr verspürte, das Thema zu vertiefen. Ihr Motiv, sich das Gebäude von innen zu betrachten, war nicht der Reichtum der von Güldensteins, sondern entstand aus der Neugier auf Eva. Emanuel hatte Iris und ihr immer wieder unmissverständlich zu verstehen gegeben, dass das Gebäude für sie tabu war. Weil er die Erinnerungen an Eva darin eingeschlossen hatte, die ihm heilig waren.

»Kannst du mich vielleicht in die Stadt mitnehmen? Ich muss noch was besorgen«, fragte sie Iris.

»Ja, klar, kein Problem.« Nachdem sie alle Gerätschaften ordentlich verstaut hatten, stiegen sie in Iris' Wagen.

30.

Emanuels Laune sank auf den Nullpunkt, weil er sich wegen Sophie eingeschränkt fühlte. Die warme Frühlingssonne lockte nach draußen, aber er wollte ihr nicht begegnen und entschied, in seinem Apartment zu bleiben.

Doch weder der Roman, den er begonnen hatte, noch das Fernsehprogramm konnten ihn wirklich fesseln. Zum ersten Mal überlegte er, doch wieder mehr für die Firma zu tun. Aber dafür müsste er ins Palais zu den anderen, und dafür fühlte er sich nicht stark genug. Irgendwann langweilte er sich so sehr, dass er in den Garten hinausging. Sophie und Iris beackerten die Beete in der Nähe der Manufaktur.

Vor einem Vierteljahr hatte er die Beamten der hiesigen Polizeistation mehrmals alarmiert, als die Alarmanlage ihm ein Eindringen gemeldet hatte. Doch weil sich alles als Fehlalarm herausstellte, waren die Beamten irgendwann nicht mehr angerückt. Alle in der Gegend wussten von Evas Tod und schrieben die meisten seiner Anrufe einer desolaten Verfassung zu. Gleichgültig wie vehement er seine Behauptungen vortrug, sie würden ihm nicht glauben. Deshalb hatte er auch den Dunkelhäutigen von neulich nicht angezeigt.

Als er zufrieden zurückkehrte, sah er, dass einer der Büsche im Rosengarten seine ersten dunkelroten Blüten öffnete. In seinem Apartment zog er die Skizze des Rosencolliers aus der Tischschublade und musterte sie. Ein paar kleine Änderungen hier und da, und der Entwurf wäre recht passabel. Es klingelte an der Tür. Im Vorbeigehen legte er die Skizze auf den Tisch und lief zur Tür.

»Hallo, Chris«, begrüßte ihn Emanuel, überrascht darüber,

dass sein Bruder ihm einen Besuch abstattete. Christian leitete einen Konzern und war ständig unterwegs. Wenn er sich zu ihm nach Sophiengarten bemühte, geschah das nur aus einem triftigen Grund. »Welch seltener Besuch.«

»Können wir reden?« Christian drückte, ohne auf die Antwort zu warten, die Tür auf, schob sich an Emanuel vorbei und lief zum Wohnzimmer.

Dort lehnte er sich an den Kamin und taxierte Emanuel.

»Worüber willst du mit mir reden?«, fragte Emanuel geradeheraus. Er mochte es nicht, um den heißen Brei zu reden.

»Personelle Engpässe in unserer Firma.«

»Und was habe ich damit zu tun? Wie du weißt, habe ich eine Auszeit genommen.«

»Ja, weiß ich. Aber manchmal entwickeln sich die Dinge anders. Ich musste zwei unserer Designer hinauswerfen. Sie waren faul, und ihre Entwürfe kamen bei den Kunden nicht gut an. Wie du weißt, startet in weniger als zwei Monaten die Messe in Siena. Amelies neue Kollektion wird dort präsentiert, aber das reicht nicht aus. Diesmal werden auch Designer aus den USA und Australien anwesend sein. Um gegen diese Konkurrenten bestehen zu können, benötigen wir eine zweite Serie. Diese Messe ist entscheidend für uns, ob wir wieder in der Oberliga mitspielen und vielleicht sogar den amerikanischen Markt erobern. Wir brauchen ein paar Ideen, die die Kunden begeistern.«

Emanuel hob abwehrend die Hände.

»Du denkst doch da nicht wirklich an mich?« Er würde die Familie in jeder Hinsicht unterstützen, aber nicht so. »Hast du vergessen, dass meine letzte Serie gefloppt ist? Bis auf die Eva-Serie waren dir meine Entwürfe immer zu simpel, zu wenig innovativ und unmodern. Ich würde euren Ansprüchen nicht genügen. Da hast du dir den Falschen ausgesucht.«

»Du weißt selbst, dass die letzte Kollektion nur ein Abklatsch der Eva-Serie war. Kunden verlangen Neues, Ausgefallenes, das uns von anderen unterscheidet. Du bist ein Designer, und ein guter noch dazu. Ich vertraue deinen Fähigkeiten.«

Emanuel winkte ab. »Spar dir dein Lob. Okay, irgendwann kehre ich in die Firma zurück, aber dann wieder ins Marketing. Design kommt für mich nicht mehr infrage.« Die Miene seines Bruders verriet, dass er sich mit seiner Antwort nicht zufriedengeben wollte. Emanuel stöhnte innerlich auf, weil er mit Christians Vorwürfen rechnete.

Christian zog verärgert die Augenbrauen zusammen. »Ich habe immer Verständnis gezeigt, dir über ein Jahr gegönnt, dass du mit deiner Trauer fertig werden kannst. Aber die Firma braucht dich. Wir brauchen dich. Dringend! Es gehört auch zu deinen Pflichten, die Familie zu unterstützen.«

»Oh nein, Chris. Ihr braucht mich nicht. Ich werde die Auszeit weiter nehmen. Und jetzt will ich nicht mehr drüber reden.«

»Ach ja? Und wovon willst du das alles hier unterhalten, wenn du nicht arbeiten gehst? Vaters Erbe für den Unterhalt von Sophiengarten ist schnell aufgebraucht. Und auch die Einnahmen von den Gartenbesuchern stopfen nur teilweise die Löcher im Budget. Ich kann deinen Schmerz und deine Trauer verstehen, aber es ist an der Zeit, dass du ins Leben zurückkehrst. Wir brauchen dich in der Firma. Dringend. Vergiss nicht, dass wir eine Familie sind und in schweren Zeiten zusammenhalten.«

Emanuel senkte den Blick und bereute sofort, dass er seine Skizze auf dem Tisch vergessen hatte. Jetzt konnte er nur hoffen, dass Christian sie übersah. Seine Hoffnung zerschlug sich, als sein Bruder näher an den Tisch herantrat und sich heruntenbeugte. »Wolltest du mir das etwa vorenthalten?«, fragte er mit einer Mischung aus Ärger und Erstaunen.

»Ach, nichts Besonderes. Nur auf die Schnelle gekritzelte Blumen«, winkte Emanuel ab.

»Finde ich nicht. Das hat was.« Christian nahm die Skizze in die Hand und betrachtete sie eingehend. »Die Linien sind richtig gut. Klasse. Elemente aus der Natur. In einer Zeit, da die Umwelt im Fokus steht, ist das genial. Hast du noch mehr davon?« Er sah Emanuel fragend über den Rand der Skizze an.

Christians seltenes Lob freute Emanuel dann doch wieder.

Anstatt einer Antwort zog er die Schublade unter dem Tisch auf und holte die restlichen Entwürfe heraus. Mit gerunzelter Stirn blätterte sein Bruder sie durch.

»Das ist das Beste, was du je entworfen hast.« Lächelnd blickte Christian ihn an. »Mit diesen Schmuckstücken werden wir alle in Siena überzeugen können.«

»Halt, halt. Noch habe ich dir nichts zugesagt«, protestierte Emanuel, der noch immer zweifelte, dass sich diese Serie gut verkaufen würde.

»Vertrau mir, Manu. Es müsste schon mit dem Teufel zugehen, wenn diese Serie nicht einschlägt. Mein Gefühl trügt mich nicht.« Christians Begeisterung steckte auch Emanuel an, der schließlich doch nachgab. Er legte seine Skizzen sorgsam in eine Dokumentenmappe, die sein Bruder sich unter den Arm klemmte. »Ich müsste mich schon sehr täuschen, wenn diese Serie floppt. Sag mal, dazu hat dich nicht zufällig deine Gärtnerin Sophie inspiriert?«

Emanuel spürte, wie die Hitze in seine Wangen schoss.

»Blödsinn, nur der Garten. Die Skizzen lagen schon geraume Zeit hier herum«, log er und mied Christians Blick.

»Ich hätte wetten können, dass Sophie das geschafft hat. Eine wirklich sehr aparte und sympathische Frau. Tilda hatte sie zum Himmelfahrtsessen eingeladen. Die anderen waren auch ganz von ihrer offenen, fröhlichen Art eingenommen.« Christian zwinkerte ihm verschwörerisch zu. »Das Trauerjahr ist um, Bruderherz. Wenn Sophie dich schon zu solchen Entwürfen inspiriert, könnte man fast meinen, dass du was für sie empfindest.«

»Quatsch. Sie ist überhaupt nicht mein Typ. Selbst wenn es so wäre, könnte ich es nicht verantworten. Ich habe den Fluch nicht vergessen.«

»Das verstehe ich, und Evas Tod war tragisch. Aber deswegen muss sich das doch nicht wiederholen. Ob Fluch oder nicht, das Glück währt nicht auf ewig. Schließ dich uns an auf der Suche nach der Wahrheit.«

Christian hatte gut reden. Manchmal glaubte er an den Schuldgefühlen, die ihn wegen Eva plagten, zu ersticken.

Er konnte es nicht verantworten, sich auf eine neue Liebe einzulassen.

»Du würdest nicht so reden, wenn du Amelie für immer verloren hättest.«

Betroffen blickte Christian ihn an.

»Wir werden diesen Fluch brechen!«, sagte er bestimmt, bevor er sich von Emanuel verabschiedete. Doch der hatte seine Zweifel.

31.

Sophie wusste nicht, ob es die richtige Entscheidung gewesen war, noch einmal den Laden in Hameln zu besuchen. Mit einem flauen Gefühl im Magen stand sie vor dem Schaufenster. Spielzeug aus Elfenbein tummelte sich auf der treppenartig gestalteten Schaufensterauslage neben Elfenbeinschmuck, Masken, Juju-Hats, ausgestopften Tieren, afrikanischen Trommeln, Krokodilzähnen und weiteren exotischen Kuriositäten. Auf der untersten Etage zog ein beleuchtetes Miniatur-Schachspiel die Blicke des Betrachters auf sich. Im Gegensatz zu dem, das Tildas Vater besessen hatte, war dieses hier mit gängigen, klassischen Spielfiguren bestückt. An den unterschiedlichen Zinnen des Turms jedoch war erkennbar, dass es handgearbeitet war. In ihrem Kopf war das Bild eines alten Mannes, der Figürchen aus Elfenbein schnitzte und mit einem Jungen Schach spielte.

Einen Moment lang war Sophie versucht umzukehren. Was wäre, wenn sie Dinge von ihrer Familie erfuhr, von denen sie sich gewünscht hätte, sie niemals zu kennen? Andererseits drängte sie etwas in ihrem Innern, auf ihre vielen Fragen Antworten zu finden.

Entschlossen betrat sie den Laden. Es roch muffig, als wäre tagelang nie gelüftet worden. Das schummerige Licht verlieh den Speeren, Pfeilen und Schilden an der Wand neben der Eingangstür etwas Geheimnisvolles. Wieder sah sie einen alten Mann mit Straußenfederkopfschmuck und einschüchterndem Blick vor ihrem inneren Auge. Entsprang er nur ihrer Fantasie oder war es jemand aus ihrer Vergangenheit?

Das Kichern von zwei Teenie-Mädchen, die vor einem Regal

mit kopfwackelnden Affenfigürchen standen, holte Sophie in die Realität zurück. Sie schlenderte durch den Laden, blieb ab und zu stehen, um sich etwas anzusehen. Eine Verkäuferin von vielleicht zwanzig Jahren, grell geschminkt mit halbseitig rasiertem Kopf stand hinter dem Tresen und feilte sich die Nägel. Sophie war enttäuscht, als sie den Dunkelhäutigen nirgends entdecken konnte. Als die Verkäuferin Sophies Eintreten bemerkte, legte sie die Feile beiseite und rückte in einem Glasschrank Tassen und Teller zurecht.

»Was kosten denn die Äffchen?«, rief eines der Mädchen zu ihr herüber. Die Verkäuferin sah kurz auf.

»Muss ich erst nachgucken«, antwortete sie in gelangweiltem Ton und wühlte hinter dem Tresen, bis sie eine Liste in der Hand hielt.

Ihr Finger glitt Zeile für Zeile übers Papier. »Die stehen hier nicht drin. Da müsst ihr noch mal wiederkommen.«

Das Mädchen seufzte. »Oh, Mann. Wann kommt Yuven denn wieder?«

Als Sophie diesen Namen hörte, erstarrte sie.

»Morgen«, antwortete die Verkäuferin.

Yuven! Yuven!, hallte es in Sophies Kopf weiter. Der Name bedeutete »Ich höre dir zu«. In ihrer Erinnerung hörte sie eine Frau mit einem Jungen gleichen Namens schimpfen. »Yuven, ich habe dir schon hundert Mal gesagt, dass du mir zuhören sollst. Du machst deinem Namen keine Ehre.« Wer war die Frau gewesen?

»Yuven ist aber ein seltener Name«, sagte Sophie.

»Er kommt ja auch aus Afrika«, erklärte ihr das Mädchen mit dem Zopf. Sie stand inzwischen bei Armbändern aus bunten Perlen.

»Kann ich Ihnen vielleicht helfen?« Die Verkäuferin erinnerte sich scheinbar an ihre Aufgabe und trat an Sophie heran.

»Vielleicht. Ich suche etwas Ausgefallenes. Für eine Freundin«, log sie.

»Schmuck? Bücher? Oder Gürtel? Wir haben Gürtel aus Ziegenleder, handgemacht, aus Afrika. Wir haben auch das eine oder andere antike Stück.« Lächelnd sah sie Sophie an. Ihr Zahnschmuck reflektierte das Deckenlicht.

»Ich dachte, Sie könnten mir was empfehlen«, entgegnete Sophie lächelnd.

»Wie wäre es denn mit einem dieser Armbänder, vor denen die Mädchen da drüben stehen?« Sie deutete zu dem Ständer mit den knallbunten Perlenarbeiten.

»Nein, das ist nichts für meine Freundin. Ich schaue mich lieber noch einmal selbst um. Aber vielen Dank.«

Die Verkäuferin seufzte erleichtert und nickte, bevor sie hinter den Tresen zurückkehrte. Die Mädchen hatten sich für zwei Armbänder entschieden und warteten aufs Kassieren. Sophie schlenderte an den Regalen entlang. Sie wusste selbst nicht genau, was sie suchte. Im ersten Regal fand sie ein Buch aus dem letzten Jahrhundert über schamanische Rituale. Nachdem sie darin geblättert und es für interessant befunden hatte, entschloss sie sich, es zu kaufen. Als sie sich umdrehte, fiel ihr Blick auf den Glasschrank mit Sammeltassen und -tellern, wo eben noch die Verkäuferin alles umgeordnet hatte. Es war das exotische Dekor in zweiter Reihe, das ihre Neugier weckte. Eine ovale Servierplatte mit Goldrand. Vorsichtig nahm sie sie aus dem Schrank. Unter dem stellenweise verblassten Goldrand reihten sich Akazienkronen aneinander. Ein ausgefallenes Dekor, wie sie es noch nie gesehen hatte. Sie drehte den Teller, um sich den Stempel der Manufaktur anzusehen. Ihre Augen weiteten sich, als sie das Güldenstein-Wappen darauf erkannte, daneben die Jahreszahl 1891. Demnach musste der Teller aus der Manufaktur Sophiengartens stammen. Schade, dass sie dort nicht nachsehen konnte. Vielleicht wusste Tilda etwas darüber.

»Ich nehme diese beiden Sachen hier«, sagte sie zu der Verkäuferin, die sich gerade von den beiden Mädchen verabschiedete.

»Soll ich es Ihnen einpacken?«, fragte sie.

»Ja, bitte.« Dass sich ein Teller aus der Güldenstein-Manufaktur in diesem Laden befand, war doch kein Zufall. Jetzt wollte Sophie erst recht wissen, ob dieser Yuven im Schlossgarten gewesen war.

Nachdem sie bezahlt und Teller und Buch in einer Baumwolltasche verstaut hatte, verließ sie den Laden.

Auf dem Rückweg zum Wagen kreisten ihre Gedanken immer um die von Güldensteins und das, was John über deren Vergangenheitsbeziehung zu Afrika gesagt hatte. Um die Ecke parkte ein weißer Lieferwagen mit dem Logo eines Kurierdienstes. Eine Wagentür klappte. Ganz in ihre Gedanken vertieft, prallte sie mit jemandem auf dem Fußweg zusammen. Erschrocken schrie sie auf, auch weil sie fast die Tasche fallengelassen hätte. Ungläubig starrte sie Yuven, den dunkelhäutigen Ladenbesitzer, an. Seine Umrisse waren so markant, dass nur er das im Schlossgarten gewesen sein konnte.

»Passen Sie doch gefälligst auf!«, brüllte er sie an, bis er stutzte. »Sie schon wieder«, fuhr er gemäßigter fort. Sophie trat zurück und musterte ihn.

»Sie sind Yuven?«, fragte sie.

»Ja.« Seine Bassstimme klang rau.

»Sie … Sie waren gestern Abend im Sophiengarten, stimmt's?«, platzte sie heraus. Für einen flüchtigen Moment erstarrte er, fasste sich aber schnell wieder.

»Und wenn es so wäre?« Grob drängte er sich an ihr vorbei, was Sophie wütend machte.

»Halt! Warten Sie!« Sie hielt ihn am Arm zurück. »Ich habe Sie erkannt. Sie sind in ein fremdes Anwesen eingedrungen und haben diesen blutigen Federbalg abgelegt. Wen wollten Sie denn mit dem Hokuspokus ängstigen? Die von Güldensteins? Oder mich?«, blaffte sie ihn an. »Schade, dass ich mich nicht so leicht einschüchtern lasse!«

»Halten Sie sich besser aus Dingen heraus, die Sie nichts angehen!« Er riss sich los und lief weiter. Sophie eilte ihm nach.

»Was wollten Sie denn im Sophiengarten? Habe ich Ihren Einbruch etwa vereitelt?«

Yuven eilte voran und schwieg.

Er durfte ihr nicht schon wieder entwischen. So leicht kam er ihr nicht davon.

»Ich könnte Sie bei der Polizei anzeigen, weil ich Sie erkannt habe!«

Mit einer ungeahnten Schnelligkeit wirbelte er herum und packte sie an den Schultern, dass sie ins Taumeln geriet. Ihre Finger umklammerten eisern die Taschengriffe. Er beugte sich vor und starrte sie aus schwarzbraunen Augen zornig an.

»Das werden Sie nicht. Ich habe nichts gestohlen!« Seine Stimme klang wie das Fauchen einer Raubkatze.

»Was wollten Sie denn dann dort?«

Wieder schwieg er. Tief bohrten sich seine Finger in ihre Haut. Seine elfenbeinfarbenen Zähne leuchteten, als er höhnisch die Oberlippe hob. Die ganze Szenerie war bizarr und beängstigend zugleich. Sie spürte Zorn und Hass in ihm und begann zu zittern. Doch seltsamerweise fürchtete sie sich nicht vor ihm.

»Lassen Sie mich los«, presste sie hervor, »oder ich schreie um Hilfe!« Sophie war völlig überfordert.

Sein Blick wurde weich, aber er ließ sie nicht los.

»Das würde ich dir nicht raten, sonst erfährst du nie die Wahrheit über die Güldensteins.«

»Die Wahrheit?«, fragte sie heiser. Ging es um den Fluch?

»Wer sind Sie, Yuven?« Sophies Herz hämmerte bis zum Hals.

»Erinnere dich, Mojo.«

Mojo! Der Name hallte in ihrem Kopf, bis ihr schwindlig wurde. Sie kannte ihn. Erinnerungsfragmente blitzten vor ihren Augen auf, die kein Gesamtbild ergaben. Akazien, trommelnde Eingeborene, ein Löwenjunges, Schüsse und Schreie ... und doch ergab alles keinen wirklichen Sinn.

»Dann ... war der Federbalg ... also für mich bestimmt?«

»Ja. Hast du wirklich alles vergessen, was geschehen ist? Verschwinde aus Sophiengarten, aus dem Leben der von Güldensteins, solange du das noch kannst. Halte dich von ihnen fern, wenn dir dein Leben lieb ist. Diese Familie hat Dämonen herbeigerufen, die alle ins Verderben stürzen und dich in den Abgrund mitreißen. Wie Eva und all die anderen vor ihr. Bis der Frevel gesühnt ist.«

Die eindringlichen Worte Yuvens jagten ihr einen eisigen

Schauder nach dem anderen den Rücken hinunter. Kalter Schweiß brach aus ihren Poren. Was redete er da von Frevel? In ihrem Kopf herrschte Chaos. Die von Güldensteins von Dämonen heimgesucht? Das hörte sich wie das Drehbuch eines Horrorfilms an, aber nicht nach Realität. Und doch schienen auch die von Güldensteins daran zu glauben. Die vielen Schicksalsschläge bis zu Evas Tod. Aber Christian, Tilda und Emanuel hatten es nicht verdient, noch eine weitere Tragödie einzustecken. Ihr Herz zog sich bei dem Gedanken zusammen, ihnen könnte etwas zustoßen. Sie sah Emanuels Gesicht vor sich mit dem qualvollen Ausdruck darin. Wofür sollten er und seine Familie bestraft werden? Welche Schuld hatten sie auf sich geladen?

»Die von Güldensteins sind bereits durch Schicksalsschläge hart bestraft worden«, hielt sie ihm entgegen.

»Weil sie verflucht sind! Niemand, auch du wirst sie nicht retten können!«, spie er hervor. Das Glitzern in seinen Augen verriet, wie sehr er sich die Vernichtung der Güldensteins wünschte. Fassungslos sah Sophie ihn an.

»Was zum Teufel haben sie denn getan?«, rief sie verzweifelt aus. Er wandte den Kopf zur Seite und schwieg. »Herrgott noch mal, rede!« Ihre freie Hand krallte sich in sein Jackenrevers.

Sie hatte das Gefühl, die letzte Generation der Güldensteins verteidigen zu müssen, die unter dem Fluch litten.

»Sie hätten nie nach Afrika kommen dürfen. Und du weißt das. Wach auf, Mojo«, gab er zurück. Sophie schluckte. Afrika war das, was sie mit den Güldensteins verband? Sie dachte an ihr Faible für den schwarzen Kontinent, den offenbar Tilda und ihre Familie mit ihr teilten. Doch welche Rolle spielte sie in dem Drama?

»Mojo?«, flüsterte sie. »Wer bin ich?« Flehend sah sie ihn an. »Wer bin ich? Sag es mir! Sag es!«

»Das musst du allein herausfinden, um dein Schicksal zu bestimmen.«

Sie ließ sein Revers los.

»Dann verrat mir wenigstens, was die Güldensteins verbrochen haben!«

»Nein. Frag sie selbst. Sie wissen es genau, denn sie haben die unselige Geschichte vom Fluch auf ihren protzigen Porzellantellern verewigt«, rief er und schnaubte vor Wut.

Sophies Augen weiteten sich. Die Geschichte des Fluches auf Geschirr festgehalten?

»Auf welchen Tellern? Weshalb sollten sie etwas festhalten, was ihr Ansehen schädigt?«, hakte Sophie nach.

»Weil es ihnen Ruhm und Ehre gebracht hat. Begreifst du denn nicht, was ich dir sagen will? Die ach so edle Familie hat etwas Furchtbares getan und wird auch dich, wie alle anderen, ins Unglück stürzen! Rette dich, solange es noch möglich ist.«

Seine Finger drückten sich schmerzhaft in ihre Schultern, dass Sophie laut aufschrie.

»Ich habe dir das nie gesagt, hörst du?«, sprach er eindringlich zu ihr.

Sophie nickte. Wer war Yuven? Und vor allem, wer war sie? War Mojo ihr wirklicher Name?

Ihr Blick fiel dabei auf seinen geschnitzten Elfenbeinanhänger. Ein Akazienbaum, auf dessen Ast eine Raubkatze lag. Ihre Erinnerungen an die Raubkatze, die auf dem Ast döste … dann die Ähnlichkeit zwischen seinem und ihrem Schmuckstück … Auch das war kein Zufall!

»Woher kommst du, und wohin gehst du?«, hörte sie eine Stimme in ihrem Kopf. Drehte sie jetzt völlig durch?

»Ich … ich …«, stammelte Sophie und fühlte sich ganz benommen.

»Gehe deinen Weg, Mojo, sonst ist es zu spät.« Er ließ sie los, stieg in den Transporter ein und fuhr davon. Wie betäubt blieb sie zurück. Fluch … die Güldensteins … ins Verderben ziehen … Gesühnt …

Ihre Knie gaben nach, dass sie sich haltsuchend gegen die Hauswand lehnte. Blicklos starrte sie vor sich hin. Erst als sie sich nach einer Weile wieder gefangen hatte, begab sie sich auf den Heimweg, fest entschlossen, weiter nach der Vergangenheit zu forschen.

32.

Emanuel blickte voller Stolz auf das winzige Kettenglied in seiner Hand. Christian hatte die Steine perfekt geschliffen und in der Fassung fixiert. Das Licht brach sich in dem Rubin und brachte ihn zum Funkeln. Ein echter Eyecatcher.

»Chris war von deinen Skizzen so begeistert, dass es ihn in den Fingern gejuckt hat, den Entwurf sofort umzusetzen. Er hat es letzte Nacht gefertigt. Ich muss sagen, es ist ihm wirklich überaus gut gelungen. Findest du nicht auch?«, fragte Tilda lächelnd.

»Ja, das ist es«, pflichtete Emanuel seiner Schwester bei. Wie damals bei der Eva-Kollektion verspürte er auch bei diesem Design eine gewisse Ehrfurcht. Sein Bruder war ein Meister seines Fachs. Das Kettenglied, eine Rose, war so zart und zugleich in seiner Ausstrahlung so kraftvoll. Wie Sophie. Er stellte sich vor, wie sich das Collier an ihren Hals schmiegte. Ein Wesen aus der Märchenwelt.

»Ich bin schon gespannt, wie die anderen Schmuckstücke wirken werden. Wer oder was hat dich denn dazu inspiriert? Chris wollte nicht mit der Sprache rausrücken.«

Er wagte nicht, seine Schwester anzusehen.

»Nichts Besonderes. Ist mir eingefallen, als ich nach langer Zeit mal wieder eine meiner Lieblings-CDs abgespielt habe.«

»Ach, ja? Und du hast nicht zufällig dabei an jemanden gedacht? Eine Frau? Vielleicht an Sophie? Wegen der floralen Ornamente.«

Tilda schien in diesen Dingen einen sechsten Sinn zu besitzen. Wie Chris. Es hatte keinen Zweck, es zu leugnen.

»Vielleicht«, antwortete er ausweichend, und Tildas Lächeln wurde breiter.

»Ich finde sie sehr nett. Der Rest der Familie übrigens auch.«

Emanuel schwieg. Sophie war nicht nur nett, wie Tilda es bezeichnet hatte, sondern hinreißend.

»Wusstest du, dass sie vor Kurzem ihre beste Freundin verloren hat?« Auch wenn seine Schwester manchmal sehr burschikos wirkte, besaß sie ein mitfühlendes Herz.

»Ja, das hat sie mir erzählt.«

»Ich finde ihre Theorie, dass unsere Seele, unser Geist in den Dingen weiterleben, die wir einst geschätzt haben, richtig gut.«

Sophie hatte mit ihren esoterischen Theorien auch noch seine Schwester infiziert.

»Wusstest du auch, dass Sophie als Waise in einem Kinderdorf aufgewachsen ist?«, fuhr Tilda fort.

»Ja, das hat sie inzwischen erzählt. Mir war aufgefallen, dass sie nie von ihrer Familie gesprochen hat, sondern immer nur von ihrer Freundin Frida. Vielleicht kommen daher ihre Albträume.«

»Durchaus möglich. Sie erinnert sich an Geschehnisse in Afrika und glaubt, schon einmal dort gewesen zu sein. Aber es gibt dafür keinen Beweis. Vermutlich war sie zu klein, um sich daran zu erinnern. John meinte, es könnte zumindest erklären, warum sie immer von Elefanten träumt. Vielleicht hat sie etwas Furchtbares mit diesen Tieren erlebt. Vor ein paar Jahren hat sie Nachforschungen angestellt, mehr über ihre Herkunft herauszufinden. Leider erfolglos. John hat ihr seine Hilfe angeboten.«

Sophie war also eine Waise. Vielleicht rührte daher ihre Hartnäckigkeit.

»Der gute, treue John.« Nachdenklich wickelte er das Kettenglied wieder ins Samttuch ein und reichte es seiner Schwester.

»Richte Chris bitte aus, dass ich es perfekt finde.«

»Mache ich. Sag mal, wo steckt Sophie eigentlich? Seit Himmelfahrt habe ich sie weder gesprochen noch gesehen.«

»Sie ist vorhin weggefahren. Vermutlich zu ihrer Kollegin, mit der sie auch befreundet ist.«

»Na, gut informiert bist du ja«, sagte Tilda augenzwinkernd.

Er schämte sich, dass er jeden Schritt Sophies regelrecht überwachte. Aus Neugier. Dabei wollte er ihr aus dem Weg gehen.

»Du magst Sophie.«

Er konnte vor Tilda nichts verbergen. Doch er schwieg.

»Ich jedenfalls mag sie sehr. Behandele sie ja gut. Sie hat es verdient.« Wenn Tilda wüsste, was vorgefallen war, würde sie ihm Vorhaltungen machen.

Nachdem Tilda sich von ihm verabschiedet hatte, setzte Emanuel sich an den Flügel. Dieses Mal war ihm nicht nach der schweren Musik Griegs zumute, sondern eher nach romantischen Popballaden. Während seine Finger über die Tastatur flogen, dachte er nur an Sophie.

33.

Wenn es stimmte, was Yuven ihr gesagt hatte, dann musste sich das Porzellan mit dem unseligen Teil der Familiengeschichte irgendwo auf Sophiengarten befinden. Andererseits war solch ein uraltes Geschirr sicher sehr wertvoll. Von Tilda wusste sie, dass besonders kostbare Stücke im Palais aufbewahrt wurden. Hatte Yuven doch versucht, in die Manufaktur einzubrechen, weil er davon ausging, dass sich die Teller dort befanden? Oder suchte er nach etwas ganz anderem?

Sophie grübelte, bis sie vor dem Eingang des Schlosses hielt. Ein Mini Cooper parkte bereits dort. Tilda konnte es nicht sein, denn die fuhr einen Peugeot. Sie sah zu Emanuels Apartment hinüber, in dem Licht brannte. Die Vorstellung, er könnte sich dort mit einer Frau vergnügen, schürte Eifersucht. *Schlag ihn dir endlich aus dem Kopf. Ein von Güldenstein ist eine Nummer zu groß für jemanden wie dich! Diese Kategorie Männer sucht sich ihre Partnerinnen unter den schönen und erfolgreichen Businessfrauen oder Künstlerinnen wie Eva Allenheim aus.* Es ging sie überhaupt nichts an, mit wem er seine Zeit verbrachte, auch wenn es sie noch so störte.

Auf dem Weg zum Eingang begegnete sie Tilda.

»Hallo, Tilda, gehört dir etwa der Mini da hinten?«

»Hi, Sophie. Nein, das ist Amelies neues Schnuckelchen. Schick, oder? Mit schwarzen Ledersitzen!«

Die beiden Frauen umarmten sich herzlich. Sophie konnte sich gut vorstellen, mit Tilda befreundet zu sein.

»Mein Bruder hat vielleicht eine miese Laune. Hat das was mit dir zu tun?«

»Kann schon sein. Ich weiß nie, ob ich es ihm rechtmache oder nicht«, antwortete Sophie ausweichend und senkte den Blick. Sie wollte nicht, dass Tilda glaubte, sie hätte sich ihrem Bruder an den Hals geworfen.

»Da ist doch mehr zwischen euch vorgefallen. Ich seh es dir an. Also, was ist los? Hat er dich verletzt?«

Es hatte keinen Zweck Tilda etwas zu verschweigen.

Sophie holte tief Luft. »Also, gut, wenn du es wirklich wissen willst. Dein Bruder … und ich … wir haben uns … geküsst.«

»Ihr habt was? Ich glaub's ja nicht!«, rief Tilda aufgeregt und schnappte nach Luft. »Echt so richtig geküsst?«, flüsterte sie und schaute über die Schulter zurück, als befürchtete sie, Emanuel könnte sie belauschen.

»Lass uns lieber in mein Zimmer gehen, wo er uns nicht hören kann.«

Tilda nickte und begleitete Sophie zum Gästetrakt.

In Sophies Zimmer schwang sich Tilda auf die Kommode und schwenkte ihre Beine hin und her wie ein Kind, das in der Schule nicht stillsitzen konnte.

»Weißt du, dass du die erste Frau nach Evas Tod bist, der Emanuel Aufmerksamkeit schenkt? Wir haben schon befürchtet, dass er sein Leben mit Evas Geist verbringen will. Doch dann ist mir neulich aufgefallen, wie er dich ansieht. Dieses flüchtige Aufleuchten in seinen Augen hat es verraten. Da habe ich geahnt, dass sich etwas zwischen euch anbahnt«, sagte Tilda augenzwinkernd. Bei der Vorstellung, Emanuel könnte sie vielleicht verlangend ansehen, klopfte Sophies Herz schneller.

»Das bildest du dir ein.« Sophie winkte ab.

»Ganz bestimmt nicht.« Tilda schüttelte lachend den Kopf. »Mein Bruder ist keine einfache Persönlichkeit. Er öffnet sich anderen nur langsam. Auch seine Beziehung zu Eva hat sich erst nach und nach entwickelt. Doch wenn er sich für eine Frau entschieden hat … dann lässt er nicht locker. Emanuel ist Eva immer treu gewesen. Ich würde mich freuen, wenn ihr euch finden würdet. Ihr passt gut zusammen, finde ich.« Tilda seufzte. »Ich wünschte, ich würde nicht so oft an Scheißkerle geraten, sondern treue Männer wie meine Brüder.«

»Vielleicht schaust du dich nur unter den Falschen um?«, gab Sophie zu bedenken, und Tilda wurde ernst.

»Vielleicht ist es auch besser so, dass ich nicht den Richtigen getroffen habe. Manchmal vergesse ich den Fluch, der wie ein Damoklesschwert über uns Güldensteins schwebt. Wenn ich mir vorstelle, dass er mich treffen könnte … oder Chris so wie unseren armen Manu. Emanuel würde es nicht verkraften, wenn er erneut einen geliebten Menschen verliert.«

Doch Sophie glaubte, dass Emanuel sich nicht neu verlieben würde, weil er nie aufgehört hatte, Eva zu lieben.

»Aus seinen Worten spricht immer seine Liebe zu Eva. Er hat sie vergöttert und auf ein Podest gehoben, wie den Engel über ihrer Grabstelle. In seinen Augen war sie vollkommen. Ich glaube kaum, dass eine Frau gegen einen unfehlbaren Geist konkurrieren könnte.« Selbst wenn Emanuel etwas für sie empfand, er würde Eva immer mit ihr vergleichen.

»Emanuel braucht keinen Geist, sondern eine Frau aus Fleisch und Blut. Glaub mir, mein Bruder wird das irgendwann begreifen.« Auch wenn Tilda es im Brustton der Überzeugung sagte, zweifelte Sophie daran.

»Was hast du eigentlich da in der Tasche?« Tilda deutete auf den Baumwollbeutel mit den Sachen aus dem Kuriositätenladen.

In wenigen Sätzen schilderte Sophie Tilda ihre seltsame Begegnung mit Yuven.

»Ein Teller mit Afrika-Motiv? Aus unserer Manufaktur? Sorry, davon habe ich noch nie gehört. Ich hätte mich bestimmt erinnert, wenn ich eine solche Porzellanreihe in einer der Produktionslisten gefunden hätte. Vater hat immer darauf bestanden, dass wir sie kennen. Bist du sicher?«

»Absolut.« Sophie zog die in Papier eingeschlagene Servierplatte heraus und hielt sie Tilda hin.

»Du hast recht, das ist tatsächlich unser Wappen. Aber es gab viele, die es gefälscht haben. Ich schieße schnell ein Foto und schicke es Chris und Lie. Die können sicher sagen, ob es echt ist.«

Ehe Sophie etwas entgegnen konnte, hatte Tilda bereits von beiden Seiten der Servierplatte ein Foto gemacht und es an ihren älteren Bruder gesandt.

»Und du meinst, dass du diesen Yuven kennst?«

Sophie zuckte mit den Achseln. »Ich weiß es nicht, aber ich habe den Namen schon mal gehört, und ich kenne seine Bedeutung.«

»Du solltest dringend mit John reden. Er kennt viele Koryphäen auf dem Gebiet der Psychologie, die dir helfen könnten, diese Frage zu klären.«

Wollte Sophie wirklich alles wissen? Ihr Inneres sträubte sich dagegen.

Während sie mit Tilda noch über Yuven und seine düsteren Prophezeiungen diskutierte, trudelte bereits die Antwort von Christian ein.

Es ist das Wappen unserer Familie. Keine Fälschung. Porzellan muss aus der Zeit unseres Gründers stammen. Wurde in einem Brief erwähnt. Die ersten beiden Serien wurden damals nicht gelistet. Vielleicht findet ihr noch Zeichnungen.

Sophie fand sich in ihrer Vermutung bestätigt. Immer mehr nahm sie an, dass es in der Manufaktur einen Hinweis zu den von Yuven erwähnten Tellern mit der Familiengeschichte geben musste.

»Wäre durchaus möglich«, sagte Tilda. »Leider besitze ich keinen Schlüssel zur Manufaktur. Chris auch nicht.« Tilda seufzte. »Darin ist Manu wirklich sehr eigen. Er wollte nie, dass jemand das heilige Refugium Evas betritt. Aber du könntest ihn fragen, ob du mal reindarfst.«

Tildas Vorschlag in Ehren, aber Emanuel würde das niemals erlauben. »Ich bin doch nicht lebensmüde!«, rief Sophie aus. »Dein Bruder reißt mir den Kopf ab, weil ich es gewagt habe, die heilige Manufaktur entweihen zu wollen.«

Tilda schwieg und schien zu grübeln.

»Er muss ja nichts davon erfahren«, sagte sie nach einer Weile geheimnisvoll.

Sophie blickte auf. »Wie meinst du das?«

»Mein Vater hat früher immer einen Zweitschlüssel besessen. Wenn Emanuel ihn nicht an sich genommen hat, dann ist er noch immer im Sekretär im Arbeitszimmer verstaut.«

Auch diese Aussicht war nicht gerade verlockend. Nicht nur, dass sie Emanuel hintergehen würden, stand dort das mysteriöse Schachspiel. Andererseits könnten Hinweise zur Aufklärung des Fluches beitragen. Hin und her gerissen schluckte Sophie.

Tilda sah sie vielsagend an.

»Du denkst doch wohl nicht, dass ich … oh, nein …«, protestierte Sophie.

»Wir beide! Mensch, Sophie, vielleicht finden wir etwas darüber, wie der Fluch zu brechen ist. Seitdem ich denken kann, überschattet er unser Leben. Es würde uns eine große Last genommen werden. Komm, lass uns nachschauen. Bitte.«

Tildas flehender Blick stimmte Sophie schließlich um.

34.

Der nächste Tag begann trübe und drückte Sophie aufs Gemüt. Der folgende Regen machte das Arbeiten im Garten unmöglich. Christian und Amelie waren laut Tilda bei Freunden eingeladen. Die heftigen Regenschauer hielten auch Emanuel in seinem Apartment. Deshalb wollten Sophie und Tilda die Gelegenheit nutzen, zuerst nach dem Zweitschlüssel im Arbeitszimmer von Tildas Vater zu suchen, um anschließend in der Manufaktur nach der Porzellanserie Ausschau zu halten.

Es dämmerte bereits, als Tilda und Sophie den Korridor zum Arbeitszimmer des verstorbenen Carl, Baron von Güldenstein, entlangliefen. Blitze zuckten am Himmel, und der Regen klatschte gegen die Scheiben. Das flaue Gefühl in Sophies Magen wuchs bei jedem Schritt, mit dem sie sich ihrem Ziel näherten.

Selbst Tilda, die alles geplant hatte, war die Anspannung anzumerken. Vor einer Kassettentür aus massiver Eiche blieb sie stehen und atmete laut aus, bevor sie die Klinke hinunterdrückte. Knarrend sprang die Tür auf.

»Wie in einem Gruselschloss«, raunte Sophie ihr zu.

»Bei Helligkeit ist es weniger horrormäßig«, erklärte Tilda, und nur einen Atemzug später flammte der Kristallleuchter an der Decke auf. Auch wenn das Arbeitszimmer jetzt hell erleuchtet war, herrschte eine seltsam bedrückende Atmosphäre, was nicht nur an den klobigen Möbeln und den eigenwilligen Skulpturen lag.

In der Mitte stand der Schreibtisch, zwei Schritte daneben auf einem kleineren, eckigen Tisch das Schachspiel. Alle Elfenbeinfiguren waren afrikanische Wildtiere mit weit aufgerissenen Mäulern, als wollten sie sich auf den Betrachter stürzen. Sophie konnte

Eva und Tilda verstehen, denn auch sie bekam bei dem Anblick eine Gänsehaut. Sophie erschrak, als sie sich umsah und das Licht überdimensionale Schatten der Spielfiguren an die Wand warf.

»Gruselig, oder? Keine Ahnung, was meinen Vater so daran fasziniert hat«, sagte Tilda und machte sich am Schreibtisch zu schaffen.

Sophie dachte an Yuvens Worte über die von Güldensteins, die Dämonen herbeigelockt hätten. Während sie in Sophiengarten stets eine positive Energie spürte, die sie beflügelte, schien das düstere Palais eher das Gegenteil zu bewirken. Amelie und Christian hingegen schienen hier gern zu wohnen.

»Alles klar?« Tilda zupfte sie am Ärmel und unterbrach ihre Grübeleien. Obwohl niemand außer dem Küchenpersonal im Schloss weilte, fühlte Sophie sich die ganze Zeit über beobachtet. Tilda zog die erste Schublade auf. Im selben Augenblick schlug die Tür zu. Erschrocken wirbelte Tilda herum und rannte zur Tür. Sie riss und rüttelte an der Klinke, konnte sie aber trotz aller Bemühungen nicht öffnen.

»Die wird sich nur irgendwie verklemmt haben.« Sophie eilte zu Hilfe und drückte die Klinke hinunter. Danach zog sie die Tür auf.

»Siehste, ging doch ganz leicht.« Lächelnd wandte sie sich zu Tilda um, die sie zweifelnd ansah.

»Ich schwöre, dass das eben nicht ging«, versicherte sie ihr.

»Glaube ich dir doch. Bestimmt bist du besonders sensibel, weil es das Arbeitszimmer deines Vaters war. Nutzt Christian das eigentlich?«

Tilda schüttelte den Kopf. »Nein, er hat sich ein neues in seinem Apartment eingerichtet. Vielleicht sind wir wirklich verdammt.«

»So was darfst du nicht denken, Tilda. Das ist alles nur eine Frage der Einstellung. Glaubst du an den Fluch, besitzt er Macht über dich. Wenn nicht, kann er dir nichts anhaben«, versuchte sie ihre Begleiterin zu trösten.

»Wahrscheinlich hast du recht. Sicher hältst du mich jetzt für hysterisch.«

»Nein, tue ich nicht. Hypersensibel, nach allem, was dir und deiner Familie widerfahren ist. Lass uns lieber nach dem Schlüssel suchen. Das bringt uns auf andere Gedanken.«

Sophie lächelte Tilda an, die plötzlich erstarrte. Auf der Wand zeichnete sich der Schatten eines Elefanten ab.

»Das ist ein Zeichen«, wisperte Tilda.

Sophies Optimismus ließ sich nicht so leicht dämpfen. »Ja, das Zeichen, dass wir auf der richtigen Spur sind.«

Tilda war blass. Sophie hob den Elefanten-Briefbeschwerer lächelnd hoch und ließ den Schatten über die Wand gleiten.

»Dafür gibt es wenigstens eine sachliche Erklärung.«

Jetzt lächelte auch ihr Gegenüber.

Tilda zog eine Schublade des Schreibtisches auf und tastete mit der Hand herum.

»Vater hatte ihn mit einem Klebestreifen oberhalb der Lade fixiert«, erklärte sie. Bei der dritten Lade wurde sie fündig und präsentierte ihr einen Ring mit fünf Schlüsseln.

»Jetzt können wir zur Manufaktur«, verkündete sie lächelnd. »Der hier ist für die Hintertür. Der größte von den vieren an dem Ring passt zu einer Tür, hinter der sich eine Treppe nach unten befindet. Der einzige Kellerraum. Dieser hier passt zu dem Gitter, das den Zutritt zum uralten Tresor versperrt. Die anderen beiden sind für die Schlösser des Panzerschranks.«

»Aber wir brauchen doch sicher auch eine Zahlenkombination, oder?«, fragte Sophie.

»Ja. Ehrlich gesagt, hoffe ich, dass sie noch stimmt«, gestand Tilda und grinste verlegen.

»Das sind ja tolle Aussichten. Der ganze Aufwand, um dann festzustellen, dass die Zahlenkombination nicht stimmt?« Das war doch ein schlechter Scherz.

»Es ist unsere Chance. Ich bin seit vielen Jahren nicht mehr dort gewesen. Der düstere Keller hat mir immer Angst eingeflößt. Mein Vater konnte sich Zahlen schlecht merken, weshalb ich hoffe, dass er die Kombination nie verändert hat«, erklärte sie.

Sophie überlegte, ob sie diese ganze Suche besser abblasen sollte. Aber jetzt waren sie so dicht an der Wahrheit.

»Okay. Hoffen wir mal, dass dein Vater nie etwas geändert hat.«

Eine zufriedene Tilda schritt zur Tür. In dem Moment, als sie an dem Schachspiel vorüberging, purzelten alle Spielfiguren gleichzeitig um. Tilda sprang mit einem Schrei zur Seite und starrte auf das Spielbrett. Kein Fenster war geöffnet, was Durchzug ermöglicht hätte.

Jetzt verspürte auch Sophie ein mulmiges Gefühl. »Du musst gegen den Tisch gestoßen sein«, versuchte sie die aufgebrachte Tilda zu beruhigen.

Ihre Begleiterin runzelte die Stirn und nickte dann. »Ja, wahrscheinlich.« Doch noch immer schien Tilda zu zweifeln.

Nachdem sie die Spielfiguren alle wiederaufgestellt hatten, verließen sie eilig das Arbeitszimmer.

Als sie Sophiengarten erreichten, hatte zum Regen auch noch Sturm eingesetzt. Zahlreiche Äste lagen auf der Auffahrt und zwangen Tilda zum Slalomfahren. Der Scheibenwischer zog quietschend seine Bahnen. Sie atmeten auf, als sie endlich das Schloss erreichten.

Nachdem Tilda geparkt und den Motor abgestellt hatte, reichte sie Sophie die Schlüssel.

»Als Kind bin ich mit meinem Vater oft in der Manufaktur gewesen.« Sophie war verwundert, hielt sie doch die Manufaktur nicht für einen für Kinder interessanten Ort.

»Und weshalb?«

»Es zog ihn immer hierher, und ich habe es gehasst, ihn begleiten zu müssen. Ich fand diesen Ort unheimlich. Chris hat die Manufaktur *Höllenschmiede* genannt. Wenn wir uns gestritten haben, hat er mir gedroht, mich dort einzusperren. Erst als Eva und Emanuel das Schloss übernommen und alles hell und modern hergerichtet hatten, fiel es mir leichter, das Gebäude zu betreten.«

»Was hat deinen Vater dann nur daran gereizt? Und weshalb hat er dich mitgenommen?«

Tilda zuckte mit den Achseln. »Ich weiß es nicht.«

»Bevor der Regen noch heftiger wird und wir bis zu den Knöcheln versinken, sollten wir jetzt gehen«, schlug Sophie vor.

Sie zogen die Kapuzen ihrer Regenjacken über den Kopf und stiegen aus. Sophie drückte das schlechte Gewissen wegen Emanuel, der nichts ahnend in seinem Apartment saß. Sie mochte sich seine Reaktion, wenn er davon erführe, dass sie Evas heiliges Refugium betreten hatten, gar nicht vorstellen.

Mit der Taschenlampe bewaffnet, folgten sie fernab der Hauptwege einem schmalen Gartenpfad, der vom Regen aufgeweicht und glitschig war. Es roch nach Erde und dem frischen Mulch, den Iris und sie gestern in den Beeten verteilt hatten.

Im Vorbeigehen sahen sie Emanuel vor dem Fernseher sitzen, die Beine auf einen Hocker gelegt.

Geduckt im Schutz der Pergola schlichen Sophie und Tilda weiter. Plötzlich zuckte ein Blitz, dem ein Donnergrollen folgte. Sie sahen, wie Emanuel sich aus dem Sessel erhob und zum Fenster lief.

»Nicht bewegen«, flüsterte Tilda und drückte Sophie mit dem Arm gegen die Pfosten der Pergola.

»Das war eine Schnapsidee. Lass uns das verschieben und vorher mit Emanuel reden.«

»Dann kannst du das gleich vergessen, Sophie, weil er uns das nicht erlauben wird. Wenn es dich beruhigt, ich habe Christian informiert. Er steht voll hinter uns.«

Aber auch das vermochte Sophie nicht zu beruhigen. Was, wenn sich ihre Vermutung als falsch erwies? Längst bereute Sophie, sich darauf eingelassen zu haben und Emanuel zu hintergehen. Das würde er ihr sicher nie verzeihen.

Sie setzten erst dann den Weg fort, als Emanuel sich wieder in den Sessel begab.

35.

Bevor sie die Manufaktur erreichten, wurde Tilda immer langsamer. Sophie drehte sich fragend zu ihr um und las die Angst in ihren Augen.

»Vielleicht brechen wir die Aktion besser ab.« Sophies Vorschlag erntete nur Tildas Kopfschütteln.

»Nein, jeder noch so kleine Hinweis könnte uns weiterbringen. Ich … aber …«, stotterte Tilda, sichtlich bemüht, ihre Furcht zu formulieren.

»Ist es wegen damals? Verstehe. Mach dir keinen Kopf. Dann gehe ich eben allein da hinein.« Jetzt waren sie so weit gekommen, dass an Umkehr nicht mehr zu denken war.

»Danke«, hauchte Tilda.

Mit einem beklommenen Gefühl schloss Sophie die Hintertür auf und trat ein. Tilda versprach, draußen Schmiere zu stehen.

Im Raum streifte Sophie die Kapuze herunter und leuchtete ihn ab. Staub lag zentimeterdick auf den Werkbänken. Ganz hinten in der Ecke befand sich der Brennofen. Sophie wusste nur wenig über die Herstellung von Porzellan, nur das, was sie einmal bei den Güldensteins aufgeschnappt hatte. Die Feinkeramik bestand aus einem Gemisch von Porzellanerde, -ton, Feldspat und Quarz, das durch Brennen gehärtet wurde.

Direkt neben dem Ofen erkannte sie die Tür, hinter der die Treppe nach unten führte. Langsam ging Sophie darauf zu.

»Alles klar draußen?«, rief sie Tilda zu.

»Ja, alles okay«, kam die Antwort zurück.

Der Regen, der sich in den Falten ihrer Jacke gesammelt hatte, tropfte auf den Boden. Das Geräusch hallte durch den Raum. Sophie brauchte zwei Versuche fürs Schlüsseldrehen in der gepanzerten Tür, weil das Schloss eingerostet war. Quietschend sprang die Tür auf. Spinnweben hingen von der Decke, von denen Sophie etliche entfernte. Sie leuchtete die schmale Treppe hinab. Entschlossen stieg sie die Stufen hinunter. Auf halber Treppe fiel hinter ihr unerwartet mit einem dumpfen Knall die Tür zu. Sophies Herz galoppierte vor Schreck. Wenn sie hier drinnen gefangen war, würde niemand ihre Hilfeschreie hören. Doch sie vertraute Tilda. Es tröstete sie, dass sie draußen wartete und sicher nachschauen würde, wenn sie nicht zurückkam. Ablenkung war das beste Mittel bei Furcht. Deshalb wiederholte sie die Zahlenkombination für den Tresor, die Tilda ihr genannt hatte, und schickte ein Stoßgebet gen Himmel, dass es auch wirklich die richtige war. Hier unten war es eisigkalt. Fröstelnd stieg sie hinab, bis sie zum Eisengitter gelangte, das Tilda ihr beschrieben hatte. Mit zittrigen Fingern steckte sie den Schlüssel hinein und drehte ihn um. Sie erschrak bei dem kratzenden Geräusch, als die Tür sich seitwärts an die Wand schob. Vor ihr erkannte sie den verstaubten Tresor, nicht höher als ein halber Kühlschrank. Mit wenigen Handstrichen putzte sie das Zahlenschloss frei.

Dann drehte sie Tildas Kombination. Einmal rechts, dann wieder zweimal links. Ihre Finger zitterten so stark vor Aufregung, dass sie ihre Hand mit der anderen festhalten musste. Nach einem leisen Klicken konnte sie die Tür aufziehen. Tilda hatte recht gehabt, ihr Vater hatte keine Ziffer verändert. Aber im Innern des Tresors befanden sich keine der einst berühmten Mustervorlagen. Sie beugte sich vor und leuchtete ins Innere. Stattdessen fand sie Blätter Papier darin, Aufzeichnungen, vergilbte Skizzen. Sie nahm die Blätter heraus und blätterte sie durch. Kein Hinweis auf eine afrikanische Serie. Ihre Enttäuschung war groß.

»Scheiße!«, fluchte Sophie den Tränen nah. All die Mühe für nichts und wieder nichts. Dabei hatte sie so gehofft, irgendetwas über die Serie mit dem Afrikadekor zu erfahren, oder die Teller, von denen Yuven gesprochen hatte, zu finden.

Traurig verschloss sie den Tresor, danach das Eisengitter und stieg die Stufen empor.

Oben angekommen, wollte sie die Panzertür öffnen. Es klickte zwar, aber es war nicht möglich, sie aufzuschieben. Erneut fluchte sie. Dann stemmte sie sich mit aller Kraft gegen die Tür, die trotz aller Bemühungen keinen Deut nachgab. Tränen rannen Sophie übers Gesicht. Sie trommelte mit den Fäusten gegen den Stahl und schrie um Hilfe, in der Hoffnung, dass Tilda sie draußen hörte. Doch nichts regte sich. Hatte Emanuels Schwester kalte Füße bekommen und war gegangen?

»Tilda!«, schrie Sophie verzweifelt. Nichts. Nach mehrmaligem Rufen sank Sophie deprimiert auf die Stufen, vergrub ihr Gesicht in den Händen und heulte. Nachdem sie ihrem Selbstmitleid nachgegeben hatte, bis ihre Tränen versiegt waren, lehnte sie den Kopf an die kalte Steinmauer und starrte vor sich hin. Minuten wurden zu einer Ewigkeit. Ihr Handy hatte hier unten keinen Empfang. Sie konnte jetzt nur hoffen, dass Tilda sich bald um sie sorgen würde und von außen an der Tür zog. Bis dahin musste sie hier unten ausharren. Die Kälte kroch in ihre Kleidung und tiefer in ihre Knochen. Die Beine angezogen kauerte sie zitternd auf der Treppe. Eine halbe Stunde war bereits vergangen, und die Taschenlampe begann zu flackern. Das nicht auch noch! Wo blieb denn nur Tilda?

Sophie dachte an Frida und was diese an ihrer Stelle getan hätte. Die Freundin hatte selbst in höchster Bedrängnis nie den Mut verloren. Aber Sophie fühlte sich nicht so couragiert wie ihre Freundin. Das Licht der Taschenlampe flackerte erneut, dass Sophie mit der Handfläche dagegen klopfte. Sie hatte Glück, und es hörte wieder auf. Bis Rettung nahte, musste sie sich irgendwie ablenken. Sophie begann, die Steine in der Mauer zu zählen.

»Einhundertvierundfünfzig, einhundertfünfundfünfzig …« Ihr wurde schwindlig, die Luft war stickig. Sophie hustete und japste nach Luft. Sie musste hier bald raus, wenn sie nicht ersticken wollte. »Tilda, beeil dich«, flehte sie leise. Matt sank sie gegen die Mauer. Das Bild vor ihren Augen verschwamm. *Nur nicht ohnmächtig werden!* Ihre Lider wurden schwer und senkten sich herab.

Plötzlich riss sie die Augen wieder auf. Das konnte doch nicht sein. Unten am Fuß der Treppe stand Eva Allenheim und starrte sie an. Sie trug den schwarzen Anzug und das Top darunter wie auf den Fotos in der Zeitung. Lässig lehnte sie sich an die Mauer neben der Gittertür. »Eva«, flüsterte Sophie und fröstelte. Eva war tot! Eine Vision aufgrund des Sauerstoffmangels. Sophie konzentrierte sich auf die Vision, bis das Bild verschwamm. Eva war verschwunden, und sie atmete auf. »Nichts geschieht ohne Bedeutung, nicht einmal ein Tagtraum«, erinnerte sie sich an Fridas Worte. Vielleicht besaß das Trugbild von eben wirklich eine Bedeutung.

Schwankend erhob sie sich und stieg die Stufen bis zum Absatz hinunter. Ihre Kehle brannte vor Trockenheit. Links von der Gittertür war etwas in der Mauer anders. Sie richtete den Lichtstrahl darauf. Zwei Mauersteine waren nicht wie die anderen ringsherum verfugt und unterschieden sich auch von der Oberfläche von denen daneben. Als sie darüberstrich, rieselte aus den Fugen Staub. Sie kratzte mit den Fingern in einer Fuge und merkte schnell, dass der erste Stein sich lockerte. Ein Hustenanfall ließ sie innehalten. Nach kurzer Zeit konnte sie den Stein herausnehmen. Etwas Helles kam dahinter zum Vorschein. Doch um es zu fassen, musste sie auch den anderen Stein entfernen. Sie spürte nicht, dass ihre Fingerkuppen bluteten. Kurz darauf entfernte sie auch den zweiten Stein und fasste ins Loch. Gleich würde sie wissen, ob sich der Aufwand gelohnt hatte. Mit der Beute in der Hand schleppte sie sich nach oben. Sie wollte erneut um Hilfe schreien, aber ihre Stimme versagte. Erschöpft sackte sie auf der oberen Stufe in sich zusammen.

36.

Emanuel schaltete den Fernseher aus und schlurfte in die Küche, um sich einen Tee zuzubereiten. Sein Blick glitt unwillkürlich zum Fenster hinaus in den Garten. Er dachte wieder an den Dunkelhäutigen, während er kochendes Wasser über den Teebeutel in der Tasse goss. Der sahnige Duft des Tees verbreitete ein Wohlfühlaroma. Er hatte dem bitteren Geschmack von Kaffee nie etwas abgewinnen können. Da! War da nicht eben jemand geduckt gelaufen? Wahrscheinlich hatte er sich auch das nur wieder eingebildet. Emanuel schaute auf die Uhr. Kurz vor elf. Sicher würde Christian gerade einträchtig mit seiner Frau Amelie auf dem Sofa sitzen und Produktionsdetails besprechen. Auch er hätte gern seine Gedanken mit einer Frau geteilt. Die Vorfreude darauf, das fertige Produkt seines neuen Designs in den Händen zu halten, einen möglichen Erfolg oder auch eine Niederlage gemeinsam erleben. Nur zu gern erinnerte er sich, wie er mit Eva die neue Kollektion gefeiert hatte. Nach einem erlesenen Dinner hatten sie sich geliebt.

Wie sehr ihm diese Aufregung, das Kribbeln vor dem Start einer neuen eigenen Produktionsreihe gefehlt hatte, war ihm erst jetzt bewusst. Christian hatte recht, er war durch und durch ein Güldenstein, der es liebte, schöne Dinge zu kreieren.

Seitdem er den ersten Entwurf des Rosencolliers in der Hand gehalten hatte, verspürte er den Wunsch, wieder als Designer in der Firma mitzuarbeiten. Oder wenigstens zum Teil. Seine neue Reihe, die er Flora nennen wollte, nach der Göttin der Blüte und des Frühlings, wäre sein Comeback.

Sophie hatte ihn zu dieser Kollektion inspiriert, weil sie Flora verkörperte. Durch sie hatte nicht nur der Garten seine Farbenpracht zurückerhalten, sondern auch sein Leben. Er sah ihre veilchenblauen Augen vor sich, die Grübchen, wenn sie lächelte. *Hast du dich etwa ernsthaft in sie verliebt?* Bei diesem Gedanken erschrak er und schlug mit der Faust auf die Küchentheke. Das hätte nie geschehen dürfen, da er doch wusste, dass es wieder in einer Tragödie enden würde! Wie bei Eva. Nie mehr, so schwor er sich, wollte er eine Frau wieder so lieben wie sie. Liebe schmerzte, und ihr Verlust war unerträglich.

Nachdenklich starrte er in die Dunkelheit hinaus. Nach einer Weile nahm er seinen Tee und kehrte ins Wohnzimmer vor den Kamin zurück.

Das Prasseln des Feuers und das warme Getränk entspannten ihn, dass er wenige Augenblicke später einschlief.

Emanuel hörte ihre Schreie, spürte ihre Angst. Sophie! Er sprang vom Sessel auf und nahm die steinerne Treppe nach unten. Ein dunkler, schmaler Tunnel führte ihn zu einer Tür. Wasser tropfte von der Decke und bildete Pfützen. Das fahle Licht der Laterne in seinen Händen erhellte den Tunnel nur spärlich. Er rannte auf die Mauer zu, hinter der ihre Schreie ertönten. Sophies Schreie wurden immer verzweifelter, brachten die Mauer zum Beben. Noch nie hatte er sich so hilflos gefühlt wie jetzt. »Sophie!«, brüllte er. Er hörte sie schluchzen, und ihre Hände klopften im gleichmäßigen Rhythmus an die Wand. Bumm. Bumm. Bumm …

Das Klopfen wurde energischer. Es dauerte eine Weile, bis Emanuel begriff, dass das Geräusch woanders herrührte.

»Emanuel!«, hörte er Tilda rufen. Nur langsam kam er zu sich.

»Emanuel! Mach bitte auf.« Tildas Stimme wurde schriller.

Seufzend stand er auf und eilte zur Eingangstür. Vor der Tür stand seine völlig durchnässte Schwester. Kleine Rinnsale flossen aus dem Saum ihrer Jacke.

»Tilda, du? Bei der Sintflut bist du nach Sophiengarten gefahren?«

Tilda keuchte und hielt sich die Seiten. »Ja. Du musst sofort mitkommen!«, rief sie aufgeregt und zerrte an seinem Arm.

»Was ist denn los? Hattest du etwa einen Unfall? Ist dir was geschehen?« Sein Blick erfasste keine Verletzung. Bis auf die Nässe sah Tilda wie immer aus.

»Nein, ich bin okay. Es geht nicht um mich.«

»Um wen denn dann? Etwa Sophie?« Angst stieg in ihm auf. Der Traum von eben war noch gegenwärtig.

»Frag jetzt nicht, dafür habe ich keine Zeit. Komm lieber mit«, drängte sie ihn.

»Okay, aber ich muss mir erst was überziehen.« Er schlüpfte in seine halbhohen Stiefel und nahm seine Regenjacke. Tilda trat von einem Fuß auf den anderen. »Beeil dich, Manu! Schnell, zur Manufaktur!«

Seine Schwester neigte oft dazu, alles zu dramatisieren. Doch die Furcht in ihren Augen verhieß ihm nichts Gutes. Er spürte, dass Sophie in Gefahr schwebte. Der Regen lief in seinen Kragen und verursachte eine Gänsehaut. Doch das war nichts gegen den dumpfen Druck in seinem Magen.

Er überholte seine Schwester und erreichte die Manufaktur. Die Hintertür stand sperrangelweit offen.

Furcht und Wut wallten zugleich in ihm auf, wenn auch die Erstere in diesem Moment überwog. Entgegen seiner Weisung waren seine Schwester und Sophie in Evas Refugium eingedrungen. Er ballte die Hände zu Fäusten.

Das Gebäude war dunkel.

»Was zum Teufel habt ihr hier in der Manufaktur gemacht? Sie ist für alle tabu! Und wie seid ihr hier reingekommen?«, fuhr er Tilda an.

»Mit Papas Zweitschlüssel«, gab Tilda kleinlaut zu.

»Gibt es hier irgendwo Licht?«, fragte sie.

»Dazu muss der Generator erst eingeschaltet werden. Warte.«

Wenige Augenblicke kehrte er zurück, und der Vorraum der Manufaktur war hell erleuchtet.

Er umfasste Tildas Schultern. »Wo ist sie?«

»Unten … im Keller … die Tür ließ sich nicht mehr öffnen«, stammelte Tilda und kaute auf der Unterlippe. Tränen liefen ihr über die Wangen.

»Sophie hatte … eine Vermutung. Wir … wir wollten in der Manufaktur nach einer alten Porzellanserie suchen. Mit Afrikamotiven und Tellern mit der Fluchgeschichte. Und dann … sie meinte, es wäre vielleicht hier.« Tilda riss die Hände hoch. »Es war meine Idee mit Papas Schlüssel. Ich schwöre. Sophie kann nichts dafür.«

Tildas einsame Entscheidungen und eigenmächtiges Handeln war er gewöhnt, aber dass Sophie da mitmachte, enttäuschte ihn sehr.

Ihm schwante nichts Gutes, und seine Sorge um Sophie wuchs. »Du enttäuschst mich, Tilda.« Er wandte sich ab und schlug mit der Faust durch die Luft.

»Manu, bitte verzeih mir … Ich … Wir …«

»Ich will jetzt nichts davon hören. Darüber reden wir später«, schnitt er Tilda das Wort ab. »Hättest du mich vorher gefragt, wüsstest du, dass die Tür defekt ist. Verdammt, Tilda! Wie konntet ihr nur!«

Flehend sah sie zu ihm auf.

Emanuel lief zur Tür und versuchte sie aufzuziehen.

»Scheiße! Sie klemmt«, schimpfte er. »Tilda, ruf Chris an!«, befahl er ihr.

»Er ist schon unterwegs«, gab sie reumütig zu.

»Sophie? Kannst du mich hören?«, rief er durch die Tür, aber erhielt keine Antwort. Die Angst um sie schnürte ihm die Kehle zu.

Keuchend hielt er nach dem nächsten Versuch inne. Die Luft dort unten war miserabel. Im Geist sah er Sophie auf den Stufen liegen und nach Atem ringen.

»Wir versuchen es noch mal gemeinsam«, schlug Tilda vor und deutete auf die Tür.

Beide umfassten den Griff und zerrten daran. Die Tür bewegte sich nicht einen Deut.

»Ich höre einen Wagen«, erklärte Tilda. »Christian.« Sie rannte nach draußen. Emanuel schaute sich nach etwas Geeignetem um, mit dem er die Tür öffnen konnte. Dann fiel ihm ein, dass sich im Atelier Metallstangen zum Öffnen der Dachflächenfenster befanden. Wenig später kehrte er mit einer zurück. Mit aller Kraft zog er an der Tür, dass er glaubte, seine Muskeln würden reißen, und schob die Spitze der Stange mit dem Fuß in den Türspalt. Schweiß perlte ihm von der Stirn und seine Hände schmerzten. Er hatte Glück. Irgendwie schaffte er es, die Tür mithilfe der verkeilten Stange zu öffnen. Sofort zog er Sophie, die er matt auf den Stufen vorfand, heraus. Die Tür schlug erneut zu.

Keuchend, unter Aufbietung aller Kräfte, zerrte er Sophie in die Mitte des staubigen Raumes. Erschöpft presste er die keuchende Frau an sich. »Sophie«, flüsterte er, küsste sie aufs Haar und auf ihre staubigen Wangen. Emanuel war unendlich erleichtert. »Sophie, alles okay mit dir?«, presste er hervor. Sie nickte.

»Ich hab was gefunden«, murmelte sie an seiner Schulter. Emanuel hatte seinen Arm um ihre Taille gelegt und stützte sie, als ihre Beine nachgaben.

»Was hast du gefunden?«, fragte er leise.

Bevor sie antworten konnte, trafen Tilda und Christian ein.

»Tilda hat uns angerufen«, erklärte sein Bruder atemlos, von dessen blauem Cape der Regen perlte. Hinter ihm stand die sichtlich besorgte Amelie.

»Wie geht es Sophie?«, fragte sie.

»Es geht mir gut«, krächzte Sophie und wand sich aus Emanuels Arm.

Die sichtlich erleichterte Tilda rannte zu ihr und umarmte sie. »Ich bin so froh, dass dir nichts geschehen ist.«

Sophie klopfte ihr freundschaftlich auf den Rücken. »Du weißt doch, Unkraut vergeht nicht.« Sie klang heiser.

»Wie konntet ihr das zulassen? Dort unten ist es gefährlich«, fuhr Emanuel seine Geschwister und Amelie an.

»Jeder von uns will diesen Fluch endlich vergessen können. Manu, bitte, seien wir doch lieber froh, dass Sophie nichts geschehen ist.« Amelie trat neben sie und legte ihr den Arm um die Schultern.

Er war nicht nur von Tilda und Sophie enttäuscht, sondern auch von Bruder und Schwägerin. Die steckten alle unter einer Decke.

»Lasst uns lieber drüben in Ruhe miteinander reden«, schlug sein Bruder vor.

Widerwillig gab Emanuel nach. »Meinetwegen.«

37.

In der Zwischenzeit hatte es zu regnen aufgehört. Doch noch immer war der Wind frisch und wehte den Duft von Pfingstrosen und feuchter Erde zu ihnen herüber. Christian und Amelie liefen an der Spitze, gefolgt von Emanuel und Tilda. Sophie kam sich wie ein Anhängsel vor, als sie hinter den anderen hertrottete. Der Fund hatte sie aufgewühlt. Tausend Fragen in ihrem Kopf verlangten nach einer Antwort. Und dann war da noch das Problem mit Emanuel. Die Spannungen zwischen ihnen waren deutlich spürbar. Sein wütender Blick hatte ihr ohnehin schon schlechtes Gewissen verstärkt. Wie gern hätte sie ihm ihre Beweggründe erklärt. Emanuel würde ihr das nicht verzeihen, vielleicht sogar ihr den Job kündigen. Als Tilda ihrem älteren Bruder nacheilte, ergriff Sophie die Chance und trat neben ihn. Sie hielt ihn am Arm fest.

»Bitte, Emanuel … es tut mir leid. Ehrlich.«

Wütend schüttelte er ihre Hand ab. »Spar dir deine Entschuldigungen. Du und Tilda, ihr habt mich schwer enttäuscht.«

Der verletzte Ausdruck in seinen Augen schnitt sich wie ein Messer in ihr Herz. Das hatte sie nicht gewollt. Sophie drängte ihn nicht weiter, denn er war in diesem Augenblick zu wütend auf sie, als dass er eine Erklärung von ihr akzeptiert hätte. *Vielleicht zu einem späteren Zeitpunkt.* Emanuel eilte weiter und schloss zu Christian auf. Tilda sah Sophie mitfühlend an.

»Ich kenne meinen Bruder. Er ist sehr temperamentvoll. Aber er wird sich schon wieder beruhigen. Gib ihm Zeit«, raunte Tilda ihr zu, als sie das Schloss betraten.

Wenig später saßen alle um den ovalen Tisch im Silbersalon.

Sophie schilderte den anderen ausführlich ihre Begegnung mit Yuven und zeigte die Servierplatte, die sie in seinem Laden erstanden hatte.

»Dieses Dekor ist aus der Anfangszeit. Im Tresor gibt es noch ein, zwei Stücke davon«, warf Christian ein. Während Amelie und Tilda nickten, schwieg Emanuel. Sophie sah zu ihm hinüber, doch er mied ihren Blick. *Er ist noch immer wütend auf mich!* Seinetwegen fühlte sie sich elend.

»Das hier habe ich unten im Keller in der Wand neben der Eisengittertür gefunden. Hinter zwei losen Steinen.« Ein Raunen der anderen folgte. Sophie zog aus ihrer Hosentasche mehrere zusammengefaltete Zettel. Alle Augenpaare richteten sich auf sie.

»Auf diesen Zetteln sind Tellerdekors der Serie Afrika abgebildet.«

Christian beugte sich weit vor, um die Zettel näher zu betrachten.

»Ich habe davon gehört, aber nie ein Stück davon gesehen. Auch besitzen wir davon keine Skizzen. Selbst Vater hat immer gehofft, eines der alten Porzellanstücke zu finden. Es wurden damals nur drei Service hergestellt, wovon eines das englische Königshaus erhalten hat.«

Die Gesichter der Güldensteins waren blass und angespannt.

Sophie faltete einen der stark angegilbten Zettel auseinander.

»Die Schrift ist größtenteils verblichen und an einigen Stellen nicht mehr lesbar«, fuhr sie fort.

»Die Skizzen erzählen eine Jagdgeschichte. Sie könnte helfen, den Fluch aufzuklären.« Sophie glättete vorsichtig noch zwei weitere Papiere, die sie anschließend in die Mitte des Tisches legte.

»Hier die Jahreszahl *1891* und da das Güldenstein-Wappen. Und ein Kürzel *CvG.*« Sie tippte mit dem Finger auf die Jahreszahl.

»Carl von Güldenstein, dieses Kürzel hat unser Dynastiebegründer verwendet«, bestätigte Christian.

»Teller, Tassen und Kaffeekanne mit dem gleichen Dekor.« Ihr Finger tippte auf alle Zeichnungen. »Die Bilder erzählen die Geschichte von Carl I. in Afrika. Hier, seht ihr die Akazienbäume, die den Tellerrand säumen? Genau wie auf dem Teller aus dem Hamelner Geschäft. In der Mitte ist ein weißer Elefant zu sehen. Dieser Mann hier mit Gewehr und Hut und dem gezwirbelten Bart«, sie zeigte auf die verschiedenen Darstellungen, »ist auf jedem der Bilder zu erkennen.«

»Das ist unverkennbar Carl I. Wir wissen, dass er in Afrika gewesen ist«, bestätigte Christian. Auf dem Gemälde in der Galerie trägt er Ähnliches.«

»Er war während der Kolonialzeit drüben. Ich erinnere mich, dass John das erwähnte.« Jetzt nahm Amelie das Papier behutsam in die Hand.

»Auf der nächsten Skizze ist zu erkennen, dass der Mann, vermutlich Carl, den Elefanten jagt, und auf diesem Bild tötet er ihn.« Sophie zitterte vor Aufregung. Sie faltete ein weiteres Papier auseinander. »Stoßzähne, die auf ein Schiff verladen werden. Da seht ihr den Namen des Schiffes: *Stolz von Marie.*«

»Ja, ich erinnere mich, dass es im Besitz unserer Familie war. Es wurde später im ersten Weltkrieg von der Armee beschlagnahmt. In der Galerie hängt noch ein Gemälde des Dreimasters«, sagte Emanuel.

»Demnach hat Carl das Elfenbein verschifft«, beteiligte sich auch Emanuel an dem Gespräch. »Es liegt nahe, dass er es hergebracht hat.«

»Das könnte ich mir auch vorstellen«, pflichtete Christian seinem Bruder bei. »Fragt sich nur wo? Es gibt unzählige Verstecke in unseren Schlössern. Was aber, wenn er es doch woanders hingebracht hat? Das ist wie das Suchen der berühmten Stecknadel im Heuhaufen.«

»Viele sind in den Kolonien auf die Jagd gegangen, haben Elfenbein erbeutet. Afrika, Indien ... Dann müssten ja alle Jäger verflucht worden sein«, gab Amelie zu bedenken. »Nee, das glaube ich nicht.«

»Dachte ich auch. Aber die letzten Dekors liefern die Erklärung.« Sophie zog aus der Tasche das letzte Blatt Papier, das sie ausgebreitet auf den Tisch legte. »Eingeborene mit auffälliger

Bemalung und Speeren. Ein Kriegstanz? Einer mit auffälligem Kopfschmuck hält einen Stab in Form einer Schlange über die Stoßzähne. Und hier tragen Krieger Blumen und andere Sachen zum toten Elefanten, als hätten sie ihn verehrt. In Indien sind Kühe heilig. Es könnte doch sein, dass es auch heilige Elefanten gibt. Wenn ihr euch noch mal die erste Skizze anseht … Mir ist aufgefallen, dass der Elefant nicht grau, sondern weiß ist. In einigen Ländern werden weiße Tiere besonders verehrt.«

»Du meinst, es könnte sein, dass Carl verflucht wurde, weil er Elfenbein eines heiligen Elefanten außer Landes gebracht hat? Wäre denkbar.« Christian runzelte die Stirn.

»Ich erinnere mich, dass meine Tante Irmi einen weißen Elefanten erwähnt hat«, pflichtete Amelie bei. Sophie sah zu Emanuel hinüber, der aufmerksam den anderen lauschte, aber kaum etwas sagte. Eigentlich wollte sie von einem weiteren Fund erzählen. Aber Christian, Amelie und Tilda waren in eine Diskussion verwickelt und aufeinander fokussiert. Ihre Worte zogen an Sophie vorbei. Sie fühlte sich erschöpft. Immer wieder ertappte sie sich dabei, wie sie zu Emanuel hinübersah. Dass er wütend auf sie war, belastete sie mehr als angenommen.

Amelie schlug vor, John zu dieser Sache zu befragen und ihm Fotos der Skizzen zuzusenden.

»Ich habe übrigens noch einen Zettel gefunden«, verkündete Sophie matt und schob das letzte Blatt in die Tischmitte. Hinter ihren Schläfen pochte es. »Es könnte ein Hinweis auf das Elfenbein sein. Dort, wo der Kreis eingezeichnet ist. Das ist doch der Turm hier, oder?«

Christian nahm die Zeichnung in die Hand und betrachtete sie.

»Ja, das ist der Turm in Sophiengarten.«

Schweigend erhob sich Emanuel und holte aus einer Holzkiste ein Blatt Papier, das offenbar eine Kopie war.

»Das hier habe ich in Evas Kiste gefunden. Ich habe mich immer gefragt, was es bedeutet. Zuerst dachte ich, dass die Kennzeichnung nur so gemacht wurde. Dennoch glaube ich nicht, dass hier im Schloss Elfenbein versteckt wurde. Bei der Sanierung haben wir damals jeden Raum untersucht und umgekrempelt ...«

»Bis auf den Turm«, wandte Tilda ein.

»Ja, aber die Handwerker haben den ganzen Raum unter die Lupe genommen. Ich glaube nicht, dass es hier ist.«

»Egal, wir sollten uns trotzdem einmal genauer im Turm umschauen. Es ist schon sehr spät. Amelie und ich fahren morgen in aller Frühe nach Hannover zu einem wichtigen Termin wegen der Messe im Herbst. Morgen gegen Mittag?« Christians Vorschlag wurde von allen einstimmig angenommen.

Es war bereits kurz vor zwei, als sich Christian, Amelie und Tilda verabschiedeten.

Nachdem die anderen gegangen waren, blieb Sophie und stellte die Flaschen Mineralwasser und Bionade zusammen. Jetzt bot sich ihr die Gelegenheit, mit Emanuel allein zu reden und ihm alles zu erklären. Die frostige Atmosphäre zwischen ihnen konnte sie nicht mehr länger ertragen. Sein Schweigen war schlimmer, als wenn er sie angebrüllt oder beschimpft hätte.

Emanuel räumte die benutzten Gläser in die Küche, und sie folgte ihm. Schweigend wusch er die Gläser ab, ohne aufzusehen. Er tat, als wäre sie für ihn Luft. Eine Weile lehnte sie im Türrahmen und wartete vergeblich auf ein Wort von ihm. Irgendwann hielt sie es nicht mehr aus.

»Emanuel, wir müssen miteinander reden.« Seufzend legte er das Geschirrtuch beiseite und wandte sich zu ihr um.

»Reden? Das hättest du lieber tun sollen, bevor du die Manufaktur betreten hast.« Er stellte die Gläser in den Schrank. »Nicht heute, es ist schon spät, und ich bin müde. Lass uns das verschieben.«

»Aber es ist mir wichtig, alles jetzt klarzustellen. Bitte, gib mir wenigstens eine Chance, es dir zu erklären. Ich werde dich nicht lange aufhalten.«

Als er sie schweigend ansah, interpretierte sie das als Zustimmung und fuhr fort.

»Es war ein Fehler, ohne deine Zustimmung die Manufaktur zu betreten, und ich bereue es sehr. Bitte verzeih.«

Er nickte.

Sophie fühlte sich dazu ermutigt, weiterzuerzählen, von ihren vergeblichen Bemühungen, mehr über ihre Herkunft herauszufinden, und ihrer Vermutung, ihr Schicksal könnte mit Emanuels Familie irgendwie verbunden sein.

Aufmerksam hörte er ihr zu, ohne sie zu unterbrechen.

»So viele Jahre sind meine Fragen unbeantwortet geblieben. Ich habe befürchtet, mich erneut zu verrennen und einer falschen Spur zu folgen. Es ist schrecklich, jedes Mal Hoffnung zu schöpfen, die sich wieder zerschlägt. Ich musste einfach so schnell wie möglich wissen, ob etwas an der Sache dran ist.«

»Warum hast du keinen Ton gesagt?«

»Weil ich befürchtet habe, dass du mir nicht gestatten würdest, in der Manufaktur zu suchen. Glaub mir, ich wollte dich weder verletzen noch in Evas Refugium eindringen.« Sophie schlug seufzend die Hände vors Gesicht. Eine Last war von ihren Schultern gefallen.

»Und hast du gefunden, was du gesucht hast?«, fragte er nicht mehr so verärgert wie eben.

»Nein, ja, vielleicht … Die Geschichte um diesen Elefanten kenne ich. Ich weiß nur noch nicht woher. Aber das werde ich herausbekommen.«

Emanuel kam langsam auf sie zu, bis er dicht vor ihr stand. Die Wärme seines Köpers hüllte sie ein. Sanft strich er über ihre Hände und umfasste sie dann.

»Okay«, antwortete er sanft. »Sophie, ich war so wütend und enttäuscht, weil du dich mir nicht anvertraut hast. Und später, als Tilda mich geholt hat, war ich außer mir vor Sorge, dir könnte etwas zugestoßen sein.«

Der Glanz in seinen Augen wärmte ihre Seele. Alles sprach dafür, dass er ihre Gefühle teilte.

»Du hast schon gespürt, dass ich … dass du mir nicht … gleichgültig bist …«, sagte er leise. Ihr wurde heiß unter seinem Blick.

»Ja«, hauchte sie und hoffte inständig, er würde ihr endlich sagen, was sie erhoffte. Doch plötzlich verspürte sie das Gefühl, dass er sich zurückzog.

»Ich würde mich sehr freuen, wenn du weiterhin in Sophiengarten bleiben würdest.« Seine Worte enttäuschten sie, obwohl sie spürte, wie viel Überwindung es ihn kostete, seine Emotionen in Worte zu fassen.

Sie hatte sich bis zum heutigen Tag danach gesehnt, dass er sie darum bitten würde, und auch gehofft, er würde ihre Gefühle erwidern. Da hatte sie sich wohl geirrt. Hinzu kam, dass ihr Fund neue Fragen aufgeworfen hatte und sie einen Entschluss fasste. »Danke für dein Angebot. Aber wenn meine Arbeit hier beendet ist, werde ich gehen.«

Ihr Herz hämmerte so laut, dass sie glaubte, er müsse es hören.

»Aber, Sophie … ich dachte … du fühlst dich wohl auf Sophiengarten.«

Wohl bei dir, fügte sie in Gedanken hinzu.

Sein warmer und inniger Blick ließ ihr Herz in der Brust hüpfen. Noch immer hielt er ihre Hände. Mit den Daumen strich er sanft über ihre Handrücken. Sophie dachte an Eva, die er über alles geliebt hatte und die er über den Tod hinaus liebte. Er wollte sie als Gärtnerin, vielleicht auch als *gute Freundin*, aber nicht als Frau. Sie wollte nicht die zweite Wahl sein. Sie dachte an seinen Kuss, bei dem er an ihren Lippen Evas Namen geflüstert hatte. Wie sehr hatte sie sich von ihm gewünscht zu hören, dass er sich in sie verliebt hatte.

»Ja, tue ich auch. Aber ich hatte geglaubt, dass du mehr in mir siehst als die befreundete Gärtnerin.«

»Aber Sophie … du bist eine tolle Frau …« Sie stoppte ihn mit einer Geste. Wäre er wirklich in sie verliebt gewesen, hätte er ihr das gestanden. Sie kam zu dem Schluss, dass er Eva noch immer liebte und einer neuen Liebe keinen Platz in seinem Herzen einräumte. Aus diesem Grund konnte sie nicht hierbleiben. Es würde ihr das Herz brechen.

»Du könntest dich hier frei bewegen, deinen Gestaltungen stünde nichts mehr im Weg. Wir könnten die Abende zusammensitzen.«

Die Aussicht war zwar verlockend. Doch irgendwann würde er

eine Frau wie Eva kennen- und liebenlernen. Da könnte sie nicht zusehen.

»Das mit uns … das würde nicht gut gehen«, antwortete sie daher.

In seinen Augen flackerte es schmerzlich auf. »Aber wieso?«, begehrte er auf.

Sophie suchte krampfhaft nach Worten. »Du … du hast Eva … sehr geliebt, hast sie vergöttert. Ihr habt alles hier zusammen aufgebaut. Euer Leben fand hier in Sophiengarten statt, eine überaus glückliche Zeit. Sie bestimmt noch immer dein Leben. Aber ich wünsche mir einen Mann, der mit seinen Gedanken und seinem Herzen nur bei mir ist«, erklärte sie ihm.

Zärtlich umfasste er ihr Gesicht. »Du hast mich aus dem Tal befreit und mir neue Energie verliehen. Mir ist nicht mehr alles gleichgültig, und dann meine neuen Entwürfe … Dafür bin ich dir unendlich dankbar!«

Dankbar? Auch aus diesem Grund wollte er mit ihr zusammen sein?

Der warme Glanz in seinen Augen, die leidenschaftlichen Küsse … Sie hatte geglaubt, dass er das Gleiche für sie empfand. Das konnte er doch nicht vorgetäuscht haben. Spürte er denn nicht, wonach sie sich sehnte?

»Aus Dankbarkeit willst du mit mir zusammen sein? Oder weil du mich magst? Das reicht mir nicht, Emanuel. Ich will mehr.«

»Willst du ein Liebesgeständnis hören?« Weshalb fiel es ihm so schwer?

»Wenn du mehr als nur Freundschaft für mich empfindest, dann sag es«, forderte Sophie leise und blickte voller Sehnsucht zu ihm auf.

Sie spürte, wie er innerlich mit sich rang. »Ich … ich kann es nicht«, stieß er gequält hervor.

Sophies Herz sackte Etagen tiefer. Sie fühlte sich elend, aber es war besser, rechtzeitig zu wissen, woran sie war. »Verstehe. Wir kommen eben aus verschiedenen Welten, die nicht vereinbar sind.«

»Sophie, du bist wirklich hinreißend und süß, kreativ, intelligent …«

Sie winkte ab.

»Sophie, bitte …«, flüsterte er, zog ihre Hand an seinen Mund und küsste jeden ihrer Finger. Die sanften Berührungen lösten ein heftiges Prickeln in ihr aus. Wenn er wüsste, welche Macht er über sie besaß. Ihr Widerstand schwand. Falls er nicht gleich aufhörte, würde sie womöglich hierbleiben. Ehe sie protestieren konnte, beugte er sich zu ihr herunter und küsste sie. Sophie verlor sich in der sanften Berührung seiner Lippen. Sein Kuss war fordernd, besitzergreifend und leidenschaftlich. Ihrem Gefühl nach küsste ein Mann nur so, wenn er verliebt war. *Du bist ihm wie eine reife Frucht in die Arme gesunken. Es fiele ihm leicht, dich zu täuschen.*

Die mahnende Stimme ihres Gewissens ließ sie ihre Hände gegen seine Brust stemmen. Der Fluch und die tote Eva bestimmten sein Leben. Mit letzter Kraft schob sie ihn von sich.

»Es geht nicht, Emanuel«, sagte sie und schluckte hart.

Sein trauriger Blick zerriss ihr fast das Herz. Aber es war besser so. Solange er nicht die Last der Vergangenheit abgeworfen hatte und sich zu seinen Gefühlen für sie bekannte, würde es für sie keine Zukunft geben.

»Sophie …«

»Nein«, antwortete sie bestimmt, obwohl ihr Herz dem widersprach.

»Dann muss ich deine Entscheidung wohl akzeptieren, auch wenn es mir schwerfällt«, antwortete er heiser.

38.

In der Nacht hatte Emanuel wegen Sophie kein Auge zugetan. Entgegen seiner Gewohnheit stand er mit einer Tasse starken Kaffees in der Hand am Fenster und schaute in den Garten hinaus. Irgendwo hinter der akkurat geschnittenen Eibenhecke lagen die Wasserkaskaden, die Sophie wieder in Gang bringen wollte. Er verzog den Mund, weil der Kaffee bitter schmeckte, und goss ihn in den Ausguss.

Sophie tauchte hinter der Hecke auf. Ihr Haar glänzte golden im Sonnenlicht. Traurig dachte er daran, dass ihre Zeit auf Sophiengarten sich dem Ende zuneigte. Er würde sie vermissen.

Iris brachte ihr ein Paar Handschuhe. Dann tuschelten sie miteinander und lachten. Er liebte ihr Lachen, ihre Grübchen, einfach alles an ihr. *Liebe! Liebe! Bringt nur Schmerz und Leid. Oder hast du schon wieder vergessen, was Eva geschehen ist?* Gestern war er fast der Versuchung erlegen gewesen, Sophie seine Gefühle zu gestehen und sie anzuflehen, bei ihm in Sophiengarten zu bleiben. Der Gedanke an seine Ahnen hatte ihn standhaft bleiben lassen.

In jeder Generation der von Güldensteins hatte das Schicksal zugeschlagen. Bei seinem Urgroßvater Carl-Otto, dessen älterem Bruder Ferdinand, seinem Vater, dessen Bruder Berthold. Letzterer hatte sogar zwei Frauen durch Unfälle verloren. Fast wäre aus Christian und Amelie kein Paar geworden. Der Fluch klebte an ihnen. Keiner wusste, wann er wieder zuschlug.

Wenn er sich offen zu seinen Gefühlen für Sophie bekannte, würde er sie womöglich in Gefahr bringen. Seine Entscheidung, es nicht zu tun, war richtig gewesen, auch wenn sie von ihm bitter enttäuscht war.

Bevor er heute dem Trübsinn verfiel, beschloss er, sich abzulenken. Zum ersten Mal nach langer Zeit wollte er einen Supermarkt besuchen und mittags zum verabredeten Zeitpunkt wieder zurück sein.

Als er pünktlich zum mittäglichen Glockenschlag zurückkehrte, wurde er von seinen Geschwistern bereits erwartet.

»Hey, ich glaub's nicht!«, rief Tilda erstaunt. »Unser Bruder war einkaufen! Dass ich das noch mal erlebe!«

»Irgendwann musste ich ja wieder los. Mir waren Tee und Schokolade ausgegangen«, gestand er und grinste verlegen. Das Strahlen in den Gesichtern der anderen rührte ihn.

Nachdem seine Geschwister ihn herzlich umarmt hatten, drückte auch Amelie ihn an sich. »Willkommen zurück, Manu«, raunte sie ihm dabei ins Ohr. Er fühlte sich wie der verlorene Sohn, der nach Jahren in den Schoß der Familie heimkehrte. Christian wippte auf den Zehenspitzen, und Tilda knetete ihre Hände. Sie alle erschienen nervös.

»Wo steckt eigentlich Sophie? Sie sollte doch dabei sein. Immerhin hat sie die Zeichnungen gefunden«, sagte Tilda und blickte sich um.

»Bestimmt im Garten. Sind ja nur noch wenige Tage bis zu Wiedereröffnung. Ich seh mal nach«, schlug Amelie vor.

Eigentlich wäre es Emanuel ohne sie lieber gewesen. Überhaupt fand er die ganze Aktion gelinde gesagt unnötig. Auf Sophiengarten gab es kein Elfenbein! Doch er schwieg.

Seit Evas Tod hatte er das Turmzimmer nicht mehr betreten. Er erinnerte sich an ihre Pläne, das Zimmer in einen Kreativraum für sie und ihn herzurichten. Hier oben wollten sie Kraft tanken und neue Ideen schöpfen. Dazu verhalf auch die Rundumverglasung, die einen herrlichen Panoramablick aufs Weserbergland bot. Silbrig schimmernd schlängelte sich die Weser zwischen Feldern und an Wäldern vorbei. Er hatte fast vergessen, welch grandiose Aussicht einen hier oben erwartete.

Leider waren der Turm und ein Teil der Nordseite noch zu renovieren. Mit Evas Tod waren alle Arbeiten zum Erliegen gekommen.

Nach Amelie wehte Sophie ins Turmzimmer wie ein frischer Frühlingswind, mit rosigen Wangen und einem Strahlen in den veilchenblauen Augen. Auch ihr war eine gewisse Nervosität anzumerken, weil sie ständig an ihrem Haar zupfte. Bei ihrem Anblick schnellte Emanuels Puls in die Höhe. Als sich ihre Blicke flüchtig begegneten, sah sie hastig weg. Er musste sich zwingen, nicht dauernd zu ihr hinüberzusehen.

»Hast du die Skizze?« Christian stieß ihn mit dem Ellbogen an. Emanuel nickte, zog das Papier aus der Hosentasche und faltete es sorgfältig auf dem Boden auseinander.

»Wenn ich es richtig sehe, müsste der Kreis auf der Skizze diese Stelle hier bezeichnen.« Mit der Zeichnung in der Hand lief er zur Mitte des Raumes und deutete nach unten auf das Fischgrätparkett. Die anderen gesellten sich zu ihm und betrachteten die Zeichnung in seinen Händen. Christian schritt den ganzen Boden ab. Er wippte, um darunter einen Hohlraum zu finden.

»Da ist nichts«, sagte er, nachdem er mehrere Runden gedreht hatte, und klopfte mit den Fingerknöcheln den Boden an verschiedenen Stellen ab. »Klingt nirgendwo hohl. Wenn sich irgendwas darunter befände, müsste man einen Hohlraum aufspüren.« Jetzt knieten sich auch die anderen einschließlich Emanuel hin und suchten akribisch den Holzboden ab. Sophie befand sich neben ihm. Beim Betasten des Bodens berührten sich unabsichtlich ihre Hände. Emanuel zuckte zusammen, weil es ihn wie ein Blitz durchfuhr. Hastig stand er auf. Sie berühren zu wollen, aber nicht zu dürfen, war schwer.

»Hier ist nichts.«

»Hier auch nicht.« Alle klangen frustriert.

»Wir versuchen es mit den Wänden«, schlug Christian vor, und Emanuel stöhnte innerlich auf, aber er schloss sich den anderen an. Zentimeter für Zentimeter prüften sie die Wände – ohne Erfolg.

»Hier ist nichts. Wir können die Suche getrost abbrechen«, sagte Christian.

»Habe ich doch gleich gesagt. Die Handwerker hätten damals mit Sicherheit etwas gefunden«, entgegnete Emanuel.

»Manu hat recht. Wahrscheinlich war es wirklich nur ein Kringel ohne Bedeutung«, mischte sich auch Amelie seufzend ein.

»Was machen wir dann noch hier?«, fragte Tilda sichtlich enttäuscht. »Sorry, Sophie, aber ich glaube, dass du dich diesmal geirrt hast.«

»Also gut, lasst uns gehen. Keiner von uns hat kostbare Zeit zu verplempern«, entschied Christian, und alle wandten sich zur Tür, bis auf Sophie.

»Was ist mit dir?«, fragte Christian und reichte ihr die Hand.

Sie schüttelte den Kopf. »Auch wenn der Kreis vielleicht nicht stimmen mag, aber dieser Raum verbirgt etwas, da bin ich mir sicher.«

Sophie schaute nach oben. »Ich habe überlegt, wo man am geeignetsten etwas verstecken kann. Vielleicht bezeichnet der Kreis keine Stelle am Boden, sondern …«, gab sie zu bedenken.

Wie auf Kommando blickten alle Augenpaare nach oben. Genau über ihnen lugte das herabhängende Kabel für einen Kronleuchter aus einem floralen Stuckrondell aus Holz.

»Dahinter soll sich Elfenbein befinden? Wäre es da nicht schlauer, auf dem Dachboden nachzusehen?« Amelie schüttelte ungläubig den Kopf.

»Ich hab von Anfang an gesagt, dass hier keines zu finden ist«, sagte Emanuel und erntete verärgerte Blicke der anderen.

»Hatte John nicht mal erwähnt, dass unsere Vorfahren in den Kriegswirren einiges an unmöglichen Orten verstecken mussten, damit es nicht konfisziert wurde?«, fragte Tilda.

»Stimmt. Vielleicht liegt Sophie doch richtig. Wir brauchen eine Leiter und Werkzeug.« Christian krempelte bereits die Hemdsärmel auf.

Emanuel, froh einen Augenblick Sophies Gegenwart entfliehen zu können, ging nach unten, um eine Leiter und den Werkzeugkoffer zu holen.

Christian stieg mit einem Schraubenzieher und einem Spachtel bewaffnet die Leiter hinauf und löste behutsam das Stuckrondell von der Decke. Weißer Staub rieselte auf ihn und die anderen herab, bevor ein Deckenbalken zum Vorschein kam.

»Das Stuckrondell wurde schon mal entfernt. Kann aber nicht sagen, ob das länger zurückliegt«, erklärte er. »Da! Da ist was!«, rief er, während er einen Arm ins Deckenloch steckte und nach etwas hangelte. Seine Aufregung griff auch auf die anderen über, die ihre Hälse reckten. Nur Sophie blieb seltsam ruhig und wirkte in sich gekehrt. Emanuel spürte, dass irgendetwas in ihr vorging.

»Was ist es denn?«, drängelte Tilda, die es wie immer nicht abwarten konnte.

»Eine Kiste.« Langsam zog Christian eine braune, verstaubte Zigarrenkiste aus der Deckenöffnung hervor und stieg die Leiter herunter. Unten angekommen, pustete er den Staub vom Deckel.

»Nun mach schon auf«, bettelte Tilda, die gemeinsam mit Amelie mit hochroten Wangen neben Christian stand. Sophie hingegen hielt sich etwas abseits und setzte sich auf den Boden.

»Ein Stoßzahn ist da wohl nicht drin«, flachste Emanuel.

»Aber vielleicht Stücke daraus«, mutmaßte Amelie. Christian kniete sich auf den Boden und öffnete behutsam den Kistendeckel. Zum Vorschein kam etwas, das in Seidenpapier gewickelt war.

Schmuck? Oder doch Elfenbein? Außer dem leisen Knistern des Papiers war kein Geräusch zu hören. Alle hielten die Luft an und starrten auf das Päckchen in Christians Händen. Zwischen seinen Fingern hielt er ein helles Stück hoch, das obenauf lag. Plötzlich bemerkte Emanuel, dass Sophie stocksteif und mit starrem Blick dasaß. Tilda, der das auch aufgefallen war, wedelte mit der Hand vor ihrem Gesicht, aber Sophie reagierte nicht. Von Angst erfüllt, hockte er sich sofort neben sie.

»Sophie?«, sprach er sie leise an. Aber er schien nicht zu ihr durchzudringen, denn sie zuckte nicht einmal.

Nur nicht in Panik geraten! »Sophie?«, sagte er lauter und eindringlicher. Als er ihre Schulter berührte, kam noch immer keine Reaktion. Jetzt waren auch die anderen darauf aufmerksam geworden.

»Oh, Gott, was ist denn nur mit ihr los?«, fragte Tilda. »Sophie, du machst mir Angst! Sag doch was«, forderte seine Schwester energisch und rüttelte sie am Arm.

Amelie stoppte sie sanft. »Lass sie, Tilda, sie wird sicher gleich wieder zu sich kommen. Irgendetwas hat sie in eine Art Trancezustand fallen lassen.«

»Ich verstehe es nicht. Was kann das ausgelöst haben? Was ist, wenn sie nicht wieder daraus erwacht?«, rief Tilda aufgebracht.

»Sie wird wieder zu sich kommen, keine Sorge«, beruhigte Amelie seine Schwester.

»Ich habe bemerkt, dass sie seltsam geguckt hat, als ich euch das zerbrochene Stück Elfenbein gezeigt habe«, antwortete Christian.

39.

Das Elfenbein in Christians Hand … Eine Flut an Bildern strömte durch Sophies Kopf, dass ihr schwindlig wurde. Sie fühlte sich von einem Sog mitgerissen. Immer schneller, immer weiter, Bilder über Bilder.

Der Sog wirbelte sie herum, machte sie schwerelos. Sie wollte schreien, aber der Ruf blieb in ihrer Kehle stecken. Stille. Nur ihr Atmen war zu hören. Es war, als befände sie sich in einem luftleeren Raum. Nichts geschah, und noch immer diese unglaubliche Stille. Langsam schlug Sophie die Augen auf. Am Horizont ging die Sonne unter und verlieh dem ausgedörrten Boden eine rötliche Färbung. Die Luft war heiß und stickig und brannte auf ihrer Haut. Ein Mädchen mit blonden Locken hockte barfüßig auf dem Boden und malte mit einem Stöckchen Kreise in den Sand. Um ihren Hals trug sie ein Band aus Ziegenleder mit einem Elfenbeinanhänger, den Yuvens Vater im Auftrag des deutschen Besuchers ihr zum vierten Geburtstag geschnitzt hatte. Damit sie vor Dämonen geschützt war. Der Anhänger … das war ihrer. Das blond gelockte Mädchen vor ihr war sie selbst. Der Junge neben ihr mit der Haut so schwarz wie Ebenholz Yuven. Er zeigte ihr, wie sie das Stöckchen führen sollte. Löwen brüllten in der Ferne, untermalt von Trommelklang. Sophie sah nach rechts zu der einfachen Holzhütte, in der ihre Eltern und der Besucher aus Deutschland sich unterhielten. Vor dem Haus auf einem Hocker saß Adamma, Yuvens Mutter, und stampfte den Ziegenrahm zu Butter. Ein Knall zerriss die Stille. Auf ihn folgte ein weiterer. Adamma sprang auf, lief zu ihnen und zerrte sie zu dem schmalen Pfad, der ins Dorf führte. Sophie wusste nicht, was das alles zu bedeuten hatte, und wehrte sich. Schüsse und Schreie folgten, Adamma trieb sie zur Eile an. Sophie weinte vor Angst, riss sich los und rannte zurück. Sie sah ihren Vater, der wie ein gefällter Baum auf den Boden fiel. Dann sah sie auch ihre Mutter, die mit dem Gesicht im Sand lag. »Papa! Mama!«, schrie sie unter Tränen und wollte zu ihnen rennen. Yuvens Mutter hielt sie am Arm fest. Wieder konnte Sophie sich befreien, aber sie geriet ins Stolpern und stürzte. Dabei zerbrach ihr Elfenbeinanhänger. Sie griff nach dem abgebrochenen Rand, ließ ihn aber fallen, als Adamma sie am Arm hochriss und hinter sich her zog. Schüsse peitschten durch die Luft, die sie zwangen, im Zickzack zu laufen. Sie rannten und rannten, bis sie außer Atem waren. Nach einer gefühlten Ewigkeit erreichten sie den Rand der Mandara-Berge, wo sie zu dritt in einer Höhle Zuflucht fanden. Sophie wusste nicht mehr, wie lange sie dort ausgeharrt hatten, aber es waren Tage gewesen, bis der deutsche Besucher sie abgeholt hatte. Sophie durchlebte den Schmerz und die Trauer um die Eltern aufs Neue. Tränen liefen über ihre Wangen. Allmählich verschwamm das Bild vor ihren Augen, bis es sich ganz auflöste.

»Sophie?« Emanuels Stimme drang durch den Nebel nur langsam und gedämpft in ihr Bewusstsein. Mühsam hob sie die schweren Lider und blinzelte in sein Gesicht. Sie glaubte zu träumen. In ihrem Kopf herrschte ein heilloses Durcheinander, das es zu ordnen galt.

»Was … was … ist geschehen?«, stammelte sie, noch immer benommen von ihrem geistigen Ausflug in ihre Vergangenheit.

Er sah sie besorgt an. »Du warst weggetreten. Wie in Trance.« Als Emanuel ihr eine Strähne aus der Stirn strich, zuckte sie zurück. Ihr Gesicht prickelte von seiner sanften Berührung.

»Weggetreten?« Sie begriff selbst nicht, was mit ihr vor sich gegangen war.

»Du bist überanstrengt von der Gartenarbeit. Das hat dich sicher erschöpft«, sagte Amelie mitfühlend.

»Du hast mir einen Riesenschrecken eingejagt. Wie geht es dir denn jetzt, Sophie?«, fragte Tilda besorgt.

»So weit so gut. Nur mein Kopf ist ein Brummschädel«, antwortete sie heiser und musste husten.

»Hier.« Christian reichte ihr ein Glas Wasser, das er geholt hatte.

»Danke.« Sie stürzte den Inhalt herunter, um ihre trockene, raue Kehle zu spülen.

Sie hätte den anderen sicher von ihrer Reise erzählt, aber sie musste erst selbst in Ruhe darüber nachdenken und verdauen, was sie gesehen hatte.

»Wenn du reden möchtest … «, sagte Emanuel. Sie schüttelte den Kopf.

»Später vielleicht. Jetzt möchte ich erst mal von euch wissen, was ihr in der Kiste gefunden habt, nachdem das an mir vorbeigegangen ist.« Sie zeigte auf die Zigarrenkiste auf dem Boden, vor der Christian kniete.

Er nickte und nahm behutsam einen in Seidenpapier gewickelten Gegenstand heraus. Obwohl es hinter Sophies Schläfen schmerzhaft pochte, beobachtete sie, wie er bedächtig den Inhalt auswickelte. Zum Vorschein kam einer der Teller mit der Elfenbeingeschichte. Er hielt ihn hoch.

»Ein Wandteller. Da auf der Rückseite ist eines dieser westafrikanischen Zeichen eingeritzt, die wir auch auf den Schachspielfiguren gefunden haben.« Amelie deutete mit dem Finger auf die Stelle unter der Aufhängevorrichtung, und alle Augenpaare folgten ihr. Es waren noch mehr Teller in der Kiste, wahre kleine Kunstwerke, voller Lebendigkeit, und die Farben noch so, als wären sie eben erst aufgetragen worden.

»Vielleicht finden wir endlich den entscheidenden Hinweis, wie der Fluch aufzulösen ist«, mutmaßte Emanuel. Sophie spürte, wie sehr es ihn danach verlangte, diesen Schatten endlich loszuwerden. Auch sie wünschte sich nichts sehnlicher für ihn und seine Familie.

Christian packte nacheinander alle Teller aus und reichte sie herum, damit die anderen sie eingehender betrachten konnten. Es waren sechs an der Zahl, die allesamt auf der Rückseite diese seltsamen Zeichen trugen. Die Tür, die sich in ihrem Geist symbolisch aufgetan hatte, gab ihr das Gedächtnis zurück. Sophie hatte eines der Zeichen als Kind gesehen, an Türen und Wänden in Häusern, kannte aber nicht dessen Bedeutung. Sie war gespannt, ob die anderen sie wussten.

Die von Güldensteins glichen die Symbole ab. Ein Vogel, der auf seine Schwanzfedern blickt. Das Sankofa-Symbol. Sophie erinnerte sich noch gut an Johns Erklärung, weil dieses Zeichen auf der Rückseite ihres Anhängers eingraviert war. Ein Geschehnis in der Vergangenheit, das die Zukunft beeinflusst hat. Darauf folgte das Zeichen für Tod und Vergänglichkeit, wie Christian es erklärte.

»John hat damals gesagt, dass der Ursprung des Fluches der Tod war. Könnte es um den getöteten Elefanten gehen?«, warf Amelie ein.

»Schon möglich«, antwortete Christian. »Aber das werde ich noch mit John besprechen.«

»Ist das nicht dieses Kriegshorn? Eines der wenigen Zeichen, dessen Bedeutung ich mir gemerkt habe«, erklärte Tilda grinsend.

»Was bedeutet es denn?« Jetzt war auch Sophies Neugier geweckt.

»Jemand ist im Kampf gestorben. Es verkörpert auch Heuchelei, Täuschung oder Verrat«, erklärte Emanuel.

Sophie war beeindruckt von seinem Wissen. Dann redeten sie über Schamanismus, und Sophie warf einen vielsagenden Blick zu Emanuel, als sie an den blutigen Federbalg dachte.

»Und nicht eines der Symbole, die den Fluch brechen können!« Tilda stöhnte auf. Sie reichte Christian den letzten Teller. Es war ihr anzumerken, wie enttäuscht sie war. Auch die anderen saßen mit betretenen Mienen da.

»Das sind nur die Zeichen, die wir auch schon von dem Schachspiel kennen. Und ich hatte so gehofft, dass wir mehr herausfinden«, lamentierte Tilda weiter.

»Vielleicht haben wir irgendetwas übersehen«, gab Amelie zu bedenken.

Noch einmal gingen die Teller herum, und jeder suchte sie

ab. Selbst die Zigarrenkiste untersuchten sie gründlich, wenn auch erfolglos. Christian stieg noch einmal die Leiter hinauf, um sich zu vergewissern, dass sich nichts mehr in der Deckenöffnung befand.

»Tja, dann müssen wir uns wohl oder übel damit zufriedengeben.« Emanuel war anzumerken, wie sehr er enttäuscht war. Am liebsten hätte Sophie ihn getröstet, aber es war besser, Abstand zu wahren.

»Ich werde John über unseren Fund informieren und Fotos davon an ihn senden«, schlug Christian vor, der ebenso enttäuscht war wie seine Geschwister.

»Und wir sollten noch einmal die Bibliothek im Palais durchforsten, was wir alles zu Carl I. finden können.«

Alle nickten zu Amelies Vorschlag. Sophie hingegen hielt sich zurück. Was ginge sie das noch an? In wenigen Tagen sollte der Sophiengarten wiedereröffnet werden. Dann wäre ihre Aufgabe hier beendet. Sie würde das Schloss verlassen und weder Emanuel noch den anderen von Güldensteins jemals wiederbegegnen. Vielleicht sollte sie doch Dorits Vorschlag folgen und sich bei einer Landschaftsgärtnerei in der Nähe Berlins bewerben. Dann liefe sie nicht Gefahr, einem der Güldensteins über den Weg zu laufen. Es war Zeit, dass sie sich um ihre eigene Geschichte kümmerte. Nur leider deprimierte sie die Vorstellung. Sie sah zu Emanuel hinüber, der in ein Gespräch mit seinem Bruder vertieft war. Der Gedanke, ihn und Sophiengarten bald auf Nimmerwiedersehen zu verlassen, schmerzte. Doch gegen eine perfekte Eva hätte sie nie eine Chance.

Langsam löste sich die Runde auf. Tilda ging als Erste, weil sie eine Verabredung mit einem Berater für ihr Erbschloss wahrnehmen wollte. Emanuel stand an einem der Panoramafenster und schaute hinaus. Sicher dachte er wieder an Eva, was Sophie einen Stich versetzte. Alles hier erinnerte an seine verstorbene Verlobte. Wie sollte er da loslassen können?

Christian und Amelie wickelten sorgsam die Wandteller wieder ein, um sie zur Verwahrung ins Palais mitzunehmen.

»Was machen wir damit?« Amelie hielt das abgebrochene Stück

von Sophies Elfenbeinanhänger hoch. Emanuel wandte sich zu ihnen um und zuckte mit den Schultern. Christian betrachtete es von allen Seiten. »Es muss irgendwie in die Kiste gefallen sein. Vielleicht bei Eva. Die Verarbeitung, die Schnitzereien deuten auf jüngere Zeit hin.«

»Darf ich es einmal sehen?«, fragte Sophie.

Sie musste es noch einmal aus der Nähe betrachten, um sich zu vergewissern, dass es zu ihrem Anhänger gehört hatte.

»Ja, sicher.« Christian reichte es ihr. Als sie es in ihrer Hand hielt, holten sie die Erinnerungen wieder ein. Tränen stiegen ihr in die Augen, und ihre Hand zitterte. Fassungslos starrte sie auf das filigrane Elfenbein, das einst ihren Anhänger umrahmt hatte. Deutlich waren die Stellen zu erkennen, aus denen das Innenteil herausgebrochen war. Das erinnerte sie an einen der schrecklichsten Tage ihres Daseins, an dem das Leben ihrer Eltern ebenso zerbrochen war wie der Anhänger.

»Sophie, alles okay mit dir?«, fragte Amelie besorgt und legte den Arm um sie. »Du bist ganz blass. Möchtest du uns erzählen, was los ist?«

Wenn sie ihnen davon berichtet hätte, wäre sie vermutlich in Tränen ausgebrochen. Auch wenn Amelie es sicher gut mit ihr meinte, konnte sie sich ihr nicht anvertrauen. Im Laufe der Jahre hatte sie es gelernt, vieles mit sich allein auszumachen.

»Da gibt es nichts«, vertröstete sie Amelie. Später würde sie nicht mehr da sein, und die von Güldensteins würden sie vergessen. Sie reichte Christian das abgebrochene Stück ihres Anhängers zurück.

»Ich habe bemerkt, wie du es angeschaut hast. Du kannst es behalten«, sagte er.

Sophie schämte sich dafür, ihm die Wahrheit zu verschweigen. Obwohl sie fremd und nur die Gärtnerin seines Bruders war, hatte sie sich neulich beim Dinner bei ihnen wohlgefühlt. Die von Güldensteins waren nicht so unnahbar, wie es in den Medienberichten oft anklang.

»Aber das kann ich nicht annehmen«, widersprach Sophie und wollte ihm das Bruchstück zurückgeben.

»Emanuel, es ist doch in Ordnung, wenn ich Sophie das abgebrochene Stück Elfenbein überlasse?«, vergewisserte Christian sich bei seinem jüngeren Bruder.

»Kein Problem.«

Dankbar lächelte sie die beiden Männer an. Während Christian es erwiderte, verschloss sich Emanuels Miene, was ihn unnahbarer denn je wirken ließ. Sophies Finger schlossen sich um den abgebrochenen Kranz. Jetzt war wieder ein Stück Vergangenheit zu ihr zurückgekehrt.

Nachdem Tilda gefahren war, zog es Sophie sofort hinaus in den Garten. Hier draußen zwischen den blühenden Blumen konnte sie Abstand gewinnen. Sie war froh, dass Iris im Stress war und sie nicht ausfragte. Das Überprüfen der Wasserschläuche bei den Kaskaden war stupide genug, um über alles, was im Turmzimmer geschehen war, nachzugrübeln.

Nach all den Jahren kehrte Stück für Stück ihre Erinnerung zurück. Doch mit ihr stellten sich viele neue Fragen. Nach dem Besucher, den Schüssen, den Namen ihrer Eltern und … und … und … Welche Rolle spielten dabei die Elefanten? Bestand die Verbindung zu den Güldensteins durch Afrika oder steckte noch mehr dahinter? Wie und mit wem war sie nach Deutschland gelangt? Auf jede dieser Fragen wollte sie eine Antwort haben. Dieses Mal würde sie nicht eher Ruhe geben, bis sie alles herausgefunden hatte. Manche Dinge klärten sich erst, wenn die Zeit dafür reif war, hatte Frida immer gesagt. Der Weg hatte sie nach Sophiengarten geführt, damit sie sich wieder erinnern konnte.

Vielleicht konnte Dorit ihr weiterhelfen, wenn sie sie mit ihren Erinnerungen konfrontierte. Gleich nach der Gartenwiedereröffnung würde sie nach Berlin fahren. Sie war gespannt darauf, wie ihre Pflegemutter auf diese Neuigkeit reagieren würde.

Jetzt musste sie die letzten Vorbereitungen für die Wiedereröffnung treffen. Die Aufregung stieg mit jeder Stunde, und die bange Frage, was Emanuel zu der Gestaltung der Grotte sagte, würde bald beantwortet sein.

In wenigen Minuten würden die Handwerker eintreffen, die die restlichen Fliesen an der Decke in der Grotte befestigen würden. Danach die Elektriker, der Catering-Service, die Kübelpflanzen … Sie wusste gar nicht mehr, wo ihr der Kopf stand.

40.

Die Woche nach der Entdeckung der Porzellanteller bis zur Gartenwiedereröffnung verging wie im Flug. Emanuel hatte Sophie kaum zu Gesicht bekommen. Bereits vor Sonnenaufgang war sie wegen der Gartenausstellung unterwegs und kehrte erst bei Dunkelheit zurück. Oftmals spürte er, dass nicht nur die stressige Arbeit schuld war, sondern sie ihm aus dem Weg ging. Und das schmerzte.

Heute fuhr er zum Palais, um mit den anderen nach Hinweisen in den Familienchroniken zu suchen. Am Anfang hatte er nicht an die Existenz des Fluches geglaubt. Erst mit Evas Tod war er real geworden.

Als er am Nachmittag beim Palais eintraf, saßen seine Geschwister, Amelie, Laura und John in der Bibliothek am Tisch und durchforsteten die Chroniken. Bei seinem Eintreten blickten sie auf.

»Na, wie steht es mit dem Garten?«, fragte Amelie und unterbrach das Blättern.

»Ich denke gut. Der Eröffnung steht nichts mehr im Weg.«

Sophie hat sich beeilt, um Sophiengarten so schnell wie möglich zu verlassen. Eine bittere Pille für ihn.

»Oh, das freut mich. Sophie hat wirklich Unglaubliches geleistet. Wenn Eva das sehen könnte, wäre sie stolz.« Tilda strahlte ihn an. Sophie! Sophie! Als wäre sie die wichtigste Person!

»Habt ihr schon was herausgefunden?«, wechselte er das Thema.

»Die Ausbeute ist mager. Kein Hinweis auf den Fluch«, antwortete John. »Lediglich ein einziger Brief, den euer Vorfahr aus Kamerun an seine Frau geschickt hat. Mit keinem Wort hat er darin das Elfenbein erwähnt.«

»Wir suchen uns einen Wolf und finden nichts!« Christian schlug frustriert mit der Hand auf den Tisch.

Laura schob Emanuel einen weiteren Band der Familienchronik hin. »Hier. Vielleicht hast du mehr Glück als wir.«

Sie suchten lange nach Hinweisen, ohne etwas wirklich Brauchbares zu finden. Die Stimmung wurde von Minute zu Minute gedrückter. Auch Johns Prüfung der Zeichen auf den Rückseiten der Teller brachte sie keinen Schritt weiter.

»So sehr ich euch auch enttäuschen muss, aber ich finde keinen Schlüssel für den Fluch. Selbst wenn ich die Reihenfolge der Zeichen ändere.«

Johns Worten folgte betretenes Schweigen. In den Blicken seiner Geschwister lag die gleiche Hoffnungslosigkeit, die auch Emanuel empfand. Plötzlich sprang Tilda vom Stuhl auf.

»Das kann doch nicht wahr sein! All die ganze Mühe umsonst? Seit Vaters Tod wälzen wir eine Chronik nach der anderen, und was hat uns das gebracht? Nichts! Aber es muss doch etwas geben. Irgendetwas, das uns helfen kann! Ich ... wir dürfen nicht aufgeben!« Ihre Stimme überschlug sich bei den letzten Worten. Tilda kämpfte immer wie eine Löwin. Doch dann, als hätte sie alle Energie verbraucht, sackte sie auf den Stuhl, beugte sich über den Tisch und vergrub ihr Gesicht in den Armen. Die Stille, die folgte, trieb sie in ein Meer der Hoffnungslosigkeit. Es war nur eine Frage der Zeit, wann der Fluch erneut zuschlagen würde.

»Und dafür seid ihr extra angereist. Sorry«, entschuldigte sich Christian bei John und Laura und klappte die Familienchronik zu.

»Ist schon okay. Wir hatten eh hier zu tun, und Laura wollte euch alle unbedingt wiedersehen. Ich werde alle Briefe und Dokumente noch einmal durchgehen. Vielleicht existieren auch noch Rechnungsbücher aus dem Gründungsjahr der Firma? Das alles könnte weiterhelfen«, schlug John vor, woraufhin alle nickten.

»Ich such dir alles raus«, versprach Christian.

Emanuel hatte sich mehr von dem Treffen und der gemeinsamen Suche erhofft. Auch seine Hoffnung, jemals wieder glücklich und unbeschwert sein zu können, war dahin. Er dachte an die

Warnung des Unbekannten. Nur weil er in Sophie verliebt war, durfte er sie nicht in Gefahr bringen.

Der heutige Misserfolg dämpfte seine Vorfreude auf die morgige Gartenöffnung.

Nachdem er sich von den anderen verabschiedet hatte, begleitete Christian ihn zur Tür. Es war wichtig, dass sie alle zusammenhielten. Niemand wusste, was das Schicksal noch für sie bereithielt.

Draußen war es dunkel geworden, und ein frischer Wind wehte.

»Der Wetterbericht hat traumhaftes Wetter für morgen prophezeit. Wir werden alle bei der Gartenöffnung dabei sein. Ich wünsche dir, nein euch, ganz viel Erfolg.« Christian klopfte Emanuel auf die Schulter. »Du hast mit Sophie wirklich einen Glücksgriff getan. Sie hat sogar eine Überraschung vorbereitet. Eine tolle Idee, wie ich finde. Ich bin gespannt, was du dazu sagen wirst.«

Eine Überraschung? Emanuels Herz schlug schneller. Durfte er hoffen, dass Sophie es sich vielleicht anders überlegt hatte und auf Sophiengarten bleiben wollte?

Bei seiner Rückkehr gegen elf war der Garten hell erleuchtet. Einige der Aushilfskräfte, die Sophie engagiert hatte, verabschiedeten sich gerade in den wohlverdienten Feierabend. Auch Iris räumte ihre Utensilien in den Kofferraum ihres Wagens.

»Gute Nacht, Herr von Güldenstein!«, rief sie ihm freundlich zu, bevor sie einstieg und davonfuhr.

Emanuel lief weiter in den Garten, der im Lichterglanz der historischen Laternen und unzähligen Lichterketten erstrahlte.

Eva hatte immer von einer Illumination bei Dunkelheit geträumt, von einer Aufführung oder einem Konzert. Erst nach ihrem Tod war es wahr geworden. Sie hätte sich sehr über diesen Anblick gefreut. Nach dem sonnigen Tag schwebte noch immer der schwere Blütenduft durch die Luft. Auf der Suche nach Sophie, die er weiter hinten im Garten vermutete, folgte Emanuel dem Pfad zu den Kaskaden, der von zahlreichen Kübelpflanzen gesäumt wurde.

Sanft plätscherte das Wasser hinab ins gemauerte Becken. Zwischen beiden Kaskaden lag die Grotte, zu der man durch einen

Wald von Gräsern und Schilf gelangte. Das leise Rauschen der Blätter und Halme besaß eine beruhigende Wirkung. Dennoch wuchs Emanuels Spannung mit jedem Schritt, den er sich der Grotte näherte, aus Vorfreude, was er gleich zu sehen bekäme. Zwar hatte Sophie ihm ihre Pläne erläutert, aber vorstellen konnte er es sich nur vage. Damals hatte sein Vater die Grotte stillgelegt, weil er sie nicht mehr als zeitgemäß empfand und durch anderes ersetzen wollte. Dazu war er nicht mehr gekommen. Auch Eva hatte begeisterte Pläne geschmiedet, ohne sie je in die Tat umsetzen zu können.

Leise Sphärenmusik drang aus der Grotte. Als er näherkam, sah er das wellenförmige Lichtspiel im Innern. Doch wo war Sophie? Beim Betreten der Grotte verschlug es ihm den Atem. Die Wände waren in sanftes, fließendes Blau getaucht, die steinernen Hocker und die Muscheln vermittelten dem Betrachter das Gefühl, in einer Meeresgrotte zu sitzen. Als er den Blick hob, war er überwältigt von der Deckengestaltung. Über ihm breitete sich ein Sternenhimmel aus, geschaffen aus Evas Fliesen, die von im Boden eingelassenen LED-Spots angestrahlt wurden. Tief bewegt bestaunte Emanuel das Kunstwerk. »Oh, mein Gott«, stieß er heiser hervor. Es war das Schönste, was er je gesehen hatte, und er konnte den Blick nicht abwenden. Sophie hatte ihm ein Geschenk bereitet. Bewegt von dem Anblick schluckte er.

Schritte erklangen hinter ihm.

»Hallo, Emanuel«, sagte Sophie. »Gefällt es dir?« Es klang atemlos und unsicher. Langsam, weil er sich kaum von dem Eindruck lösen konnte, wandte er sich ihr zu. Da stand sie vor ihm in der Grottenöffnung in diffuses Licht getaucht, in Jeans und karierter Bluse mit hochgekrempelten Ärmeln, wirrem Haar und warm glänzenden Augen. Sie wirkte wie ein magisches Wesen aus einer anderen Welt. In diesem Moment erschien sie ihm schöner und begehrenswerter denn je.

»Ja, es ist fantastisch. Überhaupt alles, was du aus diesem Garten gemacht hast«, sagte er rau.

Sie stieß erleichtert die Luft aus und lächelte verlegen. »Das freut mich. Aber bis auf die Grotte und das ehemalige Rosenbeet sind es alles Evas Ideen, die ich nur ein wenig aufpoliert habe«, antwortete sie bescheiden. »Übrigens haben wir diese Attraktion hier ›Porzellanhimmel‹ genannt«, erklärte sie ihm.

»Woher wusstest du eigentlich von den Fliesen?«, fragte er.

»Von Tilda und Christian. Die haben mich darin bestärkt, meine Idee umzusetzen.«

Das hätte er sich denken können. Aber er war seinen Geschwistern nicht böse, im Gegenteil. Beim Anblick des gefliesten Gewölbes ging ihm das Herz auf, und gleichzeitig erfasste ihn Ehrfurcht.

»Wenn Eva das nur sehen könnte …«, murmelte er.

»Aber sie ist doch hier. Spürst du denn nicht ihre Energie in diesen Werken?« Sophie streckte die Arme in die Höhe und zeigte auf die Sternenfliesen.

Emanuel schloss die Augen, und zum ersten Mal fühlte auch er Evas Gegenwart, ihr Wesen, ihre Kreativität.

»Jede einzelne Fliese ist ein Ausdruck ihrer Liebe zu dir. So wird sie hier ewig weiterleben. Ich wollte auf Sophiengarten einen positiven Ort schaffen, der nicht von Trauer belastet ist, sondern Kraft und Hoffnung verleiht. Insbesondere dir.«

Emanuel verschlug es die Sprache bei so viel Feinfühligkeit.

Als Sophie ihn ansah, offenbarte ihr Blick ihm ihre Gefühle für ihn, und es war ihm bewusster denn je, dass sie alles für ihn getan hatte. Aus Liebe. Das überwältigende Gefühl, das auch ihn jedes Mal erfasste, wenn er ihr in die Augen sah. Sie hatte nicht nur seinen Garten saniert, sondern auch seine Seele. Durch sie betrachtete er die Welt mit anderen Augen. Zum ersten Mal waren seine Erinnerungen an Eva nicht mehr schmerzhaft, sondern hoffnungsvoll.

»Sophie«, flüsterte er, bevor mit wenigen Schritten bei ihr war, ihr Gesicht mit den Händen umfasste und seine Lippen auf ihre drückte. »Sophie«, flüsterte er immer wieder zwischen seinen Küssen auf die Stirn, die Nase und ihren Mund. Plötzlich schmeckte er etwas Salziges. Tränen rannen ihre Wangen hinab. Sie schob ihn von sich und schüttelte den Kopf.

»Es geht nicht, und das weißt du«, flüsterte sie. »Ich bin nicht Eva und werde nie wie sie sein. Und ich möchte nicht die zweite Wahl sein, sondern dass du dich aus freien Stücken für mich entscheidest«, fuhr sie fort.

»Du glaubst noch immer, dass ich beim Küssen an Eva denke? Neulich wollte ich es dir schon erklären, aber du wolltest es nicht hören.« Zärtlich streichelte er ihr Gesicht. »Nein, Sophie, ich denke dabei nur an dich. Weil mir die Frau mit wilder, blonder Mähne und veilchenblauen Augen nicht mehr aus dem Sinn will.«

Sie sah ihn ungläubig an. »Aber …«, sagte sie. Er legte ihr den Finger auf die Lippen.

»Dann muss ich es dir wohl beweisen, dass ich nur dich meine«, sagte er schmunzelnd.

Mit einem unterdrückten Aufschrei riss er sie in die Arme und versiegelte ihren Mund mit einem leidenschaftlichen Kuss.

42.

Nach einer gefühlten Ewigkeit standen sie in Emanuels Schlafzimmer. Sophie fühlte sich plötzlich unwohl. Hier hatte Emanuel mit Eva gelebt, und in diesem Bett hatten sie sich geliebt. Sie schielte zu dem breiten Bett hinüber.

»Bevor du in deinem hübschen Köpfchen mal wieder falsche Schlüsse ziehst, in meinem Bett hat noch nie eine Frau gelegen«, erklärte ihr Emanuel, und sie fühlte sich gleich besser. Fragend sah sie zu ihm auf.

»Eva und ich sind zwischen dem Palais und Sophiengarten hin und her gependelt. Wir haben hier zwar alles renoviert, aber kurz vor dem Umzug ist Eva von uns gegangen.«

»Dann ist sie im Palais gestorben?«, flüsterte Sophie.

»Ja. Aber ich habe sie hier im Garten bestatten lassen. Es war ihr letzter Wunsch, weil sie Sophiengarten sehr geliebt hat.«

»Ich verstehe.« Lächelnd hob Sophie die Hand und streichelte sein Gesicht. Sie war erleichtert über dieses Geständnis.

Emanuel zog sie an sich und küsste sie erneut. Er suchte nach den Knöpfen ihrer Bluse und öffnete sie mit geschickten Fingern. Er neigte sich zu ihr hinunter und bedeckte ihre Halsbeuge und ihr Dekolleté mit unzähligen Küssen. Mit geschlossenen Augen genoss Sophie die Liebkosungen und vergaß alles um sich herum. Sie wollte Emanuel gehören, sich seiner Leidenschaft und ihrem Verlangen hingeben. Seine Küsse, seine Berührungen wurden ungestümer. Voller Ungeduld öffnete er den Verschluss ihres BHs.

»Ich kann es nicht erwarten, dich überall zu spüren«, flüsterte er und schob die Bluse über ihre Schultern. Er wollte neben sich das Licht ausschalten, aber sie hielt ihn zurück. Sie wollte das, was gleich geschehen würde, mit allen Sinnen erfassen und die Glut in seinen Augen sehen, die nur ihr galt.

Noch nie hatte Sophie sich so schnell ausgekleidet wie in dieser Nacht. Auch er hatte sich seiner Kleidung schnell entledigt und stand jetzt nackt vor ihr. Beim Anblick seines gut gebauten Körpers kribbelte es überall bei ihr. Er glitt aufs Bett und zog sie neben sich. Anstatt sie weiter zu küssen, fuhr er mit dem Zeigefinger über ihren Nasenrücken, zog sinnlich langsam die Konturen ihrer Lippen nach, bis er tiefer zu ihren Brüsten wanderte, sanft ihre Brustwarzen umkreiste und sich schließlich auf die Reise zu ihrem Bauchnabel begab. Die Spur seines Fingers hinterließ ein Prickeln auf der Haut und ließ sie zittern.

»Sophie, du bist schön und magisch wie eine Elfe«, flüsterte er und löste Wonneschauer bei ihr aus. »Dein Haar duftet nach Blüten.«

Noch immer konnte sie es nicht fassen, dass sie hier an seiner Seite lag. Vor lauter glücklicher Erregung vermochte sie nicht, ihm zu antworten. Stattdessen glitten ihre Hände begehrlich über seinen nackten Rücken, wo sie das Spiel seiner Muskeln unter der Haut spürte. Es fühlte sich noch fantastischer an als in ihren geheimsten Träumen.

Zwischendurch flüsterte er immer wieder ihren Namen, als wolle er ihr beweisen, dass er wirklich nur sie meinte. Das berührte sie mehr als jede Geste, jede Zärtlichkeit. Es war ihm offensichtlich wichtig, dass sie ihm glaubte. Wie sehr hatte sie sich danach gesehnt.

Er rollte sich mit ihr übers Bett, bis sie lachten. Dann beugte er sich über sie und knabberte spielerisch mit den Zähnen an ihren Lippen. Jede seiner Berührungen schürte die Flamme in ihrem Innern, die nur für ihn loderte. Sie wollte ihn ganz mit Haut und Haaren, sei es auch nur für diesen einen Moment. Als hätte er ihre Gedanken gespürt, legte er sich auf sie und küsste sie. Vorsichtig öffnete seine Zunge ihren Mund und glitt hinein. Sie verbrannte unter diesem fordernden Kuss, der sie alles vergessen ließ. Jetzt zählten nur er und sie und die wilde Begierde, die sie durch den Kuss erfasst hatte.

Die Arme um seinen Nacken geschlungen, erwiderte sie seine Liebkosungen. Am Zittern seiner Hände und dem keuchenden Atem spürte sie, wie sehr ihn das erregte. Seine Lippen begaben sich erneut auf Wanderschaft, erkundeten ihre Halsbeuge und ihre Brüste. Wellen der Lust durchliefen Sophie, als seine Lippen ihren Körper in den tieferen Regionen erkundeten. Ihre Erregung schwoll an, während seine Zunge ihren Bauchnabel umkreiste. Seine Berührungen waren so unendlich sanft, dass sie abwechselnd seufzte und stöhnte. Von grenzenloser Begierde erfasst, bohrten sich ihre Finger in seinen Rücken. *Wie gut, dass sie als Gärtnerin kurze Fingernägel hatte.*

»Lass dich fallen, meine Elfe, ich fange dich auf«, sprach er leise zu ihr und drückte mit seinem Knie sanft ihre Beine auseinander, um dazwischenzugleiten. Sie fühlte seine pochende Männlichkeit an ihrem Venushügel und verging fast vor Verlangen.

Auch sein Körper bebte heftig, und sie fühlte, dass er Mühe hatte, sich zu beherrschen. Spielerisch biss und saugte er an ihrem Ohrläppchen, bis sie eine Gänsehaut bekam. Es war Himmel und Hölle zugleich. Sie schluckte nervös, als sie spürte, wie sich seine Hand zu ihrem Geschlecht vortastete. Bei der ersten Berührung blieb ihr fast die Luft weg, und ihr Körper spannte sich an. So sanft und zugleich fordernd hatte sie noch nie ein Mann dort berührt. Aber sie besaß auch nur wenig Erfahrung mit Sex, und David war nicht gerade ein sanfter Liebhaber gewesen, sondern mehr darauf aus, seine Lust zu befriedigen.

Emanuel hingegen schien zu spüren, dass er behutsamer vorgehen musste, denn er zog seine Hand zurück und massierte gefühlvoll ihre Brüste, dann ihren Bauch, bis sie bereit war, ihm auch ihren Schoß darzubieten. Sein Blick verschleierte sich, als sie vor zunehmender Begierde keuchte. Sie konnte es kaum fassen, dass sie ihm so viel Lust bereiten konnte. Gleichzeitig erfüllte es sie mit Befriedigung.

Nachdem sie sich entspannt hatte, drang er vorsichtig und

langsam in sie ein. Dabei flüsterte er immer wieder ihren Namen. *Ihren* Namen! Eine Träne löste sich aus ihrem Auge und rann über ihre Wange. Zärtlich küsste er sie fort.

»Dich halte ich in meinen Armen, und an dich denke ich mit jedem Atemzug«, sagte er leise. Das Feuer in seinem Blick war mehr als ein Versprechen. Ihr Herz galoppierte vor Glück. Ihr blieb keine Zeit, über seine Worte nachzugrübeln, denn unter seinen streichelnden Händen schmolz sie dahin und verlor sich in der sinnlichen Berührung. Von da an konzentrierte Sophie sich nur noch auf ihren nahenden Höhepunkt, auf das Feuer, das er in ihr entflammt hatte. Dann ließen sie sich vom Rhythmus ihrer Körper in die Welt der Sinnlichkeit tragen, immer höher hinauf, dem Himmel so nah wie nie zuvor.

»Ich liebe dich, Sophie!«, rief er laut, als müsse er es aller Welt mitteilen. Lächelnd und mit einem verheißungsvollen Blick legte sie ihre Hände um seinen Hinterkopf und zog ihn zu sich herab.

»Ich liebe dich auch, Emanuel«, gestand sie und konnte ihr Glück kaum fassen.

Wieder und wieder küssten sie sich mal innig, dann wieder wild und leidenschaftlich, bis die Wogen der Lust erneut über ihnen zusammenschlugen und sie sich ein zweites Mal wie Verdurstende liebten.

Es war noch dunkel, als sie erschöpft, aber glücklich und zutiefst befriedigt nebeneinander lagen. In wenigen Stunden würden sie die Gartenpforten für die Besucher öffnen. Noch nie in ihrem Leben war Sophie so aufgeregt gewesen wie vor diesem Event. Sie hoffte so sehr, dass die Mühe sich gelohnt hatte, und die Gartenbesucher genauso begeistert waren wie sie und Frida.

Gleichermaßen bewegte sie auch ihre eigene Geschichte, die sich wie ein Schatten über das Event und ihr Glück mit Emanuel legte. Nicht die ganze Wahrheit zu kennen, machte sie verrückt. Am gestrigen Vormittag hatte sie mit Dorit telefoniert und ihre Ankunft im Kinderdorf angekündigt. Auch ein Bahnticket nach Berlin hatte sie gekauft.

»Wollen wir morgen nach dem Event zur Feier des Tages essen

gehen?«, unterbrach Emanuel ihre Gedanken, der von ihren Plänen noch nichts wusste. Wie sollte sie ihm beibringen, dass sie wegfuhr? Kaum dass sie ihr Glück gefunden hatten, fiel es ihr schwer, ihn für eine Weile zu verlassen. Doch dann tröstete sie sich damit, dass er ihre Beweggründe sicher verstehen würde.

»Das würde ich gern …«, antwortete sie und suchte nach den passenden Worten.

»Aber?« Emanuel drehte sich zu ihr um und stützte sich auf den Ellbogen.

»Ich fahre morgen nach Berlin.«

Enttäuschung zeichnete sich in seiner Miene ab.

»Kannst du das nicht verschieben?«

Sie schüttelte den Kopf.

»Ich habe Dorit schon länger nicht gesehen. Außerdem habe ich ihr mein Kommen schon angekündigt. Sie freut sich sehr. Ich muss dringend etwas mit ihr besprechen.«

Sophie erzählte ihm von dem zerbrochenen Elfenbeinanhänger und ihren Erinnerungen. Auch von Yuven als Kind, und diesmal auch von dessen Warnung.

»Verstehst du, weshalb ich zu Dorit muss?« Alles, was sich in den vergangenen Stunden in ihr aufgestaut und sie belastet hatte, brach in einem Schwall aus ihr heraus. »Wenn es tatsächlich eine Verbindung zwischen deiner Familie, dem Fluch und mir gibt, dann könnte ich möglicherweise mehr herauskriegen. Vielleicht auch, wie dieser Fluch zu brechen ist. Diese Geschichte um den Tod eines heiligen Elefanten kenne ich aus meiner Kindheit. Und diese Elfenbeinanhänger von mir, Yuven und vielleicht auch von Amelie hat ein und derselbe geschnitzt. Davon bin ich überzeugt. Vielleicht ja auch die Schachfiguren. Ich erinnere mich an einen alten Mann, der so etwas geschnitzt hat. Glaube mir, ich würde nicht fahren, wenn ich mir nichts davon verspräche. Aber das ist eine Chance! Und ich tue es für dich, für mich, für uns und für deine Familie.«

Emanuel runzelte die Stirn, dann seufzte er. »Vielleicht hast du recht. Ich kann verstehen, dass du mehr über deine Herkunft und Familie wissen willst, mir würde es ähnlich gehen. Wegen des Fluches könnte ich dich begleiten. Wir könnten gemeinsam nachforschen, so wie John und Laura oder Chris und Amelie. Ich möchte mit dir zusammen sein.« Einen Moment lang dachte Sophie über seinen Vorschlag nach, der schon sehr reizvoll war, denn auch sie genoss jede Minute des Beisammenseins. Doch sie befürchtete, dass Dorit nicht in der Gegenwart eines Fremden offen reden würde.

»Ich glaube, das ist keine so gute Idee. Ich fürchte, meine Pflegemutter würde mir nichts sagen, selbst wenn sie etwas wüsste. Sie ist Menschen gegenüber, die sie nicht kennt, sehr misstrauisch.«

Emanuel war anzumerken, wie enttäuscht er war.

»Was ist, wenn es dir nicht gut geht, weil du etwas Schreckliches aus deiner Vergangenheit erfährst oder in Gefahr gerätst?«

Sie spürte, dass er an den Fluch dachte und sich um sie sorgte. »Hey, ich fahre nur zu meiner Pflegemutter. Was sollte mir da schon passieren? Außerdem ist Dorit bei mir«, antwortete sie und lächelte ihn aufmunternd an.

Doch noch immer lag Zweifel in seinem Blick. »Okay, dann fahre allein.« An seiner Miene erkannte sie, dass das Zugeständnis ihn viel Überwindung gekostet hatte. »Aber versprich mir, dass du dich bei mir melden wirst.«

Sophie beugte sich zu ihm hinüber und küsste ihn. »Versprochen. Wenn ich zurück bin, gehört die Zeit ganz uns.« Wenn sie ihn so ansah und seinen liebevollen Blick auffing, war sie fast geneigt, ihr Vorhaben zu verschieben. Doch sie tat es auch für ihn und die anderen. Sie spürte, dass es da etwas gab, dass sie mit den Güldensteins verband.

Ihre Worte zauberten ein Lächeln auf seine Lippen.

Er nahm ihre Hand in seine und wurde ernst. »Sophie, wenn du wieder zurückkommst, möchte ich gern, dass du bei mir bleibst. Hier in Sophiengarten.«

In diesem Moment schimmerten seine Augen grün wie die Hoffnung. Berührt von seinen Worten, vermochte sie nicht zu sprechen. Sie nickte und bestätigte das durch einen langen Kuss.

»Lass uns lieber an die Garteneröffnung denken. Ich hoffe so sehr, dass viele kommen werden und genauso begeistert sind wie früher.«

»Das werden sie, glaube mir«, beruhigte er sie und zog sie an sich.

Während Emanuel schnell eingeschlafen war, kuschelte sie sich an ihn und dachte an den aufregenden Tag, der in wenigen Stunden anbrechen würde.

43.

Emanuel traute seinen Augen nicht. Unzählige Besucher drängten sich vor der Eingangspforte des Schlosses. Sie waren in Scharen herbeigeströmt und warteten seit über einer Stunde auf Einlass. Ein wolkenfreier Himmel und sommerliche Temperaturen luden dazu ein, seinen Garten zu erkunden. Er rang mit den Tränen bei dem Gedanken daran, wie sehr Eva diesem Tag entgegengefiebert und jeden Moment davon ausgekostet hätte. Heute wäre sie dreißig Jahre alt geworden. Als sie den Garten damals zum ersten Mal gesehen hatte, war sie Feuer und Flamme gewesen, zu ihrem runden Geburtstag hier ein Sommerfest zu feiern. Alles war anders gekommen.

Er ließ seinen Blick über die Beete mit der überbordenden Blütenpracht schweifen, den Rosengarten mit dem viktorianischen Pavillon, über den dahinterliegenden formalen Buchsgarten bis zu Evas Garten, in dem sich gelbe Lilien, ihre Lieblingsblumen, der Sonne entgegenreckten. Deren atemberaubender Duft wehte mit einem Luftzug zu ihm hinüber. Tief sog er ihn ein. Sophie hatte mit Iris' Hilfe den Garten aus seinem Dornröschenschlaf erweckt und ihn mit der gleichen Hingabe und Liebe geformt, wie Eva es getan hätte. Doch das Highlight für ihn war die Grotte, die ihn einfach überwältigt hatte. Sophie war das Beste, was ihm hatte begegnen können. Er dachte an die vergangene Nacht, in der sie sich wieder und wieder bis zum Morgengrauen geliebt hatten. Sie war perfekt für ihn.

»Sophie«, flüsterte er, und ein warmes Gefühl durchströmte sein Herz.

Umso mehr würde sie ihm fehlen, wenn sie nach Berlin reiste.

Wie sollte er die Zeit ohne sie nur aushalten? Selbst jetzt verspürte er Sehnsucht, obwohl sie sich erst vor einer Stunde getrennt hatten. Aber er wollte sein Glück festhalten und jeden Atemzug auskosten.

Er beobachtete, wie Tilda per Knopfdruck die Flügel der schmiedeeisernen Pforte öffnete. Schnatternd drängten die Besucher in den Garten. Ein dunkelhäutiger Mann in der Menge weckte seine Aufmerksamkeit. War das der Fremde aus seinem Garten? Der würde doch nicht so dreist sein und hier als Besucher aufkreuzen. Weil er ihn nicht mehr sah, glaubte er, sich geirrt zu haben. Er verließ die Terrasse und lief über den Rasen, der für Besucher gesperrt war und erhöht lag. Am Ende wurde das Gefälle durch Trockenmauern und Staudenbeete abgefangen, die den Rosengarten eingrenzten. Von hier aus konnte er einen Großteil des Gartens überblicken. Er stellte sich an die steinerne Brüstung und beobachtete das bunte Treiben unter ihm. Sein Blick suchte Sophie. Sie stand kurz hinter dem Eingang am Hauptweg, wo sie zusammen mit Amelie die Besucher begrüßte und ihnen Flyer in die Hand drückte. Sie hatte aus dem Sophiengarten ein wahres Schmuckstück gemacht und ihn verzaubert.

Sie sah zu ihm auf, und ihre Blicke tauchten ineinander. Einen Moment lang schien es nur sie und ihn zu geben. Doch dann wurde sie von den Besuchern abgelenkt.

»Pünktlich um zwölf Uhr empfängt Sie Livemusik bei unserer neuen Attraktion nahe den Wasserkaskaden!«, verkündete sie laut.

Sie winkte und warf ihm eine Kusshand zu.

Plötzlich hatte Emanuel das Gefühl, dass jemand sie beobachtete. Da entdeckte er in der Menge wieder den Dunkelhäutigen. Er war sich sicher, dass der bei ihm im Garten gewesen war. Es musste dieser Yuven sein. Dass der die Frechheit besaß, hier aufzukreuzen! Es ließ ihm keine Ruhe, bis er nicht wusste, was der hier wollte.

Einer der Besucher verwickelte Sophie gerade in ein Gespräch. Emanuel hatte Sophie versprochen, im Laufe des Tages in den Garten zu kommen. Der dunkelhäutige Fremde jedoch ließ seine Pläne jedoch ändern.

Mit Hut und Sonnenbrille mischte er sich unerkannt unter die Besucher. Sophie stand nicht mehr am Hauptweg. Als er sie nirgends entdecken konnte, beschlich ihn ein seltsames, unerklärliches Gefühl. Was, wenn dieser Yuven schlechte Absichten hatte? Die Angst um Sophie ließ ihn schneller gehen.

»Habt ihr irgendwo Sophie gesehen?«, fragte er seine Geschwister.

Tilda und Christian schüttelten den Kopf.

»Ich glaube, sie wollte zur Grotte«, antwortete Amelie und deutete mit den Flyern hinter sich, bevor sie sie weiter an die Besucher verteilte. Sofort schloss er sich den Besuchern an. Auf dem Weg zur Grotte kam er durch den Andrang nur langsam voran. Dann sah er wieder den Dunkelhäutigen auf einem Parallelweg des Gartens. Das ungute Gefühl in seinem Innern verstärkte sich. Yuven marschierte schnurstracks auf die Manufaktur zu. Emanuel entschied, ihm zu folgen, drängte sich durch die vorbeilaufenden Besucher und erreichte nach einer gefühlten Ewigkeit den Parallelweg. Yuven schritt forsch voran, und Emanuel musste aufpassen, dass er ihn nicht aus dem Blick verlor. Er eilte ihm nach und stellte fest, dass Yuven, kurz bevor er die Manufakturhintertür erreichte, hinter der Hainbuchenhecke abbog. Der Weg führte zu Evas Grabstätte. *Was wollte der Kerl dort? Wieder so einen blutigen Federbalg ablegen?* Nach der Biegung hatte er ihn wieder eingeholt und folgte ihm in einigem Abstand. Plötzlich verlangsamte Yuven seinen Schritt und blieb schließlich stehen. Im Schutz einer weiteren Hecke beobachtete er etwas. Leise schlich Emanuel sich näher an ihn heran. *Gleich hab ich dich!*

Da hörte er Sophies Stimme.

»Das ist für dich, Eva. Zu deinem Geburtstag«, sagte sie feierlich. Emanuel verbarg sich hinter den Rhododendren. Sophie legte einen Strauß gelber Lilien am Fuß des Engels ab.

»Heute ist dein Tag! Hast du gesehen, wie viele Besucher gekommen sind, um deinen Garten zu bestaunen? Du hättest deine wahre Freude daran, Eva«, fuhr Sophie fort. Ihre Worte bewegten Emanuel tief. Sie redete weiter zu der Toten, als stünde sie neben ihr. Die Szene ließ Emanuel Yuven fast vergessen, bis dieser unerwartet neben der hockenden Sophie stand. Er musste die Hecke auf der anderen Seite umrundet haben.

»Komm mit mir, Mojo, bevor es zu spät ist«, sprach er zu ihr und streckte ihr die Hand entgegen. Langsam und lautlos näherte sich Emanuel den beiden. Wie würde Sophie reagieren?

»Nein, Yuven.« Sophie schüttelte den Kopf. »Mein Platz ist jetzt hier.«

»Hast du schon vergessen, was ich dir gesagt habe? Du bist hier in Gefahr!« Yuven sprang vor und zerrte Sophie am Arm hoch. Emanuel sprang zwischen den Rhododendren heraus. »Lass sie sofort los!«, brüllte er, bereit, sich auf den Dunkelhäutigen zu stürzen.

Yuven zuckte kurz zusammen, dann wollte er Sophie mit sich ziehen. Die wehrte sich.

»Nein, Yuven, lass mich bitte los.«

Yuven ignorierte ihre Bitte, zog sie unbarmherzig weiter. Das konnte Emanuel nicht zulassen und rannte auf ihn zu, um Sophie zu befreien.

Der überraschte Yuven ließ Sophie los. Er sprang hinter sie und umarmte sie von hinten, als müsse er sie vor Emanuel beschützen. Mit düsterem Blick sah er Emanuel über ihre Schulter hinweg an.

»Lass sie gehen, Güldenstein. Ich lasse nicht zu, dass Mojo etwas geschieht. Du bist für den Tod deiner Freundin verantwortlich! Niemand sonst!«, rief er.

Dass er Eva nannte, erschütterte Emanuel. Yuven rief seine Schuldgefühle wieder hervor, die er dank Sophie erfolgreich verdrängt hatte.

»Yuven, wie kannst du so was sagen? Lass ihn in Ruhe. Er hat nichts Verwerfliches getan! Seine Verlobte war krank.«

»Krank, weil der Fluch sie getroffen hat.«

»Lass sie los!«, verlangte Emanuel, der sah, wie Sophie zitterte.

»Er und seine feine Familie haben eine Freveltat begangen! Büßen werden sie dafür. Bis ins letzte Glied. Aber ich will nicht, dass du das Opfer bist. Du musst mit mir kommen, dorthin, wo du sicher bist vor den Güldensteins.« Es gelang Sophie, sich aus Yuvens Armen zu befreien. Sie rannte auf Emanuel zu. Yuven setzte ihr nach, aber Emanuel war schneller, stieß ihn zurück und zog Sophie an sich.

»Hast du nicht gehört? Sie wird nicht mit dir mitkommen! Und jetzt lass sie endlich in Ruhe!«, brüllte er außer sich. Er spürte, dass Sophie seinen Arm umfasste.

Yuvens Augen verengten sich. Er stemmte die Hände in die Hüften und funkelte Emanuel zornig an.

»Ich habe dich gewarnt, Güldenstein. Das Unglück ist nahe. Wenn Mojo mit dir zusammenbleibt, wird sie bald sterben. Lass sie gehen!« Dann murmelte er etwas in einer fremden Sprache, die Emanuel nicht verstand, wandte sich blitzschnell um und rannte davon. Emanuel setzte ihm nach, aber Yuven verschwand zwischen den Gartenbesuchern.

Dieser Yuven hatte es geschafft, seine Schuldgefühle erneut heraufzubeschwören und seine Angst um Sophie zu schüren.

Sanft zog er die geliebte Frau an sich und küsste sie. Er könnte es nicht ertragen, sie zu verlieren.

»Alles okay bei dir?«

Sophie nickte. »Alles okay. Lass uns zurückkehren. Die anderen werden uns schon vermissen.«

Keiner von ihnen erwähnte an diesem Tag noch einmal den Vorfall.

44.

Traurig schaute Sophie aus dem Fenster. Die Trennung von Emanuel fiel ihr schwerer als gedacht. Auch in der vergangenen Nacht hatten sie sich geliebt. Doch etwas war anders gewesen. Emanuel war anders gewesen. Die Begegnung mit Yuven hatte er nicht mehr erwähnt. Blass war er geworden, als Yuven ihm vorgeworfen hatte, schuld an Evas Tod zu sein, und noch bleicher wegen ihr. Gerade deshalb musste sie nach Berlin.

Dass die Garteneröffnung ein voller Erfolg gewesen war, tröstete sie darüber hinweg. Viele der Besucher hatten ihr gratuliert. Sogar der Bürgermeister von Hameln war zur Eröffnung gekommen. Jetzt war ihr Name in aller Munde. Günter und erst die Kunze würden sich hoffentlich ärgern, dass sie sie hatten gehen lassen.

Ihr Ticket nach Berlin lag auf dem Tisch, und eine Tasche, falls sie übernachtete, war fertig gepackt. Da trat Emanuel ins Gästezimmer.

»Bist du so weit?«, fragte er.

»Ja, ich bin so weit. Ist das Taxi schon da?«

»Es wartet draußen.«

Sie griff nach dem Ticket und der Tasche, als sich Emanuels Hand auf ihren Unterarm legte.

»Bitte fahre nicht. Verschieb die Reise auf später. Ich habe so ein ungutes Gefühl.« Der liebevoll besorgte Ausdruck in seinen Augen brachte ihren Plan ins Wanken.

»Du glaubst doch nicht ernsthaft an Yuvens Worte? Der Fluch besitzt nur Macht über dich, wenn du an ihn glaubst. Spüre die positiven Energien um dich herum. Wie in der Grotte«, versuchte sie Emanuel zu beruhigen.

Doch nach allem, was sie hier auf Sophiengarten und mit den von Güldensteins erlebt hatte, war sie sich eigentlich nicht mehr so sicher, was den Fluch anbetraf. *Existierte so etwas wirklich oder nur in den Köpfen der Menschen?* Frida hatte Okkultismus für möglich gehalten. Sophie wollte nicht daran glauben. Und doch schien der Fluch für die Güldensteins real zu sein.

»Ich … nein, ja … Ich spüre, dass dir diese Reise wichtig ist.« Er zog sie in die Arme und drückte sie an sich, als wolle er sie nicht mehr loslassen.

»Ich muss jetzt los.«

Widerwillig gab er sie frei.

»Mir wird nichts geschehen. Ich verspreche dir, dass ich wohlbehalten zurückkehre. Mein Elfenbeinanhänger wird mich außerdem beschützen.« Sie zog ihn unter dem T-Shirt hervor und zeigte ihn Emanuel, der sich ein Lächeln abrang. Doch seine Miene zeugte noch immer von Zweifeln.

»Ich würde dich gern zum Bahnhof bringen und könnte das Taxi wegschicken«, schlug er vor. *Dann würde sie womöglich gar nicht fahren!*

»Nein. Ich hasse Abschiede auf Bahnsteigen. Lass uns hier Auf Wiedersehen sagen.« Sie sanken sich in die Arme, und er küsste sie, als wäre es das letzte Mal.

Auf dem Hamelner Bahnhof herrschte reger Betrieb. Die Bahnsteige waren voll, denn die Züge liefen mit Verspätung ein. Auch Sophies Regionalzug nach Hannover verspätete sich um über eine Stunde. Da würde sie den Intercity nach Berlin verpassen. Es war zum Verrücktwerden!

Jemand tippte ihr auf die Schulter. Sie drehte sich um und stand David gegenüber.

»Hallo, Sophie. Willst du auch nach Hannover?«, fragte er lächelnd.

»Ja, ich wollte meinen Zug nach Berlin kriegen. Aber scheinbar wird das nichts mehr.«

»Ich kann dich mitnehmen. Mein Wagen steht um die Ecke. Eigentlich wollte ich auch mit dem Zug fahren, aber nun hat das Schicksal anders entschieden.«

Dankbar nahm Sophie sein Angebot an, auch wenn es ihr nicht wirklich recht war.

»Und wie sind die reichen Güldensteins so?«, fragte er sie auf der Fahrt nach Hannover.

»Wie andere auch. Woher weißt du davon?«, fragte sie.

»Nachdem du mich hast abblitzen lassen, bin ich dir nachgefahren. Von deinen alten Kolleginnen habe ich dann erfahren, wo du arbeitest.«

Es ärgerte sie, dass er ihr sich nach ihr erkundigt hatte. Also hatte sie es sich doch nicht eingebildet, dass jemand ihr gefolgt war. Sie warf David einen wütenden Seitenblick zu.

»Du hast mir also nachspioniert?«, verschaffte sie ihrer Empörung Luft.

»Du bist noch immer süß, wenn du wütend bist«, sagte er lachend.

Sophie presste die Lippen zusammen. Sie bereute, bei ihm eingestiegen zu sein.

»Ich wollte doch nur mit dir reden, damit du mir oder besser uns eine Chance gibst.«

»Begreife doch, dass es vorbei ist und ich unsere Beziehung nicht aufleben lassen will«, antwortete sie zornig.

»Okay, es tut mir leid.« Es klang überzeugend reuig. »Ich dachte nur, wir hätten noch eine Chance. War ganz schön knifflig herauszufinden, wo du arbeitest. Und dein neuer Boss hat sich auch nicht kooperativ gezeigt.«

Sophie fuhr herum. »Dann hast *du* bei Emanuel von Güldenstein angerufen und dich nach mir erkundigt? Sag mal, spinnst du?«, rief sie empört.

»Es tut mir auch wirklich leid. Verzeihst du mir? Aber ich musste einfach wissen, ob du wirklich für ihn arbeitest. Ich habe ja begriffen, dass das mit uns nichts mehr wird. Du bist mit ihm zusammen, oder? Ich habe euch auf der Gartenöffnung gesehen. Du hast ihm eine Kusshand zugeworfen. Gegen solch einen Goldfisch kann ich natürlich als kleiner Assistenzarzt nicht konkurrieren. Lass uns wenigstens Frieden schließen. Bitte.«

David hätte sich früher nie entschuldigt. Diesmal schien er es ernst zu meinen.

»Meinetwegen.« Sophie war froh, als er den Wagen vor dem Hauptbahnhof parkte und sie seiner Gegenwart entfliehen konnte.

»Danke«, sagte sie höflich.

»Da nicht für. Vielleicht treffen wir uns mal wieder! Mach's gut, Sophie. Ich wünsche dir alles Glück mit deinem neuen Freund! Du bist eine Perle. Leider habe ich das zu spät erkannt«, rief er ihr hinterher, bevor er davonfuhr. Sophie lächelte.

David schien sich wirklich ein wenig geändert zu haben. Er war hilfsbereiter, und seine Entschuldigung klang ehrlich gemeint. Früher hatte er nie etwas bereut oder bedauert.

Dank ihm war sie früher als geplant auf Hannovers Hauptbahnhof eingetroffen, dass sie sich für einen früheren Zug entschied. So war sie schneller da, und es bliebe ihr mehr Zeit für Dorit. Zufrieden stieg sie die Treppe zum Bahngleis hinauf.

45.

Als Sophie gegen Mittag im Kinderdorf eintraf, war sie über die vielen Veränderungen überrascht. Der weißgeputzte Gebäudekomplex war das Zuhause von einem guten Dutzend Kinder. Die Fenster hatten einen neuen Anstrich bekommen. Auch der Flur war jetzt sonnengelb gestrichen.

Im Haupthaus des Kinderdorfes befanden sich eine geräumige Küche, ein Duschbad, ein Fernseh- und ein Hobbyraum. Die Schlafzimmer der Kinder und auch Dorits lagen im Obergeschoss. Dorits Arbeitszimmer war in einem Nebengebäude untergebracht. Dort hatte sie oft den ganzen Vormittag verbracht. Die Pflegekinder erledigten ihre Schulaufgaben unter Anleitung einer Pädagogin in einem weiteren Nebengebäude, das ebenso hell und freundlich eingerichtet war wie alle anderen.

Sophie traf auf einen Jungen von ungefähr zwölf Jahren, der sich ihr höflich als Kevin vorstellte. Dorit hatte von ihm erzählt. Seine Eltern waren nicht mit ihm zurechtgekommen, weshalb er hier aufwuchs. Dorit kannte alle Lebensgeschichten ihrer Pflegekinder – bis auf ihre. Sie hatte sich immer für ihre Schützlinge interessiert, was ebenfalls dafürsprach, dass sie mehr über Sophies Schicksal wusste.

»Weißt du, wo Dorit ist?«, fragte sie Kevin, der sie misstrauisch ansah.

»Das kann ja jeder fragen. Biste vom Amt?«, fragte er im typischen Berliner Dialekt.

»Nein, ich bin auch eins von Dorits Pflegekindern.«

Hinter seiner Stirn schien es fieberhaft zu arbeiten. »Ach, ja, dein Foto hängt im Frühstücksraum. Komma mit, die is im Arbeitszimmer.«

Mit einer Geste bedeutete er Sophie, ihm zu folgen. Der Weg durch den Korridor, vorbei an den Räumen, in denen sie einst viele Stunden verbracht hatte, ließ die Erinnerungen an ihre glückliche Kindheit wieder aufleben. Sie kannte den Weg, aber sie wollte Kevin nicht zurückweisen, der eifrig bemüht war.

Vor der Tür des Arbeitszimmers verabschiedete er sich von ihr. Sophie klopfte an, und auf Dorits strenges Herein betrat sie das Zimmer.

Auch hier hatte sich vieles verändert. Ein moderner Schreibtisch mit Stuhl und ein neuer Aktenschrank standen da. Nur Dorit sah aus wie immer. Fast wie immer, mehr silbergraue Strähnen durchzogen ihr hellbraunes Haar, das sie hochgesteckt trug, und die Falten hatten sich tiefer in ihre Haut gegraben.

Nach einer herzlichen und ausgiebigen Begrüßung saßen sie wenig später bei einer Tasse Kaffee im Aufenthaltsraum und plauderten über die Pflegekinder, die momentan im Kinderdorf untergebracht waren. Die Lebensgeschichten der Kinder waren fast alle erschütternd. Die Hälfte von ihnen waren Waisen, die anderen galten als schwer erziehbar oder warteten auf neue Pflegeeltern.

»Ich freue mich sehr, dass du hier bist«, sagte Dorit und drückte liebevoll Sophies Hand.

»Hier hat sich viel verändert. Zum Positiven.« Sophie nippte an ihrem Kaffee.

»Ja, dank eines großzügigen Spenders«, erklärte Dorit lächelnd. »Er hat dem Kinderdorf vor gut zwei Jahren eine stattliche Summe vermacht. Davon konnten wir endlich eines der Gebäude zu einer Gymnastikhalle umbauen und müssen nicht mehr ausweichen.«

Bei dem Betrag verschlug es Sophie die Sprache.

»Und wer ist der gütige Mensch gewesen?«, hakte sie nach.

»Der Name fällt mir gerade nicht ein.« Dorit schaute nach unten. Sie besaß ein gutes Namensgedächtnis, dass Sophie sie nicht vorstellen konnte, ihre Pflegemutter hätte den Namen eines solch großzügigen Mäzens tatsächlich vergessen. »Erzähl mir lieber, wie es dir in den letzten Wochen ergangen ist. Hast du einen neuen Job gefunden?«

»Ja, ich habe die Anlage von Schloss Sophiengarten saniert. Vielleicht hast du von den Besitzern, den bekannten von Güldensteins gehört?«

Bildete Sophie es sich nur ein, oder war Dorit beim Nennen des Namens blasser geworden?

»Das freut mich für dich. Erzähl mir von ihnen.«

Sophie berichtete von ihrer Arbeit und schwärmte vom Schloss. Doch irgendwie wirkte ihre Pflegemutter geistig abwesend. Erst als das Thema auf die verbesserten schulischen Leistungen einiger Pflegekinder gelenkt wurde, war sie wieder ganz bei der Sache.

Nachdem Gespräch zeigte Dorit Sophie, wo sie übernachten konnte.

»Falls du übernachten möchtest. Cedric übernachtet heute bei einem Freund.« Sie deutete auf die Tasche in Sophies Hand. »Du bleibst doch bis morgen?«, fragte sie.

»Ich weiß es noch nicht. Vielleicht.«

»Pünktlich um sechs gibt es Abendessen. Bis dahin solltest du noch bleiben, damit die Kinder dich kennenlernen«, teilte Dorit ihr mit, bevor sie ging, um die Hausarbeiten der Pflegekinder zu kontrollieren.

Sophie fühlte sich hier wohl, aber auf Sophiengarten zu Hause. Sie vermisste Emanuel schrecklich. Als sie in den Zug nach Berlin eingestiegen war, hatte sich der Akku ihres Handys verabschiedet. Sie steckte das Netzteil in die Steckdose. Später nach dem Abendessen wollte sie ihn anrufen.

Vom Lärm im Speiseraum angelockt, ging Sophie nach unten zum Essen und wurde lautstark von sechs Pflegekindern begrüßt. Die Älteren bereiteten gemeinsam das Essen zu und deckten den Tisch. Alles war wie früher, nur die Kinder waren andere. Kevin brüstete sich damit, sie als Erster gesehen zu haben.

Vor dem Essen sorgte Dorit dafür, dass alle sich die Hände wuschen. Sophie stocherte in ihren Spaghetti herum, denn sie konnte es kaum erwarten, nach dem Foto des großzügigen Spenders zu suchen. Während Dorit in der Küche hantierte und die Kinder abräumten, schlenderte sie durch die Korridore. In den Fluren beider Geschosse hingen die Fotos von denjenigen, die das Kinderdorf finanziell unterstützt hatten. Demnach musste sich auch das Foto des Spenders unter ihnen befinden. Sophie brannte darauf, es zu sehen. Die meisten Fotos kannte sie von früher. Nur am Ende des Korridors hingen drei neue. Unter zweien standen Namen, beim dritten fehlte er. Ihr Blut sackte in die Füße. Den Mann vom Foto kannte sie aus ihren Erinnerungen. Es war der geheimnisvolle Besucher am Todestag ihrer Eltern. Eine Flut von Bildern stürmte auf sie ein. Der Schleier über ihrem Gedächtnis lüftete sich.

Sie hatte mit ihren Eltern in Afrika gelebt … die Elefanten … überall Blut … Der Mann vom Foto hatte sie nach Deutschland gebracht … Sein Gesicht war ihr vertraut. Sie musste wissen, wer er war. Ihr wurde für einen Moment schwindlig. Dann nahm sie das Foto ab und schaute auf die Rückseite. Im gleichen Augenblick tauchte Dorit neben ihr auf.

»Was machst du da, Sophie?«, fragte sie entsetzt.

»Das ist doch der großzügige Spender, oder?«, wandte sie sich an ihre Pflegemutter, die nickte.

»Häng es wieder hin«, befahl Dorit ihr und zeigte auf die kahle Stelle an der Wand.

Doch Sophie gehorchte nicht sofort, sondern las den Namen auf der Rückseite, der in der gut leserlichen Schrift ihrer Pflegemutter darauf verewigt war, und erstarrte. Fassungslos las sie immer wieder den Namen, bevor Dorit ihr das Foto aus der Hand nahm und es wieder aufhängte.

»Das hast du mir all die Jahre verschwiegen?«, rief Sophie vorwurfsvoll.

»Ich weiß, ich hätte es dir sagen müssen, aber ich gab ein Versprechen.«

»Wir müssen uns dringend unterhalten«, sagte Sophie, die sich elend fühlte.

Dorit nickte stumm. Sophie folgte ihrer Pflegemutter ins Arbeitszimmer, wo sie sich ungestört unterhalten konnten.

»Setz dich«, forderte Dorit sie auf und deutete auf den Stuhl, auf dem sie schon nach ihrem Eintreffen gesessen hatte.

Wie betäubt folgte Sophie der Aufforderung.

Sie konnte es noch immer nicht fassen!

»Der großzügige Spender war … Carl von Güldenstein?«, fragte sie leise. Dorit nickte.

Das war also die Verbindung zwischen ihr und den von Güldensteins!

»Er … er hat mich … hierhergebracht«, stotterte Sophie. Wieder nickte Dorit.

»Sie hätten dich sonst auch getötet«, ergänzte Dorit. »Ich musste ihm versprechen zu schweigen. Er fürchtete um dein Leben.« *Und dafür hatte er gespendet.* Sie hatte sich also nicht getäuscht. All die Jahre hatte Dorit gewusst, woher sie kam und was geschehen war, und die ganze Zeit geschwiegen.

»Warum nur?«, klagte sie ihre Pflegemutter an.

»Weil ich ihm mein Versprechen gegeben habe.«

»Ich möchte jetzt endlich die Wahrheit wissen«, sagte Sophie unter Tränen.

»Deine Eltern haben in Kamerun gearbeitet, dein Vater war Zoologe. Sie haben gegen die Wilderer gekämpft, die unzählige Elefanten und Nashörner wegen des Elfenbeins regelrecht abgeschlachtet haben. Irgendwann sind sie von den Wilderern aus Rache überfallen worden. Genau an dem Tag, als Carl sie besucht hat. Deine Eltern wurden getötet, Carl verletzt. Die Mutter des Jungen hat euch versteckt. Zum Glück haben euch die Wilderer nicht gefunden.«

Während Dorit erzählte, erlebte Sophie alles noch einmal, ihre Angst, ihr Entsetzen und den ungeheuren Schmerz über den Verlust der Eltern.

»Carl hat dich dann später nach Deutschland mitgenommen. Die Eingeborenen haben geglaubt, dass er verflucht sei, und wollten dich ihm wegnehmen. Es ist ihm irgendwie gelungen, dich außer Landes bringen. Dann hat er dich hierhergebracht.«

»Ihr kanntet euch?«, hakte Sophie ein.

»Ja. Seine Frau war eine Freundin von mir. Er konnte und wollte dich nicht allein in Afrika zurücklassen. Du hast keine Verwandten. Carl hat all die Jahre gelitten. Er hat sich am Tod deiner Eltern schuldig gefühlt, weil die Wilderer durch ihn auf den Aufenthaltsort deiner Eltern aufmerksam geworden waren. Er hatte nicht geahnt, dass er beobachtet wurde.«

Sophie blickte auf. Ihre Hände waren eiskalt und zitterten. Es war so, wie Dorit es ihr erzählt hatte. Die Erinnerungen kehrten zurück.

»Aber da war noch ein kleiner, dunkelhäutiger Junge. Yuven hieß er.«

»Ein Kind aus dem Eingeborenendorf. Carl hat ihn später in Dieppe in der Normandie besucht.«

Dieppe, den Ort hatte John einmal erwähnt. Es war die Hochburg der Elfenbeinschnitzer.

»Er hat mich Mojo genannt. Ist das mein richtiger Name?«

»Nein, Sophie Becker ist dein richtiger Name.«

Sophie atmete erleichtert aus. Wenigstens stimmte etwas in ihrem Leben.

In diesem Moment wünschte sie sich, Emanuel wäre an ihrer Seite, mit dem sie diese Neuigkeiten teilen konnte. Doch dann stutzte sie. Hatte Emanuel vielleicht die ganze Zeit davon gewusst?

»Haben Carls Kinder davon gewusst?«, fragte sie.

Dorit schüttelte den Kopf. »Ich glaube nicht. Er hat nie viel von sich erzählt.«

Das deckte sich zumindest mit den Aussagen Tildas, denen der Vater auch seine Visionen verschwiegen hatte. Sie musste in Erfahrung bringen, ob die Güldensteins davon gewusst hatten.

»Ich glaube, ich muss noch heute zurück«, sagte Sophie und sprang auf.

»Aber ich dachte, du wolltest wenigstens bis morgen bleiben.«

»Ich denke nicht, dass ich so lange warten kann. Ich liebe Carls Sohn, und ich muss wissen, ob er wirklich nichts davon gewusst hat.«

Dorits Augen weiteten sich. »Aber der Fluch …«

»Du weißt auch davon?« Sophie stützte sich auf Dorits Schreibtisch und sah sie fragend an.

Ihre Pflegemutter nickte. »Aber nicht viel. Der Urgroßvater des Eingeborenenjungen war ein bedeutender Schamane. Dieser Yuven weiß sicher mehr darüber.«

Ich werde ihn fragen, wenn ich zurück bin.

Vor ihren Augen sah sie wieder den alten Mann, der Figürchen aus Elfenbein schnitzte. Yuvens Großvater. Er hatte die Anhänger gefertigt und vielleicht auch die Schachfiguren.

Sie musste diese Neuigkeiten Emanuel mitteilen. Außerdem trieb die Sehnsucht sie zurück zu ihm. In wenigen Sätzen erklärte sie Dorit, weshalb sie nach Sophiengarten zurückkehren wollte.

»Sei mir nicht böse, Ma Dorit, aber ich möchte noch den letzten Zug nach Hannover erreichen. Beim nächsten Mal bleibe ich länger. Bestimmt.«

»Schon gut. Fahr nur. Ich verstehe, du liebst ihn. Vielleicht komme ich dich demnächst besuchen und sehe mir an, was du aus dem Garten gemacht hast.«

»Das würde mich sehr freuen.«

Zum Abschied küsste sie ihre Pflegemutter auf die Wange und drückte sie, bevor sie sich auf den Weg zum Bahnhof begab.

46.

Mehrmals hatte Emanuel vergeblich versucht, Sophie auf dem Handy zu erreichen. Es war zum Verrücktwerden! Warum meldete sie sich nicht? Unruhig wanderte er in seinem Apartment auf und ab. Irgendetwas stimmte nicht. Nach dem sonnigen Tag gestern mit der Eröffnung tobte heute draußen ein fürchterlicher Sturm. In der Frühe hatten Iris und die Hilfskräfte für das Event die Kübelpflanzen in die Orangerie gebracht. Die Fahnen neben der Eingangspforte flatterten lautstark im Wind. Die gestrige Begegnung mit Yuven und seine Drohungen hatten ihn aufgewühlt. Von Sophie kannte er die Adresse seines Ladens in Hameln. Er schnappte sich den Wagenschlüssel vom Sideboard und lief nach draußen.

12.30 Uhr zeigte die Uhr im Cockpit seines Wagens an. Sicher steuerte Sophies Zug auf Magdeburg zu. Am frühen Nachmittag würde sie am Berliner Hauptbahnhof ankommen.

Auf der Fahrt nach Hameln nahm der Sturm zu. Er kam nur langsam voran wegen der abgebrochenen Äste auf den Straßen.

Sein Navi führte ihn in eine kleine Seitenstraße, gleich neben der Gasse, in der sich Yuvens Laden befand. Nachdem Emanuel seinen Wagen geparkt hatte, wählte er erneut Sophies Nummer. Wieder meldete sich nur die Mailbox. Er tröstete sich damit, dass sie sicherlich im Zug kein Netz hatte, und nahm sich vor, es später noch einmal zu versuchen.

Er stieg aus dem Wagen und lief zu Yuvens Laden. Im Geist legte er sich die Fragen zurecht, die er ihm stellen wollte. Wahrscheinlich würde er keine Antwort erhalten, aber einen Versuch war es dennoch wert.

Im Laden brannte Licht. Er nahm die Stufe, drückte die Klinke herunter, um die Tür schwungvoll zu öffnen, und prallte dagegen. Die Tür war verschlossen. Emanuel schaute durch die Scheibe ins Ladeninnere. Eine schlanke Blondine räumte Sachen aus den Regalen in Kartons. Er klopfte an die Scheibe. Die junge Frau zuckte erschrocken zusammen, richtete sich auf und bedeutete ihm mit Zeichen, dass der Laden geschlossen war. Emanuel ließ sich nicht abwimmeln und klopfte ein weiteres Mal. Die Blondine rollte die Augen, kam aber zum Eingang. Sie schloss auf und zog die Tür nur einen Spaltbreit auf.

»Geschlossen! Haben Sie das Schild nicht gelesen?« Sie tippte mit ihrem grelllackierten Fingernagel auf die Scheibe, an der das Schild *Geschlossen* befestigt war.

Geistesgegenwärtig stellte Emanuel seinen Fuß in die Tür.

»Vorübergehend?«, fragte er.

»Nein, für immer!«, kam es genervt zurück.

Sie versuchte vergeblich, die Tür zuzudrücken. »Ziehen Sie gefälligst den Fuß zurück!«, herrschte sie ihn an.

»Mache ich, wenn Sie mir meine Fragen beantwortet haben«, erklärte Emanuel.

Sie musterte ihn, dann lächelte sie.

»Ah, jetzt erkenne ich Sie. Sie sind doch Herr von Güldenstein? Habe Ihr Foto heute Morgen in der Zeitung gesehen. Einen tollen Garten haben Sie.«

»Ja, ja, danke. Darf ich Ihnen jetzt meine Fragen stellen?«

Sie nickte und zog die Tür auf, dass er eintreten konnte. Im Laden roch es muffig und nach Scheuermittel.

»Der Besitzer des Ladens hier, ist der vielleicht zu sprechen?«

Sie schüttelte den Kopf und lächelte ihn aufreizend an. »Nein, der hat Deutschland verlassen. Geht wohl zurück in seine Heimat oder nach Frankreich«, erklärte sie.

»Wissen Sie vielleicht mehr? Ob er noch mal zurückkommt? Ich müsste ihn unbedingt sprechen.«

»Nö, weiß ich nicht. Ich soll nur den Laden leerräumen. Eine Scheißarbeit«, beschwerte sie sich.

»Da fällt mir gerade ein, dass ich vielleicht noch eine alte Visitenkarte von ihm habe.« Sie wandte sich um und kramte im Tresen, bevor sie ihm eine zerknitterte Karte in die Hand drückte. »Hier.«

Dieser Yuven hatte sich also aus dem Staub gemacht.

»Wollen Sie vielleicht noch was kaufen?«, fragte sie und zeigte auf die Auslagen.

»Nein, danke. Das genügt mir.« Er hielt die Visitenkarte hoch.

»Sie können sich gern eine Freikarte für den Garten abholen!«, rief er ihr zu und verließ den Laden.

Gifts – Souvenirs stand oben auf der Karte. Darunter: *Propriétaire: Yuven Dembé, Yaoundé, Ave Charles Atangana.*

Die Adresse war in Kamerun.

Emanuel steckte das Kärtchen in seine Brusttasche und startete den Motor. Er steuerte den Wagen aus der Parklücke, als eine Durchsage im Radio kam, die ihn erstarren ließ.

»Heute ist der IC 714 auf der Fahrt von Magdeburg nach Berlin wegen eines auf den Schienen gelegenen Baumes kurz vor Einfahrt in den Hauptbahnhof Magdeburg entgleist. Eine Katastrophe besonderen Ausmaßes. Die Polizei spricht von über hundert Toten und …«

Der Rest zog ungehört an Emanuel vorbei. Der Schock fuhr ihm in die Glieder. Es war der Zug, mit dem Sophie gefahren war. Er hatte die Zugnummer auf dem Ticket gelesen. Seine Hände zitterten, und er rang nach Luft. Das musste ein Irrtum sein. Er hatte es geahnt. Mit zittrigen Fingern rief er die News auf seinem Handy auf. Die Eilmeldung war rot markiert. Fassungslos starrte er aufs Display. Es stimmte. Der Zug war verunglückt. Sophie! Eine eisige Hand umspannte sein Herz. Verdammt, er hatte die ganze Zeit über gespürt, dass so etwas geschehen könnte. Warum hatte sie nicht auf ihn gehört? Wieder hatte der Fluch zugeschlagen und ihm das Liebste genommen. Tränen der Verzweiflung und des Schmerzes brannten in seinen Augen. Stöhnend lehnte er den Kopf gegen das Lenkrad. Sie musste leben! Das Schicksal konnte doch nicht so grausam sein und ihm alles nehmen, woran sein Herz hing.

Er wählte die auf der Website angegebene Notrufnummer und fragte nach Sophie. Doch wegen der chaotischen Zustände vor Ort waren noch keine Namen bekannt. Was sollte er tun? Nichts hielt ihn mehr hier. Er musste Gewissheit haben. Wenn sie verletzt war, wollte er an ihrer Seite sein.

Gegen Abend erreichte Emanuel den Hauptbahnhof Magdeburg. In der Bahnhofshalle herrschten chaotische Zustände. Rettungskräfte und Polizisten hetzten mit ernsten Mienen an ihm vorbei. Einige Bahnsteige waren gesperrt. Sirenen ertönten von überallher, und unzählige verängstigte Fahrgäste drängten sich in der Halle.

Die Furcht trieb Emanuel voran. Er fragte jede Rettungskraft nach Sophie und erhielt immer wieder dieselbe Antwort: Niemand wusste etwas über sie. Trotz mehrfacher Bitte ließen sie ihn nicht zu den Verletzten. Ihm war immer elender zumute. Er war verzweifelt und quälte sich mit Schuldvorwürfen. Ohne Sophie war sein Leben nicht mehr lebenswert.

Oben auf einem der Gleise fuhr ein Zug ein und hielt quietschend über ihm. Die Ansagerin bat die Passagiere auszusteigen. Aufgeregte Stimmen ertönten, Absätze klapperten die Treppe hinunter. Wieder konnten Fahrgäste nicht weiterfahren und mischten sich aufgebracht unter die anderen.

Tränen stiegen in Emanuels Augen. Sophie hatte ihm versprochen zurückzukehren, und jetzt lag sie vielleicht schwer verletzt oder gar tot in den Zugtrümmern. Er lehnte sich an die Wand und schloss die Augen. Alles hatte seinen Sinn verloren. Er würde so lange hier warten, bis er wusste, was mit ihr geschehen war.

»Emanuel?«

Er glaubte zu träumen. Sein verzweifeltes Hirn wollte ihn sicher täuschen.

»Emanuel! Was machst du hier?«

Mühsam schlug er die Augen auf und blickte in Sophies geliebtes Gesicht. Mit einem Freudenschrei riss er sie in die Arme und küsste sie.

»Geht es dir gut?«, wiederholte er immer wieder zwischen den Küssen.

»Ja, natürlich. Wieso bist du hier?«, fragte sie atemlos und schaute erstaunt zu ihm auf.

Da berichtete er ihr von dem tragischen Geschehen und dass er geglaubt hatte, sie befände sich in dem Unglückszug.

»Davon habe ich gar nichts mitgekriegt. Mein Handyakku ist defekt. Ich konnte nicht sehen, dass du angerufen hast.«

»Ich dachte, der Fluch hätte zugeschlagen und dich mir genommen.«

»Ich habe dir doch versprochen zurückzukehren. Und ich halte meine Versprechen. Du kannst den Fluch besiegen, wenn du nur fest genug daran glaubst. Dazu brauchst du Kraft. Ich glaube, du solltest öfter die Grotte besuchen.« Sie stellte sich auf die Zehenspitzen und küsste ihn zart auf den Mund. Er konnte es noch immer nicht fassen, dass sie in seinen Armen lag.

»Der Fluch besitzt nur Macht über dich, wenn dich die Hoffnung verlässt. Aber jetzt bin ich ja da.« Sie hakte sich bei ihm ein und zog ihn zum Ausgang. »Ich nehme an, du bist mit dem Wagen hier? Lass uns nach Hause fahren. Ich denke, wir haben uns einiges zu erzählen.«

Doch er hielt sie fest. Er musste ihr sagen, was er für sie empfand.

»Sophie, ich liebe dich und möchte mein Leben mit dir teilen. Willst du bei mir auf Sophiengarten bleiben?«

Sie strahlte ihn an.

»Ja, natürlich. Aber nur wenn ich die Hauptgärtnerin bin«, erklärte sie lächelnd.

Epilog

»Du kannst es nicht lassen, oder?« Vorwurfsvoll sah Emanuel sie an. »Heute ist Feiertag!«

»Ja, aber das ist dem Unkraut doch ganz egal. Außerdem muss ich bis nächste Woche damit fertig werden, bevor wir fliegen«, erklärte sie ihm. »Ich möchte Iris nicht alles überlassen.«

Nachdem sie Emanuel alles berichtet hatte, was sie von Dorit wusste, hatten sie vereinbart, nach Kamerun zu fliegen. Dort hatte ihr Leben begonnen, und zum ersten Mal hatte sich ihr Weg mit dem der Güldensteins gekreuzt. Nachdem Dorit ihr ihre Geburtsurkunde zugeschickt hatte, wollte Sophie ihr Geburtsland wieder kennenlernen und mehr über ihre Eltern herausfinden. Vielleicht würde sie auch deren Gräber finden. Jedenfalls hoffte sie das.

Emanuel und seine Geschwister hatten ihr geschworen, nichts über die Vorfälle und ihre Rettungsaktion von deren Vater gewusst zu haben. Sie hätte es ihnen übel genommen, wenn sie es ihr nicht gestanden hätten.

»Denk dran, dass du dir für deine empfindliche Haut eine Sonnenmilch mit hohem Schutzfaktor kaufst. Die Sonne soll dort mörderisch sein«, rief Emanuel ihr zu, der völlig relaxed auf dem Liegestuhl lag. Wie besorgt er um sie war.

Tilda plante, nach Dieppe zu fahren, um nach Yuven zu suchen. Sie hatte von der Verkäuferin erfahren, dass er in die Normandie gereist war, als die tatsächlich um eine Freikarte für den Sophiengarten gebeten hatte.

Ein wenig aufgeregt war Sophie schon, wenn sie an die weite Reise dachte. Letzte Woche war sie nach Hameln gefahren, um sich impfen zu lassen, und hatte nicht schlecht gestaunt, als David ihr und auch Emanuel die Spritzen gesetzt hatte.

Zum Glück hatte Emanuel sie nicht nach ihm gefragt.

David und Eva gehörten der Vergangenheit an. Jetzt konnten sie beide endlich in die Zukunft blicken. Sie war sich sicher, dass auch der Fluch eines Tages der Vergangenheit angehören würde.